MELISSA PIMENTEL

Liebe, wie sie im Buch steht

GOLDMANN
Lesen erleben

Buch

Eine junge Amerikanerin ist in London auf der Suche – nicht nach dem großen Glück, sondern einfach nur nach Spaß und Sex. Laurens Erfolg hält sich in Grenzen, bis sie auf die Idee kommt, diverse Dating-Ratgeber auf ihre Brauchbarkeit zu testen. Von »Die Kunst, den Mann fürs Leben zu finden« über »Die Kunst der Verführung« aus dem Jahr 1928 bis zu »Mrs Humphreys Handbuch der feinen Sitte für junge Frauen« von 1897. Kein Wunder, dass sie damit die Männerwelt in heillose Verwirrung stürzt. Schließlich ändert sie jeden Monat ihr Verhalten: einmal demütig und still, dann wieder kokett flirtend oder schamlos direkt. Jeden Monat probiert Lauren nun die Ratschläge eines dieser Werke aus, und hält das Resultat in einem roten Notizbuch fest. Dass sie trotz aller klugen Ratschläge am Ende ihr Herz an den Richtigen verliert, grenzt an ein Wunder …

Autorin

Melissa Pimentel wuchs in einer Kleinstadt in Massachusetts in einem Haus ohne Kabelanschluss auf und verbrachte daher einen Großteil ihrer Kindheit damit, sich britische Comedy-Serien aus den 1970ern auf öffentlichen Fernsehsendern anzuschauen. Mit zweiundzwanzig zog sie nach London und fühlt sich dort seit zehn Jahren sehr wohl. Sie machte am University College London einen Abschluss in Literaturwissenschaften und arbeitet heute im Verlagswesen. Bevor sie ihren späteren Verlobten traf, erkundete sie ausgiebig die Londoner-Dating-Szene und bloggte anschließend über ihre Erlebnisse. Ihre Erfahrungen inspirierten sie schließlich zu ihrem Romandebüt »Liebe, wie sie im Buch steht«, das in Deutschland zunächst im Manhattan Verlag unter dem Titel »Das Dating-Projekt« erschienen ist.

Melissa Pimentel

Liebe, wie sie im Buch steht

Roman

Aus dem Englischen von
Ulrike Laszlo

GOLDMANN

Die Originalausgabe erschien 2015 unter dem Titel »Age, Sex, Location«
bei Penguin Books Ltd., London.

In den USA erschien der Roman unter dem Titel »Love by the Book«
bei Penguin Books Ltd., New York.

Der Roman ist in Deutschland 2015 bereits unter dem Titel »Das Dating-Projekt«
im Manhattan Verlag erschienen.

Dieses Buch ist auch als E-Book erhältlich.

FSC MIX Papier aus verantwortungsvollen Quellen FSC® C014496 www.fsc.org

Verlagsgruppe Random House FSC® N001967

1. Auflage
Taschenbuchausgabe April 2017

Umschlaggestaltung: UNO Werbeagentur, München
AB · Herstellung: kw
Satz: Uhl + Massopust, Aalen
Druck und Einband: GGP Media GmbH, Pößneck
Printed in Germany
ISBN: 978-3-442-48244-3
www.goldmann-verlag.de

Für Katie und Simon,
meine zwei besseren Hälften

März

Dieses Projekt ging, wie so viele Dinge, aus einem Ei hervor. Genau genommen aus zwei Eiern.

Als Adrian hereinkam, schlug ich gerade zwei Eier am Rand der Pfanne auf und ließ sie in die brutzelnde Butter gleiten. Ich schmiegte mich an ihn, während er seine Arme um mich schlang, und warf über die Schulter einen Blick auf den Herd.

»Du brätst Eier?« Seine Stimme war vom Schlaf noch rau.

»Wie hast du das erraten?« Ich drehte mich um und gab ihm rasch einen Kuss. »Du hast erwähnt, dass du gern Eier isst, also habe ich mir gedacht, ich mache dir welche.« Ich rüttelte kurz die Pfanne und ließ die Spiegeleier auf die bereits gebutterten Toastscheiben gleiten.

»Nur für mich?« Adrian riss die Augen auf.

»Klar.« Ich stellte den Teller vor ihn auf den Tisch und holte mir meine Schüssel mit Müsli und Joghurt von der Arbeitsfläche. Während ich ihn musterte, zog ich meinen gelben Frottee-Bademantel zurecht.

»Du isst keine?« Er betrachtete seinen Teller mit wachsendem Misstrauen.

»Nein. Ich mag Eier nicht besonders.«

»Aha. Du hast diese Eier also nur für mich gebraten.« Ich sah, wie sich seine Pupillen vor Furcht weiteten. »Verstehe.«

»Meine Güte, das sind nur Eier. Reg dich ab. Möchtest du Pfeffer?«

Ich sah ihm an, dass ihm etliche Gedanken durch den Kopf schossen. Eier führten zu Sonntagnachmittagen in Antiquitätengeschäften, Dinnerpartys mit anderen Pärchen, Treffen mit den Eltern, einem Heiratsantrag, einer aufwendigen Hochzeit, drei schreienden Kindern, einer Ehefrau mit geschwollenen Fußknöcheln und, letztendlich, zur süßen Erlösung durch den Tod. In seiner Fantasie führten Eier zu allem Möglichen. Zu beängstigenden Dingen.

Nachdem der Mann in wenigen Minuten den Teller leergeputzt hatte, sprang er blitzschnell auf, zog hastig seine Schuhe an und murmelte etwas davon, dass er rechtzeitig zu Hause sein müsse, um sich mit seinem Mitbewohner *Football Focus* anzuschauen.

Ich hatte einen Mann mittels Spiegeleiern in die Flucht geschlagen. Ihm eine so große Angst eingejagt, dass er sich lieber *Football Focus* ansah, als Sex mit mir zu haben. Das sah nicht gut aus für mich und meine Libido.

Dabei hatte alles so vielversprechend angefangen. Im vergangenen Sommer war ich mit großen Hoffnungen in mein Zimmer in der Old Street eingezogen. Ich hielt den Umzug von Portland nach London für einen Neustart, mit dem ich meine vorherige Beziehung mit dem Mann mit dem kantigen Kinn und den freundlichen Augen aus meinem Gedächtnis streichen konnte. Und ich hoffte, dass der ergatterte Job als Eventmanagerin im Londoner Science Museum zu besseren und größeren Dingen führen würde und dass ich – und das war wohl das Wichtigste – hier jede

Menge großartigen Sex mit attraktiven Engländern haben würde, die ebenso wenig wie ich auf eine feste Beziehung scharf waren.

Ich hatte die Wohnungsanzeige auf *Gumtree* erst kurz vor meiner Abreise aus Maine entdeckt und mich sofort gemeldet. Auf den Bildern sah die Wohnung toll aus – das Schlafzimmer war blassgelb gestrichen, und die Möbel bestanden aus verwittertem weißem Holz –, und die Lage war, wie ich auf Google Maps sehen konnte, einfach perfekt. Lucy, die das Zimmer vermietete, ließ sich nach etlichen flehentlichen E-Mails und meinem Versprechen, ihr ein Glas Marshmallow-Creme mitzubringen, dazu überreden, mir das Zimmer bis zu meiner Ankunft in London in der folgenden Woche zu reservieren.

Als ich die Adresse gefunden hatte, war ich ein wenig überrascht, vor einer hoch aufragenden Wohnsiedlung zu stehen – ich hatte eigentlich ein kleines, modernisiertes Gebäude im viktorianischen Stil erwartet. Die Bilder des Schlafzimmers vor Augen, atmete ich tief durch und drückte auf die Klingel. Mein Mund war pelzig vom Jetlag, und ich hatte keine Bleibe; ich konnte es mir nicht leisten, die Wohnung abzuschreiben, bevor ich sie gesehen hatte.

Lucy empfing mich an der Tür. »Hallo! Du musst Lauren sein. Komm rein, Schätzchen.« Beim Anblick ihres breiten Lächelns, der strahlend blauen Augen und der verwuschelten blonden Locken fühlte ich mich sofort besser. Sie führte mich in die beengte Küche und schaltete den Wasserkocher ein.

Die Ausstattung der Küche entsprach nicht ganz den Aufnahmen, die ich gesehen hatte. Lucy hatte offensichtlich das Beste aus dem Raum gemacht: Auf der Arbeitsplatte standen Töpfe mit frischen Kräutern und eine Küchenwaage in leuchtendem Pink, aber die Herdtür hing gefährlich schief in den Angeln, und im Laminatboden klaffte ein riesiges Loch. Nicht gerade ein Fall für *Schöner Wohnen*.

Lucy nahm den Wasserkocher. »Kaffee?«

Ich nickte.

»Wie trinkst du ihn?«

»Am liebsten schwarz, danke.«

»Ich verstehe nicht, wie man Kaffee ohne alles trinken kann – ich brauche mindestens acht Stück Zucker und literweise Milch dazu. Vor allem heute: Ich habe einen schrecklichen Kater. Aber egal – schön, dass du da bist und ganz normal zu sein scheinst. Das letzte Mädchen, das hier gewohnt hat, war eine wiedergeborene Christin und hat keinen Tropfen Alkohol getrunken. Kannst du dir das vorstellen? Nachdem sie zum dritten Mal eine Flasche Rum von mir in den Ausguss gekippt hatte, sagte ich, ich wünsch dir alles Gute, Schätzchen, aber hier fliegst du leider raus.«

Sie reichte mir einen Kaffeebecher, und ich nahm einen Schluck.

»Und jetzt zeig ich dir den Rest der Wohnung.« Lucy nahm mich mit auf eine kurze, aber gründliche Führung. »Das ist das Wohnzimmer« – ein riesiges braunes Kunstledersofa, platziert in der Mitte zwischen vier blutroten Wänden – »und hier der Balkon« – eine an die Seite des

Hochhauses geklatschte, oben mit einem Stück Stacheldraht versehene Betonplatte. »Das ist das Badezimmer« – ein Mikrobenparadies mit einer dieser von einem elektrischen Durchlauferhitzer betriebenen Duschen, die uns Amerikanern Alpträume bescheren –, »und das hier wäre dann dein Zimmer« – eine nackte Matratze auf einem Metallgestell und ein wackliger IKEA-Kleiderschrank. Der einzige Lichtblick war das winzige Fenster, durch das man einen herrlichen Blick auf London hatte.

»Dürfte ich mir dein Zimmer auch anschauen?«, fragte ich. »Nur um eine Vorstellung vom Größenunterschied zu kriegen.«

»Natürlich! Tut mir leid, es ist gerade nicht aufgeräumt.« Lucy öffnete die Tür zu ihrem Schlafzimmer, und siehe da, da war der Traum in Gelb. Es sah aus, als wäre Laura Ashley soeben noch gründlich am Werk gewesen – alles war in Pastelltönen und Blumenmustern gehalten und sehr ordentlich und sauber.

»Das ist wunderschön«, erklärte ich. »Und lässt mich hoffen, dass ich aus meinem Zimmer auch etwas machen kann.« Vor meinem geistigen Auge erschienen plötzlich Bilder von Möbeln im Shabby-Chic-Industriedesign und von Bücherregalen aus alten französischen Weinkisten, und ich nahm mir vor, mich bei Pinterest zu registrieren.

Lucy strich eine imaginäre Falte auf der blassrosafarbenen Bettdecke glatt. »Danke, Schätzchen. Dazu brauchst du nur ein bisschen Farbe und Muskelschmalz«, meinte sie. »Komm, wir setzen uns ins Wohnzimmer und reden mal ein bisschen.«

Ich ließ mich auf dem riesigen Sofa nieder, und Lucy zog sich einen Stuhl heran.

»Also, Lo«, begann sie und trank einen Schluck aus ihrer Tasse. »Was hat dich nach London verschlagen?«

»Ich wollte eigentlich schon immer hier leben«, erwiderte ich mit einem Achselzucken. Das war allerdings eine Untertreibung: Schon als Kind hatte ich von London geträumt. In dem Schlafzimmer, das ich mir damals mit meiner Schwester geteilt hatte, hingen überall Bilder der Londoner Skyline, und schon als junges Mädchen hatte ich ständig Songs von den Beatles gehört und mir begeistert alle »Ist ja irre«-Filmkomödien angesehen. London war für mich das Land der Verheißung, und nun hatte ich es geschafft, mich wie eine Schiffbrüchige an seine Gestade zu retten.

Natürlich war mir klar, dass ich meinen Seelenverkäufer in den letzten Monaten direkt auf die Klippen zugesteuert hatte. Ich dachte an Dylans Gesichtsausdruck, als ich meine Koffer gepackt hatte, und an die Miene meines Vaters, als er mich am Flughafen abgesetzt hatte, und verbannte beide Bilder tief in die dunklen Winkel meines Gehirns, wo ich sie nicht mehr sehen konnte. Ich war noch nicht dazu bereit, mir einzugestehen, was ich getan hatte, und einer mir praktisch fremden Person gegenüber ging das schon gar nicht.

Ich wandte mich Lucy mit einem strahlenden Lächeln zu. »Warst du schon mal in Amerika?«

Ihr Blick verschleierte sich leicht. »Nein, noch nie, aber ich wollte da schon immer mal hin. Eines Tages ...!«

»Wenn es so weit ist, gebe ich dir gern ein paar Tipps.«

»Danke, Schätzchen. Also, was läuft bei dir in Sachen Männer? Hast du einen Freund, und, wenn ja, wird er dich öfter hier besuchen? Ist er ein ungehobelter Klotz und schmutzt furchtbar?«

Ich lachte. »Nein, ich habe keinen Freund und auch keine Absicht, das in nächster Zeit zu ändern. Ich möchte fürs Erste mein Leben als Single genießen.«

»Gott sei Dank. Ich habe gerade eine Trennung hinter mir und bin seitdem ständig unterwegs, um mich mal wieder richtig auszutoben.«

Ich grinste sie an. »Das kann ich sehr gut verstehen. Wie läuft es denn bisher?«, wollte ich wissen. »Irgendetwas Aufregendes in Sicht?«

Lucy schüttelte betrübt den Kopf. »Schätzchen, das ist ziemlich trostlos. Inzwischen suche ich bereits auf Facebook nach alten Schulfreunden, in der Hoffnung, dass es darunter ein paar attraktive Single-Männer gibt, mit denen ich etwas anfangen könnte.«

»Das klingt nicht gut.«

Lucy schüttelte noch einmal mit ernster Miene den Kopf. »Stimmt. Wie sieht es denn in Amerika aus? Ich schätze, dort laufen eine Menge knackiger Männer mit Namen wie Brad oder Tyson oder wie auch immer herum, muskelbepackt und zum Anbeißen. Ich wette, du hattest jede Menge superattraktiver Kerle.«

Mich näher über meine Partnersuche in den Staaten auszulassen war das Letzte, was ich im Moment tun wollte. »Eigentlich nicht.« Ich zuckte mit den Schultern. »Die ganze Datinggeschichte ist dort drüben genau durchstrukturiert; man checkt den Markt ab und probiert ein wenig herum, hält sich an die ›Drei-Dates-Regel‹ und verfolgt dann kompromisslos seine Lebensplanung. Wenn du mit neunundzwanzig noch keinen Diamanten von der Größe einer Grapefruit am Finger hast, wirst du als eine Art Aussätzige angesehen.«

»Krass.«

Ich nickte. »Es kann einen fertigmachen.«

»Na ja, jetzt bist du ja hier. Ich bin sicher, dass wir gemeinsam einiges auf die Beine stellen können. Zwei Single-Mädchen im großen London.« Sie betrachtete mein zerzaustes rötliches Haar, die übergroße Armeejacke, die zerrissene Röhrenjeans und die abgewetzten Converse Chucks. »Aber vorher sollten wir vielleicht mal ein bisschen shoppen gehen ...«

Und damit war die Sache erledigt. Nach ein paar Zigaretten auf dem Balkon waren wir wie alte Kumpel, und am nächsten Tag zog ich ein. Danach folgten zahllose Nächte, in denen wir uns gegenseitig Schuhe liehen, Jack Daniel's mit Cola (ich) und Bacardi mit Cola Light (sie) tranken, in nach Schweiß und schalem Zigarettenrauch stinkenden Clubs tanzten, bis drei Uhr morgens miteinander quatschten oder uns am Morgen danach auf den neuesten Stand der Dinge brachten. Wir hatten unglaublich viel Spaß, und es war genau das, was ich mir von London erhofft hatte.

Allerdings hatte sie recht: Was die Männerwelt anbelangte, war die Situation nicht so rosig wie erwartet. Nicht dass sich alle wie Vollidioten verhielten oder so. Im Großen und Ganzen waren sie äußerst charmant, und für mich erhöhte allein schon ihr hinreißender britischer Akzent ihre Attraktivität um einiges. In Hackney – dem Stadtteil, in dem ich jetzt wohnte – wimmelte es von verlockenden Männern in karierten Hemden, die selbstgedrehte Zigaretten rauchten und theoretisch alle reif waren, vernascht zu werden.

Aber da gab es ein Problem. Obwohl ich offen erklärte, dass ich nicht auf der Suche nach einer festen Beziehung war, wollten sie mir das einfach nicht glauben. Tief in ihrem Innersten waren sie davon überzeugt, dass das nur eine geschickte List von mir war, eine Falle, um sie in eine spießige Vorstadtidylle zu locken. Einer nach dem anderen verschwand nach wenigen Wochen kopfüber in die Nacht und tauchte nie wieder auf.

Allmählich beschlich mich das Gefühl, dass ich die Sache falsch anging: Indem ich ganz direkt sagte, wonach ich suchte (beziehungsweise wonach ich nicht suchte), legte ich anscheinend bei jedem Mann in London den Panikschalter um. Das war höchst ärgerlich und versaute mir alle Aussichten auf ein schwungvolles Sexleben.

Und dann begegnete ich Adrian.

Es war auf einer Weihnachtsparty mit lauter Leuten, die ich nicht kannte. Ich war noch nicht vertraut mit traditionellen britischen Weihnachtsfeiern, bei denen es dazugehört, sich sinnlos volllaufen zu lassen, jedem seine Unterwäsche zu zeigen und mit irgendjemand völlig Unpassendem rumzumachen. Aber ich war gleich in meinem Element und wild entschlossen, nichts anbrennen zu lassen. Und so landete ich mitten in Kensal Rise, zusammen mit meiner Kollegin Cathryn und einigen ihrer früheren Schulfreunde, die sich wie jedes Jahr an Weihnachten trafen. Ich hatte eine Schachtel Marlboro Lights dabei und trug ein Top, das ich kurzerhand zum Kleid erklärt hatte.

Seine großartige Haartolle fiel mir bereits von der anderen Seite des Raums auf, und ich stupste Cathryn an.

»Wer ist das?«, fragte ich und füllte ihren Drink nach.

»Wer? Meinst du den da?« Sie legte die Hand auf ihr Glas und deutete ungläubig auf das bebrillte Objekt meines Interesses.

»Genau, der Buddy-Holly-Verschnitt. Wer ist das?«

»Der mit der Brille? Das ist Adrian.«

»Adrian, aha. Und wie ist er so?«

»Würg. Den konnte ich schon in der Schule nicht ausstehen. Total eingebildet. Ich glaube, er wollte Journalist werden. Soviel ich gehört habe, arbeitet er jetzt als Redakteur in Sunderland. Ha.«

»Okay, jetzt ist er aber hier, und seine Brille finde ich hinreißend. Den schnapp ich mir.«

»Echt? Adrian Dean?«

»Ja, verdammt. Adrian Dean! Ich habe ja nicht gesagt, dass *du* ihn anflirten sollst.«

Meine Methode wirkte, und kurz darauf schnorrte er sich Zigaretten von mir, als wir zum Rauchen in die kleine Gasse hinter der Bar gegangen waren. Unser sichtbarer Atem vermischte sich mit dem Rauch, während wir uns über unsere Zigaretten hinweg angrinsten. Um Mitternacht küsste er mich. Und um zwei Uhr morgens waren wir in einem Taxi auf dem Weg zu meiner Wohnung.

In den nächsten drei Monaten hatte ich Sex, wann immer mir danach war, und das mit jemandem, mit dem ich auch gern davor und danach zusammen war – genauso hatte ich mir das vorgestellt. Und dann kam dieser blöde Morgen, an dem ich in einem Anfall von postkoitalem Wohlwollen den schweren Fehler beging, dem Mann Eier zu braten.

Selbst Adrian, von dem ich mich verstanden gefühlt hatte, war schließlich fest davon überzeugt, dass ich versuchte, ihn an mich zu binden.

Eigentlich sollte Dating doch eine lockere Sache sein, ja, sogar Spaß machen. Gut, ich hatte nicht allzu viel Erfahrung mit unverbindlichen Beziehungen, aber im College war ich ganz gut klargekommen. Offensichtlich hatte ich mit meinen derzeitigen Verführungsmethoden keinen Erfolg. Ich brauchte Rat.

Und dann entwickelte ich einen Plan.

Ich erinnerte mich an all diese Artikel über »Zehn Methoden, mit denen du ihm garantiert den Kopf verdrehst«, die während meiner Teenagerzeit in Zeitschriften wie *Young Miss* und *Seventeen* erschienen waren. Sie glichen sich alle auf deprimierende Weise und ermutigten die Leserin dazu, seine Interessen zu teilen (»Wenn er Autonarr ist, besuch doch mal einen Mechanikerkurs!«), auf Teufel komm raus mit ihm zu flirten (»Steck ihm im Sportunterricht einen Zettel zu mit der Frage, ob er Boxershorts oder einen Slip trägt!«) sowie Persönlichkeit und Aussehen so zu verändern, dass sie jenem Idealbild entsprachen, von dem ein Fünfzehnjähriger träumte. Der zehnte Tipp lautete immer: »Sei einfach du selbst!« Wie man das anstellen sollte, während man sich verführerisch das Haar über die Schulter warf und mit einem Schraubenschlüssel hantierte, war mir immer unverständlich geblieben. Mal ehrlich: Im Endeffekt wollen fünfzehnjährige Jungs eine Blondine mit großen Brüsten. Damit konnte ich schon damals nicht dienen. (Was wohl die Anzahl meiner Dates als Teenager hinreichend erklärt.)

Aber waren diese Dating-Ratgeber in den Buchläden nicht schlicht und einfach nur die Erwachsenenausgaben der Teenagermagazine mit den Top-Ten-Listen? Sie versprachen dir Hilfe dabei, um jeden Preis den Mann fürs Leben zu finden, aber funktionierten diese Ratschläge tatsächlich? Oder würde ich mich damit zum Volltrottel machen? Oder, was noch wichtiger war: Würden mich diese Ratschläge permanent in sexuelle Beziehungen mit gut getarnten Psychopathen treiben?

Die Aussicht darauf machte mich neugierig. Ich würde jeweils einen Monat lang einem bestimmten Ratgeber folgen und die Ergebnisse in einem Tagebuch (diesem hier!) der Nachwelt zu wissenschaftlichen Zwecken hinterlassen. Ein soziologisches Experiment. Meine Güte, nach ein paar Monaten wissenschaftlicher Studien wäre ich praktisch eine zweite Margaret Mead! Na ja, vielleicht nicht ganz, aber interessant würde es auf jeden Fall werden. Viel interessanter, als Männer mit Spiegeleiern in die Flucht zu schlagen und hinter einer saublöden Sendung wie *Football Focus* zurückstehen zu müssen.

Ich schrieb sofort eine SMS an Lucy.

Ich: Hast du dir schon mal einen Dating-Ratgeber besorgt?
Lucy: Warum?
Ich: Ich frag ja nur.
Lucy: Und warum?
Ich: Sag's mir einfach!
Lucy: Vielleicht.
Ich: Vielleicht?
Lucy: Ja, vielleicht. Bin ich jetzt ein Loser?
Ich: Vielleicht.
Lucy: Du kannst mich mal.
Ich: Welcher war's denn?
Lucy: »The Rules« – Die Kunst, den Mann fürs Leben zu finden. Keine vorschnellen Schlüsse. Steckte in einem Tief.
Ich: Verstehe. Habe neuen Lebensplan. Erzähl dir alles, wenn ich nach Hause komme. Xx

Ich lief zu meinem Lieblingsbuchladen, einem kleinen Schmuckstück hinter der U-Bahn-Haltestelle in South Kensington. Der Besitzer war ein liebenswürdiger, freundlicher Herr mit weißem Haar und einem so starken schottischen Akzent, dass ich Mühe hatte, ihn zu verstehen. Er gehörte mittlerweile zu den Menschen in London, die mir ans Herz gewachsen waren. Bei jedem meiner Besuche drückte er mir wunderbare Bücher in die Hand und erzählte mir in kaum verständlichem Genuschel etwas über sie. Allein der Laden war großartig: überall kleine Nischen und Ecken und ein Dachboden für Secondhand-Bücher. Ich verbrachte fast jede Mittagspause hier und suchte nach Schätzen.

Obwohl ich zehn Minuten nach Ladenschluss eintraf, war die Tür noch offen. Der Besitzer stolperte im Laden umher, stapelte Bücher von Seamus Heaney auf einen Tisch und sang zu einem Lied im Radio mit.

Er schenkte mir ein warmes Lächeln und nuschelte etwas, was wohl eine Begrüßung war.

»Was kann ich für Sie tun, meine Liebe?«, fragte er. »Noch etwas von Jane Austen? Oder vielleicht ein Werk von William Thackeray?« Wie üblich begann er, Bücher aus den Regalen zu ziehen und sie vor mir auszulegen.

»Nein danke, Hamish. Heute suche ich nach etwas anderem. Führen Sie Selbsthilfe-Bücher?«

»Ah, meine Liebe, Sie machen nicht den Eindruck, als würden Sie Hilfe benötigen! Worum geht es? Ein handwerkliches Problem? Dafür sollten Sie sich einen kräftigen jungen Mann suchen!«

»Nein, darum geht es nicht.« Meine Güte, war das peinlich. »Es handelt sich um ... Verabredungen. Ich brauche einen Dating-Ratgeber.«

Er richtete sich, auf seinen Stock gestützt, auf und lächelte mich freundlich an. »Das kann ich kaum glauben. Sie sind doch ein reizendes Mädchen! Sicher überschlagen sich die Jungs, um Sie auszuführen!«

»Eigentlich nicht«, murmelte ich. »Wie auch immer, es geht um eine wissenschaftliche Untersuchung.« Ich versuchte, mehr Überzeugung in meine Stimme zu legen, als ich in diesem Moment tatsächlich empfand.

»Ah, das hätte ich mir denken können! Sie arbeiten ja schließlich im Wissenschaftsmuseum. Ich glaube, ich habe einige dieser Ratgeber auf dem Dachboden verstaut. Rufen Sie mich, wenn Sie sie nicht finden, dann helfe ich Ihnen beim Suchen.«

Ich dankte ihm und lief die Treppe zum Dachboden hinauf, wo gefährlich aufgetürmte Bücherstapel bis unter die Decke ragten. In der rechten Ecke wurde ich fündig. Ich blies den Staub von den Umschlägen und warf einen Blick auf die Titel: *Männer sind vom Mars, Er steht einfach nicht auf dich, Warum die nettesten Männer die schrecklichsten Frauen haben* … Der gute alte Hamish besaß eine beeindruckende Auswahl.

Ich hörte, wie er sich unten räusperte. »Tut mir leid, meine Liebe, aber mein Stuhl im Pub wird langsam kalt …«, rief er nach oben.

»Komme gleich!«, brüllte ich zurück.

Gefunden! Ich zog ein Buch aus dem Stapel, hastete die Stufen hinunter und schwenkte es zusammen mit einer Zehn-Pfund-Note triumphierend durch die Luft.

Mit meinem Exemplar von *Die Kunst, den Mann fürs Leben zu finden* in der Hand kehrte ich nach Hause zurück und erklärte Lucy meinen Plan.

Sie schwieg einen Moment lang, offensichtlich überwältigt von meinem cleveren wissenschaftlichen Ansatz.

»Schätzchen, bist du bescheuert?«, stieß sie hervor. »Du willst aus deinem Liebesleben ein Experiment machen?«

»Richtig!«

»Aber … das ist krank! Was passiert, wenn du dich mit jemandem länger als nur einen Monat lang triffst?«

»Das halte ich eher für unwahrscheinlich, aber sollte das

der Fall sein, werde ich meine Taktik ändern müssen und die Ratschläge des nächsten Buchs befolgen! Mein Verhalten wird sich dann *total verändern,* und ich werde dokumentieren, welche Auswirkungen das hat!«

»Und was, wenn das Buch dir etwas wirklich Schräges vorgibt? Wenn darin steht, dass du dich beim Sex anpinkeln lassen sollst? Oder du Japan-Bondage oder so etwas machen musst?«

»Lucy, das ist ein Dating-Ratgeber, kein abgefahrener Porno.«

Sie griff nach meinem Arm. »Lo, ich habe gehört, dass einige dieser Ratgeber empfehlen, das mit dem Sex ganz bleiben zu lassen.« Ihre Augen weiteten sich.

Ich setzte eine Miene auf, als hätte ich gerade eine Zen-Meditation hinter mir. »Dann muss ich eben auf die Reserven meines inneren Reichtums zurückgreifen.«

»Hmm.« Ich sah, dass sie unschlüssig war. Dann leuchteten ihre Augen plötzlich auf. »Und was, wenn du dich in eine deiner Testpersonen verliebst? Was dann?«

Ich verdrehte die Augen. »Von diesem Liebeskram hatte ich schon genug – das reicht bis an mein Lebensende. Das, meine liebe Freundin, dient dem Vorwärtskommen von Single-Frauen auf der ganzen Welt!«

»Na, wenn das so ist, bin ich absolut dafür!«, rief Lucy, und wir hoben unsere Gläser für einen Toast.

»Auf die Wissenschaft!«

BUCH EINS:

Die Kunst, den Mann fürs Leben zu finden

1. April

The Rules wurde 1995 geschrieben, nachdem die ersten beiden Wellen des Feminismus an unsere Küsten gerollt waren. Mitten im poststrukturalistischen Gezeitentümpel der dritten Welle verkündet *The Rules* eine Botschaft, die man als altmodisch bezeichnen könnte. Sogar als viktorianisch. Die Kapitelüberschriften lauten beispielsweise »Sprechen Sie einen Mann nicht zuerst an (und fordern Sie ihn nicht zum Tanzen auf)« oder »Starren Sie die Männer nicht an und reden Sie nicht zu viel«, was sich anhört wie Ratschläge, die eine fiktive Großmutter ihrer jungen Enkelin in einem Fernsehfilm über die Amish People geben könnte.

Am beunruhigendsten klingt »Erzählen Sie keinem Therapeuten von den Regeln«. Schrillen da nicht sofort alle Alarmglocken, wenn man in einem Buch dazu ermutigt wird, Dinge zu tun, die man vor einem Therapeuten lieber verheimlichen sollte?

Das Grundkonzept des Buchs besagt, dass frau einen Mann dazu bringen soll, ihr nachzujagen. Für immer. Anscheinend wird man zu einer wandelnden Sexbombe, wenn man sich wie ein einzigartiges, schwer zu erhaschendes Wesen verhält, das niemals einem Mann direkt in die Augen schaut, nur spricht, wenn es dazu aufgefordert wird, und keine erkennbaren eigenen Gedanken und Meinungen hat. Das können sich all die hippen Schlaumeier mal schön hinter ihre poststrukturalistischen Öhrchen schreiben!

Dahinter steckt offensichtlich die Vorstellung, dass jede Frau zu einer Art geheimnisvoller Idealfrau wird, indem sie ihre gesamte Persönlichkeit unterdrückt. »Seien Sie feminin und nicht zynisch«, rät das Buch. »Seien Sie kein vorlautes, hysterisches Mädchen, das sich übermütig auf die Schenkel klopft. Seien Sie ruhig und geheimnisvoll, benehmen Sie sich wie eine Dame, schlagen Sie die Beine übereinander, und lächeln Sie.« Da mir üblicherweise eher mit nicht verschränkten Beinen zum Lächeln zumute ist, kamen mir Zweifel, ob ich für diese Aufgabe geeignet war. *The Rules* lieferte dazu aber ermutigende Worte: »Sie mögen den Eindruck gewinnen, als dürften Sie sich nicht so geben, wie Sie wirklich sind, aber Männer lieben das!«

Das war einerseits entmutigend, gleichzeitig erkannte ich eine Methode hinter diesem Wahnsinn. Und so funktionierte die Sache: siebzig Prozent kompletter Schwachsinn, der allem widerspricht, woran ich glaube, kombiniert mit dreißig Prozent absoluter Genialität.

Je mehr ich las, umso öfter fragte ich mich, ob es tatsächlich … nun ja, in gewisser Weise hilfreich sein konnte. Frauen, die sich an diese Regeln halten, verabreden sich nicht mit Männern, die nichts von ihnen wollen, so heißt es in dem Buch. Und wenn ein Mann tatsächlich an einer Frau interessiert ist, wird er ihr nachjagen und sich dabei entsprechend anstrengen. Ich dachte kurz an Adrian und

Football Focus und daran, wie wenig er sich in den letzten Monaten um mich bemüht hatte. Hmm.

Am Abend nach der Arbeit versuchte ich, für Lucy das Wesentliche zusammenzufassen.

»Das heißt also, dass du ihn nicht anrufen oder ein Treffen vorschlagen sollst? Dass du den Mund halten, seine Anrufe nicht erwidern und ihn nicht direkt anschauen sollst?«

Ich nickte.

»Klingt grauenvoll.« Lucy zog an ihrer Zigarette und sah nachdenklich drein. »Und wie soll man dann flirten?«

»Darum geht es ja! Du flirtest nicht. Oder zumindest nicht so, wie wir es tun. Du sollst ja schüchtern und zurückhaltend sein.« Ich hörte ein Winseln und beugte mich über die Balkonbrüstung. »Veranstalten die Jungs dort unten einen Hundekampf?«

Lucy warf einen Blick über meine Schulter. »Wohl eher einen Drogendeal.«

»Wie auch immer. Wie es in dem Buch heißt, sollen wir unnahbar wirken. Wie eine Waldfee. Es darf nie passieren, dass ein Mann sich entspannt zurücklehnt und sich sicher ist, dass er eine Frau erobert hat – er muss sich ständig um unsere Zuneigung bemühen.«

»Na ja, ich nehme an, das wäre mal was anderes. Ich kann mich nicht daran erinnern, wann ein Mann sich bei mir das letzte Mal wirklich angestrengt hat.«

Später am Abend gingen wir in eine dumpfige Kellerbar in Soho, wo Lucys neueste Errungenschaft einen auf Ed Sheeran machte. Max war ein leicht abgehobener Sportwagenfahrer mit einer Vorliebe für Kampfsportarten, der, wie wir nun hören konnten, mit Begeisterung Lieder über Schmetterlingsküsse sang.

Er verstand sich außerdem sehr gut auf emotionale Hü-hott-Spielchen: An einem Abend lud er Lucy zu einem fürstlichen Essen mit allem Drum und Dran ein, verschwand danach für drei Wochen komplett von der Bildfläche und rief sie dann an irgendeinem Dienstag um elf Uhr abends an, weil er sie plötzlich sehen wollte. So ging das nun schon seit Wochen.

Lucy und ich hielten ihn eigentlich für ein Arschloch, aber leider war er, wie das oft bei Arschlöchern der Fall ist, gut im Bett. Und außerdem konnte er ein Instrument der Macht einsetzen, bei dem fast alle Frauen schwach werden: die akustische Gitarre. Ich persönlich würde lieber die Sohlen meiner Flip-Flops nach einer Rucksacktour durch Indien ablecken, als auf meiner Bettkante zu sitzen, während mir ein Mann ein Lied vorsingt, aber Lucy war da ganz anders. Sie fand das toll und sang mit Begeisterung laut mit. Mich schauderte bei dem bloßen Gedanken daran.

Als Max seinen Auftritt beendet hatte und, begleitet von spärlichem Applaus, von der Bühne stieg, fiel sein Blick auf Lucy. Er schenkte ihr ein strahlendes Lächeln und winkte ihr zu. Obwohl Lucy gemeint war, beschleunigte sich mein Herzschlag – er war wirklich ein heißer Typ.

»Okay, hör zu«, zischte ich. »Wenn er sich zu uns setzt, redest du maximal fünf Minuten mit ihm und sagst ihm dann, dass du noch was anderes vorhast.«

»Bist du verrückt geworden? Er soll gefälligst mit mir nach Hause kommen. Ich will Sex!«

»Das weiß ich, aber bei *The Rules* heißt es …«

»*Du* willst dich doch an diese bescheuerten Regeln halten, nicht ich!«

»Stimmt – schon gut. Aber du solltest nicht hier herumhängen und auf ihn warten – er muss hinter dir her sein!«

»Hast du nicht gehört, was ich gerade gesagt habe? Ich will Sex!«

»Aber du bist ein einzigartiges Wesen!«

»Sei still! Er kommt!«

Max kam mit einem Glas Bier in der Hand an unseren Tisch und wirkte ziemlich selbstzufrieden.

»Hallo! Wie geht es euch beiden Hübschen? Hat euch mein Auftritt gefallen?«

Lucy und ich murmelten anerkennend.

Er wandte sich an Lucy. »Baby, ich muss mich mal ein wenig mit meinen Freunden und meinem Bruder unterhalten. Bleibst du noch hier?«

Ich warf Lucy einen scharfen Blick zu. Sie erwiderte ihn finster und verdrehte die Augen. »Nein, wir wollten gerade gehen. Wir haben noch was vor«, behauptete sie.

»Stimmt!«, rief ich. »Etwas sehr Wichtiges.« Es klang bedrohlicher als beabsichtigt, aber ich wollte sie unbedingt unterstützen.

Max zog eine Augenbraue hoch. »Oh, wie schade, aber … Na ja, dann treffen wir uns bald mal wieder. War schön, euch zu sehen.«

Ich spürte, wie Lucy beim Anblick seiner Augenbraue

schwach zu werden drohte, also sprang ich auf und holte unsere Mäntel.

»Wir sind schon spät dran!«, trällerte ich.

Nachdem wir Max rasch ein Küsschen links und rechts auf die Wangen gedrückt hatten, stolperten wir aus der Bar und fuhren mit dem Bus auf einen Absacker zur Old Street. Wenige Minuten später summte Lucys Telefon. Eine SMS von Max.

> Du hast heute Abend umwerfend ausgesehen. Schade, dass du schon gehen musstest … Abendessen nächste Woche? Xx

Ich empfand eine merkwürdige Mischung aus Triumph und Entsetzen. Funktionierte dieser Mist tatsächlich? Es wurde Zeit, dass ich das an mir selbst ausprobierte.

2. April

Kaum hatte ich das Projekt gestartet, wurde mir klar, dass es mir grundlegend an einem fehlte: an Testpersonen. Obwohl ich gern unterwegs bin und wie die meisten von uns nicht abgeneigt, einen Mann auch mal näher kennenzulernen, zeigte meine Erfahrung, dass Technik allein nicht ausreichte, um genügend Untersuchungsmaterial aufzutreiben.

Cathryn und ich hatten uns während unserer engen Zusammenarbeit recht gut angefreundet, obwohl wir in vielerlei Hinsicht die transatlantische Kluft verkörperten. Sie war stylish, elegant und wohlhabend, was sie jedoch dezent verschwieg. Ihr äußerst attraktiver Verlobter Michael und sie wohnten in einem wunderschönen Reihenhaus in Notting Hill, und sie konnte ihr schimmerndes kastanienbraunes Haar zu einem perfekt sitzenden, kecken Pferdeschwanz binden, ohne dafür eine Haarbürste zu brauchen. Allein dafür hätte ich sie schon hassen können, und eigentlich hätten wir bei diesen Voraussetzungen zu erbitterten Rivalinnen werden müssen – wahrscheinlich im Kampf um die Gunst unseres unglaublich gut aussehenden, aber strengen Chefs. Aber Cathryn hatte auch einen herrlichen Sinn für Humor und ein großes Herz, und unser Boss war glücklich verheiratet und legte allmählich an Bauchumfang zu, also wurden wir stattdessen Freundinnen. Und nun hoffte ich, dass sie mir in ihrer Großzügigkeit Zugang zu ihrem ausgedehnten Freundeskreis mit etlichen attraktiven Männern verschaffen würde.

Am nächsten Morgen marschierte ich in unser Büro und ließ meine Tasche neben dem Schreibtisch auf den Boden fallen.

»Ich brauch deine Hilfe.«

Ich erklärte ihr die Situation; schließlich wollte ich nicht, dass sie mir unwissentlich einen ihrer Freunde als Testkandidaten überließ. (Obwohl sie natürlich niemandem verraten durfte, was ich vorhatte.) Cathryn zog eine ihrer perfekt geschwungenen Augenbrauen leicht nach oben und sah mich beunruhigt an.

»Ich bin mir nicht sicher, was ich davon halten soll. Hast

du mal über den moralischen Aspekt dieses Projekts nachgedacht?«

»Welche Moral? Das ist doch alles ganz harmlos! Frauen befolgen *ständig* solche Regeln – deswegen verkaufen sich diese Bücher ja so gut! Der einzige Unterschied besteht darin, dass ich wissenschaftlich an die Sache herangehe. Komm schon, du hältst doch viel von Wissenschaft – du könntest ruhig würdigen, was ich im Namen der Forschung auf mich nehme.« Ich versuchte, erhaben und akademisch auszusehen. »Im Übrigen finde ich das sehr edel von mir, wenn ich es mir recht überlege. Ich opfere mich im Namen der Wissenschaft.«

Sie verdrehte die Augen. »Du bist eine moderne Marie Curie.«

»Wie man so schön sagt: Manche sind eben zu Höherem berufen …«

»Bist du dir sicher, dass du das schaffst? Von deiner Psyche mal ganz abgesehen – wir haben im Augenblick wirklich viel zu tun. In knapp zwei Wochen fangen unsere Sommerabend-Events an, und du musst die Gästelisten noch auf Vordermann bringen.«

»Oh, bitte. Ich bin Amerikanerin – du weißt, wie tüchtig wir sind. Wir lieben das Arbeiten! Nicht ganz so sehr wie die Deutschen oder die Chinesen, aber fast.«

»Na gut, aber was ist mit deiner seelischen Verfassung?«

»Ich weiß deine Sorge um mich zu schätzen, aber damit werde ich schon fertig. Es soll schließlich Spaß machen! Und natürlich auch aufschlussreich sein.«

Ich merkte, dass sie ins Wanken geriet. Jetzt hatte ich

sie. »Eigentlich klingt es wirklich ganz interessant. Ich bin schon so lange mit Michael zusammen, dass ich nichts mehr über Dating-Regeln weiß. Es würde mich schon interessieren, was bei deinem Experiment herauskommt.«

»Großartig. Also, wen hättest du für mich?«

Cathryn begann, mir ausführlich von einem Kollegen ihres Verlobten zu erzählen. Anscheinend sah er prima aus, hatte gute Manieren und war Single – was am wichtigsten war. Wie Michael hatte er irgendeinen Job in der Finanzwelt, den ich zwar nicht verstand, aber ich nahm an, dass er dabei fleißig unsere Wirtschaft ruinierte, während er einen Haufen Kohle scheffelte. Ich war noch nie mit einem Banker ausgegangen, aber die Zeit drängte, also schob ich meine Bedenken bezüglich der Übel des Kapitalismus beiseite und stimmte zu.

Ich beschloss, ihn »Top Hat« zu nennen, wie der Zylinder, die Spielfigur aus Monopoly, und tippte die Angaben über ihn in mein Notebook.

Name: Top Hat
Alter: 31
Beruf: Investmentbanker
Nationalität: Ire
Methode: *The Rules (Die Kunst, den Mann fürs Leben zu finden)*

»Großartig, vielen Dank! Kannst du versuchen, ein Treffen für Freitag zu arrangieren? Ich muss die Sache zum Laufen bringen.«

»Ich werde heute Abend mit Michael reden.«

Und so war ich im Handumdrehen zu meiner ersten Testperson gekommen.

4. April

Ich hatte schon seit über zwei Wochen nicht mehr mit meiner Schwester telefoniert, was extrem ungewöhnlich war. Als während der Mittagspause Meghans Nummer auf meinem Display erschien, legte ich daher sofort mein Sandwich weg und griff nach dem Telefon.

»Ich plane gerade mein Leben neu«, erklärte ich atemlos. Wir hielten uns nie lange mit Begrüßungsfloskeln auf.

»Ach, du meine Güte. Du hast aber nicht zu Gott gefunden oder so was in der Art?«

»Nein, so dramatisch ist es nicht.« Ich weihte sie in meine Pläne über das Dating-Projekt ein und ignorierte dabei ihr ständiges ungläubiges Schnauben. Dass es nicht einfach werden würde, Meg zu überzeugen, war mir klar gewesen, aber auf ihre Verärgerung war ich nicht vorbereitet.

»Ich dachte immer, du hältst dich für eine Feministin«, spottete sie.

»Das tue ich auch! Und wenn du gründlich darüber nachdenkst, wirst du feststellen, dass es sich dabei um einen Akt feministischer Rebellion handelt.«

»Inwiefern ist das Befolgen eines Haufens blödsinniger

und wahrscheinlich frauenfeindlicher Dating-Regeln ein feministischer Akt?«

Ich überlegte mir rasch eine Antwort. Obwohl ich mich tatsächlich als Feministin sah, hatte ich mir zugegebenermaßen noch nicht viele Gedanken über die Umsetzung gemacht. »Indem ... äh ... der Feind unterwandert wird! Ich begebe mich hinter die feindlichen Linien. Mit den archetypischen Waffen einer Frau dringe ich in die männliche Psyche ein, um die Gesamtsituation für das weibliche Geschlecht weltweit zu verbessern!«

Meghan lachte. »Schon okay, Kleine. Gib einfach zu, dass du Dylan vergessen willst.«

»Dylan hat nichts damit zu tun!«, entgegnete ich aufgebracht. »Dylan ist Vergangenheit, Meg. Dieses Projekt ist meine Zukunft!«

Ich hörte, wie sie am anderen Ende der Leitung tief seufzte. »Wie du meinst. Aber pass auf dich auf. Es wäre furchtbar, wenn du dich für ein paar blasse englische Jungs komplett umkrempeln würdest.«

»Mach dir keine Sorgen um mich. Ich habe die Situation absolut unter Kontrolle.«

»Ich bin mir nicht sicher, ob mich das beruhigt oder eher beunruhigt ...«

Ich ging zu meinem Schreibtisch zurück, nahm mein Sandwich und die zerfledderte Ausgabe von *The Rules* wieder in die Hand und schlug Meghans Warnung in den Wind.

5. April

Der Abend des Dates war überraschend schnell da. Ich hatte die ganze Woche über fleißig *The Rules* gelesen, aber einige Punkte verunsicherten mich immer noch. Frauen, die sich an diese Regeln halten, dürfen bei einer Verabredung für nichts bezahlen, da eine finanzielle Unabhängigkeit anscheinend das Anders-sein-als-alle-anderen unterminieren würde. Ich lege normalerweise großen Wert darauf, dass man sich die Rechnung teilt, also würde ich mich mit Sicherheit sehr unbehaglich fühlen, wenn ich ihn alles bezahlen ließ.

Außerdem sollte ich das Date nach nur zwei Drinks rasch beenden. Da ich dazu neige, mich nachts länger als ratsam herumzutreiben, würde mir wahrscheinlich auch das schwerfallen.

Ich durfte keine Vorschläge für unsere Verabredung machen, also überließ ich ihm die Auswahl des Treffpunkts. Für diese Regel war ich insgeheim sogar dankbar, denn ich suche nur ungern ein Lokal für ein Date aus oder schlage irgendeine Unternehmung vor. In London kannte ich bis dahin ohnehin nur altmodische Pubs, abgeranzte Kneipen und mein eigenes Schlafzimmer, und die einzigen Aktivitäten, die sich in meinen Augen für ein Date eignen, sind Trinken, Rauchen und Sexhaben. Ob ein Abendessen dafür auch taugt, könnte ich nicht mit Sicherheit sagen.

Mein Date suchte eine todschicke, auf Prohibitionszeit gestylte Bar in Soho aus. *The Rules* rät, und ich zitiere:

»Tragen Sie dünne schwarze Seidenstrumpfhosen und ziehen Sie den Rock ein Stückchen hoch, um Ihr Gegenüber zu verführen.« Das Date war für den Freitagabend geplant, und da ich im Büro nicht aussehen wollte, als würde ich nebenher in einem Puff in Mayfair arbeiten, rannte ich nach der Arbeit nach Hause, zwängte mich in das engste Kleid, das ich finden konnte, rauchte noch schnell auf dem Balkon eine Zigarette und stürmte dann los, um mich mit Top Hat zu treffen.

Die Bar lag ein wenig versteckt und wirkte auf angenehme Weise wie ein Geheimtipp; nur eine einzige Laterne wies auf den schmalen, diskreten Eingang hin. Normalerweise machen mich solche Lokale extrem nervös; ich fürchte dann immer, dass ich die Tür nicht finde und herumirre wie Moses in der Wüste oder, noch schlimmer, dass ich die Tür zwar finde, aber abgewiesen werde, weil ich nicht cool und interessant genug bin.

Glücklicherweise hatte Top Hat diese beiden Ängste bereits vor dem Date zerstreut, indem er mir per E-Mail eine genaue Wegbeschreibung gegeben und mir versichert hatte, dass ich an der Tür nur meinen Namen zu nennen bräuchte. Zwei Punkte für ihn.

Trotz dieser beruhigenden Zusagen war ich das reinste Nervenbündel, als ich auf den Oberkellner zuging und ihm erklärte, dass ich hier ein Blind Date hätte. Er sah mich wissend an und führte mich die Treppe hinunter.

Gott sei Dank, dachte ich. Dieser Mann weiß, um wen es sich handelt! Top Hat musste ihm bei seiner Ankunft Bescheid gegeben haben. Das fand ich irgendwie sexy …

Der Oberkellner führte mich zu einer Theke, an der ein mittelgroßer, dunkelhaariger und recht attraktiver Mann vor etwas saß, das aussah wie ein Glas Old Fashioned.

BINGO, dachte ich.

Der Oberkellner zwinkerte mir zu und zog sich zurück.

»Top Hat?«, fragte ich. (Natürlich sprach ich den Mann nicht mit »Top Hat« an, aber um die Anonymität meiner Testperson zu gewährleisten, nenne ich ihn hier so.)

»Nein«, erwiderte der große attraktive Mann mit dem dunklen Haar.

»Oh«, hauchte ich. »Tut mir leid. Ich bin hier mit jemandem verabredet, und man hat mich zu Ihnen gebracht.«

Er ließ seinen Blick langsam über mein sehr kurzes Kleid gleiten. »Meine Frau wird jeden Moment kommen, und sie wird nicht begeistert sein, wenn sie mich mit jemandem wie Ihnen reden sieht.« Er zog eine Visitenkarte aus seiner Tasche. »Ich arbeite allerdings an einigen Abenden der Woche außerhalb, also kann sich Ihr Boss gern wegen der Einzelheiten mit mir in Verbindung setzen.«

»Ich glaube, da liegt ein Missverständnis vor. Mein Boss arbeitet im Wissenschaftsmuseum.«

Er wirkte leicht verärgert. »Tut mir leid, aber mit dem Fachjargon bin ich nicht vertraut.«

»He, Sportsfreund, jetzt hören Sie mir mal gut zu …«

»Lauren?«, ertönte eine Stimme hinter mir.

Ich drehte mich um. An einem kleinen, in einer Ecke versteckten Tisch saß ein schlanker rothaariger Mann und winkte mir verhalten zu.

Was für eine Erleichterung. Ich warf dem Mann an der Bar einen finsteren Blick zu, zog den Saum meines Kleids nach unten und stakste zu Top Hat hinüber.

Wir küssten uns verlegen auf die Wange, und ich ließ mich vorsichtig auf dem Stuhl neben ihm nieder. Er war süß. Nicht groß, dunkelhaarig und umwerfend attraktiv, aber jungenhaft und sympathisch. Ich machte mir im Geiste eine Notiz, Cathryn am Montag eine Tafel Schokolade mitzubringen.

»Großartig!«, sagte er. »Wir haben es geschafft! Was möchten Sie trinken?«

Wir bestellten Martinis, und er erzählte mir ein wenig über sich. Er war vor sechs Jahren aus beruflichen Gründen von Irland nach London gezogen und wohnte nun mit seinem Bruder und seinem Cousin in Hammersmith.

»... und so bin ich hier gelandet. Tut mir leid, ich texte Sie hier die ganze Zeit zu.« Er trank einen Schluck und nickte mir zu. »Was hat Sie auf unsere herrliche Insel verschlagen? Sind Sie wegen des Wetters oder der unvergleichlichen Servicementalität hier? Normalerweise geht es um eines von beiden.«

Ich lachte unwillkürlich laut auf, bevor ich mich rasch zusammenriss und eine, wie ich hoffte, sittsame Miene aufsetzte. »Ich bin wegen meines Jobs hier.«

»Richtig, Sie arbeiten ja mit Cathryn im Wissenschaftsmuseum! Die liebe Cathryn. Eine fabelhafte Frau. Womit seid ihr im Moment beschäftigt? Steht ein wichtiges Projekt an?«

Tatsächlich arbeiteten Cathryn und ich seit sechs Monaten unermüdlich daran, eine Reihe von Abendveranstaltungen für Erwachsene zu organisieren, aber damit hätte ich schon zu viel von mir verraten. Also zuckte ich nur mit den Schultern. »Nein, eigentlich nicht«, erwiderte ich und nippte an meinem Martini.

»Verstehe. Nur die übliche Routine, richtig?«

Ich lächelte und richtete den Blick auf den Tisch. Ich kam mir vor, als würde ich Helen Keller imitieren.

Top Hat wirkte für einen Moment ein wenig ratlos, stürzte sich aber dann mit neuem Eifer in die Unterhaltung.

»Ich arbeite im Augenblick mit Michael an einer großen Sache. Nächste Woche fliegen wir nach Tokio – hat Cathryn das erwähnt?«

Ich schüttelte den Kopf.

»Am Dienstag geht's los. Wir werden zwei Wochen dort bleiben, und ich bin fest entschlossen, so viele Kobe-Steaks wie möglich in mich hineinzustopfen. Es wird sicher lustig. Waren Sie schon mal in Tokio?«

»Ja, einmal.« Tatsächlich hatte ich nach meinem College-Abschluss sechs Monate in Tokio Englisch unterrichtet. Es hatte mir dort unheimlich gut gefallen.

»Eine tolle Stadt, oder? Verrückt, total abgefahren! Aber auf herrliche Weise. Wann waren Sie dort?«

»Vor ein paar Jahren.«

»Und was hat Ihnen dort am besten gefallen?«

»Das Kugelfisch-Essen!«, wollte ich antworten. »Der Fisch, der einen von hundert Leuten umbringt, wenn sie ihn essen. Ich habe ihn gegessen und bin die ganze Nacht aufgeblieben, um abzuwarten, ob ich daran sterbe. Ich habe überlebt, und es war großartig!« Stattdessen zuckte ich wieder mit den Schultern. »Das kann ich eigentlich gar nicht sagen.«

»Haben Sie irgendetwas komplett Verrücktes gesehen? Ich bin schon total gespannt auf diese Roboter-Barkeeper, die es dort in angesagten Lokalen gibt. Haben Sie mal eins von den Dingern gesehen?«

»Ja! Und sogar einen dieser Verkaufsautomaten für gebrauchte Damenunterwäsche!«, hätte ich am liebsten gerufen. »Das war so schräg und widerlich, dass ich eine Zillion Fotos gemacht habe, um sie allen zeigen zu können!« Stattdessen sagte ich: »Nein, nur das Übliche.«

Top Hat lächelte matt und starrte in sein Glas. Er entglitt mir, das spürte ich, aber ich konnte nichts dagegen tun.

Wie nicht anders zu erwarten war, schlief die Unterhaltung danach ein. Da es mir die Regeln untersagten, ein neues Gesprächsthema anzufangen, konnte ich nichts gegen die langen Pausen unternehmen. Also saßen wir da und nippten an unseren Drinks. Hin und wieder stellte Top Hat eine Frage, und ich murmelte eine einsilbige Antwort. Es war unerträglich.

Glücklicherweise rückte das Ende des Abends rasch näher, denn ich musste ja nach dem zweiten Drink gehen. Als mein Glas leer war, warf ich einen Blick auf meine Armbanduhr und sagte den Satz, vor dem mir gegraut hatte: »Es war wirklich nett, aber ich habe morgen einen harten Tag vor mir.«

Top Hat wirkte verwirrt – es war Freitagabend und erst neun Uhr fünfunddreißig –, aber gleichzeitig erleichtert. »Oh, ich verstehe«, erwiderte er. »Dann lass ich die Rechnung bringen.«

Als die Rechnung kam, musste ich mich auf meine Hände setzen, um nicht nach meiner Handtasche zu greifen. Es wäre eigentlich das Mindeste gewesen, meinen Anteil an diesem Desaster zu begleichen – ich hatte dem armen Kerl den Abend ruiniert, und nun musste er auch noch alles bezahlen.

Top Hat zückte jedoch, ohne mit der Wimper zu zucken, seine Kreditkarte. Wahrscheinlich wollte er einfach nur so schnell wie möglich weg.

Wir verließen die Bar (wobei ich an der Tür verstohlen zögerte, sodass er sie für mich öffnen musste), und er begleitete mich galant zur nächsten U-Bahn-Haltestelle.

»Vielen Dank für den wunderbaren Abend!«, trällerte ich.

»Hat Spaß gemacht. Schade, dass Sie schon nach Hause müssen.«

»Tja, wie ich schon sagte – mir steht ein harter Tag bevor«, erwiderte ich. »Gute Nacht!«

Ich flitzte die Treppe zur U-Bahn hinunter und lief am anderen Ende wieder nach oben, um mich mit einer Zigarette zu beruhigen.

»Himmel, was für eine Tortur«, murmelte ich, während ich an meiner Zigarette zog. Als mir bewusst wurde, dass ich in schwarzen Strümpfen und einem kurzen schwarzen Kleid an einer Straßenecke in Soho stand, raffte ich den

Mantel enger um mich und trat meine Zigarette mit dem Absatz aus. Ich war heute schon einmal für eine Prostituierte gehalten worden und hatte keine Lust auf weitere Einladungen dieser Art.

Auf dem Weg zurück in den U-Bahn-Schacht heiterte mich der Gedanke auf, dass ich rechtzeitig zu Hause ankommen würde, um mir *Lass es, Larry!* auf Channel 4 anzuschauen. Zumindest brachten Dates nach *The Rules* meine Fernsehgewohnheiten nicht durcheinander.

»Lauren?«

Ich drehte mich um und sah Top Hat, der sich aus dem Fenster eines Taxis lehnte.

»Oh, hallo nochmal!« Ich versuchte angestrengt, wieder elegante Zurückhaltung auszustrahlen.

»Kann ich Sie mitnehmen? Ich möchte mir in Shoreditch mit ein paar Freunden Deedley-Deets anhören. Soll ich Sie auf dem Weg dorthin irgendwo absetzen?«

Deedley-Deets? Jetzt konnte ich mich nicht mehr zurückhalten – diese Frage musste ich einfach stellen. »Was ist ein Deedley-Deet?«

»Irische Musik! Deedley-Deets wie Dideldidum, verstehen Sie? Kommen Sie doch mit, wenn Sie Lust haben!«

»Nein, danke.«

»Ach stimmt, Sie haben ja einen harten Tag vor sich und so. Kann ich Sie wenigstens nach Hause bringen?«

Ich dachte einen Moment lang darüber nach und fragte mich, was *The Rules* wohl empfehlen würde. Wahrscheinlich sollte ich ablehnen, aber der eisige Aprilwind pfiff durch meine dünnen Strümpfe, und zwei ältere Männer vor einem Pornoladen schielten lüstern zu mir herüber, also nickte ich und schob mich auf den Rücksitz des Wagens.

»Danke, das ist wirklich sehr nett von Ihnen.«

»Kein Problem.« Top Hat musterte mich kurz. »Darf ich Sie fragen, ob es Ihnen gutgeht? Alles in Ordnung?«

Verflixt, das war wirklich nicht einfach. Er hielt mich offensichtlich für eine schreckliche Person. Ich zwang mich zu einem höflichen Lächeln. »Ja, alles bestens, danke.«

»Sie waren sehr ... still. Ich hoffe, ich habe Sie nicht irgendwie beleidigt? Manchmal reiße ich einfach meine Klappe zu weit auf. Sagen Sie es mir ruhig, wenn ich zu viel Blödsinn geredet habe!«

»Keineswegs!«, beruhigte ich ihn. »Sie waren der perfekte Gentleman.« Ich überkreuzte meine Füße und richtete den Blick starr auf sein linkes Ohrläppchen, fest entschlossen, keinen Augenkontakt herzustellen. Er war wirklich nett und attraktiv – auf diese jungenhafte, leicht schräge und typisch irische Art, die mir so gut gefällt ... Wenn ich ihm jetzt in die Augen schaute, würde ich mich sofort auf ihn stürzen, da war ich mir sicher.

Es entstand ein unbehagliches Schweigen. Ich starrte aus dem Fenster auf die vorbeifliegenden Straßen und wünschte, das Taxi würde mich direkt in mein Wohnzimmer beamen.

»Hier sind wir schon!«, rief ich, als das Taxi am Kreisverkehr an der Old Street anhielt. »Nochmals vielen Dank für den netten Abend!« Ich sprang aus dem Wagen und rannte (na ja, eigentlich stolperte ich eher – ich kann mich auf hohen Absätzen nur mit Mühe fortbewegen) zum Hauseingang, ohne einen Blick zurückzuwerfen.

Als ich die Tür zu meiner Wohnung aufschloss, lief es mir plötzlich eiskalt über den Rücken. Oh Gott, ich habe ihm nicht einmal Geld für das Taxi angeboten, schoss es mir durch den Kopf. Gemäß *The Rules* durfte ich das natürlich sowieso nicht, aber ich schämte mich trotzdem. Wahrscheinlich hielt er mich jetzt für ein richtiges Miststück.

Ich schenkte mir ein großes Glas Wein ein und ging damit auf den Balkon. Die Wohnung war leer; Lucy hatte sicher irgendwo ihren Spaß, trank und flirtete mit irgendwelchen Männern bis weit nach zehn Uhr abends, unbelastet von den Beschränkungen, die ein Leben nach *den Regeln* mit sich brachte. Wie ich sie beneidete!

Wäre es nach mir gegangen, hätten die beiden Martinis zu einigen Bourbons geführt, und der Abend hätte mit einer wilden alkoholisierten Knutscherei in der dunklen Ecke einer Kneipe in der Hanbury Street geendet.

Genau das gefiel mir so gut am Single-Dasein: kleine Abenteuer mit einem fast Fremden, zu dem man sich plötzlich auf unwiderstehliche Weise hingezogen fühlte; bizarre, ungewöhnliche Gespräche über deine Lieblingshunderasse, darüber, wer in einem Wettbewerb zwischen *New Kids on the Block* und *One Direction* das Rennen machen würde, oder ob Michael McIntyre die Welt zu einem unbewohnbaren Ort machte; die ungebändigte Jagd nach Alkohol und Zigaretten; das Gefühl, dass einem die Nacht entglitt, und der Versuch, sie festzuhalten, um so lange wie möglich den Schutz der Dunkelheit zu genießen. Ich liebte es, am nächsten Morgen noch ein wenig benommen und mit leichtem Schwindelgefühl und Kopfschmerzen aufzuwachen und dabei trotzdem rundum glücklich und immer noch beschwingt von alldem zu sein, was in der vergangenen Nacht möglich gewesen war.

Stattdessen saß ich nun zu einer lächerlich vernünftigen Uhrzeit zu Hause, hatte einen richtig netten Mann dazu gezwungen, einen kurzen Abend in meiner außerordentlich langweiligen Gesellschaft zu verbringen, und mich zur Entschädigung nicht einmal mit einem Cent an seinen Ausgaben beteiligt. Ich fühlte mich ernüchtert und irgendwie angeekelt.

Das dürfte schwieriger werden, als ich es mir vorgestellt hatte.

13. April

Eine Woche war vergangen, und ich hatte kein Wort von Top Hat gehört. Es hatte mich all meine Willenskraft gekostet, ihm keine SMS zu schicken, um mich für die Drinks zu bedanken und mich dafür zu entschuldigen, dass ich ihm kein Geld für das Taxi angeboten hatte. Wenn ich das getan hätte, wäre das ein Verstoß gegen sämtliche Regeln des Buchs gewesen.

Michael war mit Top Hat nach Tokio geflogen, und Cathryn hatte keine Rückmeldung über unser Date bekommen. Bei dem Gedanken daran, was er über mich sagen würde, zuckte ich unwillkürlich zusammen; wahrscheinlich würde er Michael Vorwürfe machen, dass er ihm ein Date mit so einer frigiden Zicke vermittelt hatte. Es war ziemlich beschämend, aber jetzt, wo ich mein Liebesleben Experten anvertraut hatte, musste ich mich wohl darauf gefasst machen, so etwas noch öfter zu erleben.

Lucy und ich waren wie immer am Samstagmorgen joggen gewesen, um gleich anschließend unseren wöchentlichen Einkauf bei Superdrug zu erledigen. Wir wankten wie zwei nach Nagellack süchtige Zombies durch die Gänge, und als ich an der Kasse den tollen flüssigen Eyeliner in Stahlblau bezahlen wollte, spürte ich mein Mobiltelefon vibrieren.

Ich zog es aus der Tasche und warf einen Blick auf das Display. Ein entgangener Anruf. Nein, es waren sogar sechs an der Zahl. Alle von Adrian.

Es war schon eine Weile her, seit ich das letzte Mal etwas von ihm gehört hatte. Sechs Wochen, vielleicht sogar noch länger. Ich hatte es bereits aufgegeben und war davon ausgegangen, dass er sich auf die Insel der verlorenen Männer zurückgezogen hatte, wo er mit all den anderen Jungs, die plötzlich aus dem Leben einer Frau verschwunden waren, *Championship Manager* spielte.

Aber offensichtlich befand er sich noch auf dem Festland. Und ich stand in diesem Drogeriemarkt, starrte auf den kleinen blinkenden Cursor auf meinem Telefon und war vor eine wichtige Frage gestellt: *Halte ich mich an die Regeln oder nicht?*

»Adrian hat angerufen.« Ich packte Lucy am Arm, als

wir den Laden verließen. »Sechs Mal sogar. Was soll ich jetzt tun?«

»Oh! Ruf ihn zurück! Wahrscheinlich will er dir sagen, dass er begriffen hat, wie sehr er in dich verliebt ist.«

»Aber in dem Buch heißt es, dass ich ihn auf keinen Fall zurückrufen darf!«

Frauen, die sich an *The Rules* halten, betrachten das Telefon als Einwegsystem: Männer können frau anrufen, aber sie darf sich nicht bei ihnen melden. Wenn ein Mann wirklich mit ihr sprechen möchte, so lautet die Argumentation, dann wird er es so lange versuchen, bis er sie erreicht hat. Das ist eine vernünftige Vorschrift, aber dazu gehört eine Gattung von hartnäckigen, völlig in eine Frau vernarrten Männern, die ich bisher noch nicht kennengelernt hatte.

»Heißt es in dem Buch nicht, dass du seinen *ersten* Anruf nicht erwidern darfst? Aber nach dem *sechsten* ist das doch sicher etwas anderes!«

»Stimmt! Überleg mal: Wenn er nun verletzt ist? Vielleicht einen Unfall hatte oder so was in der Art?«

Lucy riss die Augen auf. »Lo, es könnte sogar gefährlich sein, wenn du ihn nicht zurückrufst. Möglicherweise unterstellt man dir unterlassene Hilfeleistung.«

»Meine Güte, du hast recht. Ich bin sicher, dass ich so etwas bei *Law and Order* schon gesehen habe. Okay, ich werde ihn sofort anrufen, wenn wir zu Hause sind.«

Lucy nickte entschlossen. »Das ist die richtige Entscheidung, Schätzchen.«

Wir machten uns eilig auf den Heimweg und stellten Vermutungen an, welches Unglück Adrian zugestoßen sein könnte. Hatte er seinen Job verloren? Oder seine Wohnung? Oder einen Unfall mit einem außer Kontrolle geratenen Mähdrescher gehabt? Angespornt von der Überlegung, dass ich nur tat, was jeder verantwortungsbewusste Bürger tun würde, wählte ich seine Nummer, kaum dass wir zu Hause waren. Nach dem dritten Klingelton ging er dran.

»Hallo?«

Meine Güte, seine Stimme klang wirklich heiß.

»Hi! Hier ist Lauren. Ich habe gesehen, dass du versucht hast, mich zu erreichen. Ist alles in Ordnung? Du bist doch nicht im Krankenhaus, oder? In welcher Klinik bist du? Soll ich vorbeikommen?«

»Was redest du denn da? Ich bin nicht im Krankenhaus, du verrücktes Huhn. Ich sitze in einem Pub und werde mir gleich anschauen, wie Liverpool von Manchester City eins auf den Deckel bekommt.«

»Oh. Und warum hast du mich dann so oft angerufen?«

»Hab ich doch gar nicht.«

»Doch. Auf meinem Telefon sind sechs Anrufe von dir verzeichnet. Ich hab gedacht, du steckst in einem Notfall.«

»Mist. Da habe ich mich wohl auf die Tastatur gesetzt und deine Kurzwahl erwischt. Tut mir leid.«

»Oh.« Ich schluckte rasch die Galle hinunter, die mir bis in die Kehle gestiegen war. »Schon gut. Kein Problem.«

»Wie geht's dir, Cunningham? Alles in Ordnung?«

»Ja, klar! Alles prima! Ich habe wahnsinnig viel um die Ohren. Du weißt schon – die Projekte, die Arbeit, die Dates und so weiter. Vor allem die Dates!« *Oh Gott, lass mich damit aufhören!* »Wie auch immer, ich muss jetzt los! Hab noch jede Menge zu tun!«

»Verstehe. Dann will ich dich nicht länger aufhalten, wenn du so … beschäftigt bist. Entschuldige, dass ich dich angerufen habe.« Adrian gelang es, irritiert und gleichzeitig desinteressiert zu klingen. Das machte mich wütend, und ich wünschte allmählich, er hätte tatsächlich einen Unfall mit einem Mähdrescher gehabt.

»Schon gut. Tschüss!« Ich legte auf und setzte mich auf die Couch. Tja, das war nicht nach Plan verlaufen.

Lucy lauerte vor der Tür und stürzte sich auf mich, als ich aus dem Zimmer kam.

»Und?«, fragte sie. »Geht es ihm gut? Hatte er einen Unfall?«

»Nein.«

»Oh, mein Gott, er will wieder mit dir zusammenkommen, richtig? Ich wusste es doch!«

»Nein«, wiederholte ich.

»Was dann?«

»Es war sein Arsch, der mich angerufen hat, nicht er.«

Lucy sah mich verdattert an. »Was meinst du damit?«

»Er hat sich auf sein Telefon gesetzt und mich dabei anscheinend aus Versehen angewählt.«

Sie wirkte geknickt. Offensichtlich enttäuschte sie das mehr als mich. »Oh. So ein Mist.«

»Das kannst du laut sagen.«

Ich musste Präventivmaßnahmen ergreifen. Rasch änderte ich Adrians Namen in meinem Telefon in »Bist du besoffen?«. Falls ich jemals wieder in Versuchung geraten sollte, ihn anzurufen, dann würde mich das hoffentlich sofort zur Vernunft bringen.

Ich ging in mein Zimmer und schnappte mir *The Rules.*

Mit dem Buch in der Hand warf ich mich aufs Bett und schlug das Kapitel mit dem Titel *»Der Nächste, bitte! Oder: Wie man mit einer Enttäuschung fertig wird«* auf. Ich hatte in den vergangenen Wochen genügend schlechte Erfahrungen gesammelt, also war ich gespannt, welchen weisen Ratschlag ich nun bekommen würde, und las schnell weiter. *»Frauen, die sich an die Regeln halten, trauern einem Mann nicht nach. Sie sagen ›Sein Pech!‹ oder ›Der Nächste, bitte!‹ Sie blasen nicht Trübsal.«*

Man kann über die Autorinnen von *The Rules* sagen, was man will – ich zum Beispiel habe sie schon als schrille Schreckschrauben bezeichnet, die mich dazu aufhetzen wollen, nie wieder Sex zu haben –, aber es gefällt mir, dass sie Selbstmitleid keine Chance geben.

Und es ging weiter mit dem Ratschlag: *»Ziehen Sie sich ein tolles Kleid an, tragen Sie schmeichelhaftes Make-up auf und gehen Sie zur nächstbesten Party oder einem Tanzabend für Singles.«* Das erschien mir vernünftig. Ich saß nie schluchzend vor einer Großpackung Eiscreme; das war für mich nur ein Klischee aus romantischen Komödien und seichter Literatur für junge Frauen.

Glücklicherweise stand mir heute Abend noch eine Veranstaltung bevor, die einige Möglichkeiten bieten würde. Wir starteten eine Reihe von Late-Night-Events: Das Museum hatte dann samstags bis zwei Uhr morgens geöffnet, und DJs, Sonderausstellungen und Cocktails sollten Erwachsene ins Wissenschaftsmuseum locken. Das war nicht immer einfach; manchmal musste man sie mit der Aussicht auf Drinks ködern.

Natürlich musste ich zuerst meine beruflichen Pflichten erfüllen (zumindest die ersten zwanzig Minuten), aber sobald ich alle wichtigen Gäste mit einem Küsschen auf die Wange begrüßt hatte, wollte ich mich an den Freigetränken an der Bar schadlos halten und hoffentlich zumindest eine weitere Testperson aufgabeln.

Um mich auf das große Ereignis vorzubereiten, schlug ich das Kapitel über die Regeln für Partys auf. Meine Stimmung sank sofort: Der Abend würde vielleicht doch nicht so lustig werden.

Ein wenig entmutigt, aber unbeirrt warf ich mich in Schale. Ich zog mein kurzes rotes Lieblingskleid an, und nachdem es mir gelungen war, den flüssigen Eyeliner aufzutragen, ohne mir dabei in die Augen zu stechen, lief ich ins Wohnzimmer, um mich von Lucy bewundern zu lassen.

»Ohh!«, rief sie und hob den Blick von der neuesten Ausgabe der *Grazia*. »Was hast du vor? Du siehst richtig schick aus.«

»Hältst du es für das passende Outfit? Ich muss ins Museum zum Start der ›Langen Nächte‹. Sehe ich für ein Arbeits-Event nicht zu sehr nach *Pretty Woman* aus? In letzter Zeit werde ich ständig für eine Prostituierte gehalten.«

»Ganz und gar nicht. Du siehst aus wie eine sexy Sekretärin.«

»Danke. Nun muss ich mehrere Stunden durch einen Raum wandern, ohne jemanden direkt anzuschauen. Ich ruf dich dann vom Klo aus an.«

»Was?«

»Erklär ich dir später. Tschüss!«

Lucy schaute mir verwirrt nach, während ich mich hastig auf den Weg zur U-Bahn machte. Wie immer war ich zu spät dran.

Ich schaffte es gerade noch, mich in den Zug zu quetschen, bevor die Türen geschlossen wurden. Und sobald ich drin war, stellte ich fest, dass ich einen Fehler gemacht hatte. Wie immer war die Temperatur für meine Kleidung falsch – in diesem Fall war sie fünfzehn Grad zu hoch –, und der Sprint zur U-Bahn-Haltestelle hatte sich nicht gerade günstig ausgewirkt. Während ich hektisch an meinen Mantelknöpfen herumnestelte, stellte ich mit wachsender Panik fest, dass mir bereits der typische U-Bahn-Schweiß ausbrach. Innerhalb weniger Minuten pappte mir das Kleid am Rücken, und kleine Rinnsale sickerten mir am Hals herab. Ekelhaft.

Als ich eine halbe Stunde später endlich aussteigen konnte, lief mir das Make-up übers Gesicht, und das Kleid klebte wie Cellophanfolie an mir. Ich schlich mit gesenktem Kopf am Vordereingang vorbei, um nicht von einem Kollegen, einem Kunden oder einer möglichen Testperson gesehen zu werden, und rannte in mein Büro. Es lag versteckt unter dem Museum in einem Bereich, den ich »Keller der Verzweiflung« nannte – alles grau in grau und feuchtkalt.

Ich kramte meinen Notvorrat an Make-up hervor und schminkte mich hektisch nach, während ich mir mit ein paar Museumsprospekten Luft zufächelte.

In diesem Moment kam Cathryn herein. In ihrem langen blauen Kleid und Schuhen mit Absätzen, die ich als vernünftig bezeichnen würde, wirkte sie sehr elegant. Ich würde mit solchen Schuhen aussehen wie siebenundvierzig, aber wenn sie sie trug, dachte man dabei an eine teure französische Marke.

»Alles in Ordnung?« Sie warf einen Blick auf mein hochrotes Gesicht und befürchtete anscheinend, dass mich gleich der Schlag treffen würde.

»Mir geht's gut. In der verdammten U-Bahn war es schrecklich heiß, und jetzt schwitze ich immer weiter, hauptsächlich weil ich die ganze Zeit daran denken muss.«

»Um Himmels willen, hör auf damit.«

»Ich versuch's ja!«, rief ich und fächelte mir noch schneller Luft zu. »Wie sieht es mit den Besucherzahlen aus? Hat jemand abgesagt?«

Cathryn blätterte durch die Unterlagen an ihrem Klemmbrett. »Einige Absagen sind gekommen, aber bis um acht Uhr müsste der Laden eigentlich voll sein.«

»Großartig!« Ich schleuderte meine flachen Schuhe von den Füßen und schlüpfte in meine hochhackigen Pumps. Um zehn Uhr würde ich darin nicht mehr laufen können, aber bis dahin würde ich hoffentlich genug Eindruck schinden. »In einer halben Stunde ist Einlass, also sollten wir rasch noch einmal eine Runde drehen und uns vergewissern, dass im Planetarium alles funktioniert.«

Die Schweißausbrüche hatten endlich nachgelassen. Ich fuhr mir rasch noch mit der Bürste durchs Haar, bevor ich Cathryn in den vorderen Bereich des Museums folgte. Das Planetarium sah umwerfend aus. Der DJ würde sich unter der Decke positionieren, und die Leute würden unter dem Sternenhimmel tanzen. Direkt vor der Tür war eine Bar aufgebaut, sodass die Besucher sich dort den einen oder anderen Gin Tonic genehmigen konnten, ohne etwas auf das wertvolle Inventar zu verschütten. Von ganz oben war die strikte Anweisung gekommen, dass die teuren wissenschaftlichen Geräte auf keinen Fall unter diesem Vergnügen leiden durften.

Ich war richtig stolz. Natürlich konnte man sich bei dieser Veranstaltung nicht viel neues Wissen aneignen, aber zumindest wurde dadurch eine weitere Bevölkerungsgruppe ins Museum gelockt, und das sollte durch den Kartenverkauf auch ein wenig Geld in die Kasse bringen. Vor allem aber hatte ich dieses Event auf die Beine gestellt, um zu verwirklichen, wovon ich als Dreizehnjährige geträumt hatte: eine Party in einem Planetarium. Wahrscheinlich war daran die Pink-Floyd-Lasershow schuld, die ich in der Schule gesehen hatte.

Ich lächelte Cathryn an. »Das sieht alles super aus.«

»Das finde ich auch. Ich bin sehr zufrieden mit allem.«

»Mal ehrlich, ich finde, wir haben uns selbst übertroffen. Wenn uns das keine Beförderung einbringt, fress ich einen Besen.«

»Jetzt übertreibst du ein bisschen, aber es ist wirklich gut gelungen.«

Ich nickte. »Ich rauche draußen noch schnell eine und beziehe dann meinen Posten an der Tür.«

»Verlauf dich nicht!«, rief sie mir hinterher, als ich zum Seitenausgang hinausschlüpfte.

Cathryn und ich hatten vereinbart, uns bei der schrecklich langweiligen Pflicht, alle Besucher auf der Gästeliste abzuhaken, an der Eingangstür abzuwechseln. Ich verabscheute diesen Job an der Tür und versuchte normalerweise immer, mich davor zu drücken, aber heute freute ich mich sogar darauf. Es war eine Art Vorschau: Ich konnte einen Blick auf die Ware werfen, bevor sie im Verkaufsraum landete.

In einer Gasse hinter dem Gebäude zündete ich mir eine Zigarette an und dachte darüber nach, wie ich den Abend am besten gestalten konnte, ohne gegen irgendwelche Regeln aus dem Buch zu verstoßen. Kein Augenkontakt. Ich durfte keinen Mann ansprechen, der mich interessierte, und mich nicht länger bei jemandem aufhalten. Und auf keinen Fall unaufgefordert jemandem meine Telefonnummer geben.

Seufzend warf ich die Kippe in die Ecke. Wahrscheinlich würde das ein langer Abend werden.

Um 19 Uhr war Einlass, also nahm ich mit dem Klemmbrett in der Hand und einem Lächeln auf den Lippen meinen Platz ein. Zuerst tauchten nur vereinzelte Gäste auf, doch gegen zwanzig Uhr riss der Besucherstrom glücklicherweise gar nicht mehr ab.

Bisher gefiel mir recht gut, was ich zu sehen bekam. Wie ähnliche Veranstaltungen, zog auch diese eine bunte

Mischung an. Für meinen Geschmack waren vielleicht ein paar zu viele laute Schickimicki-Typen mit hochgestellten Hemdkrägen dabei, und ich war mir ziemlich sicher, dass mich einige grauhaarige Männer über sechzig, die es besser wissen sollten, neugierig beäugten. Aber auch ein paar matt wirkende Hipster schlichen an mir vorbei; unterernährte Männer mit zu vielen Haaren und einem grüblerischen Ausdruck in den Augen wirken auf mich wie Katzenminze. Mein Traummann ist eine Mischung aus einem Drittel Geschichtsprofessor, einem Drittel Gitarrist in einer noch unbekannten Neofolk-Band und einem Drittel leicht abgedrehter Hobo.

Um halb zehn löste mich Cathryn endlich ab. Sie wirkte ein wenig genervt.

»Wie läuft es da drin? Alles in Ordnung mit dir?«

»Ja, es läuft prima, aber wenn mich noch einmal einer der Vorstandsmitglieder begrapscht, kann ich für nichts garantieren.«

»Diese Kerle sind wie Tintenfische! Aber ihre Frauen werden sicher dafür sorgen, dass sie nicht mehr allzu lang bleiben.«

»Oder ihre Geliebten. Also gut, gib mir dein Klemmbrett, und stürz dich in die Menge. Es sind ein paar gut aussehende Männer darunter, und du brauchst eine neue Testperson.«

»Ich weiß. Ein Jammer, dass ich ihnen nicht ins Gesicht schauen darf.«

Cathryn sah mich fragend an, aber ich war schon auf dem Weg hinein.

Ich schob mich an der Menschentraube vor der Bar vorbei, schlüpfte hinter die Theke, zeigte dem Barkeeper meinen Ausweis und schenkte mir eine wohlverdiente Whisky Cola ein. Dann warf ich einen Blick ins Planetarium. Es war brechend voll. Auf der Tanzfläche tanzten eine Menge Zwanzig- und Dreißigjährige wie verrückt zu Hip-Hop-Klängen aus den Neunzigern. (Das war meine Idee gewesen, vielen Dank auch.) Die Vorstandsmitglieder sahen, mit dem Rücken an die Wand gepresst, so erstaunt zu, als wären sie versehentlich in einem postmodernen, immersiven Theaterstück gelandet.

Ich leerte mein Glas und warf mich in den Trubel, ein wenig unsicher, wie ich auf diese neue Weise Party machen sollte. Normalerweise würde ich mich betrinken, Blickkontakt zu einem Mann aufnehmen, auf eine entsprechende Reaktion hoffen und mich dann an ihn heranmachen. Aber mit den Regeln aus dem Buch im Hinterkopf sah ich meinen Platz eher bei den Vorstandsmitgliedern am Rande des Spielfelds.

Ich quetschte mich neben einen Anzugträger, der dem Alter nach mein Vater hätte sein können, und versuchte, mich unauffällig im Hintergrund zu halten. Er grinste mich freundlich an, und ich erwiderte kurz sein Lächeln, bevor ich den Blick auf die Tanzfläche richtete.

»Ein bisschen zu laut hier, oder?«, sagte die Vaterfigur.

»Ja, aber so mag man das heutzutage!« Ich musste gegen die Musik anbrüllen, um mich verständlich zu machen.

»Für unsereins ist das ein wenig übertrieben, finden Sie nicht?« Er stubste mich sanft in die Rippen. »Sie sehen so aus, als würden Sie, genau wie ich, viel lieber mit einer guten Tasse Tee und einem schönen Buch zu Hause sitzen.«

Ich zuckte lächelnd mit den Schultern, bis mir langsam dämmerte, dass er mich zu seiner Generation zählte. Offensichtlich hielt er mich für eine Sechzigjährige, nur weil ich nicht wie eine Verrückte auf der Tanzfläche herumhopste.

Plötzlich fühlte ich mich alt und lahm – ich musste mich endlich ins Getümmel stürzen.

Wenn ich versuchte, mich an die Regeln von *Die Kunst, den Mann fürs Leben zu finden* zu halten, durfte ich zwar keinen Augenkontakt herstellen, mich aber durchaus unter die Menge mischen. Also entschuldigte ich mich und umkreiste den Raum wie ein rastloser Bussard. Dann schob ich mich durch die Menge, bis ich schließlich von einigen Schnöseln, die ein wenig zu begeistert zu einem Song von Kid'n Play herumsprangen, an die Wand gedrückt wurde. Das lief alles nicht nach Plan.

Ich versuchte es mit einem anderen vom Buch akzeptierten Ansatz: unnahbares und leicht überhebliches Verhalten. Mit dem auf Facebook so oft zitierten Mantra »Tanz, als würde dir niemand dabei zusehen« im Kopf, suchte ich mir einen Platz in der Mitte der Tanzfläche, schloss die Augen und rastete zu »Jump Around« aus. Ich ließ mich hemmungslos gehen, und am Ende des Songs waren alle um mich herum ein Stück zurückgewichen, sodass ich mich allein in einem leeren Kreis befand. Ob ich kultiviert und vornehm wirkte, sei dahingestellt, aber zumindest konnte niemand behaupten, ich sei auf der Jagd nach einem Mann.

Ich zog die Sache weiter durch und legte zu »Gin and Juice« eine eher zurückhaltende Vorstellung hin, bevor ich dann zu Missy Elliott alles gab. Auf seltsame Weise war diese Art zu tanzen, als ob mir niemand zusähe, sehr befreiend. Gerade als ich zum Finale von »Hot Boyz« noch einmal richtig aufdrehen wollte, klopfte mir jemand auf die Schulter. Ich öffnete die Augen und wünschte mir verzweifelt, dass es sich um einen der zerzausten Hipster handelte und nicht um Cathryn, die mich wieder zum Türdienst abkommandieren wollte. Stattdessen sah ich das markante Gesicht eines blonden Mannes vor mir.

»Hallo«, sagte er. »Ich würde Sie gern auf einen Drink einladen.«

Er war eigentlich nicht mein Typ (dafür wirkte er viel zu gesund), aber er sah sehr gut aus. Wie das Paradebeispiel der arischen Nation. Unter seinem ordentlich gebügelten Hemd mit Button-down-Kragen zeichneten sich beeindruckend muskulöse Arme ab. Ich beschloss, ihm eine Chance zu geben.

»Gern«, erwiderte ich. »Ich muss ohnehin mal Luft holen.«

Er lächelte mich an und zeigte dabei eine Reihe weißer, ebenmäßiger Zähne. »Das überrascht mich nach dieser Vorstellung nicht.«

Ich versuchte, mich sittsam zu geben. »Ich hab einfach nur auf die Musik reagiert.«

Wir schlängelten uns durch die Menge zur Bar, wo er den missmutig dreinschauenden Barkeeper mit einem Fingerschnippen auf sich aufmerksam machte und zwei Wodka

Tonic bestellte. Er hatte mich nicht gefragt, was ich trinken wollte, aber da die Drinks nichts kosteten, beschwerte ich mich nicht.

Mir war deutlich bewusst, dass ich nur einige Minuten mit ihm verbringen durfte, bevor mich die Regeln meines Buches dazu zwangen, mich wieder unter die Leute zu mischen. Wenn ich mir seine Arme genauer anschauen wollte, musste ich rasch handeln. Wir tauschten unsere Namen aus. Nennen wir ihn Popeye (*nach* dem Genuss der Portion Spinat natürlich). Als wir unsere Drinks hatten, schaute er mich höflich, aber erwartungsvoll an, als hoffe er auf eine Überraschung, die wie ein Schachtelteufel aus mir herausspringen würde. Ich blieb einige Minuten lang standhaft und schwieg, bis ich schließlich unter dem Druck einknickte.

»Wie gefällt Ihnen das Museum?«, fragte ich. »Sind Sie zum ersten Mal hier?« Verflixt. Schaffte ich es tatsächlich nicht einmal, mich fünf Minuten an die Regeln zu halten und keine Fragen zu stellen? Um Buße zu tun, setzte ich rasch einen Ausdruck des Desinteresses auf.

»Nein, ich bin ein alter Museumsprofi. Vor ein paar Wochen war ich mit meinem Neffen hier.«

»Ah, wie nett.«

»Ja. Er ist vier und war begeistert. Von der Abschussrampen-Abteilung war er fasziniert, und aus dem Planetarium musste ich ihn buchstäblich rauszerren. Am liebsten hätte er sich die Sterne noch ewig angesehen.«

»Ja, kleine Jungs sind davon immer überwältigt. Also genießen Sie den heutigen Abend?«

»Ja, sehr. Allerdings ist die Atmosphäre heute Abend ein wenig anders als bei dem Besuch mit meinem Neffen.«

»Klar, heute gibt es mehr zu trinken.« Ich konzentrierte mich darauf, unnahbar zu wirken.

»Mein Vater gehört zu den Schirmherren des Museums, deshalb verbringe ich viel Zeit hier. Und was hat Sie heute Abend hierhergeführt?«

»Ihr Vater bezahlt mein Gehalt. Ich bin eine der Organisatorinnen dieser Veranstaltung.«

»Tatsächlich? Ich bin beeindruckt! Es ist fantastisch!«

»Das ist vielleicht ein wenig übertrieben, aber danke.« Ich blickte rasch nach unten auf seinen linken Bizeps. Das zählte doch hoffentlich als Vermeiden des Augenkontakts. Meine Güte, der Typ war heiß. Ich fragte mich unwillkürlich, wie er wohl ohne Hemd aussah. Vielleicht bei einer handwerklichen Tätigkeit.

Ich spürte, dass ich mich auf gefährliches Terrain begab. Die guten Feen aus meinem Buch der Regeln holten mich rasch zurück. »Tja, ich muss los. Mich wieder unter die Leute mischen. Es war nett, Sie kennenzulernen, und vielen Dank für den Drink.«

Einen Moment lang wirkte er verblüfft – offensichtlich war er es nicht gewohnt, einen Korb zu bekommen –, doch dann siegte seine galante Ader. »Natürlich. Warten Sie, ich halte Ihnen die Tür auf.«

Ich versuchte, elegant und anmutig an ihm vorbei und durch die Tür zu gehen. *Du bist anders als die anderen,* sagte ich mir in Gedanken vor. *Ein einzigartiges Wesen.*

Und wieder wurde ich von der Menge hin und her

geschubst und prallte wie ein Pingpongball von den Wänden ab. Ich tanzte zu einigen weiteren Songs, aber obwohl DMX sich größte Mühe gab, war ich nicht mehr mit dem Herzen dabei. Gegen Mitternacht beschloss ich, nach Hause zu gehen. Inmitten von attraktiven Männern nur ständig distanziert zu wirken und allein zu tanzen wurde auf Dauer langweilig, und meine Schuhe waren schon seit zwei Stunden kaum mehr zu ertragen. Es wurde Zeit, mich wieder in Aschenputtel zurückzuverwandeln.

Ich holte meinen Mantel aus dem Büro und zwängte meine mit Blasen übersäten Füße in die flachen Schuhe. Nachdem ich mich vergewissert hatte, dass niemand irgendein wichtiges wissenschaftliches Gerät beschädigt hatte, verabschiedete ich mich an der Tür von Cathryn und lief die Vordertreppe hinunter.

Ich war schon ein gutes Stück die Straße entlanggelaufen, als ich hinter mir plötzlich hastige Schritte hörte. Dann packte mich eine Hand an der Schulter.

»Verpiss dich, du Arschloch! Ich hab Pfefferspray dabei!«, brüllte ich, während ich herumwirbelte und eine kleine Dose Haarspray aus meiner Tasche zog. Ich versuchte, mich daran zu erinnern, ob ich einem möglichen Vergewaltiger einen Kopfstoß gegen die Nase verpassen oder ihm besser mein Knie in die Eier rammen sollte.

Es war Popeye.

»Oh.« Ich steckte das Haarspray wieder ein. »Entschuldigung. Ich habe Sie für einen Vergewaltiger gehalten.«

Er sah mich gekränkt an. »Du lieber Himmel, nein. Es

tut mir leid, dass ich Sie erschreckt habe. Alles in Ordnung?«

»Ja, mir geht es gut, und es muss Ihnen nicht leidtun. Ich bin erleichtert, dass Sie kein Vergewaltiger sind.«

»Als ich gesehen habe, dass Sie gehen, musste ich Ihnen einfach nachlaufen. Ich habe Sie den ganzen Abend über beobachtet, und ich halte Sie für … wie soll ich sagen … für eine außergewöhnliche Frau. Ich möchte Sie gern wiedersehen. Möchten Sie mit mir essen gehen?«

»Oh, ähm, meine Güte. Klar.«

»Großartig. Ich kenne ein sehr hübsches kleines Lokal. Das Essen geht natürlich auf mich.«

»Klingt gut.« *Sei sittsam, sei sittsam, sei sittsam*, ermahnte ich mich in Gedanken.

»Prima. Geben Sie mir Ihre Telefonnummer?«

Er hielt mir ein glänzendes iPhone hin, und ich tippte meine Nummer ein.

»Ich ruf Sie nächste Woche an«, sagte er. »Und jetzt hol ich Ihnen ein Taxi. Ich möchte nicht, dass Sie heute noch einmal so erschreckt werden.«

Dieser Kerl war unglaublich. Ich war mir sicher, dass eine der Autorinnen von *The Rules* ihn mir geschickt hatte, um mich so von den Vorzügen ihrer Methoden zu überzeugen. Ich warf einen Blick auf seine Arme und beschloss, dass mir das scheißegal war.

Und so hatte ich zum ersten Mal das Gefühl, dass die Regeln tatsächlich funktionieren könnten. Er winkte ein Taxi herbei, gab mir einen Kuss auf die Wange und starrte dem Wagen sehnsuchtsvoll hinterher. (Ich weiß das, weil ich ihn in der Spiegelung meines Telefons beobachtet habe.) Ich war sicher, dass er mich anrufen würde.

Aber das lag nicht in meiner Macht, und irgendwie fühlte sich das gut an.

14. April

»Habe ich das richtig verstanden? Ein super Typ mit anscheinend fantastischen Armen lädt dich auf einen Drink ein, und du lässt ihn nach fünf Minuten stehen, um allein durch den Raum zu wandern? Dann läuft er dir auf der Straße hinterher und sagt dir, dass er dich toll findet?«

»Richtig.« Ich lag im Bademantel auf dem Sofa und strich Erdnussbutter auf einen Cracker. Lucy und ich tauschten wie immer am Sonntagmorgen unsere Erlebnisse aus, während wir Pulverkaffee schlürften und unsere Nägel lackierten. »Genau so war es. Gibst du mir den himbeerfarbenen Lack rüber?«

Sie schob die kleine Flasche über den Tisch. »Und er hat dich schon heute Morgen angerufen?«

Ich nickte. »Am Mittwoch gehen wir aus. Er wollte sich eigentlich schon heute mit mir treffen, aber das Buch erlaubt ein Date erst zwei Tage nach einem Anruf.«

»*The Rules* funktioniert also?«

Ich pinselte einen Strich auf meinen Daumennagel und sah zu, wie der Lack sofort über die Nagelhaut lief. »Das würde ich so nicht sagen.« Ich sah Lucy an. »Dieser Arbeitskollege von Michael hat mir nicht gerade die Füße geküsst. Aber ja, bei diesem Typen scheint es zu funktionieren. Zumindest vorerst.«

»Warum klingst du so ernüchtert? Solltest du nicht begeistert sein, dass du das Geheimnis gelüftet hast?«

Ich kniff die Augen zusammen, während ich den Nagel an meinem kleinen Finger bearbeitete. »Ich habe wirklich keine Lust, die nächsten sechzig Jahre wie ein weiblicher Zombie durch die Gegend zu laufen, also hoffe ich, dass diese Methode fehlschlägt.«

»Für mich hört sich das großartig an. Vielleicht sollte ich es auch einmal nach der Methode versuchen. Max meldet sich schon wieder nicht mehr, und sonst ist auch rein gar nichts in Sicht.«

»Nein!«, protestierte ich. »Du musst ein normales Leben führen und mir Geschichten aus der realen Welt erzählen. Apropos, wie war dein Abend?«

Lucy seufzte tief. »Hayley und ich waren in den Electricity Showrooms zur Achtzigerjahre-Nacht. War so weit ganz nett, obwohl eine Menge Vorstadtspießer dort waren. Natürlich sind wir danach im Horse and Groom gelandet und bis drei Uhr morgens geblieben.«

Ich riss die Augen auf. »Beneidenswert. Wie war es dort? Oh Mann, der Laden fehlt mir!«

»Wie immer. Eine Stunde lang hat mich ein Mann namens Boomer genervt, der eine Wollmütze aufhatte und ständig vom Hund seiner Exfrau geredet hat. Allerdings konnte er recht gut küssen. Als er meine Telefonnummer haben wollte, hab ich ihm die von Amy gegeben.«

Amy war die missionarische Abstinenzlerin, die früher bei Lucy gewohnt und ständig die Regale aufgeräumt und die Gewürze alphabetisch sortiert hatte. Lucy hatte ihr nie verziehen, dass sie ihren Rum in den Ausguss gekippt hatte, und gab ständig ihre Telefonnummer an die eher schrägen männlichen Bewohner von Shoreditch weiter. Das sollte jedem eine Lehre sein: Vergreif dich niemals am Alkoholvorrat einer Frau.

»Siehst du? Das macht doch viel mehr Spaß, als sich ständig sittsam und unnahbar zu geben und all den Scheiß zu machen. Ich habe stundenlang den Saal wie ein kastrierter Piranha umkreist, während du deine Jugend genossen und mit verrückten Typen rumgemacht hast. Wissenschaft ist echt für den Arsch.«

Lucy verdrehte die Augen. »Äh, wie bitte? Ein unglaublich toller, geheimnisvoller Mann mit starken Armen, der mit dir essen gehen will, hat dir gesagt, dass er dich super findet. Was willst du denn noch?«

»Ja, schon gut.« Ich nippte an dem mittlerweile lauwarmen Kaffee. »Aber wenn Popeye sich als Psychopath entpuppt, mich zerstückelt und in eine Tiefkühltruhe packt, wirst du nicht mehr der Meinung sein, dass ich das große Los gezogen habe.«

»Oh! Das hab ich total vergessen!« Lucy sprang abrupt auf, rannte in die Küche und kam mit einer Postkarte mit Bildern von kleinen Segelbooten zurück. »Die Karte ist für dich.«

Ich drehte sie um.

»Du kannst keinen Ozean überqueren, wenn du nicht den Mut aufbringst, die Küste aus den Augen zu verlieren.« – Christoph Kolumbus
Viel Glück bei deinem wissenschaftlichen Abenteuer – pass auf, dass du nicht kenterst!
In Liebe, Meg

Ich lächelte und steckte die Karte zwischen die Seiten meines Terminkalenders. Meine Schwester wusste immer, was sie sagen musste, um mir Mut zu machen.

17. April

Das erste Date mit Popeye war ein durchschlagender Erfolg, und ich landete danach nicht in einer Fleischkühlkammer. Ich musste an dem Abend länger arbeiten, also ließen wir das Abendessen aus und gingen stattdessen auf einen Drink in ein Pub.

Er suchte ein gemütliches kleines Lokal in St. James's aus, das es schon seit dem siebzehnten Jahrhundert gibt. Ich habe eine Schwäche für solche Pubs, und als ich ihn darauf ansprach, meinte er nur schulterzuckend, er sei eben Traditionalist.

Und das war kein Scherz. Anscheinend befand er sich auf einer Ein-Mann-Mission, um das Zeitalter König Arthurs wiederauferstehen zu lassen.

Als ich hereinkam, stand er sofort auf, nahm mir den

Mantel ab und hängte ihn auf, zog einen Stuhl für mich zurück und ging an die Bar, um mir einen Drink zu holen. Ich fühlte mich wie im Auge eines Tornados der Ritterlichkeit.

Er war höflich, entgegenkommend, aufmerksam. Er stellte Fragen, machte mir Komplimente und besorgte rechtzeitig Drinks, ohne dass es irgendwie peinlich wurde. Ich hatte keine Ahnung, woher dieser Mann plötzlich gekommen war, aber ich würde mich ganz sicher nicht darüber beschweren.

Nachdem die zwei Stunden, die ich ihm widmen durfte, vorüber waren, erklärte ich ihm zuckersüß, dass ich einen anstrengenden Tag vor mir hätte (an einem Mittwochabend eine etwas überzeugendere Entschuldigung), und verabschiedete mich. Ich küsste ihn höflich auf die Wange und warf einen letzten schmachtenden Blick auf seinen wirklich großartigen Hintern, als er davonging. Zu Hause angekommen, schwärmte ich Lucy vor, wie perfekt er zu sein schien. Es war fast ein wenig unheimlich.

Das bestätigte sich, als er mich am nächsten Tag anrief, um mich für den kommenden Samstag zum Abendessen einzuladen. Ärgerlicherweise dürfen Frauen, die sich an die Regeln halten, nach dem Mittwoch keine Verabredungen für das folgende Wochenende treffen, weil wir so verdammt beschäftigt sind und weil unsere Zeit, wie alles an uns, sehr kostbar ist. Also einigten wir uns auf den Samstag danach, und so hatte ich über eine Woche Zeit, mir in meiner Fantasie auszumalen, wie er mich in seine Arme reißen und sich mit mir in aufregenden Stellungen im Bett herumwälzen würde.

27. April

Vor dem Date mit Popeye machte ich mir Notizen über ihn:

Name: Popeye
Alter: 26 (Ein jüngerer Mann! So viel zu geschlechtsspezifischen Klischees!)
Beruf: Unternehmensberater (Ein Schwindlerjob, wie er im Buche steht, aber egal.)
Nationalität: Engländer
Beschreibung: Wirklich heiß. Habe ich schon die Arme erwähnt?
Methode: *Die Kunst, den Mann fürs Leben zu finden (The Rules)*

Wir verabredeten uns in einem kleinen italienischen Restaurant in Soho. Nach einem aktionsgeladenen Tag, den ich mit Fitnessübungen verbrachte, mir außerdem die Nägel lackierte und Käse und Cracker vor dem Fernseher knabberte, wo auf Food Network ein Marathon von *Cupcake Wars* lief, machte ich mich auf den Weg ins West End. Ich fand das Lokal ziemlich schnell, also versteckte ich mich um die Ecke und rauchte ein paar Zigaretten, bis ich schließlich fünf Minuten zu spät war. Als moderne Frau macht es mir üblicherweise nichts aus, allein in einer Bar zu sitzen (macht mich das vielleicht zu einer modernen Alkoholikerin?), aber ich mag es nicht, bei einem Date als Erste da zu sein. Es ist mir lieber, wenn der Mann vor mir eintrifft und, möglichst mit einem Drink für mich, schon wartet.

Ich betrat das schummrige Lokal und entdeckte Popeye. Er hob gerade einen seiner muskulösen Unterarme, um sich ein Glas mit einem männlichen, dunkelbraunen Drink an die Lippen zu führen. Er war definitiv ein Alphamännchen: der Typ, der nicht nur einen festen Händedruck hat, sondern entsprechend bestimmt seine Hand auf meine legt, nur um seine genetische Dominanz zu betonen. Dieser Mann hatte eindeutig Darwin auf seiner Seite. Irgendwie machte mich das an, und mein Magen zog sich unwillkürlich ein wenig zusammen.

Wieder stand er sofort auf, als er mich sah, küsste mich auf die Wange, nahm mir die Jacke ab, zog mir einen Stuhl zurecht und schob mich gekonnt damit an den Tisch. Ein solches Kavaliersverhalten warf mich glatt um.

Er setzte sich und schob mir über den Tisch einen Cocktail zu. »Ich habe diesen Drink für dich bestellt. Hoffentlich schmeckt er dir – es ist eine Spezialität des Hauses. Wie geht es dir? Du siehst großartig aus.«

»Danke.« Ich nippte an dem grellpinkfarbenen und grauenhaft süßen Getränk. Ganz und gar nicht nach meinem Geschmack, aber ich schlürfte es trotzdem und versuchte, dabei möglichst gesittet zu wirken. »Hübsches Lokal. Hier war ich noch nie.«

»Es ist seit Langem eins meiner Lieblingsrestaurants. Ich bin mit dem Besitzer zur Schule gegangen.«

In diesem Moment erschien wie aus dem Nichts ein gut gekleideter Mann mit beeindruckend glänzendem Haar und brachte uns einige köstliche italienische Vorspeisen. Normalerweise mag ich solche Vorspeisenteller nicht, weil man sie sich teilen muss, aber in diesem Fall war ich bereit, eine Ausnahme zu machen.

»Hallo, altes Haus! Freut mich, dich wieder einmal in meiner bescheidenen Hütte begrüßen zu dürfen. Vor allem, weil du ein so zauberhaftes Wesen mitbringst.« Der Mann mit dem öligen Haar lächelte und küsste mir die Hand.

Popeye stellte uns einander vor. »Joff, das ist Lauren. Lauren, das ist mein lieber Freund Joff. Er ist in der Küche ein ebenso großer Crack wie früher auf dem Rugbyfeld!«

»Gegen ihn war ich ein Nichts. Dieser Mann hat den Rasen umgepflügt wie kein anderer. Die Blumenkohlohren sind dir offensichtlich geblieben, du hässlicher Vogel.« Joff umarmte Popeye ungestüm von hinten. Die stärkste betont männliche Geste, die ich seit dem Wettbewerb beim Baumstämmerollen auf dem Jahrmarkt in Maine gesehen hatte.

Popeye schüttelte ihn ab. »Du musst gerade reden, Kumpel! Du hast im Gedränge ungefähr acht Zähne verloren.«

»Alles nur für Ruhm und Ehre. Aber ich muss mich entschuldigen: Ich habe deinen Gast warten lassen.« Er wandte sich an mich. »Möchten Sie ein Glas Champagner? Natürlich. Eine Frau wie Sie sollte in Champagner baden. Ich werde den Kellner gleich schicken.« Und schon war er wie in einer Rauchwolke verschwunden.

»Joff ist ein großartiger Kerl. Und offensichtlich hat er auch einen guten Geschmack.« Popeye griff über den Tisch nach meiner Hand.

Der Kellner erschien neben mir und schenkte uns Champagner ein. Ich mag Champagner nicht – davon bekomme ich immer Kopfschmerzen, und außerdem passt meine Nase nicht in ein Champagnerglas –, aber es war mir nicht erlaubt, die Nase über Entscheidungen meines Dates zu rümpfen, also musste ich damit leben. Tja, das Leben war nicht leicht.

Popeye hob sein Glas zu einem Toast. »Auf dich. Die schönste Frau in diesem Raum.«

Wir stießen an, und er lächelte. Ich kniff die Augen zusammen. Wo zum Teufel war dieser Mann her?

»Ich fürchte, dass ich bei unserem letzten Treffen genug für zwei geredet habe«, meinte er. »Jetzt will ich alles über dich wissen.«

»Oh, da gibt es nicht viel zu erzählen.« Ich bemühte mich, geheimnisvoll zu wirken.

»Okay, fangen wir mit den einfachen Dingen an. Woher kommst du ursprünglich?«

»Aus einer kleinen Stadt namens Portland in Maine.«

»Und wie ist es dort so?«

»Ach, wie in einer typischen amerikanischen Kleinstadt. Viel Land, viel Meer, viele Cafés. Das Übliche eben.«

»Das klingt himmlisch. Und was hat dich hierher verschlagen?«

»Hauptsächlich der Job. Und natürlich das Wetter.« Verflixt, ich hatte einen Scherz gemacht. Das war eindeutig gegen die Regeln.

Popeye lachte herzhafter, als die Bemerkung es verdient hatte. »Natürlich, das großartige britische Wetter. Ist es nicht wunderbar? Obwohl ich finde, dass ein belebender Spaziergang auf dem Land und ein anschließender Pub-Besuch bei strömendem Regen durchaus etwas für sich haben.«

»Ja, das stimmt.«

»Eigentlich gehört das genau zu den Dingen, die ich gern mit einer Freundin unternehme: Ich buche irgendwo ein kuscheliges B & B und fahre mit ihr über die M4 für ein Wochenende in die Cotswolds.«

»Das klingt … nett«, erwiderte ich. Ich war mir nicht sicher, was ich davon halten sollte.

»Aber ich mag auch gemütliche Abende. Dann zaubere ich rasch ein Menu für zwei und mache eine Flasche Châteauneuf-du-Pape dazu auf.«

»Nur eine Flasche?«

Er warf mir einen leicht missbilligenden Blick zu und lachte dann. »Oh, Lauren, du bist unbezahlbar.«

»Danke.« Ich rutschte unbehaglich auf meinem Stuhl herum.

Der Ober brachte uns zwei Speisekarten, die Popeye sofort an sich nahm.

»Wir fangen mit *insalata di polpo* an und nehmen anschließend *pollo alla cacciatora.*« Er warf mir über den Rand der Karte einen Blick zu. »Du isst doch Fleisch, Darling?«

»Ja.« *Obwohl ich normalerweise gern vorher weiß, um welche Sorte es sich handelt,* dachte ich, aber das Buch verbot es mir, etwas dazu zu sagen. Nach der in *The Rules* vertretenen Auffassung verhielt Popeye sich wie ein Gentleman, der mein zartes weibliches Gehirn davor schützte, Entscheidungen treffen zu müssen – und ich sollte einfach den Mund halten und dankbar sein.

»Ich hoffe, es stört dich nicht, dass ich bestellt habe«, sagte er, nachdem der Kellner die Speisekarten wieder an sich genommen hatte und in Richtung Küche verschwunden war. »Ich habe hier schon tausendmal gegessen und weiß deswegen, was am besten schmeckt.« Er streckte seine Hand über den Tisch und verflocht seine Finger mit meinen. »Und du verdienst nur das Beste.«

Der Abend ging so weiter, wie er begonnen hatte. Es kam mir vor, als wäre ich eine mögliche Arbeitgeberin, und Popeye würde sich mit allen Mitteln darum bemühen, die Stelle als mein Freund zu bekommen. Und das, obwohl ich nicht einmal inseriert hatte. Er fütterte mich von seinem Teller. Er erzählte mir, dass er sich in der Gesellschaft anderer Menschen sehr wohlfühle, aber auch hin und wieder gern allein sei. Er erwähnte, dass er eines Tages mit einem ganz besonderen Menschen nach Paris reisen wolle.

Hätte ich ihm einen schriftlichen Test vorgelegt und ihn um eine Urinprobe gebeten, hätte er, und da bin ich ganz sicher, beides freudestrahlend für mich erledigt und mit Bravour bestanden.

Ich fragte mich unwillkürlich, warum um alles in der Welt sich dieser tolle Typ so ins Zeug legte, um mich für sich zu gewinnen. Welches finstere Geheimnis steckte dahinter? Einem Mann, der so attraktiv, erfolgreich und charmant war, mussten doch unzählige Frauen zu Füßen liegen – er hatte sicher keinen Grund, sich gerade um mich so sehr zu bemühen. Außer etwas stimmte ganz gewaltig nicht mit ihm ... Vor meinem geistigen Auge tauchten wieder Bilder von Fleischkühlkammern auf, aber ich schob sie rasch beiseite und trank noch einen Schluck Champagner.

Das Essen wurde serviert, und als wir fertig waren, wurde der Tisch diskret abgeräumt. Auf den Champagner folgte Wein in Strömen. Mein Ritter auf dem weißen Ross war ständig auf der Hut, ob vielleicht eine Jungfer in Nöten von ihm gerettet werden musste. Als ein Mann laut hustete, sprang Popeye auf und bot an, das Heimlich-Manöver durchzuführen. Wie sich herausstellte, litt der Mann aber nur an einer abklingenden Bronchitis.

Ich wusste nicht so recht, was ich von dieser Charmeoffensive halten sollte. So etwas war ich nicht gewöhnt, aber vielleicht war es gar nicht so schlecht. Irgendwie war es seltsam, ständig im Mittelpunkt der Aufmerksamkeit zu stehen. Aber es war um einiges besser, als auf Adrians Couch zu sitzen, ihm dabei zuzuschauen, wie er auf seinem Laptop *Championship Manager* spielte, und hin und wieder gefragt zu werden, ob ich noch Kartoffelchips wollte. Und

Dylan und ich waren so lange ein Paar gewesen, dass es schon ein Liebesbeweis war, den Müll rauszubringen, damit der andere das nicht machen musste. Popeyes galantes Benehmen war eine nette Abwechslung.

Als das Taxi am späten Abend vor meinem Haus hielt und er mich fragte, ob er noch auf eine Tasse Kaffee mit zu mir kommen könne, sagte ich Ja.

Möglicherweise war seine Gentleman-Masche tatsächlich nur ein cleverer Trick gewesen, um mich ins Bett zu kriegen. Aber eigentlich hatte ich damit kein Problem. Mal ehrlich, sind die meisten Leute nicht höflich zu jemandem in der Hoffnung, ihn damit rumkriegen zu können? Selbst wenn ich mich jemandem gegenüber freundlich verhalte, der nicht zur demographischen Gruppe meiner möglichen Sexpartner gehört (wie zum Beispiel eine obdachlose alte Frau), hoffe ich insgeheim, dass ein wirklich heißer Typ mich bei meiner guten Tat beobachtet und sich denkt: »Meine Güte, dieses Mädchen ist wirklich nett zu anderen Menschen – das macht sie unglaublich anziehend. Ich werde sie sofort einladen, mit mir in meinem Privatjet auf die Fidschis zu fliegen.« Ich bin davon überzeugt, dass viele Ärzte nur in der Organisation »Ärzte ohne Grenzen« tätig sind, um das andere Geschlecht mit ihrer Selbstlosigkeit zu beeindrucken.

Außerdem war es schon eine Weile her, dass ich zum letzten Mal Sex gehabt hatte – wir sprechen hier von mindestens einem Monat –, und es war im Grunde genommen unser drittes Date, also widersprach es auch nicht den Regeln des Buchs. (Ich zählte den Abend, an dem wir uns kennengelernt hatten, mit, okay, möge man mich dafür verurteilen. Ich wiederhole: *kein Sex seit mindestens einem Monat!*) Wir gingen in meine Wohnung, und ich machte ihm eine Tasse feinsten Instantkaffee, der natürlich auf der Arbeitsplatte kalt wurde, während wir zur Sache kamen.

Und es ging wirklich heiß her. Falls ich geglaubt hatte, im Restaurant bereits die ganze Vorstellung gesehen zu haben, hatte ich mich geirrt. Das war nur das Aufwärmtraining gewesen.

Er hob mich hoch. Wirbelte mich herum. Setzte mich kurz wieder ab, um mich mit den Zähnen auszuziehen (ich machte mir ein wenig Sorgen um mein Kleid, aber er ging mit seinen Schneidezähnen erstaunlich geschickt vor), zog mich wieder hoch und drehte mich noch einmal herum. Dann schälte er sich vor mir wie einer der Chippendales aus seinen Klamotten, und ich muss zugeben, dass seine Show spektakulär war. Die Arme waren lediglich der Anfang: Dieser Mann war Michelangelos Fleisch gewordener Traum.

Trotz dieser Vorführung war die ganze Sache … ein wenig daneben. Er choreographierte Sex ebenso wie das Dinner vorher. Offensichtlich hatte er eine genaue Vorstellung davon, und ich war nur eine weitere Akteurin auf seiner Bühne. Und ich hatte noch nicht einmal eine der Hauptrollen: Ich fühlte mich wie ein Mitglied der Tanzgruppe in der griechischen Tragödie »Die Bacchantinnen«. Während einer besonders schwierigen Bewegungsabfolge ertappte ich ihn dabei, wie er sich im Spiegel beobachtete. Nicht mich. Sich. Er war im Grunde genommen der Star in seinem eigenen Pornofilm.

Damit will ich nicht sagen, dass ich das Ganze nicht genossen hätte – das tat ich durchaus. Er war großartig im Bett, wahrscheinlich deshalb, weil er sich große Mühe gab, seine Hauptrolle perfekt zu spielen. Trotzdem war ich verunsichert. Vor allem, als er aufstand und sich wieder anzog.

»Wo willst du hin?« Ich versuchte, mein vogelnestartiges Haar zurechtzuzupfen, gab es jedoch auf, als ich mein Spiegelbild im Fenster sah.

»Tut mir leid, Schätzchen. Ich muss morgen früh raus, also fahre ich lieber schnell nach Hause.«

Ich bin mir nicht sicher, ob es am Champagner, am Wein oder an meinen geistigen Bildern von Fleischkühlkammern lag, aber der letzte Rest der gesitteten Göttin aus dem Buch der Regeln war plötzlich verschwunden, und ihren Platz nahm eine zornige Xanthippe ein.

Ich zog mir die Bettdecke bis zum Kinn hoch. »Oh, okay. Verstehe.« Obwohl ich mich bemühte, nicht zu schmollen, zogen sich meine Mundwinkel unwillkürlich nach unten.

Er setzte sich auf die Bettkante. »Sei mir nicht böse, meine Schöne. Du hast doch selbst gesagt, dass du Schlaf brauchst, um für den morgigen Tag gerüstet zu sein.«

»Aber das heißt nicht, dass du nicht hier übernachten kannst. Ich finde es blöd, wenn du jetzt einfach abhaust.«

Einen Moment lang wirkte er verärgert, doch dann nahm sein Gesicht den Ausdruck väterlicher Geduld an. »Sch-sch. Schlaf jetzt, Schätzchen.«

Zorn stieg in mir hoch. »Wenn das nur ein One-Night-Stand war, soll's mir recht sein, aber dann erzähl mir nicht das Gegenteil.«

»Aber natürlich will ich dich wiedersehen, Liebling! Nach diesem Abend umso mehr.«

»Wie auch immer. Ich möchte nur nicht, dass du wegen mir diese Mister-Perfect-Show abziehst.«

»Das ist keine Show! Ich möchte dich einfach nur wie eine Prinzessin behandeln, denn genau das bist du für mich. Ich ruf dich an, okay?« Er beugte sich zu mir herunter und drückte mir einen Kuss auf die Stirn.

»Okay.«

Sobald die Tür ins Schloss fiel, sprang ich aus dem Bett, plötzlich fest davon überzeugt, dass er meine Geldbörse geklaut hatte. Das war also sein Motiv: Er war ein Dieb! Ein gemeiner Dieb! Okay, er hatte die zugegebenermaßen recht schäbige Wohnung gesehen, und ich erinnerte mich dunkel daran, dass seine Eltern gut betucht waren und irgendwo in Hampshire wohnten, aber das machte die Sache nur noch schlimmer.

Ich schlüpfte in meinen flauschigen gelben Bademantel und rannte ins Wohnzimmer, um den Inhalt meiner Handtasche zu überprüfen. Mein Barbestand von 2,35 Pfund war unangetastet. Ich presste mir die Handtasche an die Brust, huschte zurück in mein Zimmer und stieß mit ihm zusammen, als er aus dem Badezimmer kam.

»Hallo.« Er sah mich überrascht an.

»Hallo«, murmelte ich.

Ich brachte ihn zur Tür.

»Also dann, tschüss.«

»Bis bald, mein Schatz.«

»Wie auch immer.«

Die Tür fiel mit einem Klicken ins Schloss, und ich stolperte zurück ins Bett, während ich etwas über Diebe und Lustmolche vor mich hin murmelte.

28. April

Beim Aufwachen brummte mir der Schädel, und ich gönnte mir noch einen Augenblick Ruhe, bis mir wieder einfiel, wie ich meine Tasche an mich gepresst hatte.

Ach, du meine Güte.

Aber mir standen an diesem Wochenende noch weitere Schreckensmomente bevor. Am Nachmittag wollte ich in meinem verkaterten und verletzlichen Zustand Meghan anrufen und wählte aus Versehen die Nummer von Dylans Schwester Molly. Ich zuckte erschrocken zusammen, als ich Mollys ungläubige Stimme hörte: »Lauren? Bist du das? Du hast ja Nerven, hier anzurufen …!« Ich war mir nicht sicher, ob es an dem iPhone oder an meinen zitternden, anscheinend zu dicken Fingern lag, aber ich wäre am liebsten in der Zeit zurückgereist und hätte Alexander Graham Bell wegen seiner verfluchten Erfindung gewürgt. Nach einigen gemurmelten Entschuldigungen legte ich auf und schenkte mir rasch einen Whisky ein, um meine Nerven zu beruhigen.

Der Schmerz und der Zorn in Mollys Stimme gingen mir nicht mehr aus dem Kopf. Ich wusste, dass Meghan ihre Berichte von zu Hause beschönigt hatte, aber nun hatte ich die Wahrheit ganz deutlich gehört. In Portland war ich der Staatsfeind Nummer eins. Ich zündete mir eine Zigarette an und erwog, mich vom Balkon zu stürzen.

Als Lucy von ihrem Einkaufsbummel in Westfield zurückkam, warf sie einen Blick auf mein aschfahles, mit kaltem Schweiß bedecktes Gesicht und ließ ihre Topshop-Tüten auf den Boden fallen.

»Schätzchen, was ist passiert? Du siehst aus, als wäre dir ein Geist erschienen!«

»So ähnlich war es auch.«

»Wovon zum Teufel redest du da? Und hast du nicht gestern einen Mann mit nach Hause gebracht? Ich habe damit gerechnet, dich mit Mr Perfect in trauter Umarmung vorzufinden!«

»Oh, Lucy, es ist alles total schiefgegangen!« Mit Entsetzen stellte ich fest, dass ich den Tränen nahe war. Tränen fließen bei mir normalerweise, wenn ich mir heftig den Zeh anstoße, aber nicht, wenn ich versehentlich eine falsche Nummer gewählt habe oder am Morgen verkatert und schlecht gelaunt bin.

»Okay, das reicht. Hoch mit dir!« Lucy zog mich von der Couch und dirigierte mich mit einem festen Klaps auf den Hintern in mein Zimmer. »Zieh dich an und leg ein bisschen Make-up auf. Wir gehen ins Pub!«

Nachdem ich mich einen Monat lang akribisch an *The Rules* gehalten hatte, waren nun all meine sorgfältigen Recherchen durch ein Besäufnis und eine anschließende Paranoia zunichtegemacht worden. Ich hatte keine Ahnung, ob sich Popeye noch einmal bei mir melden würde oder ob mein Ausbruch des Wahnsinns ihn für immer in die Flucht geschlagen hatte. Unabhängig davon war meine Zeit mit *The Rules* abgelaufen, und nun war eine Beurteilung fällig.

Hauptsächlich hatte ich dabei gelernt, dass es mir überhaupt nicht lag, mich an *die Regeln* zu halten. Mein natürlicher Instinkt im Umgang mit Männern verleitet mich dazu, die Dinge ständig voranzutreiben, weil ich es nicht leiden kann abzuwarten, wie sich alles entwickeln könnte. Daher war ich bei dem armen Popeye auch so ausgeflippt.

In gewisser Weise hatte es mir also gutgetan, mich ein wenig reservierter verhalten zu müssen. Wahrscheinlich sollte ich viel öfter den anderen den nächsten Spielzug überlassen. Ich stürzte mich immer so sehr in das Drama einer neuen Beziehung, dass ich mir keine Zeit nahm, darüber nachzudenken, ob ich mich tatsächlich darauf einlassen wollte – und dann übertrieb ich es und setzte sie in den Sand.

Und auf eine merkwürdige Weise hatte ich es erfrischend gefunden, dass die Männer diejenigen waren, die sich ständig bemühten. Meistens schienen sie das tatsächlich zu bevorzugen. Und manchmal ist es schön, wenn ein Mann so viel Aufhebens um frau macht.

Schlussfolgerung zu

Die Kunst, den Mann fürs Leben zu finden
(The Rules: Time-tested secrets for Capturing the Heart of Mr Right)

Funktioniert am besten bei …

… Alphamännchen, die daran gewöhnt sind, alles zu bekommen, was sie wollen, und Herausforderungen schätzen. Sie neigen dazu, eine große Show abzuziehen und viel Geld zu investieren, um an ihr Ziel zu kommen, vor allem wenn es schwer zu erreichen ist. Sie sind absolute Kapitalisten.

Anzuwenden von …

… Frauen, die keine sofortige Bestätigung brauchen, sondern nach einer langfristigen Beziehung suchen (obwohl ich mich frage, wie man das Prinzessin-auf-der-Erbse-Theater vierzig Ehejahre lang durchhalten soll). Und wahrscheinlich sollte man Abstinenzlerin sein, denn wenn man getrunken hat, ist es schier unmöglich, sich an diese *Regeln* zu halten.

Als ich *The Rules* zur Seite legte, war ich zwar ein wenig traurig, aber auch erleichtert. Um voranzukommen, brauchte ich ein neues Buch, und das nächste hieß passenderweise *The Technique of the Love Affair: By a Gentlewoman – Die Kunst der Verführung.* Offensichtlich brauchte ich bei meiner Technik noch Hilfe beim Feinschliff.

BUCH ZWEI:

Die Kunst der Verführung. Charmante Spielregeln für die Frau von Welt

1. Mai

Zu meiner Verblüffung meldete sich Popeye tatsächlich wieder bei mir. Während ich am Sonntagabend Lucy lang und breit Bericht erstattete, bekam ich eine SMS von ihm. Er schrieb, dass er eine Woche geschäftlich unterwegs sein und sich nach seiner Rückkehr wieder mit mir in Verbindung setzen werde. Meine Vorfreude hielt sich in Grenzen.

Nun hielt ich das nächste Buch in einer Hand und eine Zigarette in der anderen und genoss beides mit großem Vergnügen.

The Technique of the Love Affair: By a Gentlewoman wurde 1928 erstmals veröffentlicht und sorgte für einigen Wirbel, als Dorothy Parker (ruhmreiche Trinkerin, begeisterte Geschiedene und beliebt wegen ihrer Scharfzüngigkeit) sinngemäß sagte, dass sie vielleicht »eher erfolgreich als nur eine laufende Nummer« gewesen wäre, wenn sie dieses Buch früher gelesen hätte. Jahrelang war der Titel vergriffen, aber jetzt ist er wieder erhältlich, sogar mit hilfreichen redaktionellen Anmerkungen.

Leute, dieses Buch ist der Hammer!

Es wurde in der Ära der Jeunesse dorée geschrieben und spiegelt die frivole, zynische Lebenshaltung in der Zeit nach dem Ersten Weltkrieg wider (siehe dazu auch Noël Coward, Arthur Evelyn Waugh und die bereits erwähnte Mrs Parker). Das war eine Zeit mit geschmuggeltem Gin, messerscharfem Witz und vielen Liebschaften. Die Autorin Doris Langley Moore war erst dreiundzwanzig, als sie das Buch schrieb. (Damals war sie verheiratet, ließ sich aber später scheiden. Nachdem ich einige ihrer Ratschläge gelesen habe, überrascht mich das nicht.)

Das Grundprinzip dreht sich um die Vorstellung, dass die »Liebesaffäre« eine Kunstform ist und vielmehr als unterhaltsames Hobby statt als Notwendigkeit gesehen werden sollte. Die Autorin empfiehlt ihren Leserinnen, sich so viele Verehrer wie nur möglich zuzulegen; wir sollen mit allen auf eine lockere, charmante Art flirten und uns auf keinen festlegen. Es geht darum, sich ein »Prestige« aufzubauen und zu erhalten (was im Wesentlichen darauf hinausläuft, dass wir, wie wir es heute bezeichnen würden, am längeren Hebel sitzen). Wenn frau einem Mann zeigt, dass er ihr mehr bedeutet als sie ihm, oder wenn sie sich mehr ihm widmet als anderen, dann verliert sie ihr Prestige und damit auch ihren Reiz.

Voll Vorfreude machte ich mir eine Liste von Dingen, die sich im kommenden Monat sicher als nützlich erweisen würden:

Zigarettenspitze
Kajalstift
ein kurzes Flatterkleid
selbst gebrannter Gin (?)

Ich konnte es kaum erwarten, damit anzufangen, aber während ich mir nach der Arbeit einen selbst gemixten Highball schmecken ließ (natürlich nur der Recherche wegen), wurde mir bewusst, dass ich wieder einmal erschreckend wenig Testpersonen zur Verfügung hatte. Popeye war wahrscheinlich auf Nimmerwiedersehen geflüchtet, also stand ich mit leeren Händen da. Ich brauchte aber unbedingt jemanden, um mein Experiment durchzuführen. Und das Buch schrieb mir vor, dass es mit einem Mann nicht getan war – ich brauchte mehrere. Ich konnte doch unmöglich ein Heer von Männern zum Flirten auftreiben, indem ich ihnen in der U-Bahn zuzwinkerte (obwohl ich das mit Sicherheit ausprobieren würde). Ich musste mir Hilfe suchen. Auf moderne, vorausdenkende Weise.

Ich brauchte das Internet.

Also sah ich mich in der Mittagspause kurz um und vergewisserte mich, dass ich nicht beobachtet wurde, bevor ich mich bei Castaways anmeldete.

Castaways basiert auf der Vorstellung, dass das, was dem einen nichts ist, einem anderen alles bedeuten kann. User nominieren Freunde, die vor Kurzem verlassen wurden, es aber verdienen, ihren Traumpartner zu finden. Auch jemand, der eine Beziehung beendet hat, kann seinen Expartner vorschlagen, wenn er davon überzeugt ist, dass es sich um einen wunderbaren Menschen handelt, der eben leider nur das Wort »prosciutto« falsch ausspricht oder was auch immer.

Ich war zwar nicht ganz davon überzeugt, dass die Nominierungen tatsächlich echt waren, aber ich hatte gehört, dass man auf dieser Website einige anständige, annehmbare Männer finden konnte. Außerdem musste ich keinen psychologischen Test machen. Also war ich mit Feuereifer dabei.

Der Haken an der Sache war nur, dass ich jemanden um ein Empfehlungsschreiben bitten musste, in dem stand, wie unglaublich toll, talentiert, brillant, witzig und sexy ich war und dass es kaum zu fassen war, dass ich immer noch als Single durch die Welt ging. Es konnte nur daran liegen, dass manche Männer sich von meiner unglaublichen Schönheit und meinem scharfen Verstand einschüchtern ließen. Zumindest stand es so oder so ähnlich in den meisten Referenzen, die ich überflog. Daneben befand sich immer ein künstlerisch aufgemachtes Schwarz-Weiß-Foto eines Schmollmunds oder eines halb verdeckten Auges.

Ich fragte Meghan, denn sie kannte mich wohl besser als jeder andere und war durch unsere Blutsbande verpflichtet, nette Dinge über mich zu sagen. Allerdings hat sie selbst kaum Erfahrung bei der Partnersuche – sie hat ihre Seelenverwandte Sue geheiratet, die sie zu Collegezeiten bei einem Lilith-Fair-Revival kennengelernt hatte.

Die beiden leben in einer umgebauten Scheune und verbringen ihre Wochenenden damit, begeistert Marmelade zu kochen und sich gegenseitig Schals zu stricken. Meg besitzt ein gut gehendes Gartencenter, und Sue ist Chirurgin am Mercy Hospital. Ja, meine Schwester ist mit einer Ärztin verheiratet. Während ich mein Liebesleben in ein wissenschaftliches Experiment umgewandelt habe, versehentlich die wütende Schwester meines Ex anrufe und mich auf einer Dating-Site anmelde, auf der es wahrscheinlich von Verrückten und Spinnern nur so wimmelt. Glück liegt bei uns offensichtlich nicht in der Familie.

Jedenfalls bat ich sie, einen Text zu verfassen, der die

Männer in diesem Forum anlocken sollte, und sie schrieb Folgendes:

> Lauren ist Amerikanerin, lebt und arbeitet aber schon seit einer Weile in London. Sie liest, trinkt und raucht sehr viel. Besonders liegt ihr: Spaß haben; dafür sorgen, dass die Menschen in ihrem Umfeld Spaß haben; Baguettes essen; klug sein.
> Als Kind hat sie ein sehr fettes Pferd namens Jason geritten, Fußball in der Abwehr gespielt, regelmäßiges Training im Kickboxen absolviert und sich in ihrer katholischen Highschool in Schwierigkeiten gebracht, weil sie in der Kirche Candide las. Nichts davon wird euch überraschen, wenn ihr sie kennenlernt.

Zuerst einmal möchte ich sagen, dass das alles der Wahrheit entspricht. Aber – und das ist für die betreffende Angelegenheit viel wichtiger – diese Beschreibung lässt mich dastehen wie Ignaz J. Reilly aus *Die Verschwörung der Idioten.* Und ja, ich weiß, dass der Bezug darauf ihre Beschreibung von mir nur noch bestätigt, aber ich versuche, mein wahres, scheußliches Selbst vor möglichen Verehrern zu verbergen (zumindest für einen gewissen Zeitraum).

Meghans Schilderung brachte es einfach nicht. Schließlich gestand ich Cathryn, dass ich mich bei Castaways angemeldet hatte, und bat sie darum, etwas über mich zu schreiben. Ich hoffte, mir käme es zugute, dass sie relativ wenig über meine Jugendzeit wusste. Und ich hatte recht – Cathryn verfasste einen großartigen, teilweise geschönten Text, der mich wesentlich attraktiver erscheinen ließ als Meghans Beschreibung.

Noch am selben Tag ging er mit einem Farbfoto von meinem lächelnden Gesicht online, und von da ab lag alles in den Händen der Internet-Dating-Götter.

Schon kurz darauf gingen die ersten Rückmeldungen ein. Im Nachhinein war ich froh, dass ich meine Hotmail-Adresse und nicht die E-Mail-Verbindung des Büros angegeben hatte, denn bereits am Nachmittag bekundeten etliche Online-Verehrer mit über fünfzig E-Mails ihr Interesse an mir. Mein Kopf schwoll allmählich zur Größe einer Wassermelone an.

Als ich abends nach Hause kam, mixte ich mir einen Sidecar (als weitere Recherche) und klickte mich aufgeregt durch die Antworten. Schon bald begriff ich, dass ich die Anzahl der E-Mails nicht meiner Person zu verdanken hatte. Die Jungs auf dieser Website spielten offensichtlich ein Zahlenspiel – einige Männer verschickten einzeilige, allgemein abgefasste E-Mails an alle weiblichen Castaways, in der Hoffnung, dass irgendeine anbeißen würde.

Nach kurzem Scrollen stellte sich tatsächlich heraus, dass Qualitätsware hier dünn gesät war. Irgendwie kam ich mir vor wie ein Kind in einem miesen Süßwarenladen, in dem es hauptsächlich schon leicht vertrocknete Lakritzstangen und dazwischen ein paar Peanut Butter Cups gab.

Nachdem ich die Spams gelöscht hatte, sortierte ich alle mit Spitznamen wie »Rocstarz« oder »ChocolateBum« aus. Diese Männer hatten sicher ihre eigenen Qualitäten, die ich jedoch nicht ausprobieren wollte.

Eine Sache wurde mir rasch klar: Online-Dating verführt zu schamlos oberflächlichem Verhalten. All diese mit einem Nicknamen versehenen, stummen Bilder tauchten vor mir auf … ich konnte fast nicht anders, als mein Urteil in erster Linie nach dem Äußeren zu fällen. Also klickte ich die unfassbar Hässlichen, die grauenhaft Fetten und die Träger von Wraparound-Sonnenbrillen weg. Adieu, Kunden von Oakley! Zurück ins Meer!

Zuletzt – und das war eigentlich am wichtigsten – flogen noch alle raus, die SMS-Sprache oder, noch schlimmer, Emoticons verwendet hatten. Welcher Mann, der etwas auf sich hält, baut denn bitteschön einen Zwinkersmiley in einen Anmachspruch ein?

Nach meinem Rundumschlag machte ich eine Bestandsaufnahme und stellte – angenehm überrascht – fest, dass noch ein halbes Dutzend Männer übrig waren, die annehmbar aussahen, vernünftig klangen und keine Schwierigkeiten mit der Grammatik hatten. Ich schickte ein paar Antworten los, die ich für einigermaßen geistreich hielt, während ich in meiner alten Jogginghose eine Avocado aß. Falls das typisch für Online-Dating war, war ich begeistert davon. Allein der Umstand, nicht mit hochhackigen Schuhen zur Fleischbeschau in eine stickige Bar gehen zu müssen, war Anreiz genug.

8. Mai

Mein erstes Castaways-Date! Hurra! Huch.

Sein Online-Name klang harmlos, und nachdem wir ein paar recht vielversprechende E-Mails ausgetauscht hatten, schlug er ein Treffen auf einen Drink vor. Na so was, wie leicht ging das denn? Ich stimmte sofort zu, und wir verabredeten uns für diesen Abend.

Und so viel wusste ich bereits über ihn: Er war fotogen, auch wenn er auf den Bildern ein wenig schwermütig wirkte. Er hatte dunkles lockiges Haar und braune Augen und schien viel Zeit damit zu verbringen, sich in East London gegen leicht verrußte Wände zu lehnen. Eine Freundin hatte ihn für die Website vorgeschlagen, was mich ein wenig misstrauisch machte. Wenn er so toll war, warum traf sie sich dann nicht selbst mit ihm? Aber wenn man seinem Profil glauben durfte, war er witzig, klug und interessant – also, warum nicht. Außerdem musste ich endlich damit anfangen, meine Technik auszuprobieren, und er war ein ebenso guter Kandidat wie jeder andere.

Und noch eine kleine Überraschung: Er war Modefotograf. Das war ebenso faszinierend wie erschreckend.

Einerseits gefiel mir die Vorstellung, dass er künstlerisch veranlagt und hauptsächlich von der rechten Gehirnhälfte gesteuert war, aber andererseits gefiel es mir überhaupt nicht, mich mit jemandem zu treffen, der die meiste Zeit in Gesellschaft von Models verbringt. Bereits jetzt verspürte ich einen Anflug von Eifersucht, und das, obwohl ich den Mann noch gar nicht kannte. Das war nicht gut.

Ich machte mich in der Toilette des Museums zurecht, und Cathryn sah mir fasziniert zu, als ich Eyeliner auftrug.

»Ich begreife nicht, wie du es schaffst, den Lidstrich so gerade zu ziehen. Immer wenn ich das versuche, krieg ich die Farbe ins Auge.« Sie klimperte mit ihren beneidenswert langen, ungetuschten Wimpern.

»Übung. Meine Schwester und ich haben uns ständig gegenseitig geschminkt, als wir Kinder waren. Ich bin schon seit meinem siebten Lebensjahr Eyeliner-Expertin.«

»Du durftest dich mit sieben schon schminken?« Cathryn hob entsetzt eine Hand an ihre pfirsichweiche Wange.

»Du lieber Himmel, natürlich nicht. Nur zu Hause und aus Spaß! Wofür hältst du mich denn?«

»Na, Gott sei Dank.« Sie atmete langsam aus.

Ich trug roten Lippenstift auf, obwohl ich wusste, dass ich ihn mir sicher abgeleckt haben würde, bevor ich die Bar betrat, und krempelte die Hosenbeine meiner Jeans um, damit meine neuen gelben Pumps zur Geltung kamen.

»So, ich gehe jetzt. Wünsch mir Glück!«

»Pass auf dich auf! Und ruf mich an, falls du eine Ausrede brauchst, um verschwinden zu können. Und folg ihm um Himmels willen bloß nicht in irgendwelche Seitengassen!«

»Danke, Mama. Bis morgen!«

Ich stand vor dem Pub in South Kensington, zog ein paarmal an meiner Zigarette und kaute dann kurz auf einem Kaugummi herum, um den Geruch zu übertünchen. Obwohl ich Cathryns Warnungen in den Wind geschlagen hatte, war ich nun doch ein wenig unruhig. Der Fotograf konnte alles Mögliche sein. Ein Soziopath. Ein Drogensüchtiger. Er könnte mir auch etwas in den Drink mischen und mich dann als Sexsklavin verkaufen.

Schon während der ersten fünf Minuten unseres Treffens wurde mir klar, dass der Abend nicht annähernd so aufregend verlaufen würde. Der Fotograf war ein Blindgänger.

Er stand nervös auf, als ich auf ihn zuging, und reichte mir seine leicht feuchte Hand.

Wir bestellten Drinks (getrennt voneinander und ohne jeglichen Versuch seinerseits, für mich zu bestellen, zu bezahlen oder mein Glas zu tragen; plötzlich vermisste ich *The Rules*) und suchten uns einen Platz an der Bar. Ich begann sofort mit dem Versuch, ihn mit meiner spritzigen Unterhaltung zu begeistern.

Nach fünfzehn Minuten war ich beim Thema Wetter angelangt. Er war ein recht netter Kerl, aber, meine Güte, etwas aus ihm herauszubekommen war reinste Schwerstarbeit.

Ich rief mir den Ratschlag aus dem Buch ins Gedächtnis, der in etwa so lautete:

Hören Sie ihm immer aufmerksam zu; verbergen Sie auf jeden Fall alle Anzeichen von nachlassendem Interesse. Allerdings sollten Sie auch nicht zu gebannt wirken, sonst könnte er den Eindruck bekommen, dass er Ihnen allein mit Reden einen Gefallen tut, egal was er von sich gibt. Ebenso wichtig und äußerst effektiv ist die altbekannte Taktik, den Mann dazu zu bringen, über sich selbst zu sprechen.

Ich setzte eine höchst interessierte, aber auch leicht abwesende Miene auf (und achtete darauf, dabei nicht zu schielen) und spielte das Spiel der zwanzig Fragen.

Während des Frage-und-Antwort-Spiels war ich die perfekte Flirtpartnerin aus den 1920ern. Ich nickte begeistert. Ich lachte fröhlich. Ich riss fasziniert die Augen auf. Ein Beobachter hätte mit ziemlicher Sicherheit darauf getippt, dass ich vorher Speed genommen hatte.

Der Fotograf saß während meiner Vorstellung mit beeindruckend versteinertem Gesicht da und beantwortete meine Fragen in Haiku-Form:

Frage: Wo wohnst du?

Antwort: In Leyton, beim Bahnhof.

Frage: Wo bist du aufgewachsen?

Antwort: In Stoke. War beschissen.

Frage: Wie bist du zur Fotografie gekommen?

Antwort: Durch meinen Onkel. Und durch Pornos.

Schließlich fragte ich ihn nach Haustieren in seiner Kindheit und nach seiner Lieblingsfarbe. Abgesehen vom Thema »Porno« wirkten seine Antworten wie die eines schüchternen Fünfjährigen.

Den einzigen spaßigen Moment (und das einzige Mal, dass das Buch zu funktionieren schien) erlebte ich, als er aufs Klo ging. Zwei attraktive Männer kamen herein, setzten sich an den gegenüberliegenden Tisch und fingen sofort eine unterhaltsame Diskussion über die Einrichtung des Pubs an. (Witzigerweise war das Thema der Ausstattung »Sherlock Holmes«.)

Ein Wortgeplänkel, dachte ich. Meine Güte, wie sehr ich das vermisste. *Nehmt mich mit, Jungs!*

Einer der Männer sah zu mir herüber und ließ den Blick über die zwei vollen Gläser vor mir und die beiden leeren neben mir gleiten.

»Du ertränkst wohl deinen Kummer? Und das mit zwei verschiedenen Drinks! Das muss ein harter Tag für dich gewesen sein.«

»Mann, du machst dir keine Vorstellung. Damit laufe ich mich nur warm. Als Nächstes gibt's einen Bourbon.«

»Warum nicht gleich einen Absinth? Der bringt mich immer wieder nach vorn.« Er lächelte mich an, und ich stellte fest, dass er wirklich sehr gut aussah. Ich zog kokett eine Augenbraue nach oben und setzte gerade zu einer vielsagenden Erwiderung an, als der Fotograf zurückkam. Der attraktive Typ runzelte fragend die Stirn. Ich zuckte leicht mit den Schultern, und der Fotograf und ich nahmen unseren langsamen Todesmarsch in Richtung Ende des Dates wieder auf. Nach dem zweiten Drink fragte er mich, ob ich Hunger hätte.

»Nein, danke. Ich sollte mich allmählich auf den Weg machen. Schließlich ist morgen ein Arbeitstag!« Ein Blick auf die Armbanduhr verriet mir, dass es erst sieben Uhr war. Uff.

Als wir beim Hinausgehen an dem anderen Tisch vorbeikamen, warf mir der Typ, mit dem ich geplaudert hatte, einen langen, grüblerischen Blick zu. Ah, mir lief ein Schauer über den Rücken. Das bemerkte der Fotograf allerdings; er schaute den attraktiven Mann düster an und legte mir beschützend eine Hand auf den Rücken. Das war das Aufregendste, was an diesem Abend passierte.

In dem Buch wird im Detail beschrieben, wie vorteilhaft – nein, notwendig! – es ist, den Wettbewerb unter den Männern zu fördern und Eifersucht anzustacheln. Moralisch gesehen ist ein Flirt mit einem Mann, während man ein Date mit einem anderen hat, in meinen Augen nicht wirklich eine Glanznummer, aber zwei Männer gegeneinander auszuspielen hat etwas merkwürdig Erregendes, wie eine Sendung im Discovery Channel. Das ist Evolution, Leute! Und habe ich nicht gesagt, dass ich das alles nur aus wissenschaftlichen Gründen tue?

Für meine Notizen:

Name: Der Fotograf
Alter: 29
Beruf: siehe oben
Nationalität: Engländer
Beschreibung: dunkles Haar, braune Augen, möglicherweise ein Opfer eines dieser Hirntraumata wie in Oliver Sacks' Büchern, bei dem seine Persönlichkeit gelöscht wurde
Methode: *Die Kunst der Verführung (The Technique of the Love Affair)*
Ergebnis: Ein Flirt lockert selbst den mühsamsten gesellschaftlichen Anlass ein wenig auf

12. Mai

Popeye war wieder in der Stadt, aber seine Begeisterung schien abgeflaut zu sein. Er schickte mir eine unverfängliche SMS zu einer verdächtig späten Uhrzeit am Freitag und fragte, was ich noch vorhätte. Ich ignorierte seine Nachricht. Wahrscheinlich war es das erste Mal, dass ich mich dazu entschloss, lieber am längeren Hebel zu sitzen, als Sex zu haben. Der Sieg schmeckte allerdings gar nicht so süß.

Ich wartete bis zum Sonntagmorgen und bemühte mich dann um eine möglichst forsch-fröhliche, kokette Antwort. Das Buch ermutigt Frauen, ihre Verehrer gegeneinander auszuspielen und den Anschein zu vermitteln, als ob ständig mehrere Männer um ihre Aufmerksamkeit buhlen. Daher schrieb ich:

> Hallo! Tut mir leid, dass ich mich noch nicht gemeldet habe – irres Wochenende! Bin gerade erst nach Hause gekommen und schon wieder unterwegs zu einer Grillparty. Wie geht's dir?

Das entsprach nicht ganz der Wahrheit: Ich war zwar lange aufgeblieben und hatte mit Lucy auf dem Sofa gesessen und Wein getrunken, aber als wilde Nacht konnte man das nicht gerade bezeichnen. Und die Grillparty bestand darin, dass ich mit einem Buch und einem Croissant in den Park gehen wollte. Aber, hey, mein Prestige stand auf dem Spiel.

Seine Antwort kam sofort:

So wie sich das anhört, verlief mein Wochenende viel ruhiger als deines. Du bist wirklich ein begehrtes Mädchen … Würde dich gern bald mal wieder sehen … xx

So weit, so gut. Ich schrieb nicht zurück und hatte es in nächster Zeit auch nicht vor – um mein Prestige zu bewahren, musste ich ihn so lange wie möglich hinhalten, vor allem weil er sich in letzter Zeit nicht gerade als nützlich erwiesen hatte.

Ich konnte es kaum fassen, als mir auch der Fotograf eine SMS schickte. Er schrieb, er habe sich an jenem Abend großartig amüsiert, und fragte, ob ich in der kommenden Woche mit ihm zum Essen gehen wolle. Hatte er bei unserem Date möglicherweise eine außerkörperliche Erfahrung gehabt? Oder war er vielleicht Masochist? Ich sah mich nicht veranlasst, der Sache näher auf den Grund zu gehen, also schickte ich ihm eine höfliche Absage. Auch wenn mir bewusst war, dass ich Testpersonen brauchte, hatte ich keine Lust auf einen weiteren Frage-Antwort-Abend.

13. Mai

Heute ein Schock!

Ich saß am Schreibtisch und rechnete die Kosten für unser neues Programm für außerschulische Bildungsangebote für Kinder aus, als mein Telefon klingelte. Als ich einen Blick darauf warf, fragte mich das Display vorwurfsvoll: **Bist du besoffen?**

»Natürlich nicht«, murmelte ich. »Es ist Viertel vor vier am Nachmittag!« Dann fiel der Groschen. »Oh, Scheiße.«

Während ich den Anruf entgegennahm, rannte ich in den Flur.

»Hallo?« Ich versuchte, fröhlich zu klingen, während ich nach Luft rang. (Was physisch unmöglich ist, wie sich herausstellte.)

»Hey, Cunningham. Ich bin's.«

»Ja, das weiß ich. Was gibt's, Adrian?«

»Warum sagst du das nicht gleich? Und wo bist du? Du klingst, als würdest du im Windkanal trainieren.«

»Ich bin in der Arbeit, du Blödmann. Einige Leute haben tatsächlich einen Job. In einem Büro. Mit Computer und dem ganzen Kram.«

»Hey, ich habe heute auch schon gearbeitet! Ich habe eineinhalb Stunden geschrieben. Jetzt bin ich im Park. Zu Recherchezwecken.«

»Der Park kann mir gestohlen bleiben.«

»Wie sprichst du denn von den Grünflächen unserer Stadt?«

»Was habe ich denn in letzter Zeit davon gehabt?« Mittlerweile rannte ich mit Karacho zur Straße, denn ich ahnte, dass ich für dieses Gespräch eine Zigarette brauchen würde. »Was willst du?«

Ich hörte einen tiefen Seufzer am anderen Ende. »Hör zu: Ich glaube, ich hab mich wie ein Scheißkerl verhalten.«

Ich schob die Tür des Notausgangs auf und zündete mir eine Zigarette an – eine Zigarette des Triumphs. »Ja, das kann ich bestätigen. Sonst noch was?«

»Ich wollte dir nur erklären, was da zwischen uns abgelaufen ist, denn du bist ein nettes Mädchen, und ich bin ...«

»Ein Vollidiot?«

»Das ist nicht sehr nett, aber okay, ein Vollidiot. Ich hatte einfach das Gefühl, dass wir auf eine feste Beziehung zumarschierten, und dafür war ich noch nicht bereit.«

Ich zog heftig an meiner Zigarette. »Erstens solltest du aufhören, wie ein Pionier daherzureden. Und zweitens habe ich dir doch von Anfang an gesagt, dass ich keine feste Beziehung will! Ich habe dir nur ein paar Eier gebraten! Und manchmal sind Eier eben einfach nur Eier.«

Adrian lachte. »Ja, da hast du wohl recht. Aber du hast keine gegessen! Du hast sie nur für mich gemacht.«

»So etwas tut man eben als netter Mensch, du Arschloch. Das ist doch keine Falle.«

»Na, wie auch immer. Ich wollte mich dafür entschuldigen, dass ich einfach abgehauen bin.«

»Entschuldigung angenommen.«

Ich nahm wieder einen Zug und wartete, bis er etwas sagte. Etwas wie: »Gehen wir morgen etwas trinken und treiben es anschließend wie die Wilden?« Oder: »Können wir nicht einfach so tun, als hätte es die vergangenen zwei Monate nicht gegeben?« Oder: »Wie wäre es mit einer fast platonischen sexuellen Beziehung? Mit zwei Treffen pro Woche?«

Aber Adrian sagte stattdessen: »Also gut, Cunningham. Ich muss los: Die Arbeit ruft.«

»Schon klar. Tschüss, Boss.«

Und dann legte er auf. Ich trat die Zigarette aus, ging zurück an meinen Schreibtisch und war den Rest des Nachmittags wie betäubt.

Am Abend gingen Lucy und ich zu dem neuen peruanisch-japanischen Lokal am Hoxton Square und analysierten bei Maiskuchen mit Wasabi in aller Ausführlichkeit das Telefonat.

»Na ja, dass er sich entschuldigt hat, ist doch schon etwas«, meinte sie und trank einen großen Schluck von ihrem Pisco Sour.

»Ja, schon, aber was soll ich von einer solchen Entschuldigung halten?« Ich schob ein Stück Sashimi auf einen Tortilla-Chip und biss hinein. »Glaubst du, dass er sich noch mal meldet?«

»Das würde mich nicht überraschen, Schätzchen. Der Typ ist wie eine immer wiederkehrende Pilzerkrankung. Immer wenn du glaubst, dass du sie losgeworden bist, fängt es wieder an zu jucken. Jetzt aber genug von diesem Idioten. Lass uns lieber unsere Party planen!«

Ich hatte Lucy dazu überredet, im Namen der Wissenschaft eine Hausparty zu schmeißen. In einem Flapper-Wörterbuch war mir der Ausdruck »Kuschelparty« ins Auge gesprungen wie ein kleiner, funkelnder Diamant. Und in diesem Moment war der Plan entstanden.

Offensichtlich war eine Kuschelparty ein gesellschaftliches Ereignis, bei dem man sich oft und gern umarmte –

ich stellte mir darunter eine Art Rave vor, aber ohne Ketamine (oder was auch immer die Kids heutzutage nehmen). Wie konnte ich da widerstehen? Ich hoffte, es würde so ähnlich werden wie das Spiel »Sieben Minuten im Himmel«, das ich an meinem dreizehnten Geburtstag gespielt hatte, nur mit dem Unterschied, dass sich dieses Mal Joey Richardsons Zahnspange nicht in meinem Haar verfangen würde.

»Okay, ich finde, wir sollten die Party klein halten. Du sagst Hayley und Georgie Bescheid, und ich frage Cathryn. Und dann laden wir noch jede Menge Jungs ein.«

»Cathryn wird sicher nicht kommen, oder? Wir wohnen viel zu weit östlich für sie. Hat sie nicht einmal Hackney mit Harlem verwechselt?«

Das war ihr tatsächlich einmal passiert.

»Schon, aber ich sollte sie auf alle Fälle fragen. Außerdem kennt Michael möglicherweise ein paar süße Singles, die kommen wollen.«

Eine spindeldürre Kellnerin in einem Babydoll-Kleid und mit Kniestrümpfen kam an unseren Tisch, nachdem Lucy sie mit hektischem Winken auf uns aufmerksam gemacht hatte. »Ja?«, fragte sie mit betont gelangweilter Miene.

Lucy verdrehte die Augen, bevor sie mich ansah. »Möchtest du noch einen Sake, Schätzchen?«

»Ja, bitte«, erwiderte ich freundlich und schenkte der Bedienung ein strahlendes Lächeln. Seit ich während meiner Collegezeit hinter einer Bar gearbeitet habe, bemühe ich mich immer, nett zu Servicepersonal zu sein, auch wenn die Leute inkompetent oder mürrisch sind. Ich wandte mich wieder Lucy zu. »Also, es bleibt bei Samstagabend, und wir laden so viele interessante Männer wie möglich ein. Ich werde Popeye fragen. Vielleicht kann ich ihn ein wenig eifersüchtig machen.«

»Und ich lade Max ein. Er meldet sich kaum noch bei mir, also braucht er wahrscheinlich auch mal wieder einen Tritt in den Arsch.«

»Perfekt. Und nun stellt sich noch eine Frage: Soll ich Adrian einladen?«

»Lauren ...«

Ich nahm einen großen Schluck von meinem frischen Sake und setzte eine Unschuldsmiene auf. »Na ja, er hat mich angerufen und sich entschuldigt ... Vielleicht könnten wir Freunde werden.«

»Freunde? Du kannst dich nicht einmal im selben Stadtviertel mit ihm aufhalten, ohne dass du ihm sofort an die Wäsche willst.« Sie schlürfte nachdenklich an ihrem Drink. »Obwohl er dich dann mit Popeye sehen würde ...«

»Genau! Ich könnte ein Eifersuchtsdrama auslösen!«

»Prima. Aber dann räume ich vorher alle zerbrechlichen Sachen weg.«

»Du bist eine kluge Frau, Lucy.«

15. Mai

Popeye einzuladen bedurfte einer gewissen Raffinesse. Als ich das Thema zum ersten Mal anschnitt, behauptete er, schon zu einem Familiengeburtstag gehen zu müssen. Unabhängig davon, ob das nun stimmte oder nicht – ich war es allmählich leid, dass er sich so rar machte. Hätte ich mich an *The Rules* gehalten, hätte ich mich nie wieder bei ihm gemeldet. Aber *Die Kunst der Verführung* verfolgte eine andere Strategie und gab mir einen wertvollen Rat: Als Erinnerung an eine Beziehung zu einem Mann sollte besser brodelnder Zorn und Hass übrig bleiben als ein Gefühl der Peinlichkeit.

Peinliche Verabredungen hat es in meinem Leben schon mehr als genug gegeben, und bei der Erinnerung an einige davon bleibt mir immer noch beinahe das Herz stehen, und ich schäme mich in Grund und Boden. Aber Wut und Zorn konnte ich in diesem Zusammenhang noch nicht verzeichnen.

Ich war noch nie auf Konfrontation aus gewesen, aber jetzt war ich stinksauer. Nach all dieser Ritter-in-schimmernder-Rüstung-Scheiße sollte er sich meiner Meinung nach ein wenig … besser verhalten! Hatte der Mann nicht kapiert, dass unser letzter Sex bereits einige Wochen zurücklag? Mir kam es so vor, als würde ich wieder in eine ähnliche Situation wie mit Adrian abrutschen: unklar, langweilig und leicht frustrierend.

Um meinen Zorn weiter zu schüren, schickte ich ihm

eine SMS, die ganz im Sinn von *Die Kunst der Verführung* war:

> Tja, ich habe mich bemüht, freundlich zu sein, aber anscheinend stellst du dich absichtlich dumm, also ziehe ich es vor, meine Zeit in der Gesellschaft von Leuten zu verbringen, die mehr auf mich eingehen. Lass es mich wissen, wenn du ein wenig umgänglicher drauf bist!

Schon fünf Minuten später erschien seine Antwort auf meinem Display.

> Tut mir leid, Schatz! Ich weiß, ich war unausstehlich. Ich werde versuchen, zu deiner Party zu kommen, versprochen. Xxxx

Am nächsten Tag schrieb er mir noch einmal und ließ mich wissen, dass er die Familiengeburtstagsparty abgesagt hatte und zu unserer Kuschelparty kommen würde. *Ha! Geh zum Teufel, alter Familienfreund! Ich habe mehr Prestige als du!*

Bei Adrian hingegen war keine List nötig – er nahm die Einladung sofort an. Vielleicht hatten wir gerade Vollmond.

18. Mai

Kuschelparty!

Lucy und ich verbrachten fast den gesamten Samstag in einem Vintage-Laden in der Holloway Road auf der Suche nach passenden Klamotten aus den 1920er Jahren. Ich entschied mich für ein schwarzes, schamlos kurzes Hosenkleid mit hoch angesetzter Taille und einem Federhaarband, und Lucy kaufte ein tief ausgeschnittenes Kleid mit tiefer Taille und geschätzten dreihundert Schnüren mit falschen Perlen.

Wir stellten Schalen mit Zigaretten für unsere Gäste auf und füllten die Badewanne mit Eis und Ginflaschen. Nachdem wir uns frisiert und geschminkt hatten, genehmigten wir uns das erste Glas Gin, bevor die Gäste eintrafen.

Cathryn hatte sich elegant aus der Affäre gezogen, indem sie erklärt hatte, bereits zu einem Familiendinner eingeladen zu sein. Wenn man ein so vornehmes Leben führte, war man sicher ständig irgendwo zum Abendessen eingeladen. Aber ein paar andere Kolleginnen und Kollegen hatten die Einladung angenommen, und aus Lucys Freundeskreis kamen auch einige. (Glücklicherweise waren ein paar Männer dabei.)

Um Punkt acht Uhr läutete es, und von da an ergoss sich ein unablässiger Strom Leute in unsere Wohnung. Einige kamen mir sogar irgendwie bekannt vor. Max tauchte mit einer Tellermütze auf dem Kopf und seiner Gitarre in der Hand auf. Popeye brachte eine Flasche Scotch mit und einen Typen namens Henry, der zwei Poloshirts übereinander trug.

»Wie viele von diesen Leuten kennst du tatsächlich?«, fragte ich Lucy, während ich Drinks für Popeye und seinen Begleiter einschenkte.

»Hmm. Ungefähr sechzig Prozent?«

»Okay, das klingt beruhigend. Ich kenne ungefähr zehn Prozent. Damit sind wir bei einer überschaubaren unbekannten Variablen von dreißig Prozent.«

In diesem Moment plärrten die Lautsprecher die ersten Töne von »Waterfalls«.

»Ich muss Popeye suchen«, erklärte ich und stürmte los zum Balkon.

Es war eine Kuschelparty, also gehörte es dazu, sich zu umarmen. Mir war keine gute Methode eingefallen, das nahtlos einzubauen, also hatte ich die Regel aufgestellt, dass immer, wenn TLCs »Waterfalls« zu hören war (was dank meiner zweifelhaften Qualitäten als iPod-DJane überraschend oft der Fall war), jeder einen Partner finden und ihn während des Refrains umarmen musste.

»Hallo!«, rief ich fröhlich. »Umarmungszeit!« Ich schnappte mir Popeye und Henry, und wir drei schunkelten zum Refrain, während ich erfolglos versuchte, mich nicht mit meiner Zigarette zu verbrennen. Popeye war unsere Umarmung offensichtlich ein wenig peinlich, und der arme Henry sah aus, als würde er sich am liebsten vom Balkon stürzen. Ich vermutete, dass sich Henry bei Popeyes Frage, ob er mit ihm auf eine Kuschelparty gehen wolle, etwas anderes darunter vorgestellt hatte.

Aber nach zwei Stunden tat der Schnaps seine Wirkung, und alle umarmten sich, als gäbe es kein Morgen. Henry klammerte sich an zwei von Lucys vollbusigen Freundinnen, als wäre er ein Schiffbrüchiger und sie Rettungsbojen.

»Ich muss zugeben, dass ich noch nicht oft auf Hauspartys war. Na ja, zumindest nicht auf solchen.« Popeye warf einen Blick auf den Balkon, der mittlerweile von betrunkenem Jungvolk bevölkert war.

»In der Badewanne liegt genug zu trinken, und wir tanzen zu Hip-Hop aus den Neunzigern. Wem würde das nicht gefallen?«

Popeye lächelte schwach. Seine Art von Partys war das offensichtlich nicht.

Plötzlich tauchte ein zugedröhnter junger Mann neben uns auf und strich mir über die Haare am linken Arm. Wenn ich mich recht erinnerte, hieß er Felix.

»Möchtest du ein Gedicht hören, das ich geschrieben habe?«, fragte er mich.

»Klar!«, erwiderte ich. Popeye nickte kaum wahrnehmbar.

Er fing an, uns mit etlichen (erstaunlich guten) Gedichten zu beglücken. Und dann mit einer Billy-Connolly-Imitation. Gefolgt von einigen Tricks mit seinem Filzhut.

Fünfundvierzig Minuten vergingen.

In dieser Zeit geschah etwas Merkwürdiges (außer dem Offensichtlichen). Für jeden, der nicht unter Drogeneinfluss stand, war wohl deutlich zu erkennen, dass der zugedröhnte Felix als Verehrer keine Herausforderung darstellte, aber je länger er sich mit mir unterhielt, umso besitzergreifender wurde Popeye. Irgendwann beugte er sich zu mir vor, deutete mit einer Kopfbewegung auf den berauschten Felix und sagte: »Mir scheint, der Bursche steht auf dich, Schatz. Belästigt er dich? Soll ich ein Wörtchen mit ihm reden?«

Ich versicherte ihm, dass ein Eingreifen nicht nötig sei. Der Typ machte keine Annäherungsversuche – er war einfach nur high und schnitt ein paar Grimassen.

Trotzdem kehrte plötzlich der galante, höfliche Popeye vom letzten Monat mit voller Kraft zurück. Er hielt meine Hand, warf mir bewundernde Blicke zu und überschüttete mich mit Komplimenten. Schließlich machte sich Felix aus dem Staub; wahrscheinlich, weil ich zu beschäftigt war, um mich ständig zu bedanken, und zu abgelenkt von der Hand auf meinem Hintern, um mir noch weitere Gedichte anzuhören.

Diese Seite von Popeye kannte ich noch nicht: Er wetteiferte mit der Konkurrenz und zeigte sich besitzergreifend. Das fand ich heiß. Ich sah mich im Zimmer nach weiteren Opfern um, die mir dabei helfen könnten, Popeye eifersüchtig zu machen.

Und dann läutete es an der Tür – ein Geschenk des Himmels.

Zu diesem Zeitpunkt hatte ich Adrian bereits abgeschrieben, doch fünfzehn Minuten vor Mitternacht, geschlagene drei Stunden später, als er zu kommen versprochen hatte, stand er mit einem Marshmallow-Hasen am Stiel und seinem Kumpel James, von dem ich nur schmutzige, abartige Dinge gehört hatte, vor mir. Ich stellte James sofort Lucy vor, die ziemlich genervt aussah, weil Max darauf bestand, die akustische Version von Jay-Zs »Can I Get A …« zu spielen.

Ich nahm den Marshmallow-Hasen entgegen und stellte Adrian mit einer gewissen Vorfreude Popeye vor.

Die beiden reichten sich die Hand. Popeye plusterte sich in seinem Button-down-Hemd auf, während Adrian ihn mit einem durchtriebenen Lächeln dabei beobachtete.

»Hallo! Wie geht es dir, Cunningham? Wir haben uns schon ewig nicht mehr gesehen!«

»Stimmt! Ich weiß nicht, warum das schon so lange her ist …« Ich lächelte Adrian an und versuchte dabei, mit meinem Blick ein Loch in seine Stirn zu brennen.

»So viel Zeit dürfen wir nicht mehr verstreichen lassen.« Er wandte sich Popeye zu. »Und du musst Laurens Freund sein. Schön, dass wir uns endlich kennenlernen! Ich habe schon so viel von dir gehört. Wie lange seid ihr zwei jetzt schon zusammen? Ein Jahr? Zwei? Gibt es schon Hochzeitspläne? Sie wird schließlich nicht jünger!«

Popeye ließ meine Hand los, als stünde sie in Flammen.

»Ich glaube, du verwechselst mich mit jemandem. Lauren und ich sind nur ein paarmal miteinander ausgegangen, aber sie ist wirklich eine tolle Frau.« Popeye schenkte mir ein breites Lächeln, und Adrian kicherte unterdrückt.

»Hmm. Ja, vielleicht habe ich an den Kerl gedacht, mit dem sie früher zusammen war. Ein sehr gutaussehender Mann. Er hatte etwas Künstlerisches an sich. War er nicht Schriftsteller, Cunningham? Wie hieß er gleich noch?«

»Verpiss dich«, zischte ich ihm zu.

»Wenn ich mich recht erinnere, hast du mir davon vorgeschwärmt, wie gut er im Bett war. Was ist aus ihm geworden?«

Popeye atmete scharf ein. »Lauren hat mir nicht viel über ihr früheres Liebesleben erzählt.«

»Tja, da gibt es eine Menge zu erfahren. Wirklich eine Menge.« Und er kannte noch nicht einmal die Hälfte davon.

»Ich kann mich allerdings an nichts erinnern, was in den letzten Monaten der Rede wert gewesen wäre«, warf ich ein, während ich Popeye mit mir zog. »Der Gin ist in der Badewanne. Bitte bedien dich, Adrian. Aber pass auf, dass du nicht ertrinkst.«

»Mach dir keine Sorgen um mich!« Adrian ging schnurstracks auf die Badezimmertür zu. »Ich bin bekannt dafür, immer oben zu schwimmen.«

»Was für ein Arschloch«, sagte ich zu Popeye. »Tut mir leid. Möchtest du noch etwas trinken?«

»Nein, danke. Wer ist der Kerl, über den er gesprochen hat?«

»Oh, niemand. Nur so ein Idiot, mit dem ich früher mal gegangen bin. Schnee von gestern.«

»Gut«, sagte er und küsste mich zum ersten Mal an diesem Abend. »Ich mag nämlich keine Konkurrenz.«

Das sah aber ganz anders aus.

19. Mai

»Oh Gott, was ist denn gestern Abend passiert?« Lucy stand mit ihrem Kleid vom Vorabend und in Pantoffeln vor mir.

»Ich glaube, du hast mit Adrians Freund rumgemacht. Kaffee?«

»James? Oh, nein. Und ja, bitte Kaffee.«

Ich schaltete den Wasserkocher ein und holte eine zweite Tasse. »Keine Sorge, ihr habt euch nur geküsst. Als er dir etwas ins Ohr geflüstert hat, bist du wütend geworden und hast ihn rausgeschmissen. Ich vermute, es war irgendetwas über einen flotten Dreier.«

»Ihhh. Warum sprechen Männer immer von einem Dreier? Wenn ich einen haben wollte, dann würde ich sie das mit Sicherheit wissen lassen.«

»Ich weiß. Sie benehmen sich wie Kinder, die vor dem Abendessen um Schokolade betteln. Man würde ihnen am liebsten auf die Finger klopfen und sagen: ›Nicht jetzt!‹«

»Ist Adrian mit ihm gegangen?«

Vor meinem geistigen Auge tauchte das Bild auf, wie er mit einer Flasche Gin in der Hand und »Engine Engine Number 9« grölend zur Tür hinausgeschwankt war.

»Ja, ich glaube schon. Er hat sich gestern Abend Popeye gegenüber wie ein Vollidiot verhalten.«

»Das wundert mich nicht. Was ist aus Popeye geworden? Ich habe euch beide auf dem Sofa knutschen sehen.«

»Er ist erst vor ein paar Stunden gegangen.« Ich reichte ihr eine Tasse Kaffee und eine Zigarette.

»Ooh. Und? Wie war es dieses Mal? Wieder eine Ein-Mann-Vorstellung?«

»Es war … schwungvoll. Ich wurde ständig hochgehoben, wieder abgesetzt und herumgewirbelt.«

»Ooh!«

»Diese Arme waren von Anfang an vielversprechend. Allerdings hatte ich irgendwie das Gefühl, als wolle er etwas beweisen. So, als würden wir beim Sex gefilmt werden, obwohl gar keine Kamera da war, verstehst du?«

»Mm-hmm.«

»Einmal hat er mir sogar Anweisungen gegeben. So etwas wie ›nach hinten beugen‹ und ›jetzt anwinkeln‹. Ich war Debbie, und wir befanden uns eindeutig in Dallas.«

Lucy rümpfte die Nase. »Das klingt ein wenig übertrieben.«

»Ich wette, daran ist das Internet schuld. Jeder Mann scheint sich mittlerweile einzubilden, dass er gerade einen Film für YouPorn dreht.« Ich riss die Augen auf. »Oh, mein Gott, er wird doch keine Aufnahmen davon bei YouPorn einstellen, oder? Meine Eltern haben gerade gelernt, wie man Google benutzt. Was, wenn sie das sehen?«

»Ich glaube, jetzt verrennst du dich in etwas, Schätzchen. Wenn er euch gefilmt hätte, hättest du das sicher bemerkt.«

»Stimmt. Mit einem Telefon in der Hand hätte er auch sicher nicht all diese akrobatischen Stellungen meistern können.«

»Na, zumindest bist du mal wieder ordentlich flachgelegt worden. Max war heute Morgen spurlos verschwunden.« Lucys Gesicht nahm plötzlich einen sorgenvollen Ausdruck an. »Warte mal … was genau ist mit Max passiert?«

»Ich bin mir ziemlich sicher, dass du seine Gitarre zur Tür hinausgeschleudert hast.«

»Oh Gott.« Eine Pause. »Verdammt.« Eine zweite Pause. »Jetzt fällt es mir wieder ein. Er bestand darauf, von jedem Song eine akustische Version zu spielen, und als ich versuchte, ihn in mein Schlafzimmer zu locken, behauptete er, seine Zuhörer wären sehr enttäuscht, wenn er sie verlassen würde.«

»Musiker, was?«

»Was soll's. Ich bin froh, dass ich seine Gitarre hinausbefördert habe.«

»Und es gibt ja immer noch James«, trällerte ich.

Lucy vergrub ihr Gesicht in einem Sofakissen. »Erinnere mich nicht daran.«

Ich schlurfte auf den Balkon, um meine E-Mails zu lesen. Einige vielversprechende Castaways-Kandidaten hatten sich gemeldet, und ich versuchte, Dates für die kommende Woche mit ihnen zu vereinbaren. Bis zum Ende des Monats brauchte ich möglichst noch eine ganze Mannschaft, und allmählich wurde die Zeit knapp.

Nach meiner dritten E-Mail blinkte das Telefon, und auf dem Display erschien die vertraute Meldung: **Bist du besoffen?** Beim vierten Klingeln nahm ich ab.

»Was zur Hölle willst du, Adrian?«

»Spricht man so mit einem guten alten Freund?«

»Wenn dieser Freund ein Arschloch ist, dann ja.«

»Komm schon, Cunningham! Ich habe dir gestern Abend einen Marshmallow-Hasen mitgebracht. Niemand, der Süßigkeiten verschenkt, kann ein totales Arschloch sein.«

»Du hast völlig grundlos den Mann verärgert, mit dem ich mich zurzeit treffe, und versucht, ihn davon zu überzeugen, dass ich ein richtiges Flittchen sei. Also bist du ein Arschloch. Marshmallow hin oder her.«

»Ach, ich hab doch nur Spaß gemacht. Und außerdem scheint dieser Typ einen Stock im Arsch zu haben.«

»Er ist eben ein Gentleman. Und er hat tolle Arme.«

»Hmm. Du gehst also mit ihm?«

»Ich weiß es nicht. Schätze schon. Irgendwie.«

»Klingt aufregend. Er und seine muskulösen Arme.«

»Ja, das ist es auch.«

»Hör mal, ich möchte dich zum Abendessen einladen. Um diese Eier-Sache wiedergutzumachen und mich dafür zu entschuldigen, dass ich mich gestern Abend so blöd verhalten habe und generell ein Vollidiot bin.«

Abendessen. Ich war noch nie mit Adrian essen gegangen. Eine solche Beziehung hatten wir nicht. Wir trafen uns allerhöchstens vorher auf eine kurze Unterhaltung in einem Pub.

»Abendessen? Okay … Aber ich bezahle nicht dafür, falls du davon ausgegangen bist. Ich unterstütze keine hungernden Künstler.«

»Meine Güte, jetzt mach mal halblang. Ich werde selbst kochen und mich um alles kümmern.«

An diesem Punkt verschlug es mir die Sprache, also brummte ich nur zustimmend und legte dann auf. Was ... zum ... Teufel ...?

Diese Eifersuchtsgeschichte schien nicht nur bei Popeye zu funktionieren.

24. Mai

Das Flirt-Projekt war ein wenig außer Kontrolle geraten; plötzlich schien ich zwangsläufig jedem Mann schöne Augen zu machen.

Nach einer Besprechung im Imperial College wegen einer geplanten Serie von Vorlesungen gingen Cathryn und ich zum Mittagessen in unser Lieblingslokal. Ich bemerkte, dass sie mich argwöhnisch und mit Adleraugen beobachtete.

»Glaub ja nicht, ich hätte nicht bemerkt, was du mit diesem armen, wehrlosen Mann an der Theke angestellt hast«, sagte sie auf dem Rückweg zum Büro.

»Was?« Ich klemmte meine übervolle Salatbox unter den Arm. Er war tatsächlich großzügiger gewesen als üblich, und möglicherweise hatte es etwas damit zu tun, dass ich ihm gesagt hatte, wie toll er heute aussehe ...

Als wir später im Museum auf den Aufzug warteten, trugen ein paar Möbelpacker einen großen Tisch an uns vorbei.

»Du bist unverbesserlich.« Cathryn schüttelte den Kopf.

»Was?! Ich habe sie nicht einmal angesehen!«

»Also, mir kam es so vor, als hättest du mit dem Stämmigen geflirtet. Zumindest hat er das wohl geglaubt.«

»Das bildest du dir nur ein«, entgegnete ich und zwinkerte dem kräftigen Kerl rasch zu.

Aber sie hatte recht: Es war, als litte ich unter einem Flirt-Tourette-Syndrom.

Ein typisches Beispiel dafür: Ich ging am Embankment joggen, und während ich an einer Ampel warten musste, führte ich diesen nervigen Auf-der-Stelle-Tanz auf, den alle Jogger – aus welchen Gründen auch immer – für unabdingbar halten. Als ich einen Läufer neben mir sah, lächelte ich ihn tatsächlich an. Das tue ich normalerweise nie. Wenn ich laufe, setze ich üblicherweise eine Miene grimmiger Entschlossenheit auf und versuche, so weit wie möglich jeden Augenkontakt mit anderen Menschen zu vermeiden.

Aber dieses Mal war ich so in meiner Flirtsucht gefangen, dass ich vergaß, mein Jogging-Gesicht zu machen, und stattdessen meine Spielermiene aufsetzte.

Der Mann lächelte zurück. Er war überraschend attraktiv, was noch stärker zur Geltung gebracht wurde, weil er vom Laufen erhitzt war, leicht schwitzte und aussah, als hätte er gerade Sex gehabt.

»Gutes Tempo«, sagte er.

»Danke.« Ich war froh, dass mein Gesicht vor Anstrengung bereits gut durchblutet war und er daher nicht sehen konnte, dass ich errötete. »Ich habe eine Menge aufgestauter Wut in mir, und das hilft.«

»Ach ja?«

»Und wie. Wenn ich nicht joggen würde, wäre ich wahrscheinlich Söldnerin in Angola.«

Die Ampel sprang um. Ich lächelte, stellte meinen iPod an und sprintete los. Im Nachhinein stellte ich fest, dass ich mich angehört hatte wie eine Bekloppte, aber das Schöne am Laufen ist, dass es keine Rolle spielt, wie man aussieht, oder was man zu Fremden beim Warten an einer Ampel sagt, denn man kann sich jederzeit schnell aus dem Staub machen.

Nach ein paar Minuten schaute ich mich um und stellte fest, dass der Jogger sich hinter meiner linken Schulter meinem Schritt angepasst hatte. Er lächelte mich an.

»Ich wollte mir genauer anschauen, wie Sie Ihren Zorn abarbeiten«, rief er.

»Sind Sie da sicher?« Ich lief schneller.

»Das werde ich schon schaffen.« Schon kurz darauf hatte er mich überholt und winkte mir ermutigend zu. Der Anblick seiner Oberschenkel beflügelte mich, also steigerte ich mein Tempo.

Zwanzig Minuten später beugten der Jogger und ich uns gemeinsam über die Fontäne eines Trinkbrunnens und ließen uns abwechselnd Wasser in den Mund spritzen.

Ich krümmte mich und rang nach Luft. »Meine Güte, meine Lunge fühlt sich an wie ein zerstochener Reifen.«

»Wie ich sehen konnte, haben Sie wohl einigen Ärger abzubauen. Aber das war ein toller Lauf. Ich finde, dafür haben wir uns ein oder zwei Drinks verdient. Was sagen Sie dazu?« Ärgerlicherweise war er viel weniger außer

Atem als ich und hatte im Gegensatz zu mir auch kein knallrotes Gesicht.

Ich sah nach unten auf mein schweißdurchtränktes Top. »Mit Vergnügen, aber in diesen ekligen Klamotten halte ich es nicht mehr lange aus.«

»Verständlich. Wollen wir es auf ein andermal verschieben?«

Ich stimmte zu, und er tippte meine Nummer in sein Telefon, bevor er in mörderischem Tempo davonrannte. Ich hinkte nach Hause, und über meine grimmig-entschlossene Miene glitt ein selbstzufriedenes Lächeln, als ich an die knackigen Schenkel des Joggers dachte. Flirten war etwas Wunderbares. Ich würde die 1920er vermissen.

31. Mai

Mein letzter Tag als Flapper, und ich konnte mit Stolz sagen, dass ich das Hauptziel des Buchs erreicht hatte, das sinngemäß lautete: »Mindestens zwei Männer sollten Sie zur selben Zeit begehren – wenn Sie sehr geschickt vorgehen oder Glück haben, dann auch mehr.«

Es war kniffliger gewesen, als ich gehofft hatte, aber ich hatte es letztendlich geschafft, mir eine kleine Gruppe von Verehrern zuzulegen. (Ärgerlicherweise ausgerechnet dann, als ich das Buch gegen ein neues austauschen musste.)

Da war natürlich Popeye. Und der Jogger, der mir gleich nach unserem Todeslauf eine SMS geschickt hatte und mit dem ich mich in zwei Wochen treffen würde. Und dann stand noch das mysteriöse Dinner mit Adrian bevor. Ich hatte also ein ziemlich volles Haus. Die Autorin des Buchs wäre sicher stolz auf mich, nachdem ich einen Monat lang ungeniert geflirtet hatte. Ich hatte mich in ein richtig kokettes Ding verwandelt (wobei ich mir natürlich meine angeborenen Neigungen zunutze gemacht hatte).

So, und nun kommt's: Einen regelrechten Harem zu besitzen verschaffte mir nicht die Befriedigung, die ich mir davon erhofft hatte. Stattdessen begann ich mich zu langweilen. Es war ein wenig wie beim Essen von Zuckerwatte: Zuerst schmeckt sie ganz köstlich, doch schon bald hat man keine Lust mehr darauf und empfindet sogar leichte Übelkeit.

Ich verstehe durchaus den Ansatz, im Lauf des Lebens so viele Männer zu haben wie nur möglich. Wenn sich frau etliche Möglichkeiten bieten, legt sie sich nicht zu sehr auf eine Person fest. Ich hatte mich in der Vergangenheit weiß Gott viel zu sehr auf einen Einzigen konzentriert, also musste das doch eine gute Sache sein. Als ich vor vielen Monaten feststellte, dass ich keine Minute länger in Portland bleiben konnte, erschien mir die Aussicht auf eine endlose Abfolge von Männern zum Aussuchen wie die magische Welt Narnia. Aber jetzt will ich nur noch durch den Wandschrank zurückkriechen und mich schlafen legen. Ich bin überfordert – ich habe zu wenig Zeit und nicht genügend Raum im Kopf, um mich allen zu widmen, und allmählich wird mir jede Zuwendung von ihnen lästig. In gewisser Weise ist das gut, denn wenn einer von ihnen plötzlich von der Bildfläche verschwindet, mich versetzt oder sich als glühender Meatloaf-Fan entpuppt, kann ich ihn einfach vergessen und weitermachen. Aber andererseits fühle ich mich nicht gut dabei, mich mit mehreren Männern zu treffen, deren Namen ich morgen schon vergessen haben könnte. (Wobei Adrian offensichtlich eine Ausnahme darstellt, hauptsächlich, weil ich ihn schon vor dem Experiment kennengelernt habe und weil er das Objekt einer umfassenden Google-Stalking-Kampagne war. Ich kenne alle Straßen in seinem Stadtviertel so gut, dass ich dort wahrscheinlich einen Hinterhalt nach Guerilla-Art organisieren könnte.)

Es klingt seltsam, aber ich hätte ihnen allen am liebsten den Laufpass gegeben. Popeyes SMS sind mir zu banal, der Jogger wird sich womöglich mit mir über Proteindrinks und Energy-Gele unterhalten wollen, und Adrian wird wahrscheinlich absagen … Bei der Aussicht, mich mit drei Männern gleichzeitig zu treffen, möchte ich am liebsten nur noch alle Dates absagen und endlich alle Bücher lesen, für die ich bisher nie Zeit gefunden hatte. Und mir dann eine gute Gesichtsbehandlung gönnen.

Im Hinblick auf das Experiment war dieser Monat natürlich ein durchschlagender Erfolg. Dieses Buch ist einfach großartig. Es ist geistreich und witzig geschrieben, und die Autorin macht keine Kompromisse, wenn es darum geht, was Frauen von Männern erwarten sollten (und was sie von ihnen fordern müssten). Frauen werden nicht ermutigt, sich nach den Männern zu richten oder sie zum

Mittelpunkt ihres Lebens zu machen. Der Sinn einer Liebesaffäre ist es nicht, einen Ehemann zu finden; sie soll Spaß machen und dazu dienen, die eigene Überzeugungskraft auszutesten. Das war zwar anstrengend, verlieh mir aber ein bestimmtes Gefühl von Macht.

Schlussfolgerung zu

Die Kunst der Verführung (The Technique of the Love Affair)

Funktioniert am besten bei …

Wie bei *Die Kunst, den Mann fürs Leben zu finden* sind wahrscheinlich auch hier Alphamännchen am empfänglichsten: Schonungsloses Flirten befeuert ihren Hang zum Wettbewerb. Allerdings sind wir alle anfällig für Eifersucht, also weckt es wohl jedermanns Interesse, wenn man zeigt, dass man begehrt ist.

Anzuwenden von …

… allen Frauen! Oder zumindest von allen Frauen, die eine richtig gute Zeit haben, flirten und sich begehrt fühlen wollen. Wahrscheinlich ist das kein gutes Konzept, wenn man auf der Suche nach einer langfristigen und ernsten Beziehung ist, denn es kann leicht nach hinten losgehen, wenn man Eifersucht schürt und sich mit mehreren Lovern gleichzeitig abgibt. Aber unter dem Strich kann jede ein paar mehr Flirts in ihrem Leben brauchen.

BUCH DREI:

Die Sex-Diät: Not Tonight, Mr. Right

1. Juni

Ah, ein Buch über Enthaltsamkeit! Fantastisch. Darauf hatte ich mich schon sehr gefreut. Außerdem lebte ich unfreiwillig schon seit einigen Wochen abstinent, also konnte ich mich ebenso gut ganz offiziell an einen solchen Ratgeber halten. Da Sex normalerweise ein fester Bestandteil meiner Verführungsstrategie ist, musste ich jetzt wohl eine Methode ausprobieren, bei der ich bewusst darauf verzichtete … Aber das hieß nicht, dass mir das gefallen musste.

Ich war nicht in bester Stimmung, als ich mich auf den Weg zu dem Laden machte, um dieses Buch abzuholen. Umso größer war mein Missfallen, als ich nicht von dem freundlichen Lächeln des netten älteren Buchhändlers mit den Augenfältchen begrüßt wurde, sondern vom wenig einladenden Brummen eines jüngeren Mannes mit einem rotbraunen Lockenschopf und einer zerschlissenen Strickjacke. Er hätte ganz nett ausgesehen, wenn er keine so düstere Miene aufgesetzt hätte.

»Wir haben geschlossen«, bellte er, als ich den Laden betrat.

»Offensichtlich nicht«, entgegnete ich. »Wo ist Hamish?«

Er sah mich finster an. »Er ist nicht mehr da.«

Ich erstarrte. Hamish war nicht mehr da? Aber ich hatte ihn doch erst vor ein paar Tagen gesehen, und da hatte er einen vollkommen gesunden Eindruck gemacht! Er konnte doch nicht …

»Nicht mehr da?«

»Ja, weg! Er verbringt seinen Ruhestand in der Toskana, der alte Glückspilz.«

Wenigstens war er nicht tot. Trotzdem gefiel mir diese Situation nicht. »Äh … und wer sind Sie?«

»Ich bin sein Enkel und habe den Laden übernommen.« Er deutete auf die staubigen Regale und die wacklige Wendeltreppe, die auf den Dachboden führte. »Was kann ich für Sie tun? Sie haben fünf Minuten Zeit, bevor ich abschließe. Es bleibt Ihnen überlassen, auf welcher Seite der Tür Sie sich dann befinden, aber ich warne Sie: Hier drin wird es nachts empfindlich kalt.«

»Ich bin Lauren Cunningham.« Ich bemühte mich um ein charmantes Lächeln. »Ich glaube, Ihr Großvater hat ein Buch für mich zurückgelegt.«

»Oh.« Er schob sich eine widerspenstige Locke aus den Augen und musterte mich. »Sie sind die Amerikanerin.« Das klang nicht sehr ermutigend.

»Stimmt.«

»Gut, warten Sie einen Moment. Ich hole Ihnen Ihren kleinen … Liebesroman aus dem Schrank.« Nach einem kritischen Blick aus seinen grünen Augen schüttelte er den Kopf und verschwand im hinteren Teil des Raums, um kurz darauf mit einer Ausgabe von *Die Sex-Diät* zurückzukehren.

»Was für ein Haufen Mist«, murmelte er vor sich hin.

Er setzte sich an die Theke und betrachtete mit unverhohlenem Widerwillen den Einband. Dieser Kerl musste noch einiges über Kundenservice lernen.

»Sagen Sie mir einfach, was ich Ihnen schulde, dann werde ich Sie nicht länger belästigen.«

»Warum wollen Sie diese Scheiße lesen?«, fragte er und schob das Buch über den Tisch. Er bückte sich und kramte unter dem Ladentisch eine Gesamtausgabe von John Dos Passos' Werken hervor. »Lesen Sie lieber das«, meinte er und reichte mir das abgegriffene Taschenbuch.

Ich warf einen Blick auf den Umschlag. »Habe ich schon«, erklärte ich ihm und gab ihm das Buch zurück. »Wie viel schulde ich Ihnen?« Ich setzte eine hochmütige Miene auf.

Er lehnte sich in seinem Stuhl zurück, legte die Füße auf den Tisch und seufzte. »Oh Mann, keine Ahnung. Drei Pfund?«

Ich schob ihm die Münzen zu und steckte das Buch in meine Tasche. Auf dem Weg hinaus blieb ich bewundernd vor der antiquarischen Ecke stehen. Das war der einzige saubere Teil des Ladens, und in einer frisch polierten Vitrine befand sich eine wunderschöne Erstausgabe von *Black Beauty*. In meiner Kinderzeit war das mein Lieblingsbuch gewesen – meine Mutter hatte Meg und mir vorm Schlafengehen daraus vorgelesen, und als ich älter war, hatte ich es noch einmal gelesen. Bis zu meinem zehnten Lebensjahr war ich eine absolute Pferdenärrin gewesen, und Black Beauty verkörperte alles, was ich an Pferden liebte: den Freiheitswillen, das Temperament und die Wildheit. Mein Buch war eine alte, billige gebundene Ausgabe gewesen, aber diese hier war wirklich großartig: dickes braunes Leder mit violettem Schriftzug im Prägedruck. Das musste ich einfach haben.

Ich drehte mich noch einmal zu dem Buchhändler um, der gerade einen Faden aus seiner Strickjacke zog und, so wie es aussah, damit riskierte, das ganze Teil aufzutrennen. »Was kostet diese Ausgabe von *Black Beauty*?«

Er stieß ein Knurren aus, schaute aber nicht auf. »Das Buch ist unverkäuflich.«

»Tatsächlich?« Ich beugte mich näher an die Glasscheibe, um es besser sehen zu können. »Es ist einfach großartig.«

Er sprang auf und hastete herüber. »Hauchen Sie nicht an die Scheibe!«, rief er und scheuchte mich weg.

»Schon gut, schon gut! Kein Grund, gleich so zornig zu werden. Meine Güte!«

»Es ist sehr wertvoll«, blaffte er mich an. »Es hat mir gehört, als ich ein kleiner Junge war.« Seine Stimme wurde sanfter, und einen Moment lang sah er … richtig süß aus. Er schüttelte sich kurz und schaute mich wieder verärgert an. »Wenn das alles war, würde ich es sehr begrüßen, wenn Sie jetzt endlich gehen würden, damit ich abschließen kann.«

Ich machte, dass ich aus dem Laden kam; mir graute schon vor dem nächsten Mal, wenn ich wieder ein Buch brauchte. Dieser Kerl sah zwar besser aus als sein Großvater, aber ihm fehlte eindeutig dessen Charme.

Mein Weg führte mich ins nächste Pub, wo ich mir ein Glas Wein bestellte und meinen neuen Leitfaden aufschlug. Ich war schon gespannt, was ich über die anscheinend unzähligen Vorteile von Keuschheit erfahren würde. Der erste war wahrscheinlich die Ersparnis bei Kondomen.

Schließ deine Beine, öffne dein Herz ist als moderne Herangehensweise an Enthaltsamkeit zu verstehen. Man entscheidet sich für Keuschheit nicht aus religiösen oder moralischen, sondern aus wissenschaftlichen Gründen. Richtig! Sex erzeugt anscheinend Oxytocin, eine das Bedürfnis nach Liebe steigernde chemische Substanz (nicht zu verwechseln mit Oxycodon, dem »Hinterwäldler-Heroin«, obwohl es offensichtlich das gleiche Suchtpotenzial hat). Das ist ein weiteres Beispiel für die kleinen Ironien der Natur: Je mehr Orgasmen eine Frau hat, umso stärker wird dieser chemische Stoff in ihrem Gehirn ausgeschüttet und sagt ihr, dass sie sich an den Mann, der ihr diese Orgasmen verschafft hat, klammern sollte wie an den letzten verfügbaren Rettungsring bei einem Schiffsunglück. (Nicht, dass ich meinem Gehirn das übel nehmen würde. Es gibt Schlimmeres, als an einem Mann festzuhalten, der einem zu Orgasmen verhelfen kann.)

Sex ist also schlecht, weil er Frauen dazu bringt, sich zu verhalten wie geifernde, liebeskranke Beutelratten. Natürlich behauptet die Autorin, dass diese Bindungsdroge nur bei Frauen ausgeschüttet wird; Männer können ständig mit anderen Frauen schlafen, ohne das Bedürfnis zu verspüren, an einem Dienstag ein Vier-Gänge-Menü für sie zuzubereiten, »einfach so«. Eigentlich vertritt das Buch die Theorie, dass Männer sich nur in Frauen verlieben, mit denen sie *keinen* Sex haben, was wiederum Jahrhunderte der Reproduktionsforschung über den Haufen wirft.

Frauen scheinen also nicht für Gelegenheitssex geschaffen zu sein. Dafür lieben wir *zu sehr*! Meine persönliche Erfahrung sieht allerdings anders aus. Ich bin ziemlich sicher, dass jede Frau in meinem Bekanntenkreis mindestens einmal mit einem Mann geschlafen hat, ohne vorher von Amors Pfeil getroffen worden zu sein. Ich selbst würde bei mindestens drei Männern, mit denen ich Sex hatte, zögern, ein Croissant mit ihnen zu teilen, geschweige denn mein Leben. Aber das Buch sieht uns Frauen als empfindsame Geschöpfe, die ohne eine Neuprogrammierung des Gehirns nicht mit Sex umgehen können, also war ich fest entschlossen, im kommenden Monat so rein wie frisch gefallener Schnee zu sein.

Anscheinend kann Enthaltsamkeit auch einige nutzbringende Nebeneffekte haben.

Zum Beispiel würde ich mich an meinem Arbeitsplatz besser durchsetzen können, denn Sex auf dem Schreibtisch war kein Thema mehr. Cathryn war sicher erleichtert. Und ich würde scharfsichtiger, zielorientierter und selbstbewusster handeln. Das waren zumindest ein paar Silberstreifen am Horizont.

Ich hielt es für notwendig, mich so gut wie möglich auf einen Monat ohne Sex vorzubereiten, also ging ich einkaufen. Zuerst besorgte ich mir im Reformhaus Baldriantropfen. Da es mir nicht einmal erlaubt war, mich, äh, selbst zu verwöhnen (Selbstbefriedigung fördert den Sexualtrieb, und dieser Trieb war jetzt mein größter Feind), rät die Autorin, zur Entspannung Baldrian zu nehmen. Ich nahm die größte Flasche und kaufte mir im Schnapsladen nebenan noch drei Flaschen Wein. Die würde ich brauchen, um mich zu entspannen.

Meine zweite Anlaufstation war ein COS-Laden, wo ich mir mehrere züchtige weiße Blusen und ein langes hellblaues Kleid kaufte. Wenn ich mich schon wie die Jungfrau Maria verhalten sollte, dann konnte ich mich auch so anziehen.

Zuletzt besorgte ich mir bei Marks & Spencer eine Großpackung extrem hässlicher Unterwäsche. Ich weiß, das ist ein Klischee von Bridget-Jones-Format, aber wenn es hart auf hart kommen sollte, würde mir das Keuschsein damit sicher leichter fallen – ich meine, mit dem Bewusstsein, dass jeder Mann, der sich Richtung Süden vorarbeitete, dort riesige, hochtaillierte Baumwollschlüpfer vorfinden würde.

Ich stornierte auch meinen Termin zum Brazilian Waxing und räumte meine Kondomschachtel weg.

Jetzt war ich bereit.

2. Juni

Da Sex in diesem Monat kein erreichbares Ziel war, beschloss ich, mich einer anderen physischen Herausforderung zu stellen: Ich meldete mich zu Tough Mudder an.

Für die Uneingeweihten: Tough Mudder ist ein zwanzig Kilometer langer Hindernislauf, bei dem man über Mauern klettert, unter Stacheldrahtzäunen hindurchkriecht und, als besonderes Vergnügen, in einem Schlammloch Stromschläge bekommt. Das Durchsetzungsvermögen, das ich dabei entwickeln würde, konnte nur von Nutzen sein.

Eigentlich war ich recht gut in Form: Ich lief ein paar Mal pro Woche und aß immer brav Gemüse. Aber als ich mir das Werbevideo für Tough Mudder ansah und all die muskelbepackten Männer bestaunte, die mit verzerrten Gesichtern Traktorreifen einen steilen Hügel hinaufzogen und sich von Felshängen in zweifelhafte Gewässer stürzten, wurde mir klar, dass ein wenig Zusatztraining nicht schaden konnte. Vor allem, da der Hindernislauf bereits Ende des Monats stattfand.

Ich beschloss, mit Liegestützen anzufangen. Seit der Highschool hatte ich keine mehr gemacht, aber ich bildete mir ein, auf die Schnelle mal zwanzig Stück hinlegen zu können. Nach dem dritten zitterten meine Arme wie ein Hund beim Scheißen, und mir brach an bislang ungewohnten Stellen auf besorgniserregende Weise der Schweiß aus.

Da gab es wohl noch einiges zu tun.

Also setzte ich mir für diesen Monat zusätzlich zur Enthaltsamkeit das Ziel, zwanzig Liegestütze und mindestens einen Klimmzug zu schaffen. Das war wirklich eine Herausforderung, denn bisher war ich bei meinen Klimmzug-Versuchen nur wie ein nasser Sack an der Stange gebaumelt. Glücklicherweise hatte ich jede Menge Zeit und viel Energie für mein Training zur Verfügung.

4. Juni

Liegestütze: dreidreiviertel vor dem Zusammenbruch
Klimmzüge: keiner

Popeye und ich trafen uns zum letzten Mal.

Die Kuschelparty zeigte noch immer ihre Wirkung; in den vergangenen zwei Wochen hatte Popeye mich mit SMS bombardiert, ständig gefragt, was ich tat, was ich vorhatte, mit wem ich zusammen war, was ich gerade trug … der ganze Mist.

Zuerst fand ich das irgendwie sexy. Auf die Frage, was ich gerade anhatte, beschrieb ich ihm ein tolles Dessous-Set von Coco de Mer, das ich kurz zuvor in einem Schaufenster gesehen hatte. Tatsächlich trug ich Basketballshorts aus den Achtzigern und ein T-Shirt mit so vielen Löchern, dass es nur noch lose von einzelnen Atomen zusammengehalten wurde. Das ist die Magie unseres digitalen Zeitalters.

Doch schon bald wurde mir das alles zu viel. Eines Abends, als ich ihm sagte, ich wolle mit Lucy zu Hause abhängen, fragte er mich, ob außer uns tatsächlich niemand in der Wohnung sei – als würden wir Männer in den Schränken und unter den Dielen verstecken. Und als ich eine Verabredung zum Abendessen wegen eines Notfalls in der Arbeit absagte, tauchte er vor meinem Büro auf und brachte mir etwas aus der Imbissbude. Ich weiß, das klingt richtig nett, aber ich hatte den Eindruck, dass er nicht zu meiner moralischen Unterstützung gekommen war, sondern mir lediglich nachspionieren wollte.

Allmählich machte mich das wahnsinnig. Ich befürchtete, dass die Kuschelparty und Adrians Verhalten einen Schalter in Popeyes Gehirn umgelegt hatten und nun seine wahre Natur als besitzergreifender Psychopath zum Vorschein kam.

Trotzdem – er hatte tolle Arme, und ich wollte mir kein möglicherweise unterhaltsames Date entgehen lassen, also hielt ich unsere geplante Verabredung ein. Allerdings war ich durch das neue Buch eingeschränkt und konnte ihn daher nur über den Tisch hinweg zurückhaltend anschmachten.

Wir trafen uns in einem Sushi-Restaurant in Notting Hill, das dafür bekannt war, dass man hier möglicherweise Elizabeth Hurley qualvoll an einer Sojabohne lutschen sah. Ich trug ein langes schwarzes Kleid, das so viel von mir verbarg, dass ein Mitglied der English Defence League auf der Straße vor mir ausgespuckt hatte.

Popeye war schon da, als ich eintraf. Er hielt ein Glas in der Hand und hatte den Blick starr auf die Eingangstür gerichtet. Als ich das Restaurant betrat, wirkte er zuerst erleichtert und dann wütend.

»Du kommst zu spät.« Er drückte mir einen Kuss auf die Wange. »Wo warst du so lange?«

»Tut mir leid«, erwiderte ich zerknirscht und warf einen Blick auf meine Armbanduhr. »Aber ich habe mich nur um sechs Minuten verspätet.«

»Ich habe mir Sorgen gemacht. Und schon gedacht, du würdest gar nicht kommen.«

»Unsinn. Was trinkst du? Kann ich auch so etwas haben?«

»Gin Tonic. Ich hol den Kellner.«

Mit unseren Drinks in der Hand ließen wir uns in einer Sitzecke nieder und unterhielten uns über die Ereignisse der vergangenen Woche. Ich erzählte ihm ausführlich über meinen letzten Besuch mit Lucy im Horse and Groom und über die lange Diskussion über Deutschen Expressionismus mit einem Russen und seinen beiden Geliebten.

»... und die beiden sind tatsächlich gemeinsam zum Waxing gegangen! Kannst du dir das vorstellen? Wie in der Playboy Mansion!«

Popeye schien nicht an den Verschönerungsaktionen dieser Mädchen interessiert zu sein. Er verdrehte die Augen. »Ich begreife nicht, wie es dir und Lucy gelingt, solche Unterhaltungen zu führen.«

»In diesem Laden sind alle völlig dicht. Da ist das babyleicht.«

»Du meinst wohl kinderleicht.«

»Ja, wie auch immer, du hast schon verstanden, was ich meine. Auf jeden Fall sagte der Typ, ich könne mir jederzeit seine Kirchner-Sammlung bei ihm anschauen.«

Seine Augen verdüsterten sich. »Das kann ich mir vorstellen.«

»Oh, bitte. Er hat nicht nur eine, sondern zwei frisch gewachste einundzwanzigjährige Osteuropäerinnen zur Verfügung! Ich glaube nicht, dass er unlautere Absichten hatte. Wahrscheinlich hat er sich einfach gefreut, dass er sich mit jemandem über seine Kunstsammlung unterhalten konnte, der nicht im Geiste den Wert davon ausrechnete.«

»Du musst vorsichtiger sein, Liebling. Vernünftiger.«

»Ich fürchte, da bist du bei mir an der falschen Adresse.«

Er seufzte enttäuscht. »Lauren, ich mache mir Sorgen um dich. Du bist fast dreißig …«

»Äh, warte mal, mein Freund …«

»Und du ziehst mit Lucy um die Häuser und lässt dich auf Gespräche mit fremden Männern ein! Wie dieser Adrian, der letzte Woche auf deiner Party aufgetaucht ist. Und dann der Kerl, der pausenlos diese schrecklichen Gedichte vorgetragen hat.«

»Einige waren gar nicht so übel. Das mit dem Traktor fand ich sogar ganz gut.«

»Darum geht es nicht! Schau, ich mag dich. Ich möchte mich um dich kümmern.« Er streckte seinen Arm über den Tisch und legte lächelnd seine große männliche Hand auf meine. »Ich will dich ganz für mich haben. Als wir uns zum ersten Mal trafen, warst du ein stilles, scheues Mäuschen. Und jetzt erzählst du ständig Geschichten über andere Männer und Abende in Kneipen mit zu viel Alkohol. Ich möchte, dass du zur Ruhe kommst. Mit mir.«

In vielen romantischen Komödien zu Beginn dieses Jahrtausends hätte sich bei einer solchen kleinen Ansprache im Augenwinkel der Heldin vor Glück eine Träne gebildet, denn sie hätte begriffen, dass ein Mann mit starken Armen und einem markanten Kinn sie ganz für sich haben und sie lieben und beschützen wollte. Sie würde ihre Zigaretten in den Müll werfen, den Whisky aus ihrem Schrank in den Ausguss kippen und bei Pinterest nach Rezepten für deftige Fleischgerichte suchen.

Aber wie ich bereits zu Beginn dieses Experiments erwähnt habe, war ich nicht auf der Suche nach einem Ritter auf einem edlen Ross, nach Gerard Butler auf einem Motorrad oder nach Ryan Gosling auf einem Boot im Regen. Davon hatte ich in Maine schon genug gehabt, und die Erfahrung hatte mich gelehrt, dass solche Sachen immer mit Tränen enden. Mich beschlichen Schuldgefühle. Popeye war ein anständiger Kerl, auch wenn er ein wenig zu besitzergreifend war. Ich durfte ihm nichts vormachen.

Vorsichtig entzog ich ihm meine Hand und lächelte ihn an.

»Du bist ein toller Mann, aber ich bin im Augenblick nicht auf der Suche nach einer festen Beziehung.«

Das Lächeln verschwand von seinem Gesicht. »Wie meinst du das? Ich habe geglaubt, aus uns könnte etwas werden.«

»Und ich war der Meinung, wir hätten nur ein wenig Spaß miteinander«, erwiderte ich, obwohl das nicht ganz der Wahrheit entsprach.

»Aber daraus kann sich doch etwas entwickeln. Lauren, irgendwann musst du erwachsen werden. Die Zeit ist mit Frauen ab einem bestimmten Alter nicht sehr gnädig. Du willst doch nicht eines Tages aufwachen und feststellen, dass die Party vorbei ist, oder?«

Ich schluckte meinen feministischen Zorn hinunter: Das war nicht der richtige Zeitpunkt für eine heftige Debatte über Geschlechtermoral. »Du bist ein super Typ und hast fantastische Arme, und ich bin sicher, dass eine Menge Frauen wahnsinnig gern jemanden wie dich kennenlernen würden. Schau dich doch an – du bist ein toller Hengst!«

Das munterte ihn ein wenig auf. »Mmm. Aber ich habe fest damit gerechnet, dass aus uns etwas werden würde.«

»Wir hatten eine schöne Zeit. Reicht das nicht?«

»Nein, und ich befürchte, dass du nicht die Frau bist, für die ich dich gehalten habe. Wenn es dir recht ist, möchte ich mich jetzt von dir verabschieden.«

»Natürlich. Mir ist im Moment auch nicht nach Sushi zumute.«

Popeye übernahm die Rechnung (ein Gentleman bis zum Schluss), und vor der Tür trennten sich unsere Wege. Ich zündete mir eine Zigarette an und ging zur U-Bahn. Der Gedanke, ihn nie wiederzusehen, war zwar merkwürdig, aber nicht unangenehm. Eigentlich empfand ich gar nichts. Er war nett, wenn auch ein wenig chauvinistisch, aber wir hatten beide eine Rolle gespielt, die nicht zu uns gepasst hatte. Es war das Beste, dass der Vorhang gefallen war.

Ich ließ Lucy mit einer SMS wissen, dass ich mich auf dem Heimweg befand, trat meine Zigarette aus und ging, vorsichtig darauf bedacht, nicht auf den Saum meines Kleids zu treten, die Stufen zur U-Bahn hinunter.

8. Juni

Liegestütze: fünf (besser!)
Klimmzüge: immer noch keiner. Morgen versuche ich vielleicht mal einen umgekehrten Klimmzug. Das könnte besser klappen.

Enthaltsamkeit ist langweilig, und von den Baldriantropfen bekomme ich Magenschmerzen. Bisher kann ich diesem Monat gar nichts abgewinnen.

Meghan rief mich am Nachmittag aus Maine an und erkundigte sich nach meinem Befinden.

»Hallo, Schwesterchen. Wie läuft's bei dir?«

»Geht so. Danke für die Postkarte.« Sie war in der vergangenen Woche angekommen: ein Bild eines alten, mit Schindeln gedeckten Hauses in Portland, aufgenommen wenige Tage, bevor es abgerissen worden war. Der Vorgarten war übersät mit verrosteten Autoteilen, und die Veranda war von Schlingpflanzen völlig überwuchert. Auf die Rückseite hatte Meghan geschrieben:

»Schönheit liegt in allem, aber nicht alle sehen sie« – Konfuzius
In Liebe, M

Ich hatte sie zusammen mit der letzten Karte zwischen die Seiten meines Tagebuchs gesteckt.

»Eine kleine Erinnerung an zu Hause«, meinte sie. »Wie

geht es mit deinem Experiment voran? Gibt es schon Erkenntnisse?«

»Popeye und ich haben uns getrennt.«

»Was ist passiert? Er schien ein netter Kerl zu sein.« Ich hörte im Hintergrund einen Hund winseln. »Warte einen Moment, ich muss Harold rauslassen.« Die Fliegengittertür quietschte in den Angeln. »Lauf los, Harold! Wo ist Maud? Na, wo? Such Maud!«

Maud war das neue Kätzchen, das die Mäuse von der Bauernküche fernhalten sollte.

»Bist du sicher, dass Maud wirklich gefunden werden will?«

Meghan lachte. »Machst du Witze? Sie reitet auf Harolds Rücken, als wäre er ein Pferd! Sie lieben sich heiß und innig. Und jetzt erzähl mir, was mit Popeye geschehen ist.«

»Er wollte, dass ich für ihn bin, was Maud für Harold ist.«

»Oh. Tja, das beweist, dass zumindest eines dieser Bücher funktioniert, richtig?«

»Schätze schon. Aber ich bekomme immer noch nicht das, was ich will.«

»Ich weiß, Schätzchen. Keine Verpflichtungen, keine Liebesschwüre, keine Gefühle, keine Emotionen ...«

»Genau.«

»Menschen sind keine Roboter, Schwesterherz. Sie verlieben sich ineinander, Gefühle flammen auf, und es kommt zu irrationalen Entscheidungen. Gerade du weißt das besser als manch anderer. Du kannst dich dem nicht für immer entziehen. Irgendwann musst du dich wieder dafür öffnen.«

»Nein, das muss ich nicht. Warum muss Liebe das ultimative Ziel sein, das Endergebnis? Ich scheiß auf die Liebe – ich bin allein viel glücklicher.«

Ich hörte ein Seufzen am anderen Ende der Leitung und dann einen gewaltigen Krach im Hintergrund.

»Maud! Runter da! Schätzchen, ich muss aufhören. Die Katze ist gerade in den Geschirrschrank geklettert. Hör zu, es tut mir leid. Ich mache mir einfach Sorgen um dich.«

»Mir geht's gut! Kein Grund zur Sorge. Ich hab alles unter Kontrolle.«

»Das sagst du schon, seit du sprechen kannst. ›Mir geht's gut‹ waren praktisch deine ersten Worte. Genau deshalb mache ich mir ja Sorgen.«

»Ja, ja. Alles Liebe und Grüße an Sue.«

»Und alles Liebe für dich.«

Ich legte auf und warf mein Telefon aufs Bett. Dann fiel mein Blick auf die kleine Pappschachtel, die unter meinem Bett hervorlugte. Einen Augenblick lang erwägte ich, sie zu öffnen und in den alten Fotos und Briefen zu kramen, aber das würde nur verschorfte Wunden wieder aufreißen. Also schnappte ich mir stattdessen die Laufschuhe und sprintete los. In Erinnerungen zu schwelgen brachte mich nicht weiter; ich musste schließlich für einen Hindernislauf trainieren.

9. Juni

Liegestütze: fünfeinhalb (stetiger, wenn auch langsamer Fortschritt)
Klimmzüge: ein halber umgekehrter mit Hilfe eines Stuhls

Zum ersten Mal seit zwei Wochen schien die Sonne, und ich fühlte mich wie neugeboren. Ich beschloss, der Herausforderung des Monats so gelassen wie möglich zu begegnen. Dann hatte ich eben keinen Sex, na und? Stattdessen würde ich schon bald eine sehnige, unbarmherzige Tough-Mudder-Kampfmaschine sein.

Bei diesem Gedanken fiel mir ein, dass ich am kommenden Samstag eine Verabredung mit dem Jogger hatte.

Und, was noch aufregender ist oder möglicherweise auch ein Desaster wird: Morgen bin ich zum Abendessen bei Adrian eingeladen.

Ich weiß zwar nicht, was mich dort erwartet, aber ich weiß, auf was ich mich *nicht* freuen darf: auf Sex. Ich kann es selbst kaum glauben, dass ich diese Worte schreibe, aber morgen werde ich Adrian in seiner Wohnung treffen (dort, wo sein Bett steht!) und nicht mit ihm schlafen. Ich habe das Gefühl, in Bizarro World gelandet zu sein (was vielleicht auch den Sonnenschein in London erklären könnte).

Wünscht mir Glück.

11. Juni

Liegestütze und Klimmzüge: keine – bin zu sauer

Adrian hat gestern abgesagt. Das war ja vorherzusehen. Angeblich ist in einem Lagerhaus in Slough ein gewaltiges Feuer ausgebrochen, über das er für die Zeitung berichten musste. Hoffentlich ist dabei ein Feuerwehrschlauch in seinem Hintern gelandet.

Und damit nicht genug – der Jogger sagte unser Date für Samstag ebenfalls ab. Anscheinend ist seine Großmutter krank oder so was. Selbstsüchtiges Miststück.

Aber wenn man es positiv betrachtet, war es gar nicht so schwer, einen Monat lang enthaltsam zu bleiben, wenn niemand mit einem schlafen wollte.

Mir war aufgefallen, dass es im Gegensatz zu letztem Monat plötzlich keine Flirts mehr in meinem Leben gab. Ich weiß nicht, ob es an den züchtigen Klamotten liegt oder ob ich eine Art Anti-Pheromone verströme, aber in diesem Monat habe ich noch keinen einzigen Blick auf mich gezogen – weder in der U-Bahn noch beim Einkaufen oder in Bars. Ich komme mir vor, als wäre ich unsichtbar. Mein Licht ist offensichtlich erloschen.

13. Juni

Liegestütze: zwei bis drei Milliarden; zu allen wurde ich gezwungen
Klimmzüge: keiner. Nicht überraschend, da ich es im Moment kaum schaffe, meine Hose hochzuziehen.

Lucy und ich gingen nach der Arbeit in den Victoria Park zu einem Bootcamp-Training. Ich versprach mir davon eine nette Abwechslung zu unserem üblichen Jogging, und der Abend war perfekt dafür: Es war noch warm und hell, und eine leichte Brise wehte.

Doch bevor ich michs versah, pfiff mir der Wind um die Ohren, als mich ein riesengroßer ehemaliger Marine-Sergeant brüllend einen Hügel rauf- und runterscheuchte. Wir mussten ein gigantisches Zirkeltraining absolvieren, wobei uns bei jeder Station eine andere Mischung aus grässlichen Schmerzen und Schikanen von den Trainern erwartete.

Ich erhaschte einen Blick auf Lucys Gesicht, als sie zum wiederholten Mal von einem sadistisch wirkenden blonden Hünen zu Liegestützen mit Hockstrecksprüngen angetrieben wurde. Ihre Pupillen waren angstgeweitet.

Nach einer Stunde waren wir beide mit Schlamm und Gestrüpp bedeckt. Lucys normalerweise fröhlich wippender Pferdeschwanz hing schlaff herunter, und ich hatte das Gefühl, dass ich mir bei einer übereifrigen Rolle vorwärts den Daumen ausgekugelt hatte. Wir gingen in ein Pub auf ein Bier und eine Portion Pommes (durch Kohlenhydrate kommt man am besten wieder zu Kräften).

»Himmel«, stieß ich hervor und trank einen großen Schluck Bier. Es war schön kalt und schmeckte wie flüssiges Manna. »Diese Typen waren ziemlich heftig, was?«

»Nie wieder.« Lucy tunkte eine Fritte in die Mayonnaise und schob sie sich in den Mund. »Diese Trainer hatten zwar tolle Körper, aber der Gedanke an Sex ist mir vergangen, als der Blonde mich ›Klöpschen‹ genannt und das sicher nicht nett gemeint hat.«

Ich stieß mit ihr an. »Auf die Enthaltsamkeit.«

14./15. Juni

Liegestütze: acht (ein erstaunlicher Fortschritt!)
Klimmzüge: ein Viertel (ebenfalls ein Fortschritt!)

Ich hatte mir bereits meine Schlabberhose angezogen und faltete Wäsche, als das Telefon klingelte. Es war Adrian. Am Freitagabend um 23.03 Uhr.

Ich starrte das Telefon eine Weile an und überlegte, ob ich rangehen sollte.

Wem wollte ich hier eigentlich etwas vormachen? Natürlich würde ich abnehmen.

»Willst du nur so zum Spaß nicht existierende Pläne absagen? Was ist es dieses Mal? Eine Katze auf einem Baum? Eine Bombendrohung bei Tesco?«

»Cunningham, reitest du immer noch darauf herum? Du weißt doch, was Billy Joel sagt: *I didn't start the fire.*«

»Du kannst mich mal. Was willst du?«

»Ich bin gerade bei dir in der Nähe und wollte dich fragen, ob du Lust auf einen Drink hast.«

»Ich bin schon im Schlafanzug.«

»Umso besser. Kann ich raufkommen?«

Ich sah mich rasch um. Mein Zimmer war mit Socken übersät – kein einladender Anblick. Außerdem wollte ich Adrian nicht in der Nähe meines Betts haben; da waren Schwierigkeiten schon vorprogrammiert.

»Nein!«, stieß ich hervor. »Komm bloß nicht rauf.«

»Warum nicht? Hast du etwa einen Lover bei dir? Du böses Mädchen.«

»Nein, ich will einfach nicht, dass du in meine Wohnung kommst.«

»Gut, dann komm runter. Wir treffen uns in zehn Minuten im Eagle.«

Ich fauchte wie eine in die Enge getriebene Katze.

»Komm schon, Cunningham. Nur auf einen Drink. Ich geb' einen aus.«

Drei Stunden später und lässig bekleidet mit einer zerrissenen Röhrenjeans und einem übergroßen Sweatshirt (mein sorgfältig zusammengestelltes Outfit, das ausdrücken sollte: »Das habe ich schnell für unser Treffen übergestreift«), wurde ich im Horse and Groom gegen Adrian gedrückt, als ein Betrunkener in einem Bärenkostüm an uns vorbeistolperte.

Ich hatte schon mehr Gläser Bourbon gekippt, als ich

zählen konnte, und Adrian hatte seine Hand auf die Innenseite meines Oberschenkels gelegt.

»Noch einen Drink?« Sein warmer Atem roch leicht nach Wodka und war unglaublich verführerisch.

»Klar. Können wir vorher kurz rausgehen? Ich muss eine rauchen.«

»Du mit deiner Nikotinsucht ...«

Ich folgte ihm nach draußen und lehnte mich gegen die Hausmauer. Während ich mir eine Zigarette anzündete, musterte ich Adrian. Sein Haar fiel ihm über das linke Auge, und an einer Seite seines weißen T-Shirts klaffte ein langer Riss.

»Was ist mit deinem T-Shirt passiert?«

Er schaute nach unten. »Keine Ahnung. Das ist schon seit Monaten so.«

»Warum hast du es noch nicht weggeworfen?«

»Warum sollte ich? Es erfüllt doch noch seinen Zweck.«

»Das würde ich nicht sagen. Der Zweck eines T-Shirts besteht darin, den Oberkörper zu bedecken, und das kann man von diesem Ding nicht behaupten, mein Freund. Also ...«

Er riss mich unverhofft in die Arme, drückte mich an die Mauer und küsste mich.

»Kannst du nicht endlich mal den Mund halten, Cunningham?«, flüsterte er.

»Hrrrrrmmmmm«, brummte ich.

»Lass uns von hier verschwinden. Zu dir?«

Ich nickte schwach und ließ mich von ihm durch die Rauchergruppe schieben. Gegen seinen Voodoozauber war ich machtlos. Wo zum Teufel waren meine Baldriantropfen, wenn ich sie brauchte?

An der nächsten Straßenkreuzung blieb er stehen, küsste mich wieder, schob mir die Hand unter das Sweatshirt und streichelte mir den nackten Rücken. (Plötzlich war ich froh, dass ich so hart trainiert hatte.)

Wir waren nur noch einen Block von meiner Wohnung entfernt, als mein Blick auf eine riesige Reklametafel fiel. Neben einem neonbeleuchteten Glas Guinness standen die Worte: »Auf die besten Dinge im Leben muss man warten können.«

Es war, als hätte Zeus einen Blitz geschickt oder als würde der Engel Gabriel mir mit seiner kleinen Trompete direkt ins Gesicht tröten.

Ich blieb abrupt stehen und ließ Adrians Hand los, als stünde sie in Flammen.

»Ich kann nicht.«

Adrian sah mich verdutzt an. »Müssen wir Kondome besorgen?«

»Nein. Ähm … Nein! Ich kann nicht mit dir schlafen.«

Er grinste mich schief an. »Natürlich kannst du. Es ist ganz einfach, Cunningham. Ich glaube, du hast es schon ein paarmal gemacht, aber ich gebe dir gern einen Auffrischungskurs. Und ich kann dir versichern, dass es dir Spaß machen wird.«

»Sicher, aber ich … kann einfach nicht. Tut mir leid.«

Ich drückte kurz seine Hand und rannte dann quer über die Straße. Beinahe wäre ich in ein Minicab gelaufen. Ich hörte jemanden hinter mir fluchen, aber ich drehte mich nicht um – ich wollte gar nicht wissen, ob es der Taxifahrer war oder Adrian.

15. Juni, Fortsetzung

Liegestütze und Klimmzüge: keine (das Aufbringen einer erstaunlichen Willenskraft hat sämtliche Energien aufgezehrt)

Für einen verkaterten Samstag war es noch grauenhaft früh. Lucy saß auf meiner Bettkante, flößte mir schwarzen Kaffee ein und quetschte mich nach Einzelheiten aus, während ich meine Sneakers zuschnürte.

»Also? Hast du mit ihm geschlafen?«

»Lucy Hunter! Wofür hältst du mich?«

»Ich kenne dich recht gut, also spiel mir nicht die Schamhafte vor. Du stinkst nach Whisky und siehst aus wie eine Katze, die am Sahnetopf genascht hat. Raus mit der Sprache!«

Ich trank einen großen Schluck Kaffee und verzog das Gesicht, als ich mir die Zunge verbrannte. »Ich bin rein wie frisch gefallener Schnee.«

Lucy riss ihre blauen Augen auf. »Verarsch mich nicht!«

»Es ist die Wahrheit! Meine Ehre ist gerettet. Mein Keuschheitsgürtel ist immer noch fest verschlossen. Bist du fertig?«

Lucy schob sich ihr iPhone in den Sport-BH und schnalzte

missbilligend mit der Zunge. »Dieses blöde Ding verrutscht immer. Okay, los geht's. Du kannst mir auf der Treppe erzählen, wie du es geschafft hast, so viel Zeit mit Adrian zu verbringen, ohne ihm das Gehirn rauszuvögeln.«

»Es war eine Meisterleistung in Selbstdisziplin. Ich wäre beinahe eingeknickt, aber dann bin ich in letzter Minute weggelaufen.«

»Wie meinst du das?«

»Ganz wörtlich: Ich bin vor ihm davongelaufen. Das war die einzige Möglichkeit, meine reine Seele zu retten.«

»Wie hat er darauf reagiert?«

»Ich habe mich nicht umgedreht, um das herauszufinden.«

»Und wie fühlst du dich jetzt?«

»Eigentlich habe ich miese Laune, aber irgendwie bin ich auch zufrieden mit mir. Komisch. Ich wollte wirklich mit ihm ins Bett, aber allein aufzuwachen war irgendwie befreiend. Ich habe das Gefühl, wieder die Oberhand zu haben. Natürlich wird Adrian nie wieder mit mir reden – er muss mit schrecklich blauen Eiern nach Hause geschlichen sein.«

»Sein Schwanz wird das schon überleben.«

»Mmm. Der ist recht robust, das muss man ihm lassen.«

»Wie auch immer, ich bin stolz auf dich.«

»Danke, das bin ich auch. Komm schon, hilf mir, den ganzen Alkohol auszuschwitzen.«

Als wir in unsere Wohnung zurückkehrten, wartete eine SMS auf mich.

Ich musste heute Vormittag pausenlos an dich denken, du kleines Luder.
A xx

Und dann ging mir ein Licht auf. Es hatte funktioniert. Monatelang hatte ich versucht, Adrians Aufmerksamkeit zu erregen, indem ich immer einfallsreicheren und akrobatischeren Sex mit ihm hatte, und nun stellte sich heraus, dass ich ihn am meisten antörnte, wenn ich nicht mit ihm ins Bett ging. Das muss man sich mal vorstellen!

Den Rest des Tages verbrachte ich damit, Passagen in dem Buch anzustreichen und die SMS von Adrian immer wieder zu lesen. (Und natürlich beantwortete ich sie nicht, da sie eine sexuelle Anspielung enthielt.)

Abends bekam ich einen Ausschlag – die Reaktion auf eine Überdosis Baldriantropfen.

18. Juni

Liegestütze: dreizehn (ein enormer Kraftausbruch)
Klimmzüge: zwei Fünftel (besser)

Drei Tage sind ohne ein Wort von Adrian und ohne einen Hauch von Sex vergangen. Ich habe die meiste Zeit mit meiner Wäsche totgeschlagen und etliche der weißen hochgeschlossenen Blusen gewaschen, die ich in diesem Monat ständig trage. Außerdem habe ich das Schränkchen unter der Spüle neu eingeräumt, eine Wand meines Schlafzimmers lila gestrichen und mich unbedacht in ein Nähprojekt gestürzt, bei dem aus den Liberty-Print-Schals eines Secondhandladens Vorhänge entstanden. Mittlerweile sieht mein Schlafzimmer aus wie ein Bordell aus den 1970ern.

Und ich habe so viel trainiert, dass ich gestern im Büro beinahe wegen Dehydrierung zusammengeklappt bin. Cathryn musterte mich kurz und riet mir, mich auf das Sofa in unserem Büro zu legen, aber wir arbeiten gerade an einer großen neuen Ausstellung über Mikroben, und ich musste dringend den Pressetext entwerfen. Ich habe unzählige Überstunden gemacht, und mein Schreibtisch sieht so ordentlich aus wie nie zuvor.

Kurz gesagt: Die lange sexlose Zeit hat aus mir einen produktiveren, leistungsfähigeren, ordentlicheren und fleißigeren Menschen gemacht. Und einen verdammt langweiligen noch dazu.

Dem Himmel sei Dank für Zigaretten und Alkohol und für das Licht am Ende dieses sehr langen Tunnels.

26. Juni

Ein Durchbruch: Ich habe drei Viertel eines Klimmzugs geschafft, bevor meine Hände von der Stange rutschten und ich auf den Boden plumpste. Und ich habe fünfzehn Liegestütze gemacht. Ich bin praktisch bionisch.

27. Juni

Nach wochenlangem Hin und Her hatten der Jogger und ich heute endlich ein Date. Na ja, eine Art Date. Wir machten nach der Arbeit eine kleine Radtour.

Heutzutage ist das tatsächlich üblich! Anstatt sich in ein gemütliches Pub zu setzen und sich sein Gegenüber schönzusaufen schwingen sich die Leute auf ihr Fahrrad und starren stundenlang auf einer möglicherweise lebensgefährlichen Straße auf den in Elastan gepressten Hintern ihres Vordermanns, unterhalten sich an dem vereinbarten Zielort kurz über die Landschaft, teilen sich einen Energieriegel, radeln zurück und gehen nach Hause.

Normalerweise würde ich mich gegen ein so eindeutig lächerliches und wenig Spaß versprechendes Date sperren, aber da es wohl kaum etwas gibt, was Begierde so sehr dämpft wie Radlerklamotten und der Geruch nach Fahrradöl, stimmte ich zu, als der Jogger eine Fahrt am Kanal entlang nach Hackney Wick vorschlug. Nach fast einem Monat Enthaltsamkeit konnte ich in kaum einer Situation die Hand dafür ins Feuer legen, dass ich tatsächlich meinen Slip anbehielt.

Zu meinem Pech hatte der Jogger einen wirklich knackigen Hintern, und ich sehnte mich fast während der ganzen Fahrt danach, kräftig hineinzubeißen. Das führte dazu, dass ich beinahe ein paar Kleinkinder und eine wütende Gans über den Haufen fuhr.

Am Ziel angekommen, mussten wir wegen eines Radpoloturniers in Hackney fünfzehn Minuten einen Platz suchen, wo wir unsere Fahrräder abstellen konnten. Ich war bereits halb verhungert, und meine Zunge fühlte sich dank einer plötzlichen Hitzewelle an wie ein ausgedörrter Schwamm. Ich schlug vor, in der Crate Brewery ein Bier zu trinken und ein Stück Pizza zu essen.

Er sah mich überrascht an, und wenn ich mich nicht irrte, lag in seinen Augen ein Anflug von Enttäuschung.

»Würde es dir etwas ausmachen, woanders hinzugehen? Ich trainiere gerade für einen Ultramarathon und versuche deshalb, möglichst keine verarbeiteten Kohlenhydrate zu mir zu nehmen.« Er betonte seine Worte, indem er sich auf den zugegebenermaßen flachen Bauch klopfte. »Ich kenne einen makrobiotischen Laden gleich um die Ecke, in dem es einen fantastischen Quinoasalat gibt. Dorthin könnten wir gehen, wenn es dir recht ist.«

Meine Stimmung sank. Ich mag Quinoa wie jeder andere auch (womit ich meine, dass ich das Zeug jahrelang essen musste und mich daran gewöhnt habe), aber ich war nicht gerade scharf auf einen Mann, der Körnerfutter und grünen Tee Bier und Pizza vorzog. Ich weiß, das klingt sexistisch, aber auf mich wirkte das … weibisch.

Aber wenn ich nicht bald etwas zwischen die Zähne bekam, würde ich aus den Latschen kippen, also gingen wir in das makrobiotische Café. Der Jogger trank sofort ein Gläschen Weizengrassaft und bestellte sich einen Hühnchensalat (ohne Dressing, ohne Croutons). Ich entschied mich für ein Stück Bio-Karottenkuchen mit Tofuglasur (schmeckt so ekelhaft, wie es sich anhört).

»Wann findet der Ultramarathon statt?«, erkundigte ich mich und spießte eine einsame Rosine auf.

»Nächsten Monat. Ich fiebere ihm schon entgegen!«

»Und wie lang ist die Strecke?«

»Hundert Kilometer. Ich kann es kaum mehr erwarten.«

»Meine Güte, das ist ganz schön lang.«

Er nickte begeistert. »So weit zu laufen ist eine spirituelle Erfahrung, verstehst du? Du fühlst dich, als wären Götter bei dir.«

»Hmm. Ich bin bisher nur einen Halbmarathon gelaufen, und ich habe am Ende keine Spiritualität gefühlt.« Tatsächlich hatte ich mir beim letzten Kilometer in die Hose gepinkelt, aber das behielt ich lieber für mich. (Hey, ich hatte bereits 20 Kilometer ohne Pinkelpause hinter mir!) »Ich nehme in ein paar Tagen am Tough Mudder teil. Das wird sicher eine Herausforderung.«

Er wirkte angewidert. »Tough Mudder ist doch gar nichts. Nur ein bisschen Schlamm und ein paar Hügel.«

»Und Stacheldraht.«

Er winkte ab. »Das lenkt alles nur ab. Entscheidend ist die Strecke, die Entfernung. Nur du und die Straße. Sobald du dich hier befreit hast« – er beugte sich vor und tippte mir gegen die Stirn –, »dann kannst du ewig laufen. Hast du gewusst, dass es eine Gruppe japanischer Mönche gibt, die vierzigtausend Kilometer in über tausend Tagen laufen?«

»Ja, aber das sind Mönche. Was haben die sonst schon zu tun?«

»Lauren, das sind *spirituelle Wesen*. Sie begreifen, dass der Schmerz nur physischer Natur ist. Um wahre Erleuchtung zu erleben, muss man diese Schmerzgrenze überschreiten. Ich bin letzten Sommer den Three-Peaks-Marathon in Wales gelaufen, und schon nach einem Kilometer bin ich über eine Wurzel gestolpert und im Graben gelandet.«

Ich biss mir auf die Lippe, um mir das Lachen zu verkneifen. Die Vorstellung von jemandem, der stolpert und hinfällt, löst bei mir immer einen Lachreiz aus. »Was ist dann passiert?«

»Ich bin mit einem verstauchten Knöchel am Wegrand liegen geblieben und habe zusehen müssen, wie alle anderen an mir vorbeiliefen. Und dann habe ich diese Stimme gehört.«

»Eine Stimme?«

»Von oben.«

Na prima. »Und was hat sie gesagt?«

»Sie hat gesagt: ›Bleib auf dem Weg. Du wirst keinen Schmerz empfinden. Du bist ein Krieger.‹ Ich bin aufgestanden und weitergelaufen. Die Spitze meines Laufschuhs war kaputt, also habe ich sie abgerissen und bin ohne sie weitergerannt.«

»Du bist also einen Marathon mit einer Sandale und einem verstauchten Knöchel gelaufen, weil eine Stimme in deinem Kopf dir das befohlen hat?«

Er nickte ernst. »Ja. Auf dem letzten Kilometer bin ich zusammengebrochen. Ich hatte einige Fußnägel verloren, und der Rest des Laufschuhs war blutgetränkt. Einige

Leute riefen mir zu, ich solle abbrechen und Hilfe in Anspruch nehmen. Ein Sanitäter versuchte, mich in einen Rettungswagen zu ziehen.«

»Anscheinend war das nötig. Du hättest dir großen Schaden zufügen können.«

»Das ist die Einstellung eines Verlierers. Mir war klar, dass ich den Lauf beenden konnte, wenn ich die Schmerzgrenze überschritten hatte.« Es folgte eine dramatische Pause, während er mir durchdringend in die Augen schaute. »Und es ist mir gelungen. Das war eine neue persönliche Bestleistung. Ich habe immer noch kein Gefühl in den Zehen am linken Fuß, und es hat ein Jahr gedauert, bis meine Zehennägel nachgewachsen waren, aber das war es wert.«

»Verdammt unglaublich.«

»Ja. Verstehst du? Es spielt sich alles im Kopf ab.«

»Vielleicht, aber ich bin nicht sicher, ob ich dafür meine Zehennägel opfern würde.«

»Man vermisst sie kaum, wenn sie einmal weg sind.« Er trank noch einen Schluck Weizengrassaft und starrte entschlossen in die Ferne.

Wir fuhren zur Old Street zurück und verabschiedeten uns an der Kreuzung, wo ich abbiegen musste. Der Jogger verkündete, dass er noch schnell 50 Kilometer fahren wollte, bevor er nach Hause ging, und fragte mich, ob ich kommenden Mittwoch zu seinem Jogger-Clubtreffen kommen wolle. Ich lehnte dankend ab – für Transzendenzerfahrungen war ich noch nicht bereit.

Ich überquerte die Straße und besorgte mir eine Flasche

Wein und einen Schokoriegel. Zu Hause blätterte ich in der *Vogue* und stellte dabei fest, dass ich bereits vergessen hatte, wie der Jogger aussah.

Er war ein netter Kerl, ohne Frage, und irgendwie fühlte ich mich von seinem Fitnesswahn sogar auf merkwürdige Weise ein wenig angezogen. Sein Knackarsch war ein großer Pluspunkt (tatsächlich darf ich im Augenblick aus Angst vor Überhitzung nicht zu lange daran denken), aber ohne Aussicht auf Sex spielte er keine große Rolle. Letzten Endes fand ich den Jogger ziemlich langweilig. Das war nicht seine Schuld, und ich war sicher, dass irgendwo dort draußen eine durchtrainierte Superläuferin mit im Wind flatterndem Pferdeschwanz auf ihn wartete. Doch um es mit Bob Dylans unvergänglichen Worten zu sagen: *It ain't me, babe.*

Name: Der Jogger
Alter: 37
Beruf: Vertreter bei Herbalife
Nationalität: Australier
Beschreibung: Sein Gesicht ist mir nicht in Erinnerung geblieben, aber sein Körper ist unglaublich
Methode: *Schließ die Beine, öffne dein Herz*
Ergebnis: Wenn du keine Bananencremetorte essen darfst, geh nicht in die Konditorei.

Ich dachte darüber nach, was der Jogger über Marathonläufe gesagt hatte: dass man irgendwann ganz klar sah und alles andere nicht mehr zählte. So fühlte ich mich gegen Ende dieses Monats. Verstehen Sie mich nicht falsch: Natürlich fehlte mir der Sex, aber gleichzeitig war es befreiend, nicht ständig daran denken zu müssen. Als ich dem Jogger im Café gegenübersaß, dachte ich nicht darüber nach, wie er wohl im Bett war. Ich stellte mir nicht vor, wie seine Bauchmuskeln aussahen, und überlegte nicht, ob ich noch Kondome in der Wohnung hatte. Ich war ein wenig gelangweilt, und mir ging durch den Kopf, dass ich jetzt viel lieber zu Hause bei einer Flasche Wein und mit einem Schokoriegel in der Hand in der *Vogue* blättern würde.

Es mag sich abgedroschen anhören, aber ich habe es tatsächlich genossen, in diesem Monat all meine Energie auf mich selbst zu verwenden. Ich fühle mich gesünder, stärker und eigenständiger. Obwohl ich längere Enthaltsamkeit nicht empfehlen würde, schadet es nicht, sich hin und wieder eine Auszeit zu nehmen und sich nur auf sich selbst zu konzentrieren. Sozusagen den Gaumen wie bei einem Mehr-Gänge-Menü zwischendurch mit einem Sorbet zu neutralisieren. Mein Mund war jetzt wieder sauber und frisch, und ich war bereit für den nächsten Gang. Außerdem habe ich am Morgen siebzehn Liegestütze und sieben Achtel eines Klimmzugs geschafft. Nicht schlecht nach einem Monat Training.

Schlussfolgerung zu

Die Sex-Diät: Not Tonight, Mr. Right
(Not Tonight, Mr. Right)

Funktioniert am besten bei …

Ich fühlte mich in diesem Monat nicht gerade attraktiver für die Männerwelt, aber ich gefiel mir selbst ein wenig besser. Und wahrscheinlich auch Adrian, obwohl er wohl nicht als Durchschnittstestperson gesehen werden kann, so unterirdisch, wie er drauf ist. Also funktioniert die Methode vielleicht am besten bei sich selbst?

Anzuwenden von …

… jeder, die sich mit Bravour in Geduld üben kann, Baldriantropfen mag und mit ihrer eigenen Gesellschaft zufrieden ist.

29. Juni

Mein Dating-Experiment für diesen Monat war abgeschlossen, aber bevor ich offiziell zum nächsten Buch übergehen konnte, musste ich noch einen Punkt auf meiner Liste abhaken: den Tough Mudder.

Also fuhr ich zu einer unchristlichen Zeit am Morgen zu einem Feld in Sussex. Bevor ich das Haus verließ, hatte ich zwei Tassen Kaffee getrunken und eine Banane gegessen, und als ich mich an die Startlinie stellte, spürte ich, wie alles langsam in meinem Magen gerann. Ich war umgeben von einer Gruppe Männer, deren T-Shirts die Namen ihres Hallenfußballclubs oder ihrer Firma (fast nur Banken) trugen. Ich war eine der wenigen Frauen und definitiv die einzige, die allein hier war. Es lag so viel Testosteron in der Luft, dass ich Angst hatte, mir würde ein Bart wachsen.

Mein Selbstvertrauen sank, als der Startschuss fiel.

Drei Stunden und achtundzwanzig Minuten später war ich zwar von oben bis unten mit Schlamm bedeckt und mit blauen Flecken übersät, aber ich überquerte die Ziellinie. Bei den Mauern hatten mir die Banker ein wenig geholfen, und eine der anderen Frauen hatte mir ein Energie-Gel gegeben, als ich nach der Schlammmeile schlappgemacht hatte, aber ich hatte es geschafft. Und das Gefühl, etwas geleistet zu haben, der Endorphinrausch und dieser enorme Stolz, etwas allein und nur für mich getan zu haben, waren besser als jeder Sex, den ich jemals gehabt hatte.

BUCH VIER:

Der Aufreißer:
So kriegt man(n) jede Frau rum

1. Juli

Als ich spät von der Arbeit nach Hause kam, lag Lucy auf dem Sofa und streckte alle viere von sich. Sie war das ganze Wochenende nicht nach Hause gekommen und hatte nur in einigen rätselhaften SMS etwas von einem Freund angedeutet, bei dem sie sich aufhalte.

»Hallo Fremde! Wo zum Teufel warst du? Ich habe mir gestern Abend Sorgen um dich gemacht. Ich muss dir unbedingt alles über den Tough Mudder erzählen.«

»Lo, ich habe große Neuigkeiten.«

»Warte einen Moment, ich muss mir einen Eisbeutel holen.« Eines meiner Knie war seit Samstag zur Größe einer Aubergine angeschwollen, dagegen musste ich etwas unternehmen. »Repariert unser Vermieter endlich das Loch im Küchenboden?«, rief ich aus der Küche. »Ich hätte mir an der Arbeitsplatte beinahe den Schädel eingeschlagen!«

»Nein. Viel wichtiger als das.«

»Danke für dein Mitgefühl«, murmelte ich.

»Lauren! Das ist sehr ernst!«

»Okay, okay! Ich mach uns eine Flasche Wein auf.«

Ich humpelte mit einer Flasche Rotwein, zwei Gläsern, einer Großpackung mit Schokoladeneiern von Ostern und einer Packung gefrorener Erbsen für mein Knie ins Wohnzimmer. »Schieß los.«

Lucy setzte sich auf, strich sich eine blonde Locke hinters Ohr und verkündete: »Ich habe mich verliebt.«

»Scheiße. Was? Wann? In wen?«

»Am Freitag! Ich habe ihn in der Arbeit kennengelernt. Er hat an einem unserer Strategiemeetings teilgenommen, und wir konnten die Augen nicht voneinander lassen. Von den Derivaten im zweiten Quartal habe ich kaum noch etwas mitbekommen.«

Lucys Job hatte irgendetwas mit Wirtschaftsprüfung zu tun, was ich nicht verstand. Ich nahm mir vor, das Wort »Derivat« zu googeln.

»Wie auch immer, nach dem Meeting zog er mich beiseite und lud mich zum Abendessen ein. Wir gingen ins Dabbous – ich habe keine Ahnung, wie er es geschafft hat, dort so kurzfristig einen Tisch zu bekommen – und anschließend auf ein paar Martinis in Dukes Bar. Und dann landeten wir in seiner Wohnung – Lo, er wohnt in einem *Penthouse* in der Nähe des *Hyde Park*! – und verbrachten das ganze Wochenende im Bett. Ich bin heute Abend nur nach Hause gekommen, weil ich morgen zu diesem wichtigen Meeting muss und vorher ein wenig Schlaf brauche. Oh, Schätzchen, er ist einfach umwerfend. Er sieht gut aus, ist witzig und klug und liebenswürdig und reich … er ist einfach perfekt!«

»Das klingt wirklich aufregend! Und wie heißt dein Mr Perfect?«

»Tristan. Tristan Fraser-Clarke. Oh Gott, allein bei seinem Namen wird mir schon schwindlig!«

»Wann trefft ihr euch wieder?«

»Morgen Abend! Wir gehen zu einer Vernissage in einer Galerie in der Bond Street. Du solltest seine Kunstsammlung sehen – da bleibt dir die Spucke weg.«

»Kunstsammler ist er auch noch? Unglaublich.«

Lucy sah mich mit vor Begeisterung geweiteten Augen an. »Oh, er ist einfach wunderbar. Ein richtiger Traumprinz. Und so süß! Er hat silbergraues Haar und wunderschöne dunkelgrüne Augen mit leichten Fältchen in den Augenwinkeln …«

»Graues Haar?«

»Ja. Das sieht sehr vornehm aus.« In ihrer Stimme lag eine gewisse Schärfe, als müsse sie ihn verteidigen.

»Wie alt ist dein Märchenprinz?«

Jetzt wirkte sie ein wenig verlegen. »Na ja, er ist ein bisschen älter als ich. Aber das bedeutet Weisheit und Erfahrung …«

»Und ein Penthouse. Komm schon, spuck es aus. Wie alt?«

»Siebenundfünfzig. So alt ist das gar nicht, wenn man es im großen Ganzen betrachtet. Außerdem stand ich schon immer auf ältere Männer.«

»Der Altersunterschied ist aber ziemlich groß, Lucy. Hat er Kinder?«

»Nein, er war sein Leben lang ein eingefleischter Junggeselle … bis er mir begegnet ist!«

»Na ja, Männer in unserem Alter taugen ja meistens sowieso nicht viel, also warum solltest du es nicht mal mit einem älteren Semester probieren?« Ich hatte durchaus Vorbehalte wegen des Altersunterschieds, aber ein Blick auf Lucys freudestrahlendes Gesicht sagte mir, dass ich das besser für mich behalten sollte.

»Genau.«

»Und nun zum wichtigen Teil: Wie war der Sex?«

Lucys Blick schweifte ins Leere, und ihre Augen wurden glasig. Einen Augenblick lang befürchtete ich, sie würde ohnmächtig.

Ich schnippte mit den Fingern und füllte ihr Glas nach. »Hallo? Jemand zu Hause? Oder hat er dir im wahrsten Sinne des Wortes das Gehirn rausgevögelt?«

»Entschuldige bitte. Lo, der Sex war einfach unglaublich. Wir haben Sachen gemacht, von denen ich nicht einmal wusste, dass es sie gibt. Richtig schmutzige Sachen.«

Sie wirkte wieder kurz wie weggetreten.

»Dann hast du anscheinend das große Los gezogen!«

»Ja. Ich sag dir, er ist der Richtige! Da gibt's keinen Zweifel!«

Ich nippte an meinem Wein und grinste. »Das freut mich für dich. Wirklich. Komm, lass uns eine rauchen.«

»Okay, aber dann muss ich ins Bett. Ich bin fix und fertig, und meine Hüften bringen mich um. Ich habe keine Ahnung, wie ich mich morgen hinsetzen soll.«

Ich verdrehte die Augen. »Bitte entschuldige, wenn sich mein Mitleid mit dir in Grenzen hält. Mir ist mittlerweile wahrscheinlich wieder ein Jungfernhäutchen gewachsen.«

Nachdem wir unsere Kippen ausgedrückt hatten und Lucy sich zurückgezogen hatte, um von grauhaarigen heißen Typen zu träumen, ließ ich mir ein heißes Bad ein. Während ich mich in das dampfende Wasser gleiten ließ, dachte ich über Lucys Neuigkeiten nach. Natürlich freute ich mich, dass sie so glücklich war, aber ein winziger, gemeiner Teil von mir hoffte, dass die Sache mit Tristan nicht klappen würde. Lucy war meine wichtigste Verbündete in London, und es wäre ein herber Schlag für mich, wenn ich sie wegen einer festen Beziehung als Komplizin verlieren würde. Warum müssen sich letzten Endes doch immer wieder zwei Menschen in einer Partnerschaft zusammentun? Was war aus der Freiheit und dem Spaß geworden, den das Single-Dasein mit sich bringt? Warum sind alle so scharf auf etwas, was ich nicht schnell genug hinter mir hatte lassen können?

Ich tauchte mit dem Kopf unter Wasser. Egal, was alle anderen machten – ich musste mich auf mein Projekt konzentrieren. Morgen würde ich mit einem neuen Buch beginnen, und das schien der Hammer zu sein.

2. Juli

Vorab sollte ich wohl von der Szene im Buchladen erzählen, die sich abspielte, als ich den Ratgeber für diesen Monat kaufen wollte. Der neue Besitzer des Ladens schleuderte das Buch, das ich auf dem Dachboden entdeckt hatte, quer durch den Raum und wollte mich zwingen, stattdessen ein Werk von Simone de Beauvoir zu kaufen. Ich erklärte ihm, dass ich alle Bücher von ihr bereits vor Jahren gelesen hatte – und auch ihre komplette Korrespondenz mit Sartre – und dass ich mir *Der Aufreißer* dann eben bei Waterstones besorgen würde, vielen Dank auch.

Die »Pickup-Artist«-Szene dürfte inzwischen wohl bekannt sein, nachdem auf MTV eine Show darüber lief. Die Hauptperson besaß eine verdächtige Ähnlichkeit mit Kid Rock im Jahr 2003 und trug immer einen riesigen Pelzzylinder. Offensichtlich hatte dieser Mann mit tausenden Frauen geschlafen, was in mir große Sorge um meine Geschlechtsgenossinnen hervorrief.

The Game oder *Die perfekte Masche: Bekenntnisse eines Aufreißers* ist wohl das bekannteste aller Pickup-Artist-Bücher, und in *Der Aufreißer: So kriegt man(n) jede Frau rum (The Rules of the Game)* beschreibt derselbe Autor Schritt für Schritt in einem dreißigtägigen Kurs, wie man ein berühmter Amateur-Pornodarsteller werden kann. Der Leser wird jeden Tag auf eine neue Mission mitgenommen, deren Ziel darin besteht, eine Frau rumzukriegen. Wie ein echt schlechter James-Bond-Verschnitt.

In der Einleitung wird eine Welt beschrieben, in der es von superheißen Frauen nur so wimmelt, die sich allerdings alle hinter einer Art Trennwand befinden. Heiße Frauen, wohin man auch schaut! Im Magazin *Maxim,* im Fernsehen, in Pornos … Und trotzdem haben die meisten Männer keinen Sex mit diesen Frauen! Da läuft etwas komplett schief. Aber nur keine Bange, denn dieses Buch liefert den Schlüssel, mit dem man das Schloss knacken und unbegrenzten Zugang zu diesen Leckereien bekommen kann!

Daran bin ich eigentlich nicht interessiert (ich habe

schon genug damit zu tun, meine eigenen Leckereien an den Mann zu bringen), und ich weiß bereits, dass Männer vom Mars und Frauen von der Venus sind und all das, aber unterscheiden sich Aufreißermethoden bei den Geschlechtern tatsächlich so sehr voneinander? Das wollte ich herausfinden – natürlich alles nur im Namen der Wissenschaft.

7. Juli

Tag sechs mit *Der Aufreißer*. Bisher habe ich etliche Selbsteinschätzungstests gemacht (Ergebnis: besorgniserregend) und mir einen Leitspruch überlegt (der den Grundsatz des gesamten Projekts widerspiegelt, nämlich regelmäßig Sex mit körperlich und geistig gesunden Menschen zu haben).

Außerdem habe ich mich ein wenig umgestylt, weil das in dem Buch dringend empfohlen wird. Dazu gehörte, dass ich auf der Straße wahllos ein paar Männer ansprach und sie fragte, ob sie mir ein gutes Geschäft für Damenbekleidung empfehlen könnten. Diese Aufgabe hätte sich mit umgekehrten Geschlechterrollen wahrscheinlich besser lösen lassen. Zweimal wurde mir die Reizwäsche von Ann Summers empfohlen und einmal Isabel Marant. (Ich bin mir ziemlich sicher, dass der dritte, den ich fragte, schwul war.) Schließlich ging ich zu Zara und kaufte ein paar tolle Etuikleider, die ich sowohl zu Dates als auch ins Büro anziehen konnte, und paillettenbesetzte, sehr kurze

Shorts, für die ich eindeutig mindestens acht Jahre zu alt war. Ich konnte jedoch einfach nicht widerstehen, weil die Hose so schön glitzerte und außerdem runtergesetzt war.

Das Buch zwang mich auch dazu, beliebige Leute aus dem Telefonbuch anzurufen, um mir einen Kinofilm empfehlen zu lassen, und wildfremden Menschen auf der Straße Komplimente zu machen. Generell musste ich Fremden weitaus näher kommen, als mir normalerweise angenehm war.

Ich begriff allmählich, dass das Buch auf das Gesetz der Wahrscheinlichkeit baute: Je mehr Menschen man kontaktiert, umso wahrscheinlicher ist es, dass man mit einem von ihnen Sex haben wird. Außerdem treibt es einen zur sozialen Hyperaktivität: Man muss sich ständig präsentieren. Für eine, die immer bemüht ist, Small Talk aus dem Weg zu gehen, und die lieber zu Fuß in den sechsten Stock läuft, als sich mit jemand anderem in den Aufzug zu stellen, ist das wirklich eine Herausforderung.

Aber nach einer Woche begann ich mich daran zu gewöhnen. Und heute Abend würde ich alles, was ich bisher gelernt hatte, in die Praxis umsetzen. Es war Zeit, in eine Bar zu gehen.

Da Lucy sich im Wunderland ihrer neuen Liebe befand, nur in die Wohnung kam, um sich frische Klamotten zu holen, und dann leicht benommen und mit einem Lächeln auf dem Gesicht durchs Wohnzimmer taumelte, hatte ich Cathryn mit Mühe dazu überreden können, meine Copilotin zu spielen.

Wir gingen in eine Bar in der Dalston Lane. Draußen hing ein altes Apothekenschild aus den Achtzigern, und drinnen versammelten sich die unvermeidlichen Hipster, die gegenseitig ihre Vokuhilas und Hypercolor-T-Shirts bewunderten. Aber in dem Laden saßen auch einige Grüppchen von normal aussehenden Männern um die dreißig.

Cathryn war es nicht gewohnt, sich östlich von Barnsbury aufzuhalten, und sah sich mit kaum verhohlener Faszination um. So musste sich der Afrikaforscher Richard Burton bei seiner ersten Fahrt auf dem Kongo gefühlt haben.

»Was machen diese Leute den ganzen Tag?«, flüsterte sie und deutete auf einen Mann mit einer Melone, einer Krawatte und knielangen Shorts. »Haben sie einen Job?«

»Theoretisch schon, schätze ich. Was möchtest du trinken?«

Wir suchten uns einen Tisch, und ich erklärte ihr meine Mission für diesen Abend: Ich musste auf einige Männergruppen zugehen und mit ihnen Kontakt aufnehmen, indem ich sie nach ihrer Meinung zu einem Thema oder einer Sachlage fragte, die mich interessierte. Da mein Allgemeinwissen riesige Lücken aufwies, hatte ich bei der Themenauswahl die Qual der Wahl.

Ich suchte mir ein Grüppchen aus, trank meinen Wodka Tonic aus und befahl Cathryn, sich nicht von der Stelle zu rühren. Und dann ging's los.

Ich schlenderte zu dem Grüppchen hinüber und versuchte, möglichst lässig zu wirken. Das war der entscheidende Faktor: Die Kontaktaufnahme musste eher zufällig als gewollt wirken. Die Männer schienen gerade in ein Gespräch über die Bundesliga vertieft zu sein, aber darauf konnte ich keine Rücksicht nehmen.

Ich fiel sofort mit der Tür ins Haus. »Hey, ihr Jungs seht aus wie Experten. Könnt ihr mir bei einer Wette zwischen meiner Freundin und mir helfen?« Ich deutete auf Cathryn, die verlegen winkte.

Die drei sahen mich verblüfft an, aber nach einigen Sekunden lächelte der leicht gammlige Blonde mit dem Stone-Roses-T-Shirt. »Klar, wir können es ja mal versuchen.«

»Großartig«, erwiderte ich. »Wie wurden die Pyramiden erbaut? Ich glaube, mit Hilfe eines Flaschenzugsystems, aber meine Freundin schwört auf eine Hebeltechnik.«

Eine Weile herrschte Schweigen, bis sich schließlich der stämmige Typ am Ende des Tisches zu Wort meldete. »Meiner Meinung nach stimmt keins von beidem. Sklaven haben sie in reiner Handarbeit gebaut.«

Der Blonde mischte sich ein. »Komm schon, sie können unmöglich diese riesigen Blöcke nur mit den Händen bewegt haben! Wie sollen sie sie denn übereinandergestapelt haben? Natürlich haben sie dafür Flaschenzüge verwendet.«

»Ich glaube, du unterschätzt die enorme Anzahl der Sklaven in Ägypten«, entgegnete der Stämmige.

»Kann man diese Menschen überhaupt als Sklaven bezeichnen?«, fragte der bärtige Mann, der in der Ecke saß. »Zu dieser Zeit gab es in Ägypten noch kein Währungssystem, also konnten sie ihre Arbeiter nicht mit Geld bezahlen.«

»Doch, das war eindeutig Sklaverei. Hast du das Alte Testament nicht gelesen? Moses hat seine Leute nicht zum Spaß durch die Wüste geführt.« Der stämmige Typ wirkte verärgert.

Der Bärtige verschränkte die Arme vor der Brust. »Jetzt geht das schon wieder los.«

»Tut mir leid, aber diese Art Geschichtsrevisionismus ist kompletter Blödsinn.«

Der Bärtige und der Stämmige starrten sich wütend über den Tisch hinweg an.

»Also ...«, warf ich rasch ein, »ihr denkt, sie haben Flaschenzüge benutzt?«

Die beiden ignorierten mich, und der Blonde sah mich mit einem matten Lächeln an. »Wir sind wohl keine große Hilfe, sorry. Vielleicht solltest du lieber bei Google nachschlagen.«

»Ja, gute Idee. Trotzdem vielen Dank!« Ich ging zu unserem Tisch zurück, und als ich mich gesetzt hatte, sah ich, wie der Blonde auf eine Zigarette hinausging und der Stämmige und der Bärtige heftig miteinander diskutierten.

»Wie ist es gelaufen?« Cathryn sah von ihrem Buch auf.

»Nicht ganz so wie geplant. Ich dachte, eine Frage über alte Bautechniken wäre unverfänglich, aber da habe ich mich wohl getäuscht.«

»Du hast sie nach alten Bautechniken gefragt? Was zum Teufel hast du dir dabei gedacht?«

»In dem Buch heißt es, man könne sich irgendein Thema aussuchen, das einen interessiert, und ich habe mich schon immer gefragt, wie wohl die Pyramiden gebaut wurden.«

»Oh Lauren«, murmelte Cathryn.

»Na ja, zumindest habe ich damit eine lebhafte Diskussion ausgelöst. Nur leider bin ich nicht dabei.«

»Vielleicht solltest du dir beim nächsten Mal ein allgemeineres Thema aussuchen.«

»Du hast recht. Okay, Runde zwei.« Ich erspähte auf der anderen Seite des Raums ein Grüppchen von Männern um Mitte dreißig. Sie trugen alle teure Strickjacken und tranken Wein, der ebenfalls sehr teuer aussah. Entschlossen stand ich auf.

Cathryn verdrehte die Augen. »Weißt du, ich finde es nicht so toll, allein in dieser merkwürdigen Bar zu sitzen und ein Buch zu lesen.«

»Ich weiß, und es tut mir leid. Nachher lade ich dich zum Abendessen ein, versprochen. Aber erst muss ich meine Hausaufgaben erledigen.«

»Und was hast du dieses Mal vor? Willst du den Konflikt zwischen Israel und Palästina ansprechen?«

»Nee, ich werde ihnen eine männergerechte Frage aus der Popkultur stellen. Das wird ganz einfach.«

Cathryn hob ihr Buch auf. »*Bonne chance*«, sagte sie, aber ich glaube, sie meinte es nicht ernst.

Ich ging zu den Weintrinkern hinüber und suchte mir den Attraktivsten der Gruppe heraus: groß, dunkelhaarig, grüne Augen. »Hi!«, sagte ich fröhlich. »Ich bräuchte mal eure Hilfe.«

Er musterte mich mit leichter Ungeduld, während seine Freunde mich mit Nichtachtung straften und ihre Unterhaltung fortsetzten. »Worum geht's?«

»Meine Freundin und ich haben uns gerade über Fernsehserien aus den Achtzigern unterhalten und versucht, uns an die komplette Besetzung von *Das A-Team* zu erinnern. Mr. T als B. A. Baracus und Dirk Benedict als Face sind uns noch eingefallen, aber bei den anderen beiden müssen wir passen.«

Seine Ungeduld verwandelte sich in Nachsicht. Er deutete auf die anderen am Tisch. »Wir arbeiten alle fürs Fernsehen, also können wir Ihnen sicher helfen. Hey, Jungs, wir müssen eine Frage beantworten.«

Der Rest der Gruppe verstummte, und alle starrten mich so verblüfft an, als wäre ich plötzlich wie ein Flaschengeist vor ihnen aufgetaucht.

»Diese Lady hat sich nach der Besetzung des *A-Teams* erkundigt.«

»Film oder Fernsehen?«, wollte ein ziemlich kleiner Mann mit Brille wissen.

Der Grünäugige sah ihn entrüstet an. »Fernsehen natürlich. Sie und ihre Freundin können sich noch an Mr. T erinnern« – der rotblonde Mann neben ihm schnaubte verächtlich – »und an Dirk Benedict.«

»Dann reden wir also über die Serie, nicht über den Pilotfilm«, stellte der Brillenträger fest. »Denn der ursprüngliche Face wurde von Tim Dunigan gespielt.«

Der Grünäugige nickte. »Ja, richtig. Und dann waren da noch James Coburn als Hannibal und …«

Der Brillenträger sah aus, als würde er gleich das nächste Fenster einschlagen. »Was redest du da? Coburn war nicht im *A-Team*! Er spielte in *Die glorreichen Sieben*! Hannibal wurde von Peppard gespielt!«

Der Grünäugige blieb gelassen. »Nein, Brian, das stimmt nicht. Es war definitiv Coburn.«

Der Rotblonde lehnte sich zurück. »Ihr liegt beide falsch. Es war Robert Vaughn.«

Der Brillenträger sah aus, als würde er vor Wut gleich platzen. »Verdammt, es war Peppard!«

Der Rotblonde und der Grünäugige sahen sich an und zuckten mit den Schultern.

»Im Ernst, Jungs, ich weiß es ganz sicher. Schließlich habe ich meine verdammte Abschlussarbeit in Medienwissenschaften über die Postmodernisierung von Peppard geschrieben.«

Der Grünäugige nickte kaum merklich. »Gut, also Peppard. Damit hätten wir schon einen.«

»Danke«, sagte ich leise.

»Die eigentliche Frage ist also, wer Murdock gespielt hat.«

Am Tisch brach wieder Chaos aus. Ich blieb eine Weile betreten stehen und versuchte hin und wieder, meine eigenen Gedanken zu dem Thema anzubringen, aber mir wurde schnell klar, dass ich praktisch unsichtbar war; die Männer waren zu sehr damit beschäftigt, sich gegenseitig Namen von Serienstars aus den Achtzigern an den Kopf zu werfen. Allmählich begriff ich, dass Männergespräche ganz anders abliefen. Im Gegensatz zu passiver Aggression, die es bei Frauengesprächen oft gibt, wurde hier lautstark gestritten.

Ich murmelte einen Dank, aber sie schauten kaum auf, als ich zu Cathryn zurückging.

»Das sah nach einem lebhaften Gespräch aus«, meinte sie und merkte die Seite in ihrem Buch ein.

»Anscheinend ist *Das A-Team* ein noch kontroverseres Thema als die Sklaverei in Ägypten.«

»Männer finden immer einen Grund für eine Auseinandersetzung. Auf diese Weise drücken sie ihre Zuneigung zu ihren Freunden aus – sie greifen sie lautstark wegen ihrer Meinung an.«

Ich hörte ein lautes Geräusch, und als ich zur anderen Seite des Raums hinüberschaute, schüttelte der Brillenträger den Rotblonden an den Schultern. »Scheint so.«

»Können wir jetzt gehen? Ich bin am Verhungern.« Cathryn behauptete ständig, dem Hungertod nahe zu sein, obwohl sie mehr essen konnte als sonst jemand aus meinem Bekanntenkreis – und noch dazu nie auch nur ein Pfund zuzunehmen schien. Wahrscheinlich war das genetisch bedingt, ebenso wie ihr Haar, das sich ohne Weiteres zu einem makellosen Pferdeschwanz binden ließ.

»Wir gehen gleich, versprochen. Ich muss nur noch einen letzten Tisch in Angriff nehmen.«

»Bist du sicher, dass du es noch mal riskieren willst?«

»Die Arbeit einer Wissenschaftlerin hört nie auf«, erklärte ich.

Ich entschied mich für ein Szenario aus dem Buch (mit kleinen Veränderungen zur Geschlechteranpassung). Es nannte sich in etwa »Der Opener, also die Gesprächseröffnung mit dem Thema ›neugierige Freundin‹« und funktionierte folgendermaßen: Der Mann geht auf eine Gruppe Frauen zu und bittet sie um ihre Meinung zu einer Situation, in der sein Freund sich gerade befindet. Dieser Freund und seine Freundin sind seit sechs Monaten ein Paar, und alles läuft großartig, doch es gibt einen Haken an der Sache – sie macht wahnsinnig gern mit anderen Frauen rum. In ihren Augen ist das kein Betrug, aber ihr Freund sieht das anders. Der Mann, der sich der Gruppe nähert, soll nun die Meinung der Frauen herausfinden: Ist pseudo-lesbisches Gefummel Betrug oder nicht?

Das klingt eher nach einem Leserbrief im *Penthouse* als nach einer Anmache, aber was wusste ich schon darüber? Meine Aufgabe war es herauszufinden, wie eine Männergruppe darauf reagieren würde.

Ich suchte mir zwei coole Jungs aus, die sich vor der Jukebox niedergelassen hatten. Vor allem der eine hatte es mir angetan: verträumte Augen, schlank, dichte schokoladenbraune Locken. Und er trug eine tolle Feincordhose. Das war meine letzte Chance an diesem Abend – jetzt musste es klappen.

Auf meinem Weg zu ihnen vermied ich den Blickkontakt zu dem Brillenträger, der wütend seinen Freund anstupste, während er auf sein iPhone starrte.

Ich setzte ein freundliches Lächeln auf und tippte dem Mann mit den verschlafenen Augen leicht auf die Schulter. »Darf ich mal kurz stören? Es geht um eine Meinungsumfrage.«

Er grinste mich an und entblößte eine Reihe kleiner, gleichmäßiger Zähne. »Klar.«

Das fing gut an.

»Super, danke. Siehst du meine Freundin dort drüben?« Ich deutete auf Cathryn, die ihr Buch beinahe ausgelesen hatte und nun sehnsüchtig zur Tür schielte.

»Die Brünette? Heiße Frau«, warf der Typ neben ihm ein. Er trug eine Bomberjacke aus den Siebzigern und Jeans, die so eng waren, dass ich mir Sorgen um seine Hoden machte.

»Ja, das stimmt. Aber sie hat ein Problem. Sie ist nun schon eine Weile mit ihrem Freund zusammen – ungefähr seit sechs Monaten –, und alles läuft recht gut, bis auf diese eine Sache.« Das Interesse des Bomberjacken-Typen ließ sichtlich nach. »Sie steht eigentlich auch auf Frauen. Sie will zwar keine lesbische Beziehung, aber hin und wieder macht sie eben gern mit Frauen rum, versteht ihr?«

Bomberjacke horchte auf. »Mann, das klingt ja nach einem Video von ›Girls Gone Wild‹.«

»Ja, genau. Wie auch immer, ihr Verlobter findet das furchtbar. Er wird dann immer total eifersüchtig und fühlt sich von ihr betrogen ...« Bomberjacke schnaubte verächtlich. »Aber sie hält das nicht für Fremdgehen, und sie will damit auch nicht aufhören, denn für sie ist das eben eine Seite ihres Wesens, die sie nicht aufgeben möchte.«

Der Typ mit den verschlafenen Augen, nennen wir ihn »Sleepy Eyes«, nickte wissend.

»Also, wie denkt ihr darüber? Ist das nun Fremdgehen oder nicht?«

Bomberjacke verdrehte die Augen. »Da hätte ich eine Gegenfrage, die viel wichtiger ist: Warum bleibt sie bei einem Loser, der nicht kapiert, wie nahe er an einem Dreier dran ist?«

»Äh, ja, das ist wohl ein anderes Thema.«

Sleepy Eyes zuckte mit den Schultern. »Keine Ahnung. Für mich ist das wohl schon Fremdgehen.«

Bomberjacke schlug sich ungläubig mit der Hand vor die Stirn. »Mann, was redest du da? Seine Freundin erfüllt praktisch die Fantasie eines jeden Mannes, und er benimmt sich wie ein Schwachkopf.« Er stand auf. »Ich werde mich mal mit deiner Freundin unterhalten. Ihr beide redet nur Schwachsinn, und sie braucht jemanden, an den sie sich in ihrer Not wenden kann.«

Ich stellte mich ihm rasch in den Weg. »Nein! Das wäre ihr furchtbar peinlich. Sie ist eigentlich sehr schüchtern.«

Bomberjacke versuchte, sich an mir vorbeizudrängen. »Das hört sich aber gar nicht so an.«

»Lass gut sein, Alter«, warf Sleepy Eyes ein. Er machte nicht viele Worte, aber was er bisher gesagt hatte, gefiel mir.

Bomberjacke setzte sich wieder und begann, leise vor sich hin murmelnd, das Etikett von seiner Bierflasche abzuziehen.

»Na ja, dann lass ich euch mal wieder in Ruhe. Vielen Dank für eure Hilfe!«

»Kein Problem«, erwiderte Sleepy Eyes. »Kannst jederzeit wieder rüberkommen, wenn dir langweilig ist.«

»Mach ich!«

»Und bring deine Freundin mit!«, rief Bomberjacke mir hinterher, als ich zu unserem Tisch zurückhastete.

Cathryn warf mir einen leidenden Blick zu. »Wie ist es gelaufen?«

»Besser.« Ich trank einen großen Schluck aus meinem Glas. »Nicht toll, aber besser.«

»Und was war dieses Mal dein Thema?«

»Oh, nur eine theoretische Frage über eine Freundin.«

»Also nichts Kontroverses?«

»Oh nein«, versicherte ich ihr. »Ich hab die Sache so einfach wie möglich gehalten.« Ich sah ängstlich zu Bomberjacke hinüber, der Cathryn unverhohlen anzügliche Blicke zuwarf. »Wir sollten jetzt gehen. Möchtest du etwas essen? Wie wäre es mit dem Türken um die Ecke?«

»Ja, gern. Im Augenblick ist mir alles recht.«

Wir suchten unsere Sachen zusammen und gingen zur Tür. Ich spürte, dass einige der Männer, mit denen ich zuvor gesprochen hatte, mich eines kurzen Blickes würdigten, aber die meisten waren zu sehr in ihr Gespräch vertieft.

Außer Sleepy Eyes: Er nickte mir zu, als wir vorbeigingen.

»Gehst du schon?«, fragte er gedehnt.

»Ja, wir müssen los. Danke noch mal für den guten Rat.« Ich warf nervös einen Blick auf Cathryn, die glücklicherweise außer Hörweite war. »Ich denke, er hat geholfen.«

»Gern geschehen. Hey, meine Band spielt nächsten Donnerstag im Old Blue Last. Das solltest du dir mal anhören.«

Mein Magen zog sich zusammen, aber ich versuchte,

ganz locker zu bleiben. »Klar, das wäre cool. Vielleicht. Mal schauen, was mein Terminkalender dazu sagt. Ich bin ziemlich ausgebucht. Ständig beschäftigt.« Ich spürte, wie sich meine Wangen röteten.

Seine Lippen verzogen sich zu einem langsamen, schläfrigen Lächeln. »Cool. Dann sehen wir uns dort. Vielleicht.«

Als ich mich umdrehte, sah ich, wie Cathryn von Bomberjacke bedrängt wurde.

»Ich habe doch gesagt, dass ich verlobt bin!«, rief sie, zog ihre Hand weg und strich ihr makelloses Leinenkleid glatt.

»Aber er versteht dich nicht!« Bomberjacke wirkte verzweifelt. »Ich sag es dir doch, Schätzchen, er unterdrückt dich! Bei mir wärst du frei!«

»Komm.« Ich griff nach Cathryns Hand und zog sie zur Tür. »Wir verschwinden.«

»Lauren, was um alles in der Welt wollte dieser Mensch von mir?«, fragte sie, als wir auf die Kingsland Road zusteuerten.

»Ich habe keinen blassen Schimmer. Wahrscheinlich war er bekifft. In diesem Viertel nehmen eine Menge Leute Drogen. Viele Drogen.«

Cathryn beäugte eine Gruppe von Steampunks auf der anderen Straßenseite und zuckte zusammen. »Hmm. Ja, wahrscheinlich hast du recht. Was für eine merkwürdige Gegend.«

»Tja, traurig. Aber jetzt besorgen wir uns was zu essen.«

Nachdem ich Cathryn dabei zugesehen hatte, wie sie misstrauisch in ein Stück Köfte biss (»Bist du sicher, dass das Lamm ist?«), ging ich nach Hause und machte mir Notizen über das Experiment an diesem Abend.

Es war kein durchschlagender Erfolg gewesen, aber ich war mit drei verschiedenen Gruppen von fremden Männern ins Gespräch gekommen. Gut, in zwei dieser Gruppen war ziemlich schnell ein Streit ausgebrochen, und bei der dritten hatte ich Cathryns tadellosen Ruf geschädigt, aber ich war ein Stück weitergekommen. Was Cathryn gesagt hatte, stimmte wohl tatsächlich: Männer kommunizieren ganz anders mit ihren Freunden als Frauen. Deswegen funktioniert es nicht immer, wenn man die gleichen Regeln auf beide Geschlechter anwendet.

9. Juli

Ich beschloss, mich vor Sleepy Eyes' Auftritt am Donnerstag in Sachen Musik auf den neuesten Stand der Dinge zu bringen.

Ich war schon seit Jahren bei keinem Konzert mehr gewesen (außer bei Max' Vorstellung, die natürlich nicht zählte). Die Musikszene in Portland war … nun, sagen wir mal: nicht sehr vielfältig. Ich habe zwar nichts gegen Banjoklänge, aber sie reißen mich nicht so vom Hocker, dass ich mich dort an einem Samstagabend in Schale geworfen hätte und losgezogen wäre.

Ich lud iTunes auf meinem Laptop hoch und stellte auf Zufallswiedergabe. So konnte ich zuhören, während ich mir etwas zu essen machte. Ich hoffte auf ein paar vergessene Indie-Hits, die ich dann beiläufig am Donnerstagabend erwähnen konnte.

Eine Reihe von Justin Timberlakes großartigen frühen Songs führte dazu, dass ich mich beim Zwiebelschneiden in einem falschen Gefühl der Sicherheit wiegte. Als dann die ersten Klänge des Lieds ertönten, dauerte es eine Weile, bis ich es erkannte. Sofort warf ich das Messer in die Spüle, stürzte zum Laptop hinüber und hämmerte mit meinen feuchten Fingern auf die Tastatur, doch es war zu spät: Stevie Wonders Stimme erfüllte bereits den Raum, und »Isn't She Lovely« drang mir in den Kopf. Ich setzte mich auf den Küchenboden und vergrub das Gesicht in meinen Händen.

Das war unser Lied gewesen. Als wir in unsere erste Wohnung gezogen waren, hatten wir als Erstes unsere alte Stereoanlage ausgepackt. Wir drehten sie bis zum Anschlag auf und tanzten miteinander durch die Küche, ich im abgewetzten Overall meines Vaters und er in einer verblichenen, mit Farbe verschmierten Jeans. Er hielt mich in den Armen und sang die Worte leise in mein Ohr, und ich dachte: »So fühlt es sich an, wenn man verliebt ist. Und erwachsen.«

Einige Monate später zogen wir aus – die Badewanne leckte, und der Mieter über uns hatte eine Vorliebe für gepökelten Kabeljau, dessen Geruch sich hartnäckig in unseren Klamotten festsetzte –, aber der Song begleitete uns weiter. Nun ja, so lange, bis ich ging.

Ich rappelte mich hoch und rief Meghan an. Bei einem solchen iTunes-Überfall aus dem Hinterhalt kann einem nur seine Schwester helfen.

11. Juli

In der Mittagspause schloss ich mich im Klo ein, starrte mein Gesicht im Spiegel meiner Puderdose an und sagte mir mein Mantra vor, zu dem das Buch mich ermutigt hatte: »Du bist perfekt. Du verdienst nur das Beste. Mit dir zu sprechen ist ein Privileg. Du bist anziehend wie ein Magnet. Du bist unwiderstehlich.«

Als ich zurückkam, sah Cathryn mich befremdet an. »Hast du auf dem Klo Selbstgespräche geführt?«, fragte sie.

»Ich habe mir nur ein wenig Mut für das morgige Meeting gemacht«, erwiderte ich. Mir war es dabei eigentlich eher um Sleepy Eyes' Konzert gegangen, aber das war mir Cathryn gegenüber peinlich. Außerdem stand tatsächlich am nächsten Tag eine Konferenz an.

»Das ist irgendwie sehr … amerikanisch.« Sie wandte sich wieder ihren Kalkulationstabellen zu.

Nachdem ich ein wenig gebettelt und versprochen hatte, am nächsten Tag eine Gruppe Sechsjähriger durch das Museum zu führen, erklärte sich Cathryn bereit, für mich einzuspringen, damit ich eher gehen und mich auf das Konzert vorbereiten konnte. Ich zwängte mich in meine engste schwarze Jeans und verbrauchte fast einen ganzen Kajalstift für mein Augen-Make-up. Nachdem ich ein oder zwei Wodka gekippt hatte, war ich bereit.

Es war mir gelungen, Lucy aus ihrem Liebeskokon zu holen und sie zu überreden, mich zu begleiten. Ich hatte sie in den Tagen zuvor kaum gesehen, also erklärte ich ihr meine nächste Mission auf dem Weg zur Bar.

»Der Anfang ist mir anscheinend geglückt, und nun geht es damit weiter, Männern einen Dämpfer zu verpassen.«

Lucy zog an ihrer Zigarette und betrachtete prüfend ihr Spiegelbild im Schaufenster eines Fast-Food-Ladens. »Was soll das denn heißen?« Sie zupfte ihren Ausschnitt zurecht.

»Im Grunde genommen muss ich den Mann dazu bringen, dass er mich zu beeindrucken versucht, und nicht andersherum. Es handelt sich um eine Art Machtverschiebung.«

»Aha. Und wie willst du das anstellen?«

»Ich muss seine Schwachstellen finden und ihn dann bewusst damit konfrontieren.«

»Warte mal, rät das Buch nicht eigentlich Männern, das zu tun? Also dafür zu sorgen, dass Frauen sich richtig klein und mies fühlen?«

»Ja, das ist ein Teil des Konzepts. Aber meiner Erfahrung nach brauchen viele Männer dafür kein solches Buch.«

»Irgendwie kommt mir das schrecklich bekannt vor. Es ist beinahe so, als würde man einen grässlichen, widerlichen Geruch wahrnehmen und könnte nicht feststellen, woher er kommt.«

»Ich weiß, was du meinst. Als ich mit dem Buch angefangen habe, war ich mir sicher, einige Aktionen wiederzuerkennen, aber ich konnte sie nicht mit einem bestimmten Mann in meinem Leben in Verbindung bringen.«

»Gott sei Dank ist Tristan ganz anders.«

Ich sah sie zweifelnd an. »Was, hat er etwa nie mit Tricks gearbeitet? Ein Alphamännchen wie er? Das glaubst du doch selbst nicht!«

»Er würde mich niemals schlecht behandeln. Für ihn bin ich seine Prinzessin, und er ist mir in meinem Reich zu Diensten.«

»Wie bitte?«

»Das hat er gesagt! Er ist auf dieser Welt, um mir zu dienen.«

Ich fand das ein bisschen gruselig, aber das ließ ich mir nicht anmerken. Ich wusste, dass Lucy in der Vergangenheit schlechte Erfahrungen mit einigen Arschlöchern gemacht hatte, also war ich froh, dass sie jemanden gefunden hatte, der sie anständig behandelte, auch wenn das für mich ein wenig übertrieben klang. »Das hört sich großartig an. Den solltest du so schnell nicht mehr loslassen.«

Lucys Augen verschleierten sich wieder. Allmählich gewöhnte ich mich daran. »Er ist wirklich toll.«

»Gut, lass uns reingehen. In einer Viertelstunde geht's los.«

»Wie heißt die Band gleich noch?«

»Languid Brother Machine.«

»Was zum Teufel soll das heißen?«

»Keine Ahnung. Aber ich werde ihn fragen, wenn ich ihn später beleidige.«

Sleepy Eyes am Schlagzeug zu beobachten war ein beinahe spirituelles Erlebnis. Als er mir einmal kurz zuzwinkerte, traf mich fast der Schlag. Was Schlagzeuger anbelangte, hatte ich eine Theorie: Wenn sie auf der Bühne einen solchen Rhythmus an den Tag legten, konnte man einen ähnlichen auch im Bett von ihnen erwarten. Ganz im Sinne meines wissenschaftlichen Experiments war ich fest entschlossen, diese Hypothese zu überprüfen.

»Ist er das?«, brüllte Lucy mir ins Ohr.

Ich nickte.

»Wow, Lo, der ist wirklich heiß!«

»Ich weiß!«, schrie ich zurück.

»Sei nicht gemein zu ihm! Geh lieber mit ihm ins Bett!«

»Das eine soll ja zum anderen führen!«

Nach dem ersten Set kletterte Sleepy Eyes von der Bühne und schlenderte mit seinem trägen Lächeln auf mich zu.

»Freut mich, dass du gekommen bist.« Er beugte sich vor und gab mir einen Kuss auf die Wange. Er roch nach Schweiß und schalem Zigarettenrauch, und ich musste mich zusammenreißen, um ihn nicht abzulecken.

Stattdessen verzog ich das Gesicht und fuhr mir mit dem Handrücken über die Wange. »Ihh, du bist total nassgeschwitzt!« Ich verpasste ihm, wie es in dem Buch empfohlen wird, einen spielerischen Schlag auf den Arm. »Das ist übrigens Lucy.«

Er nickte ihr zu.

Lucy errötete und zeigte ihm ihre Grübchen. »Du warst toll«, stieß sie atemlos hervor.

»Danke.« Er wandte sich wieder an mich. »Ich muss mal mit meinen Jungs über den Auftritt reden. Bleibst du noch?«

Ich schaute Lucy an, die heftig nickte.

»Vielleicht. Mal sehen.«

»Cool.« Er streckte die Hand aus und strich mir über den Arm.

»Finger weg von der Ware!«, ermahnte ich ihn. »Mich zu berühren ist nicht billig. Du schuldest mir vierzig Pfund.«

Er sah mich verdattert an, schüttelte dann den Kopf und schlenderte lächelnd davon.

Lucy packte mich am Handgelenk. »Was ist denn los mit dir?«

»Ich nenne das *flirten*«, erklärte ich selbstzufrieden.

»Du benimmst dich wie ein Arsch.«

»Darum geht es doch! Denk mal daran, auf wie viele Arschlöcher wir schon hereingefallen sind! Da muss doch was dran sein!«

Wir beobachteten, wie Sleepy Eyes mit großen Schritten zur Bar hinüberging; sein weißes T-Shirt war schweißnass und durchsichtig und klebte an den Muskeln seines schmalen Rückens.

Lucy umklammerte meinen Arm. »Du *musst* mit ihm ins Bett gehen. Es wäre ein Verbrechen an der Frauenwelt, wenn du es nicht tust. *Bitte* hör auf, ihn gemein zu behandeln.«

»Ich bin nicht gemein zu ihm! Es geht nur um eine Umkehr der Macht.«

Sie schüttelte den Kopf. »Wenn du dir eine solche Chance entgehen lässt, nur wegen dieses blöden Experiments …«

»Hey, wir sprechen hier über Wissenschaft!«

Die nächste Stunde lauschten wir mit dem Rücken an die Wand gelehnt einer Band, die nur aus Banjo- und Ukulelespielern bestand, und kippten einen Drink nach dem anderen. Durch die Menge hindurch erhaschte ich einen Blick auf Sleepy Eyes, der sich neben der Bühne mit einem Mann unterhielt – es war Bomberjacke aus der anderen Kneipe. Nur gut, dass Cathryn nicht mitgegangen war.

»Red mit ihm!« Lucy gab mir einen Schubs.

»Auf keinen Fall. Noch nicht.«

»Ich weiß nicht, wie lange ich diese Ukulelen noch ertragen kann.«

»Wir gehen bald, versprochen. Dann lade ich dich auf einen Cocktail bei Happiness Forgets ein.« In diesem Monat musste ich ständig meine Freundinnen bestechen.

Zwanzig Minuten vergingen, und ich war kurz davor aufzugeben, als Sleepy Eyes extrem lässig zu Lucy und mir herüberschlenderte.

»Tut mir leid.« Er fuhr sich mit den Fingern durch die dunklen Locken und zeigte dabei ein Stück nackte Haut am Oberkörper. »Bandangelegenheiten.«

»Wie auch immer«, entgegnete ich. »Du bist gefeuert.«

»Verstehe.« Er zog ein Päckchen Marlboro Red aus seiner Hosentasche. »Zigarette?«

Lucy legte ihre Hand auf meinen Rücken und gab mir einen leichten Schubs.

Wir gingen nach draußen und setzten uns um die Ecke an einen leeren Tisch. Er schüttelte zwei Zigaretten aus der Packung, klopfte damit auf sein Handgelenk und bot mir eine davon an. Seit einer kurzen Affäre mit einem Franzosen im letzten Oktober hatte ich keine Marlboro mehr geraucht. Beim ersten Zug zogen sich meine Lungenflügel protestierend zusammen.

»Ich kann es kaum fassen, dass du diese Dinger rauchst.« Endlich hatte ich einen echten Kritikpunkt, den ich vorbringen konnte.

Er zuckte mit den Schultern.

»Das ist das reinste Rattengift, versetzt mit Arsen.«

Er zuckte wieder mit den Schultern.

»Natürlich rauchst du sie trotzdem. Warum machst du nicht gleich richtig auf James Dean und steckst dir die Packung in deinen aufgerollten T-Shirt-Ärmel?«

Wieder ein Schulterzucken. »Sie würde rausfallen.«

»Ach, was soll's.« Ich schmollte und gab auf. Genauso gut hätte ich versuchen können, einen Kohlkopf wütend zu machen. Ich drückte meine Kippe aus und stand auf. »Ich mach mich dann mal auf den Weg.«

Er wandte sich mir zu, beugte sich mit seinem schläfrigen Lächeln über den Tisch, fuhr mir mit den Fingern durchs Haar und küsste mich. Bevor er mich wieder losließ, biss er leicht in meine Lippe und lächelte wieder. »Bis dann.« Er lehnte sich wieder zurück und zog an seiner Zigarette.

Ich ging hinein, packte Lucy am Arm und zog sie aus der Bar.

»Alles in Ordnung mit dir?«, fragte sie. »Du siehst aus, als hättest du was eingeworfen.«

»Er hat mich geküsst«, flüsterte ich.

»Super! Warum gehen wir dann?«

»Weil ich schon gesagt habe, dass ich gehen werde, bevor er mich geküsst hat. Ich habe es mit dieser Machtverschiebung versucht.«

»Er hat dich also geküsst, und du gehst einfach weg?«

»Was hätte ich denn sonst machen sollen? Er hat mich auch nicht gerade angefleht zu bleiben – er hat sich einfach zurückgelehnt und seine widerliche Zigarette weitergeraucht!«

Lucy blieb stehen. »Lo, du musst zurückgehen! Ein heißer Schlagzeuger hat dich gerade geküsst. Hast du seine Telefonnummer?«

»Nein.«

»Hat er deine?«

»Nein.«

»Meine Güte! Wie willst du ihn dann wiedertreffen?«

»Ich weiß es nicht, okay? Ich habe keinen blassen Schimmer. Vielleicht macht er sich auf die Suche nach mir.«

»Nichts für ungut, Schätzchen, aber der Typ würde nicht mal nach seiner Hose suchen, geschweige denn nach einer Frau, die ihm den ganzen Abend erklärt hat, wie scheiße sie ihn findet.«

»Du hast recht«, murmelte ich.

»Wir gehen jetzt zurück, und du holst dir seine Telefonnummer. Sollst du in diesem Monat nicht den Mann spielen?«

»In gewisser Weise schon.«

»Und wie lange hast du schon keinen Sex mehr gehabt?«

»Zu lange.«

»Na, dann sei ein Mann! Geh zurück und schnapp ihn dir!«

Ich gab mich geschlagen. Wir kehrten um und trotteten zurück. Sleepy Eyes stand vor der Bar.

»Hab gedacht, du bist schon weg«, meinte er, während wir uns an ihm vorbeidrängten.

»Lucy hat ihren Schal vergessen«, erklärte ich, obwohl es an diesem Juliabend noch ziemlich warm war.

Sleepy Eye zog eine Augenbraue und einen Mundwinkel nach oben.

»Ja, ich Dummerchen«, trällerte Lucy. »Bin gleich wieder da – du wartest hier!« Inzwischen schuldete ich ihr mindestens drei Drinks.

Ich wippte auf den Absätzen, starrte in den Himmel und versuchte zu pfeifen. Ich spürte seine Blicke auf mir, aber ich brachte es nicht fertig, ihn anzuschauen. Irgendwie hatte ich Angst, vor Verlegenheit zu explodieren und in Flammen aufzugehen.

Er lehnte sich gegen die Mauer und begann ebenfalls zu pfeifen.

Nach ein paar Minuten kam Lucy mit leeren Händen aus der Bar. »Ich konnte ihn nicht finden«, erklärte sie. »Jemand muss ihn geklaut haben.«

»Heutzutage sind alle ganz verrückt nach Schals«, sagte Sleepy Eyes gedehnt.

»Ja, das stimmt«, gab Lucy ihm recht. »Können wir

jetzt gehen? Hast du alles, Lauren?« Sie warf mir einen bedeutsamen Blick zu.

»Ähm, ja, ich glaube schon …« Ich wandte mich zum Gehen und drehte mich dann noch einmal zu Sleepy Eyes um, als hätte ich soeben einen brillanten Einfall gehabt. »In ein paar Wochen treffen sich ein paar Freunde bei uns. Zum Abendessen. Komm doch auch vorbei. Vielleicht. Wenn du magst.« Ich hatte ein paar Aufgaben aus meinem Buch übersprungen und befand mich auf unvertrautem Gebiet.

»Cool«, erwiderte er. »Hast du einen Stift?«

Ich kramte einen Kugelschreiber aus der Handtasche und reichte ihn ihm. Er griff nach meinem Handgelenk und schrieb mir seine Telefonnummer auf die Innenseite des Arms. Ich fühlte mich wieder wie in der Highschool (oder so, wie es dort wohl hätte sein können, wenn ich beliebt gewesen wäre).

»Prima.« Ich hoffte, dass mein Gesicht nicht knallrot angelaufen war.

Ich hakte mich bei Lucy unter, und wir schlenderten so lässig wie möglich davon. Als wir uns außer Sichtweite befanden, brachen wir in hysterisches Gelächter aus.

»Ich werde flachgelegt! Ich werde es richtig treiben!«, sang ich vor mich hin und hüpfte dabei auf und ab.

Lucy klatschte in die Hände. »Er ist soooo süß! Gut gemacht!«

»Das habe ich nur dir zu verdanken, meine liebe Freundin. Du warst meine geistige Führerin.«

»Ich kann es nicht ertragen, einen so geilen Typen links

liegen zu lassen. Was war das mit der Einladung zum Abendessen?«

»Darüber wollte ich sowieso mit dir reden …«

Die letzte Aufgabe in dem Buch bestand darin, eine Dinnerparty zu schmeißen und dazu ein paar interessante Leute einzuladen, einschließlich aller Personen, die man während des Monats rumgekriegt hatte.

»Nette Idee«, meinte Lucy. »Ich lade Tristan ein. Das wird sicher lustig!«

»Das glaube ich auch«, murmelte ich.

Zu Hause angekommen, machte ich mir Notizen über Sleepy Eyes:

Name: Sleepy Eyes
Alter: Das will ich eigentlich gar nicht wissen. 23?
Beruf: Schlagzeuger (Teilzeit), Hipster (Vollzeit)
Nationalität: Engländer
Beschreibung: schlank, braune Locken, dunkelbraune Augen, sieht aus, als wäre er aus einem Müllcontainer gekrochen (im bestmöglichen Sinne)
Methode: *Der Aufreißer: So kriegt man(n) jede Frau rum (The Rules of The Game)*

17. Juli

Die heutigen Aufgaben hießen: Interessante kulturelle Veranstaltungen der nächsten Tage in einem Terminkalender notieren, außerdem in der Öffentlichkeit ein Männermagazin lesen und einen Passanten nach seiner Meinung zu einem der Artikel befragen.

In der Mittagspause ging ich in den Buchladen und huschte rasch an dem neuen Besitzer vorbei, der gerade mit einem aufgebrachten Franzosen mit Filzhut heftig über Albert Camus' Fußballerkarriere diskutierte.

Ich blätterte in einer Ausgabe von *Time Out* und machte mir Notizen. Das war nicht das erste Mal, dass ich mir kulturelle Veranstaltungen vormerkte, aber wenn ich die Regeln des Buchs befolgte, würde ich zum ersten Mal tatsächlich einige davon besuchen. Bisher hatte ich es vorgezogen, doch lieber zu Hause zu bleiben und mir etliche Folgen von *The Biggest Loser,* USA am Stück anzuschauen, dabei Wein zu trinken und alte Schokolade vom letzten Fest zu essen.

In den ersten Monaten in London hatte ich ständig ein schlechtes Gewissen, weil ich nicht in jeder freien Minute Galerien und experimentelle Jazzkonzerte besuchte, aber dann fand ich heraus, dass kein Londoner das tatsächlich tut. In der *Time Out* sind lediglich all die Veranstaltungen aufgelistet, zu denen man vielleicht gegangen wäre, wenn man sich nicht im Pub um die Ecke betrunken hätte oder in seinem Wohnzimmer seinen Kater auskurierte. Diese Entdeckung tröstete mich sehr.

Aber in diesem Monat würde alles anders laufen – zumindest würde ich mir Mühe geben, so zu tun, als ob. Ich notierte mir unter anderem die Termine für ein Food-Festival in der Columbia Road, eine Installation am Hanover Square und eine Debatte über Genderpolitik in Bloomsbury. In Gedanken legte ich mir bereits Entschuldigungen zurecht, warum ich zu keiner dieser Veranstaltungen gehen konnte.

Der erste Teil meiner Hausaufgaben war erledigt, also wandte ich mich den Männermagazinen zu. Das Buch schlägt vor, die *Cosmo* zu lesen und dann auf der Straße eine Frau anzuhalten und sie nach ihrer Meinung zu einem bestimmten Artikel zu fragen. Ich konnte mir nicht vorstellen, dass irgendein Mann das schafft, ohne sich vor Scham zu winden, denn in den meisten Artikeln in der *Cosmo* geht es um Sextipps mit Gelatine und Nippelschmuck.

Das Gegenstück zu *Cosmo* war meiner Meinung nach das Männermagazin *Maxim*. Ich blätterte in den ersten Seiten und stellte fest, dass es darin nicht viele Artikel gab, über die man sich unterhalten konnte. Hauptsächlich sah ich Fotos von Frauen in Unterwäsche und Männern mit kantigen Gesichtern. Ich stürzte mich in meine Aufgabe.

»Entschuldigen Sie«, sprach ich einen Mann von Anfang vierzig vor dem Regal mit den Computermagazinen an. »Halten Sie das für richtig?« Ich deutete auf einen wahllos herausgesuchten Artikel, in dem es um etwas ging, was sich »Felching« nannte. Wahrscheinlich ein von den Marines erfundener Hindernislauf im Schlamm.

»Wie bitte?« Er errötete.

»Felching«, wiederholte ich. »Das scheint bei Männern im Augenblick der letzte Schrei zu sein.«

»Dazu kann ich wirklich nichts sagen«, erwiderte er rasch und hastete davon.

»Meine Güte, tut mir leid, dass ich gefragt habe«, murmelte ich.

Ich warf einen genaueren Blick auf den Artikel und fing an zu lesen. Meine Ohren begannen zu kribbeln, bis sie schließlich heftig brannten. Der Artikel handelte nicht von einem Lauf oder von Seilklettern, wurde aber illustriert von einigen sehr verstörenden, verpixelten Bildern.

»Der arme Mann«, flüsterte ich.

Ich versuchte, den Laden unbemerkt zu verlassen, aber der Besitzer erwischte mich an der Tür.

»Was? Wollen Sie etwa heute keinen lächerlichen, gegen Ihr eigenes Geschlecht gerichteten Blödsinn kaufen?«

»Ich habe alles, was ich brauche, vielen Dank«, entgegnete ich. »Ach, und übrigens war Camus kein defensiver Mittelfeldspieler, sondern Torwart. Das weiß doch jeder.«

Er warf mir einen anerkennenden Blick zu. »*Sie* kennen sich mit Fußball aus?«

Das brachte mich in Rage. »Was fällt Ihnen ein, Ihre Geschlechterklischees an mir auszulassen? Nur weil ich eine Frau bin, heißt das nicht, dass ich nichts von Sport verstehe, kapiert?«

Er seufzte. »Nun kommen Sie mal von Ihrem hohen Ross wieder runter, Miss Germaine Greer. Ich hatte dabei Ihre Nationalität und nicht Ihr Geschlecht im Kopf. Bisher ist mir noch kein Amerikaner begegnet, der etwas von Fußball versteht. Und ich meine Fußball, nicht euer Football, dieses blödsinnige Spiel, wo alle Helme tragen«, sagte er verächtlich.

»Dann lassen Sie sich gesagt sein, dass ich zehn Jahre lang *Fußball* gespielt habe. Mein Team hat dreimal hintereinander den Landestitel geholt.« Ich war so selbstzufrieden, dass ich beinahe vom Boden abhob.

Er besaß den Anstand, eine angemessen beeindruckte Miene aufzusetzen. »Ich bin mir zwar nicht ganz sicher, was ihr unter Landestitel versteht, aber das klingt recht gut.«

»Finde ich auch.« Ich richtete mich zu voller Größe auf und streckte die Brust raus. »In meinem Abschlussjahr haben wir Mount Alvern bei einem Elfmeterschießen geschlagen und uns so den Titel geholt.«

»Das klingt ja nervenzerreißend.«

Ich ignorierte seinen Sarkasmus und nickte ernst. »Das war es tatsächlich.«

Damit drehte ich mich um und stolzierte, rundum mit mir zufrieden, aus dem Laden. Es gibt nichts Besseres, als das letzte Wort zu haben.

19. Juli

Zu Hause angekommen, kickte ich erst einmal das Altpapier zur Seite, das sich neben der Tür angesammelt hatte.

»Lucy?« Ich schaltete das Licht ein. »Bist du da?«

Keine Antwort. Wahrscheinlich war sie wieder bei Tristan. Allmählich kam es mir so vor, als hätte ich eine Wohnung mit zwei Schlafzimmern ganz für mich – allerdings war das eine ziemlich beschissene, heruntergekommene Bude. Es war zwar toll, dass ich Ani DiFranco laut aufdrehen und im Wohnzimmer herumtanzen konnte, ohne missbilligende Blicke zu ernten, aber irgendwie war es allein auch langweilig. Ich vermisste es, mit Lucy über Fernsehsendungen zu lästern, und seit ich jede Nacht allein in der Wohnung war, waren meine Kindheitsängste, im Schlaf ermordet zu werden, plötzlich mit aller Macht wieder da. Jeden Tag überprüfte ich mehrmals die Türschlösser und schaute nach, ob sich unter dem Bett Serienkiller versteckt hatten. Peinlich.

Ich sah den Stapel Post auf der Arbeitsplatte durch und fand eine neue Postkarte von Meghan: eine Großaufnahme von einem Ohr. Auf der Rückseite in violetter Tinte:

»Ich würde lieber vor Leidenschaft als vor Langeweile sterben« – Vincent van Gogh
Als ich das gelesen habe, musste ich an dich denken.
Hack dir dabei bloß keine Körperteile ab.
In Liebe, Meg

Ich schenkte mir ein Glas Wein ein, machte aus den Resten im Kühlschrank einen Salat und rief Meghan an.

Das Telefon klingelte sehr lang, bevor sie endlich abhob.

»Hallo?« Sie schnaufte laut.

»Ich bin's. Was machst du?«

»Hi, Schwesterchen! Tut mir leid, Maude hat gerade Harold verprügelt, und ich habe versucht, die beiden zu trennen.«

»Wie kann ein kleines Kätzchen einen Hund von achtzig Pfund verhauen?«

»Wo ein Wille ist, ist auch ein Weg, glaub mir. Wie geht es dir?«

»Ach, ganz gut. Ich habe deine Postkarte bekommen. Mach dir keine Sorgen, ich bin noch unversehrt.«

»Freut mich, das zu hören.«

»Ja, klar.« Ich seufzte tief.

»Was ist los mit dir? Du klingst beschissen.« Meine Schwester war wie immer sehr direkt.

»Ich fühle mich nur ein bisschen einsam. Und ich habe Heimweh. Lucy ist frisch verliebt und nie da, in der Arbeit gibt es ein paar Schwierigkeiten, und ich befolge gerade die Dating-Ratschläge eines Idioten ... Irgendwie habe ich alles hier ein bisschen satt.«

»Dann komm nach Hause.«

»Das geht nicht, das weißt du doch.«

»Schwesterchen, du kannst jederzeit nach Hause kommen. Die Vergangenheit ist nicht so furchterregend, wie du glaubst. Schließlich wartet kein Monster im Schrank auf dich.«

Ich warf einen Blick auf meine Schlafzimmertür. »Da bin ich mir nicht so sicher.«

Sie seufzte. »Da wir gerade davon reden: Ich habe kürzlich Dylan gesehen.«

Mein Magen krampfte sich leicht zusammen. »Ach ja? Wo? Hast du mit ihm geredet?«

»Bei Sangillo's. Wir haben ein paar Worte miteinander gewechselt, aber er war sternhagelvoll, also war die Unterhaltung nicht sehr anregend.«

Der Gedanke an ihn, wie er betrunken bei Sangillo's rumhing, erfüllte mich mit unerklärlicher Traurigkeit. »Habt ihr über mich gesprochen?«

Am anderen Ende der Leitung entstand eine Pause. »Nein, aber er war nicht gerade in bester Stimmung.«

Ich fühlte mich schlagartig schuldig. Es war wegen mir, ich wusste es genau. Rasch trank ich einen Schluck Wein und wechselte das Thema. Wir hatten darüber gesprochen, das ließ sich nicht mehr ändern, aber ich konnte es einfach ignorieren.

Nachdem ich versprochen hatte, darüber nachzudenken, was Meghan über das Nachhausekommen gesagt hatte, legte ich auf. In Gedanken sah ich Portland vor mir: die mit Schindeln verkleideten Häuser, gestrichen in Blau-, Grün- und Grautönen, die Eastern Promenade im Hochsommer, wenn die Boote vorbeisegelten, die Altstadt, über die sich nach der Touristensaison im Herbst Stille senkte. Ich ging auf den Balkon, zündete mir eine Zigarette an und versuchte, die Erinnerungen zu verdrängen. Ich starrte auf London unter mir. Portland war nicht mehr mein Zuhause. Was auch immer daraus werden würde, ich hatte meine Entscheidung getroffen.

23. Juli

Nach fast einem Monat Funkstille tauchte Adrian auf wie ein falsches Geldstück, das man einfach nicht loswird, aber ganz so unwillkommen war er mir nicht.

Ich saß im Büro und gab vor, an einem Pressetext für eine bevorstehende Ausstellung über Elektromagnetismus (»Da stehen Ihnen die Haare zu Berge!«) zu arbeiten. Eigentlich bastelte ich jedoch an einer Geschichte, mit der ich meinen Wert steigern konnte. Das Buch regt an, sich persönliche Anekdoten zu überlegen, mit denen man seinen Charme, seinen Sinn für Humor, seinen Mut und Stil gut hervorheben kann. Sie sollen als Rüstzeug dienen und im richtigen Moment in eine Unterhaltung eingebracht werden.

Mir fiel dazu nur die Geschichte des Ponys ein, das ich einen Sommer lang auf einer Farm in der Nähe unseres Hauses reiten durfte. Ich hatte bei einem Springturnier mit ihm sogar die blaue Schleife gewonnen, doch als ich im nächsten Sommer wiederkam, erfuhr ich, dass Jason viel zu dick zum Reiten geworden war und in der großen Klebstofffabrik im Himmel gelandet war.

Ich grübelte gerade über einige Ausschmückungen der Geschichte über das Pony Jason nach, als ich eine SMS bekam.

Adrian: Wie wär's mit einem Drink?

Ich: Es ist halb zwölf mittags. Ich bin in der Arbeit.

Adrian: Später?

Ich: Vielleicht. Wann?

Adrian: 19.00 Uhr?

Ich: Okay. Wir treffen uns im Blue Posts in der Berwick Street.

Adrian: Der Laden ist das letzte Loch.

Ich: Dann ist er ja genau das Richtige für dich.

Da ich Adrians lockere Einstellung zu vereinbarten Uhrzeiten kannte, traf ich um halb acht dort ein. Als er schließlich um zehn vor acht hereinschlenderte, packte ich gerade meine Sachen zusammen und wollte gehen.

»Wo willst du hin, Cunningham? Du würdest mich doch wohl nicht versetzen?«

»Hältst du es für normal, fast eine Stunde zu spät zu kommen?«

Er grinste herausfordernd. »Tut mir leid, mir ist die Zeit davongelaufen.«

»Das scheint bei dir ständig der Fall zu sein.«

Adrian küsste mich auf die Wange und deutete dann auf die Bar. »Kann ich dir etwas holen?«

Ich hatte mein erstes Glas Wein bereits ausgetrunken, also nickte ich. »Und bring ein paar Erdnüsse mit.«

Er kam mit den Drinks und einem Päckchen gerösteter Nüsse zurück und setzte sich. »Also, was gibt's Neues?«

»Das wollte ich dich gerade fragen. Sicher gibt es einen Grund, warum du etwas mit mir trinken wolltest.«

Er riss in gespielter Überraschung die Augen auf. »Brauche ich etwa einen Grund, um mich mit meiner Lieblingsamerikanerin zu treffen?«

Ich verdrehte die Augen.

»Im Ernst, erzähl mir, was bei dir so los ist. Alles in Ordnung in der Welt der Wissenschaft?«

Ich zuckte leicht zusammen. Wie hatte er von meinem Projekt erfahren? »Was meinst du mit Wissenschaft?«

»Du arbeitest im Wissenschaftsmuseum. Schon vergessen?«

Eine Welle der Erleichterung durchflutete mich. »Oh! Richtig! Ja, da läuft alles prima. Ich arbeite im Augenblick an einer Ausstellung über Elektromagnetismus.«

»Klingt interessant.«

»Ist es auch. Und bei dir? Wie läuft's bei der Zeitung?«

»Beschissen. Jeden Tag werden Leute entlassen. Eine Einrichtung namens ›Internet‹ scheint die Leserzahlen gewaltig nach unten zu drücken.«

»Ist es tatsächlich so schlimm?«

Adrian lächelte traurig. »Heute haben sie die Kolumne ›Kunst und Kultur‹ komplett gestrichen. Offensichtlich sollen nun die Leser ihre eigenen Rezensionen einschicken. Das läuft dann unter der Rubrik ›Ihre Meinung‹. Dieser Mist treibt mich noch in den Wahnsinn. Jeder Idiot mit einem Blog bildet sich heutzutage ein, Autor oder Kritiker zu sein, und niemand überprüft die Fakten oder liest die Texte Korrektur! Es hat schließlich einen Grund, warum es den Beruf des Kritikers gibt – diese Leute wissen Bescheid über das, was sie besprechen. Und jetzt haben wir es mit irgendeinem Idioten zu tun, der uns erklärt, dass der neue *Transformers* ein toller Film ist, weil darin ein Haufen Scheiße explodiert. In zehn Jahren wird es nur noch Analphabeten geben, glaub mir. Ja, und was noch schlimmer ist: Ich bin demnächst arbeitslos.«

Ich beschloss, dass jetzt der richtige Moment war, um eine meiner wertsteigernden Geschichten loszuwerden. »In gewisser Weise erinnert mich das an das Pony, das ich als Kind geritten habe.«

Adrian zog eine Augenbraue nach oben.

»In meiner Kindheit habe ich einen Sommer mit diesem Pony auf einer Farm in der Nähe unseres Hauses verbracht. Es hieß Jason und hatte ein braun-weiß-geflecktes Fell – sehr hübsch. Ich habe Jason geliebt und auf ihm richtig gut reiten gelernt.«

»Das kann ich mir vorstellen.« Adrian grinste.

»Unterbrich mich nicht. Wie auch immer, innerhalb weniger Monate lernte ich traben und galoppieren, und am Ende des Sommers machten wir bei einem örtlichen Springturnier den zweiten Platz.«

»Tolle Leistung.«

Ich ignorierte seinen Tonfall. »Allerdings. Kurz danach wurde es zu kalt zum Reiten, und Jason und ich mussten uns den Winter über trennen.«

»Wie konntest du Jason einfach verlassen? Herzloses Miststück.«

»Halt den Mund. Als es wieder Sommer wurde, bin ich zur Farm gegangen, um Jason wieder zu reiten, aber sie haben mir gesagt, dass er im Winter schwermütig und fett geworden sei ...«

»Wahrscheinlich, weil du ihn im Stich gelassen hast.«

Ich warf ihm einen finsteren Blick zu und fuhr fort: »Er war zu fett zum Reiten geworden, deshalb hatten sie ihn verkaufen müssen. Meine Mum hat mir erzählt, dass er irgendwo im Norden des Staats gelandet sei, aber einige Jahre später habe ich herausgefunden, dass sie ihn zu Elmer's gebracht hatten. Das war die Klebstofffabrik.«

»Sie haben Klebstoff aus dem armen Kerl gemacht?«

Ich nickte traurig. Im Stillen war ich stolz darauf, dass ich die Geschichte so gut erzählt hatte.

»Und was hat das mit mir zu tun? Willst du mir damit sagen, dass ich zu fett zum Reiten geworden bin und an eine Klebstofffabrik verkauft werden sollte?«

»Nein, natürlich nicht! Verstehst du denn nicht? Der Printjournalismus ist das fette Pony!«

»Das ist auch nicht gerade ermutigend.«

»Eigentlich sollte das eine aufmunternde Geschichte sein, darüber, wie man ein Unglück verarbeiten kann ... Aber wenn ich genauer darüber nachdenke, war sie wohl nicht wirklich erhebend. Was hast du jetzt vor?«

»Darüber wollte ich mit dir reden. Ich denke darüber nach, nach Amerika zu gehen.«

Durch meinen Magen ging ein Ruck. »Was? Warum?«

»Na ja, der Journalismus in der langen Form ist dort angesagter als bei uns, also habe ich größere Chancen, einen Job zu finden. Ich habe bereits Kontakt mit der *Huffington Post* aufgenommen, und sie scheinen interessiert zu sein – allerdings bekomme ich vorläufig kein Honorar. Und außerdem gefällt den Mädels dort drüben mein Akzent.«

»Aber was ist mit dem Visum? Der Krankenversicherung? Und verrückten rechten Spinnern?«

»Das wird sich schon alles regeln. Und wenn ich wirklich in der Patsche sitze, kann ich immer noch eine Amerikanerin heiraten.« Er sah mich mit hochgezogenen Augenbrauen an.

»Tut mir leid, Kumpel, aber eine Braut für dein Visum musst du dir woanders suchen. Auf diesem Gebiet hast du ja sicher keine Schwierigkeiten.«

Die Vorstellung, dass er in Amerika leben würde, gefiel mir ganz und gar nicht. Es kam mir seltsam vor, so als würde einer dieser Filme, in denen zwei Leute sich über Nacht im Körper des anderen wiederfinden, plötzlich wahr. Ich stellte mir vor, wie blonde Texanerinnen sich um ihn scharten und er mit übertriebenem Cockney-Akzent mit ihnen flirtete.

»Ach, schau nicht so deprimiert drein, Cunningham! Die furchtbare Lücke, die ich in deinem Leben hinterlassen werde, wird sich eines Tages wieder schließen.«

»Ich kann mir nur einfach nicht vorstellen, dass du in meiner Heimat herumspazierst.«

»Mach dir keine Sorgen, mit ein wenig Glück mache ich irgendetwas Perverses und werde sofort ausgewiesen.«

»Das würde ich dir sogar zutrauen. Wann willst du abreisen?«

»So bald wie möglich. Je eher, umso besser. Ich gehe davon aus, dass ich in den nächsten zwei Wochen freigestellt werde, und die Kündigungsfrist für meine Wohnung beträgt nur einen Monat.«

»Verdammt.«

»Ich wäre dir also dankbar für alle Tipps, die du mir über deine großartige Heimat geben kannst. Du kennst nicht zufällig jemanden in DC? Idealerweise jemanden, der sehr einflussreich und/oder umwerfend attraktiv ist.«

Ich dachte kurz nach. Eine alte Freundin aus meiner Collegezeit wohnte dort, aber ich würde sie auf keinen Fall mit Adrian zusammenbringen. Sie war viel zu hübsch.

»Nicht dass ich wüsste, aber ich werde mich mal umhören. Viel wichtiger ist doch, wie deine Abschiedsfeier aussehen wird. Was willst du machen?«

Er zog die Nase kraus. »Keine Ahnung. Mich richtig besaufen?«

»Gib Bescheid, wenn es so weit ist, damit ich mitmachen kann.«

Er drückte mir einen Kuss auf die Wange. »Ich hoffe, alle Amerikaner sind so gastfreundlich wie du.«

27./28. Juli

Der Abend unserer Dinnereinladung war gekommen.

»Lo, hast du meinen schwarzen BH gesehen?« Lucy stand mit schwarzen Strümpfen, High Heels und einem alten T-Shirt im Gang.

»Ich glaube, er hängt im Bad am Heizkörper«, antwortete ich, während ich mit dem Reißverschluss meines Kleids kämpfte.

»Verdammt! Er ist noch nass!«

»Nimm den Fön.« Ich hörte den Haartrockner ein paar Minuten laufen, dann tauchte Lucy aus ihrem Schlafzimmer auf. Sie trug einen Bleistiftrock aus schwarzem Leder und ein durchsichtiges schwarzes Top und sah ganz anders aus als mit ihren üblichen Blümchenkleidern.

»Heilige Scheiße. Du siehst toll aus! Woher hast du diesen Rock?«

Lucy errötete. »Tristan hat ihn mir gekauft.«

»Er hat einen guten Geschmack. Was hältst du davon? Ist es nuttig genug?« Ich drehte mich vor ihr rasch um meine eigene Achse.

»Soll das ein Top sein?«

»Das ist meine Party, also kann ich anziehen, was mir gefällt. Außerdem ist es meine letzte Chance, in diesem Monat Sex zu haben, und wer weiß, was das nächste Buch für mich bereithält. Möglicherweise muss ich noch einmal einen Monat lang enthaltsam leben. Heute Abend darf ich nichts dem Zufall überlassen.«

»Damit überlässt du auch nichts der Fantasie.«

»Ja, ja. Nur weil du jetzt wie eine Heilige in Monogamie mit Tristan lebst, hast du noch lange kein Recht, mich zu verurteilen.«

»Ich bin ganz sicher keine Heilige, Schätzchen.«

»Stimmt – wenn du ganz die Seite gewechselt hättest, würdest du nicht so viel Schwarz tragen.«

Sie murmelte irgendetwas Unverständliches.

»Was hast du gesagt?«

»Nichts«, erwiderte sie fröhlich. »Höchste Zeit, dass wir uns um das Lamm kümmern.«

Ich stelle mich in der Küche nicht sehr geschickt an, aber glücklicherweise ist Lucy eine hervorragende Köchin. Sie hatte das gesamte Menü geplant, bis hin zu den köstlichen kleinen Erdbeertörtchen zum Dessert. Tagelang hatte sie Kochbücher gewälzt, das Internet durchstöbert und sich Gedanken über Appetithäppchen und Fleischgerichte gemacht – sie hatte sich richtig hineingesteigert. Ich wurde zur Küchenhilfe und Weineinkäuferin abkommandiert, und das war mir ganz recht.

Unsere Gäste sollten um acht Uhr kommen, also planten wir, das Essen um neun Uhr zu servieren. Ich füllte winzige Blätterteigpasteten mit geräuchertem Lachs und Crème fraîche, während Lucy Karotten in eine kleinere, hübschere Form brachte. Es lief alles wie geschmiert, und als es um drei Minuten nach acht an der Tür klingelte, waren wir fertig.

Tristan kam als Erster, aber obwohl er fast pünktlich war und eine Flasche hervorragenden Champagner mitgebracht hatte, gab er sich sehr zerknirscht. Er entschuldigte sich mindestens vier Mal bei Lucy wegen seiner Verspätung. Das kam mir ein wenig merkwürdig vor, aber noch mehr überraschte mich, dass Lucy nur kurz nickte und scharf entgegnete, dass sie später noch darüber reden würden. Ich hatte nicht gewusst, dass Lucy so streng sein konnte.

Ich sah Tristan zum ersten Mal und musste zugeben,

dass er für sein Alter ein scharfer Typ war. Kurz geschnittenes graumeliertes Haar, kräftiges Kinn mit einem Grübchen, makelloser Anzug, unter dem sich nur ein winziger Bauchansatz verbarg … Wirklich ein toller Mann. Und die beiden schienen sich richtig zu freuen, sich wiederzusehen.

Er öffnete den Champagner und schenkte drei Gläser ein. »Auf zwei wunderschöne Frauen.« Er hob sein Glas. »Vielen Dank für eure Einladung.«

»Der Dank gebührt allein Lucy. Sie hat gekocht.«

Tristan legte den Arm um Lucys schmale Taille. »Ich bin sicher, dass sie in der Küche das Kommando an sich gerissen hat.«

»Allerdings. Sie hat den ganzen Tag über die Peitsche knallen lassen!«, bestätigte ich.

Lucy wurde knallrot.

Tristan warf ihr einen bedeutsamen Blick zu. »Das glaube ich gern.«

Um zehn nach acht trafen Cathryn und Michael ein und brachten eine Flasche Dessertwein und eine riesige Baisertorte mit.

»Ich hoffe, sie schmeckt!« Cathryn reichte mir die kunstvoll aufgetürmte Torte aus Sahne und Beeren.

»Toll! Das ist ja ein richtiges Kunstwerk!«

Sie betrachtete ihr Werk missbilligend. »Sie ist ein bisschen schief geraten. Tut mir leid, ich war ein wenig in Eile, als ich sie gemacht habe.«

»Unsinn, sie ist großartig! Du bist zu kritisch mit dir.«

»Das sage ich ihr ständig.« Michael reichte mir den

Wein und drückte Cathryn kurz an sich. Er war mit seinen symmetrischen, glatten Gesichtszügen recht attraktiv. Sie passten perfekt zusammen.

»Hört auf damit, alle beide«, wehrte Cathryn ab. »Mein Ego muss nicht noch größer werden. Diese Torte ist eine Schande, und jetzt will ich nichts mehr darüber hören.«

Ich verdrehte die Augen und schenkte den beiden etwas zu trinken ein. »Kommt, ich möchte euch Lucy und Tristan vorstellen.« Ich schob sie ins Wohnzimmer.

Tristan stand auf, als wir den Raum betraten. Er wurde ein wenig blass, als er Cathryn und Michael sah, hatte sich aber sofort wieder im Griff. »Cathers? Was für eine nette Überraschung!«

»Onkel Tricky?«, stieß Cathryn hervor. »Was um alles in der Welt machst du hier?«

»Ihr kennt euch?«, fragte ich.

Cathryn drehte sich zu mir um. »Er ist ein guter Freund meines Vaters.« Sie wandte sich wieder an Tristan. »Wie geht es dir? Schön, dich zu sehen. Du erinnerst dich an Michael?«

Die beiden Männer schüttelten einander freundlich die Hand. Eines muss man vornehmen Leuten wirklich lassen: Sie verstehen sich großartig darauf, sich selbst in den merkwürdigsten Situationen völlig unbeeindruckt zu geben.

»Aber natürlich. Wie geht es dir, mein Junge? Cathryn, Michael, das ist Lucy.«

Lucy stolperte geschockt hinter Tristan hervor. »Hallo!«, zwitscherte sie.

»Lauren hat mir schon so viel von dir erzählt«, sagte Cathryn. »Wenn auch offensichtlich nicht alles«, fügte sie mit einem verschmitzten Blick auf Tristan hinzu.

»Setzen wir uns doch.« Tristan griff nach der Champagnerflasche, in der allerdings nur noch ein kleiner Rest war.

»Ich hole Nachschub aus dem Kühlschrank«, sagte ich rasch.

Lucy sprang auf. »Ich helfe dir!«

In der Küche steckten wir die Köpfe zusammen und flüsterten aufgeregt miteinander.

Lucy war puterrot im Gesicht. »Onkel Tricky?«, zischte sie. »Das fasse ich nicht. Krass! Glaubst du, dass sie tatsächlich miteinander verwandt sind? Ich weiß, dass er älter ist als ich, aber als Onkel habe ich ihn nie gesehen!«

»Nein, ich glaube, bei vornehmen Leuten nennt man Freunde der Familie so.«

»Würg. Trotzdem ... Cathryn hält mich sicher für ein Flittchen! Das halte ich nicht aus. Wie soll ich nur diesen Abend überstehen?«

»Da musst du jetzt durch. Außerdem scheint sich niemand dran zu stören, also solltest du dir deswegen auch keine Gedanken machen. Er ist offensichtlich verrückt nach dir, und das ist alles, was zählt.«

Lucy atmete tief durch und straffte die Schultern. »Du hast recht. Aber kümmere dich darum, dass mein Glas nie leer ist.«

»Versprochen.«

Fünfundzwanzig Minuten nach acht trabte Sleepy Eyes an, begrüßte alle einsilbig und kniff mich ermutigend in den Hintern, bevor er auf den Balkon ging, um zu rauchen.

Ich folgte ihm.

»Freut mich, dass du gekommen bist.« Ich legte eine Hand schützend vor meine Zigarette, um sie anzuzünden.

Er nickte.

»Wie läuft's bei dir?«

Er nickte wieder und zuckte dabei mit den Schultern. Das sollte wohl heißen: »Gut, danke. Und bei dir?«

»Ich hatte eine Menge zu tun. War pausenlos unterwegs! Ich habe mir letzte Woche vier Bands angehört. Und bin auf einer Galerieeröffnung gewesen. Und bei zwei Weinproben. Ach ja, und bei einem Food-Festival in Finchley.« Natürlich war das alles gelogen, aber nach einem Jahr in London hatte ich viel Erfahrung darin, über kulturelle Veranstaltungen zu reden, ohne sie besucht zu haben.

Er nickte.

Ich zog heftig an meiner Zigarette.

Er deutete mit einer Kopfbewegung auf das Wohnzimmer. »Ist das deine Freundin von neulich Abend? Die, die auf Frauen steht?«

Verdammt. Das hatte ich total vergessen. Als ob dieser Abend nicht schon kompliziert genug war.

»Äh … ja, das ist Cathryn. Aber das sollten wir nicht erwähnen …«

»Und das ist ihr Macker?«

»Michael. Aber sie haben das mittlerweile geklärt. Schnee von gestern! Es gibt wirklich keinen Grund, das zur Sprache zu bringen.«

Er nickte wissend. »Cool.«

»Komm, ich mach dir was zu trinken. Hast du Lust, mir in der Küche zu helfen?« Einer der Tipps zu Dinnerpartys in meinem Buch lautete, die Zielperson als Helfer einzusetzen. Angeblich hilft das dabei, die Kontrolle zu behalten, obwohl ich mich im Moment gar nicht so fühlte.

»Klar. Ich rauche nur noch fertig.«

Ich schlich zurück in die Küche, wo Lucy sorgfältig mit einem Löffel Bratensaft auf dem Lamm im Ofen verteilte.

Ich scheuchte sie beiseite. »Das mach ich schon. Geh und spiel mit Tristan und den anderen!«

Sie warf einen besorgten Blick auf den Lammbraten. »Bist du sicher? Du darfst das Fleisch nicht aus den Augen lassen. Es muss in der Mitte rosa sein. Wenn es zu lange brät, ist es ruiniert.«

»Mach dir keine Sorgen, ich werde aufpassen wie ein Schießhund. Und jetzt verschwinde, bevor Sleepy Eyes reinkommt! Ich werde ihn mit ein paar Aufgaben verführen.«

Lucy warf mir einen zweifelnden Blick zu, bevor sie ins Wohnzimmer zurückkehrte. Sleepy Eyes schob sich an ihr vorbei in die Küche.

»Gut, dass du da bist. Könntest du das hacken?« Ich reichte ihm eine Tüte mit frischer Minze und ein Gemüsemesser, das er mir mit einem Schulterzucken aus der Hand nahm. »Ich muss mich um die Kartoffeln kümmern.«

»Cool.« Er begann, die Minze zu hacken.

»Also, wie läuft's mit der Band?«

»Wir sind für einen weiteren Gig gebucht.«

»Echt? Das ist super!« Ich begriff, dass ich viel zu positiv war, und zwang mich schnell dazu, die Sache ein wenig herunterzuspielen. »Ich meine, zumindest kommst du dann nicht aus der Übung.«

»Ja, schätze schon.« Beim Minzehacken war ihm eine Locke über das linke Auge gerutscht, und ich strich sie ihm aus der Stirn; in dem Buch wurde man ausdrücklich zu beiläufigen Berührungen ermutigt. Er ignorierte mich.

Nach vielem Hacken und Anbraten, Panikanfällen und Flüchen trugen wir das Dinner auf. Lucy und ich hatten ein paar zusätzliche Klappstühle gekauft, und wir quetschten uns alle an den Esstisch von IKEA. Tristan, Cathryn und Michael gaben sich alle Mühe, so zu tun, als gäbe es kein vornehmeres Ambiente. Sleepy Eyes setzte sich rittlings auf seinen Stuhl, starrte mit glasigen Augen an die Decke und sah dabei hinreißend aus.

»Ist er high?«, flüsterte Cathryn mir zu.

»Er ist eben Künstler.«

Lucy bat Tristan, den Lammbraten aufzuschneiden, eine Aufgabe, die er mit eindrucksvoller Begeisterung und Sorgfalt wahrnahm. Jedes Mal, bevor er eine Scheibe abschnitt, schaute er Lucy um Zustimmung heischend an. Wenn sie dann nickte, setzte er das Messer an. Das zog sich endlos hin.

»Onkel Tricky, kannst du das nicht ein bisschen schneller machen?«, meldete sich Cathryn vom anderen Ende des Tisches. »Sonst ist das Fleisch kalt, bis wir es auf den Teller bekommen.«

»Oder wir fangen an zu frieren«, murmelte Michael.

Tristan warf Lucy einen Blick zu. Als sie nickte, begann er, das Fleisch wie ein Wilder zu bearbeiten.

Nach einer kleinen Ewigkeit konnten wir endlich anfangen. Lucy hatte sich selbst übertroffen: Das Essen war fantastisch. Sleepy Eyes brachte sogar einen ganzen Satz zustande, um es zu loben.

»Lauren hat mir erzählt, du spielst in einer Band«, wandte sich Cathryn an Sleepy Eyes. »Das macht sicher großen Spaß.«

»Ja, und welche Art Musik spielt ihr?«, fragte Tristan. »Ich bin allerdings nicht sehr vertraut mit dem, was ihr jungen Leute heutzutage hört. Ich höre lieber Klassik.«

Sleepy Eyes nickte langsam. »Ich spiele Schlagzeug.«

Cathryn lächelte ermutigend. »Wie schön.«

»Das geht sicher ziemlich auf die Arme«, meinte Tristan. »Habt ihr viele Auftritte?«

»Einen pro Woche«, erwiderte Sleepy Eyes gedehnt.

Tristan nickte. »Also, ihr werdet regelmäßig gebucht. Und was machst du sonst so?«

Sleepy Eyes war offensichtlich vor den Kopf gestoßen. »Musik ist mein Leben.«

»Natürlich. Entschuldigung.«

Sleepy Eyes wandte sich an Cathryn. »Du solltest mal zu einem unserer Konzerte kommen. Wir spielen oft vor einer recht gemischten Gruppe von Leuten. Vielleicht lernst du dort jemanden kennen, der … na ja, eine Gleichgesinnte.« Er zog lässig eine Augenbraue nach oben.

Cathryn wirkte total perplex. »Was meinst du mit gleichgesinnt?«

Ich sprang rasch auf. »Möchte noch jemand Bratensoße? Ich weiß nicht, wie es euch geht, aber ich kann einfach nicht genug davon bekommen.«

Lucy nickte heftig. »Oh, ja, bitte!«

Cathryn ließ sich nicht beirren. »Verzeihung, aber ich bin neugierig. Was hast du mit gleichgesinnt gemeint?«

Sleepy Eyes zuckte mit den Schultern. »Du weißt schon. Andere Frauen und so.«

»Wie bitte?«

»Warte mal«, warf Michael ein. »Was genau willst du über meine Verlobte sagen?«

Sleepy Eyes hob seine Hände. »Vergesst es.«

»Ich verstehe wirklich nicht, worauf du hinauswillst.« Cathryn schüttelte den Kopf.

»Ich glaube, das war einfach ein Missverständnis.« Ich räumte die Teller ab. »Wer möchte Dessert?« Ich warf Sleepy Eyes einen eindringlichen Blick zu. »Hilfst du mir in der Küche?«

Er stand langsam auf und half mir mit den Tellern. »Ich wollte niemandem auf die Füße treten«, flüsterte er mir zu. »Warum gehen sie denn so verklemmt damit um? Ich habe gedacht, die sind alle ganz entspannt.«

»Wie bitte?«, rief Michael aus dem Wohnzimmer.

»Nichts!«, trällerte ich. »Ich habe dir doch gesagt, du sollst die Klappe halten!«, zischte ich Sleepy Eyes zu. Am liebsten hätte ich ihm eine Kopfnuss verpasst.

Der Rest des Dinners verlief glücklicherweise ohne weitere Vorfälle. Cathryn mäkelte während des Desserts pausenlos an ihrer Torte herum (die natürlich köstlich schmeckte), während ich mir überlegte, wie ich Sleepy Eyes ins Bett locken konnte. Er war zwar ein wenig wortkarg, aber ich hatte es im Augenblick nicht auf eine gute Unterhaltung abgesehen. Ich wollte diesen Monat unbedingt mit einem Gewinn abschließen.

Schließlich stand Lucy auf und erklärte, dass sie und Tristan jetzt gehen müssten. Er ging sofort in Habachtstellung und rief ein Taxi.

Cathryn und Michael verabschiedeten sich kurz danach. Ich spülte und trocknete ihre Kuchenplatte ab und brachte sie zur Tür. »Vielen Dank für euren Besuch. Und für die großartige Nachspeise.«

»Die Torte war ein Desaster – darüber wollen wir lieber nicht mehr reden.«

»Und ich entschuldige mich für die merkwürdige Unterhaltung beim Essen.«

»Ja, was sollte das? Warum glaubt er, ich würde auf Frauen stehen?«

»Das liegt sicher an den Drogen – wahrscheinlich haben sie ihm das Gehirn vernebelt. Armer Kerl. Wie auch immer: Raus mit euch. Ich will versuchen, ihn ins Bett zu kriegen.«

»Viel Glück.«

Ich schlüpfte ins Badezimmer, um mich auf meine finale Herausforderung vorzubereiten. Mit Hilfe der Tipps in dem Buch hatte ich einen Masterplan geschmiedet. Ich würde ihn bitten, mir beim Aufräumen zu helfen. Dabei würde es zu einem kleine Geplänkel kommen, und ich würde ihn auf subtile Weise noch einmal ein bisschen runtermachen. Dann würde ich meinen Wert steigern, indem ich ihm einen Kartentrick vorführte, an dem ich wochenlang gearbeitet hatte. Mit einem leichten Schlag auf die Schulter und indem ich ihn spielerisch in den Schwitzkasten nahm, würde ich seine Bereitschaft für körperliche Nähe testen. Wenn das alles glattlief, würde ich vorschlagen, dass wir uns auf mein Bett setzten und uns einen sorgfältig ausgewählten witzigen Clip auf YouTube auf meinem Laptop anschauten. Und danach … na ja, der Rest sollte sich von selbst ergeben.

Als ich in die Küche zurückging, stand Sleepy Eyes rauchend am offenen Fenster. »Also«, sagte er, »willst du vögeln?«

Er verabschiedete sich um zehn Uhr am nächsten Morgen mit einem lässig über die Schulter geworfenen »Bis dann« und ging zur Tür hinaus.

Ich kroch zum Sofa hinüber und nahm mein Notizheft und einen Stift in die Hand.

Schlussfolgerung zu

Der Aufreißer: So kriegt man(n) jede Frau rum (The Rules of the Game)

Es ist schwer zu sagen, ob das Buch erfolgreich war, denn ich halte es für möglich, dass Sleepy Eyes meinem Charme nicht wegen meines ausgeklügelten Plans erlegen ist, sondern weil ich zufällig gerade zur rechten Zeit vor ihm stand. Trotzdem hätte ich ihn nicht kennengelernt, wäre ich nicht gezwungen gewesen, so viele Fremde anzusprechen. Und das ist der eigentliche Punkt bei diesem Buch: Hinter all diesen Jedi-Tricks und dem Alphamännchen-Gehabe geht es darum, die eigene Komfortzone zu verlassen und sich unter Menschen zu mischen. Es ist hauptsächlich ein Zahlenspiel, aber es kann sich lohnen.

Ich verstehe jetzt auch, warum es bei Frauen so gut funktioniert, denn diese Art der Annäherung hat auch bei mir schon viele Male verfangen. Selbstbewusste, leicht machohafte Männer, die ständig im Mittelpunkt stehen, sind ärgerlicherweise recht attraktiv. Vielleicht geht das auf die Evolution zurück, so wie der größte, stärkste Löwe im Rudel sich bei der Fortpflanzung immer durchsetzt? Und ich muss sagen, dass es mir ein merkwürdiges Gefühl von Macht verlieh, einen Monat lang einen auf dicke Hose zu machen. Obwohl ich die Mantras und das erzwungene Knüpfen von Kontakten peinlich fand, spürte ich die Auswirkungen davon. Je öfter ich auf Männer zuging und mir sagte, dass sie froh sein konnten, sich mit mir unterhalten zu dürfen, umso mehr glaubte ich daran. In der Tat ein cleverer Trick.

Funktioniert am besten bei …

… Männern mit robustem Selbstwertgefühl und einer hohen Toleranzschwelle. Ebenso bei Zauderern, die vor dem ersten Schritt zurückschrecken – das nimmt ihnen die Arbeit ab.

Anzuwenden von …

… Frauen, die sich immer gefragt haben, wie es wäre, in einer Partnerschaft die Hosen anzuhaben … und denen es nichts ausmacht, sich in der Öffentlichkeit zu blamieren.

BUCH FÜNF:

The Art of Dating
oder:
Die Kunst, den richtigen Partner zu finden

28. Juli, Fortsetzung

Ich war immer noch im Bademantel, als Lucy mittags nach Hause kam.

»Hallo, Schätzchen! Ein bisschen zu spät, um noch im Morgenmantel rumzuhängen, findest du nicht?«

»Hmpf. Immerhin hat der ›Das perfekte Dinner‹-Marathon noch nicht angefangen.«

»Wie ist es mit Mr Gesprächig weitergegangen, nachdem wir weg waren? Irgendwelche Fortschritte?«

Das Bild, wie er mich gegen die Wand gedrückt und seine Hand unter mein Kleid geschoben hatte, tauchte vor meinem geistigen Auge auf. »Mmm-hmm.«

»Super! Also hat dein Plan funktioniert? Hast du ihn beim Abspülen angemacht?«

Ich warf einen Blick in die Küche, wo sich das schmutzige Geschirr in einem gefährlichen Stapel auf der Arbeitsplatte türmte.

»Nicht direkt.«

»Hast du ihm einen der Zaubertricks aus dem Buch vorgeführt? Ihm aus der Hand gelesen? Die Horoskop-Frage gestellt?«

Ich war beeindruckt, wie viel Lucy sich im Laufe des Monats gemerkt hatte. Falls sie und Tristan sich jemals trennen sollten, war sie bestens auf die Rolle einer Alphaspielerin vorbereitet.

»Nein, so weit sind wir gar nicht gekommen …«

Sie setzte sich auf die Sofakante und sah mich forschend an. »Raus damit. Was ist passiert?«

»Na ja, nachdem ihr weg wart, hat er einfach nur gefragt: ›Willst du vögeln?‹ Und das haben wir dann gemacht.«

»Das ist alles?«

»Ja.«

»Du hast keine deiner ausgeklügelten Techniken anwenden müssen?«

»Nein.«

»Dann hättest du dir die Mühe mit der Dinnerparty also sparen können?«

»Ja, wahrscheinlich schon.«

Wir schwiegen eine Weile, während Lucy darüber nachdachte.

»Das ist heiß.«

Ich setzte mich kerzengerade hin. »Ja, stimmt! Ich war total verblüfft, wie einfach das war.«

»Und jetzt die Details, bitte.«

»Tja, meine Theorie, dass Schlagzeuger im Bett außergewöhnlich begabt sind, hat sich bestätigt.«

»Ich wusste es!«, rief Lucy. »Das liegt am Rhythmus, richtig?«

»Und an den kräftigen Unterarmen. Erstaunlich nützlich.«

»Du Glückspilz.«

»Allerdings war da eine Sache …«

Lucy stützte das Kinn in die Hände und heftete ihre riesigen blauen Augen auf mich. »Erzähl schon.«

»Na ja, er hat versucht … sich durch die Hintertür zu schleichen.«

»Willst du damit sagen, er ist früh am Morgen einfach abgehauen?«

»Nein, das habe ich nicht gemeint.« Ich hob bedeutungsvoll eine Augenbraue. »Ich meinte, er hat versucht, *ihn* durch die Hintertür zu schieben …«

Lucy schnappte nach Luft. »Du meinst, er wollte … er hat versucht …« Sie wirkte erschüttert. »In den Hintern? Beim ersten Mal?«

Ich nickte. »Ohne jede Vorwarnung! Er hat einfach beschlossen, auch diese Region zu erobern.«

»Was hast du gemacht?«

»Ich habe ihn auf den richtigen Weg gebracht.«

»Und was hat er dann gemacht?«

»Es noch mal probiert. Ich habe ihn wieder umgeleitet, bis er es kapiert hat. Zumindest hat er es dann aufgegeben.«

»Kann es nicht sein, dass er sich … vertan hat?«

Ich dachte einen Moment darüber nach. Er war zwar nicht der Hellste, das stand fest, aber er war sicher mit der weiblichen Anatomie gut vertraut – schließlich war er ein heißer Drummer. »Das glaube ich nicht. Ich schätze, er hat eben einfach sein Glück versucht.«

»So ein Arschloch!« Lucy wurde rot. »Das sollte jetzt keine Anspielung sein. Hat er danach irgendetwas gesagt?«

»Nein, er hat sich umgedreht und ist eingeschlafen. Ich bin ja wirklich nicht prüde, aber gleich beim ersten Mal an die Hintertür zu klopfen finde ich schon sehr dreist.«

»Ich auch. Trefft ihr euch wieder?«

»Wer weiß. Und wie war's bei dir? Hast du gestern noch Spaß gehabt? Tristan ist übrigens toll. Ein richtiger Silberfuchs. War ihm die Sache mit Cathryn sehr unangenehm?«

Sie schüttelte den Kopf. »Ich glaube nicht. Er hat es auf dem Heimweg nicht einmal erwähnt.«

»Gut. Er ist ganz offensichtlich so verrückt nach dir, dass ihn eine solche Überraschung wohl kaum aus der Fassung bringen kann. Es sieht fast so aus, als hättest du eine Art Voodoo-Macht über ihn.«

Lucy rutschte auf dem Sofa ein Stück zur Seite. »Ich bin mir nicht sicher, ob man das so sagen kann.«

»Im Ernst, Lucy – er hing pausenlos an deinen Lippen. Wenn du ihm befohlen hättest, sich in Unterwäsche auf den Balkon zu setzen, hätte er das sicher getan.«

Sie wirkte ein wenig verlegen. »Er ist wirklich ein Schatz. Aber genug von Tristan. Ich will mehr Details über den Drummer hören!«

»Nur, wenn du mir noch einen Kaffee bringst.«

Nachdem ich Lucy die Nacht mit Sleepy Eyes in allen Einzelheiten geschildert und sie davon überzeugt hatte, dass er im wahrsten Sinne des Wortes von Tuten und Blasen eine Ahnung hatte, stellte ich mich unter die Dusche. Draußen war es grau und neblig, also kuschelte ich mich in ein altes Sweatshirt und vertiefte mich früher als geplant in meinen nächsten Ratgeber.

The Art of Dating von Evelyn Millis Duvall wurde 1958 als Ratgeber für Teenager und Collegestudenten verfasst, die sich in die tückische Welt des Datings hinauswagten.

Der Inhalt ist daher erfreulich unschuldig. Einige Abschnitte finden für mich keine Anwendung – ich musste schon seit mindestens vorletztem Weihnachten meine Eltern nicht mehr bitten, mir ihr Auto zu leihen –, aber es lassen sich einige Lebensweisheiten finden.

Dating wird in dem Buch als etwas Verantwortungsvolles beschrieben, »romantisch und vielversprechend«. Dreizehn Jahre persönlicher Erfahrung haben mich etwas anderes gelehrt, aber es ist gut möglich, dass ich es die ganze Zeit falsch gemacht habe. Ich las weiter.

Die Grundlagen waren recht einfach: Sei kontaktfreudig, werde Mitglied in diversen Vereinen (die Autorin empfiehlt Kirchengruppen und die Landjugend-Organisation 4H, wofür ich mir wohl passende Gegenstücke suchen musste), sei nett. Nachdem ich monatelang darauf getrimmt worden war, mich wie ein totales Arschloch zu benehmen, freute ich mich darauf, endlich mal wieder freundlich sein zu dürfen.

Und hier sind die drei Säulen der Beliebtheit:

1. Achte auf dein Äußeres
2. Sei höflich zu anderen
3. Benimm dich so, dass man gern mit dir zusammen ist

Das widersprach allem, was ich in der Highschool über Beliebtheit gelernt hatte (außer wenn es beim Äußeren darum ging, Markenartikel von den angesagten Herstellern zu tragen), aber ich war bereit, mich eines Besseren belehren zu lassen.

Ich blätterte weiter und hoffte, dass das Buch mich in

eine einfachere Zeit zurückführen würde. In eine Zeit ohne YouPorn, Sexting und Craigslist. Natürlich hatte es auch in den 1950ern besondere Probleme gegeben – die McCarthy-Ära war schlimm, und die Leute schluckten eine Menge Vicodin –, aber zumindest musste man sich keine Sorgen machen, zufällig dem neuen Freund seines bisexuellen Exfreunds in die Arme zu laufen.

Ich konnte es kaum erwarten, damit anzufangen.

1. August

Cathryn und ich hatten uns nach einem Treffen mit einem Auftraggeber gerade wieder am Schreibtisch niedergelassen, als ich eine SMS von Sleepy Eyes bekam.

»Was für eine Überraschung«, murmelte ich, während ich auf mein iPhone starrte.

> Habe einen Gig in Australien bekommen. Bin in drei Monaten wieder da.
> Bis dann, Sexy

Ja, das passte. Genau da gehörte er hin.

Cathryn warf mir einen Blick zu. »Wer war das? Etwa Mr Plaudertasche?«

»Ja. Offensichtlich hat es ihn nach Australien verschlagen.«

Einen Moment lang wirkte sie ein wenig verwirrt. »Was? Macht er dort Urlaub?«

»Nein, er wurde für einen Auftritt gebucht. Er hat sich also ganz offiziell aus dem Staub gemacht.«

»Nun, ich werde ihn nicht gerade schmerzlich vermissen. Er war ein bisschen merkwürdig, findest du nicht? Offensichtlich hat er ein Drogenproblem, und er redete so komisches Zeug, wie, dass ich mich mit Gleichgesinnten treffen sollte.«

Ich zuckte zusammen. »Ja, das muss an den Drogen gelegen haben, da bin ich ganz sicher.«

3. August

Um mich in die 1950er einzufühlen, musste ich ein wenig recherchieren. Glücklicherweise fand an diesem Wochenende das Goodwood Vintage Festival statt, und ich konnte Lucy überreden, mit mir dorthin zu gehen, indem ich ihr die Aussicht auf eine Menge Rüschenkleider, Korkenzieherlocken und Biskuitkuchen schmackhaft machte.

Als ich aufwachte, regnete es. Die BBC hatte für den Tag sonnige Abschnitte versprochen, aber ein Jahr in diesem Land hatte mir gezeigt, dass die BBC-Wetterfrösche oft und überzeugend lügen. Wären sie ehrlich, würde man sie wohl wie ein Rudel räudiger Hunde davonjagen.

Ich lief eine kurze Runde, um Platz für all die Obsttörtchen zu schaffen, die ich später essen wollte. Als ich völlig durchnässt zurückkam, torkelte Lucy aus ihrem Schlafzimmer.

»Hallo, Schätzchen«, sagte sie verschlafen. »Du tropfst.«

»Ich weiß. Es regnet wie verrückt. Kaffee?«

»Ja, bitte.«

Wir schlurften in die Küche, und ich schaltete den Wasserkocher ein, während sie Instantpulver in zwei Tassen löffelte.

»Ist Tristan noch im Bett?«

»Er ist nicht hier.«

Das war merkwürdig. Seit Lucy und Tristan sich kannten, hatten sie jeden freien Moment zusammen verbracht und natürlich alle Wochenenden. Das verhieß nichts Gutes.

»Ist alles in Ordnung?«

Sie zuckte mit den Schultern. »Wir hatten eine kleine Auseinandersetzung.«

»Mist. Was ist passiert?«

»Eigentlich ist es nicht der Rede wert. Ein dummer kleiner Streit über diese Party, auf die wir in ein paar Wochen gehen sollten.«

»Mit seinen Arbeitskollegen?«

»Nein. Eine langweilige Sache, also reden wir lieber über was anderes.«

»Ich bin immer für dich da, wenn du mich brauchst.«

Lucy nickte und tätschelte mir die Hand. »Das weiß ich, vielen Dank, Schätzchen. Aber jetzt machen wir uns einen schönen Tag. Was willst du anziehen?«

»Tja, der Regen hat mir einen Strich durch die Rechnung gemacht. Eigentlich wollte ich meine hohen Peeptoes und das kurze Playsuit anziehen, aber eine riesige Regenjacke ist wahrscheinlich besser.«

Sie winkte ab. »Bei Festivals gießt es immer in Strömen – das ist hier Tradition! Das sollte dich nicht davon abhalten, das Playsuit zu tragen, aber die offenen Schuhe könnten ein Problem sein. Auf jeden Fall lernst du so das echte England kennen. Hast du Gummistiefel?«

»Nein, die habe ich in Maine gelassen. Ich habe geglaubt, die Tage, in denen ich durch Schlamm stapfen muss, hätte ich endgültig hinter mir gelassen.«

»Wie dumm von dir! Komm, ich hab ein Ersatzpaar für dich.«

Lucy verschwand in ihrem Schlafzimmer, und ich hörte, wie sie ihren Schrank durchwühlte. Kurz darauf kehrte sie mit einem Paar Gummistiefel in grellem Pink und mit weißen Punkten zurück.

»Nicht ganz dein Stil«, meinte sie, als sie mir die Stiefel reichte. »Aber damit bekommst du keine nassen Füße.«

Als wir uns angezogen hatten und in unsere Gummistiefel geschlüpft waren, stiegen wir in den nächsten Zug nach Chichester. (Lucy sah toll aus in ihrem königsblauen, eng taillierten Kleid im Seemanns-Look, nur die regenbogenfarbenen Gummistiefel passten nicht so recht dazu.) Kaum waren wir am Eingang des Festivalgeländes angekommen, hörte es auf zu regnen, und die Sonne strahlte auf den Schlamm. Ein Wunder.

An den Seiten des Felds reihten sich etliche Zelte aneinander, vollgestopft mit wunderschönen alten Kleidern, zartem Teegeschirr aus den 1940er und 1950er Jahren und Unmengen von Battenberg-Kuchen. In der Mitte des Rasens standen Dutzende glänzender Roadster und Hot

Rods und daneben ihre stolzen Besitzer. Viele Frauen trugen perfekte Turmfrisuren und kirschroten Lippenstift, und die Männer hatten sich in tadellose Dreiteiler geworfen. Es war, als wären wir plötzlich am Set eines Audrey-Hepburn-Films.

Lucy entdeckte ein Zelt, in dem man sich ein Retrostyling machen lassen konnte, und zog mich vor Begeisterung quietschend mit. Fünfundvierzig Minuten später kamen wir in vollem Vintage-Glanz wieder heraus: Lucy mit glänzenden blonden Korkenzieherlocken und einem roten Schmollmund und ich mit einer Veronica-Lake-Frisur und lächerlich langen künstlichen Wimpern. Jedes Mal, wenn ich zwinkerte, blieben sie kurz aneinander kleben. Ich hoffte, dass sie mir einen sinnlichen Blick verliehen, aber wahrscheinlich sah ich aus, als kämpfte ich mit dem Schlaf.

Wir schlenderten durch die Zelte. Lucy kaufte ein paar Vintage-Korsetts (ihr Interesse an Dessous war enorm gestiegen, seit sie mit Tristan zusammen war), und ich entschied mich für eine super Katzenaugen-Sonnenbrille, die ich sofort aufsetzte, um meine verklebten Wimpern zu verstecken.

Drei Stunden und sechs in Marmeladengläsern servierten Pimm's-Cocktails später machte ich mich auf den Weg zu den Dixi-Klos.

Natürlich hatte sich davor eine endlos lange Schlange gebildet. Ich liebäugelte gerade mit einem vielversprechend wirkenden Busch, als mir jemand auf die Schulter tippte.

»Cunningham?«

Na klar. Er musste ausgerechnet jetzt auftauchen. »Adrian. Was für eine Überraschung.« Er trug Jeans mit Hosenträgern, ein Button-down-Hemd und eine Melone, die er, sehr zu meinem Missfallen, vor mir zog.

»Amüsierst du dich gut?« Er musterte mich von oben bis unten und betrachtete das Playsuit und die Sonnenbrille. »Du siehst heute aus wie direkt aus ›Das süße Leben‹.«

Ich versuchte, hinter den Brillengläsern mit den Wimpern zu klimpern, aber links blieben sie wieder aneinander kleben. »Danke.«

»Steht dir gut. Nur die Gummistiefel passen nicht so ganz dazu.«

Ich sah auf meine Füße hinunter und zuckte mit den Schultern. »Irgendwo muss man Abstriche machen. Was machst du eigentlich hier?«

»Das, was alle diese hübschen jungen Dinger auch machen: Interesse an einem Haufen altem Zeug heucheln, während man sich überlegt, wen man ins Bett kriegen könnte.«

»Wie romantisch.«

»Und du? Ich dachte, du hältst nicht viel von Festivals.«

»Ich bin mit Lucy hier. Wir lernen gerade stricken.«

Adrian zog die Augenbrauen hoch. »Tatsächlich? Für den Typ Hausfrau aus den Fünfzigern habe ich dich eigentlich nicht gehalten, Cunningham.«

»So weit würde ich nicht gehen.«

»Na ja, du darfst mir jederzeit die Socken flicken, mein Schatz.«

»Du bist ein wahrer Gentleman.« Endlich war ich in der Schlange ganz nach vorne gerückt und wollte gerade die Klotür aufmachen, als ich plötzlich herausplatzte: »Willst du mit Lucy und mir was trinken? Die Cocktails werden in Marmeladengläsern serviert.« Ich hatte offensichtlich eine masochistische Ader.

»Wie könnte ich da widerstehen?«

»Warte kurz, ich muss erst noch pinkeln.«

»Du bist immer noch keine Lady, wie ich feststellen muss.«

Als ich endlich dieser grässlichen Toilette entfliehen konnte, zog ich Adrian zu Lucy hinüber, die an einem Picknicktisch saß und versuchte, linke Maschen zu stricken. »Tut mir leid, dass es so lang gedauert hat. Ich bin einem alten Freund in die Arme gelaufen. Du erinnerst dich an Adrian?«

Adrian tauchte hinter mir auf und grinste frech. »Hallo, Schätzchen! Du siehst bezaubernd aus wie immer!«

Lucy ließ den riesigen Ärmel sinken, an dem sie strickte, und lächelte kühl. »Hallo, Adrian. Und du laberst Mist wie immer.«

Er heuchelte Entrüstung. »Wie kannst du so etwas sagen? Ich bin immer über alle Maßen ehrlich.«

»Einer deiner Fehler«, bemerkte ich lakonisch. »Willst du einen Pimm's oder lieber einen Lime Rickey?«

»Einen Lime Rickey, bitte.«

Ich kam mit drei weiteren Marmeladengläsern mit Cocktails zurück (wer aß bloß die ganze Marmelade?) und setzte mich an den Tisch. Lucy ignorierte Adrian geflissentlich und konzentrierte sich darauf, ihrem Ärmel noch ein paar weitere Reihen anzustricken.

Adrian ließ sich neben mir nieder und beugte sich verschwörerisch herüber. »Sie kann mich wohl nicht leiden.«

Ich zuckte mit den Schultern. »Sie will mich nur beschützen.«

»Ich glaube nicht, dass du Schutz vor mir brauchst.«

Ich trank einen Schluck von meinem Pimm's und wechselte das Thema. »Wie läuft's mit deinen Plänen? Bist du immer noch wild entschlossen, in Amerika einzufallen?«

»Fürchte ja. Das Flugticket ist für nächsten Monat gebucht.«

Das versetzte mir einen Stich. Obwohl er sich meistens wie ein Arschloch benahm, missfiel mir die Vorstellung, ihn nicht mehr in meiner Nähe zu haben.

Er legte mir einen Arm um die Schulter. »Schau nicht so traurig, Cunningham. Uns bleibt immer noch die Erinnerung an Clissold Park.«

Im letzten Januar, als wir miteinander gegangen waren (oder was immer das auch war), hatten wir an einem Nachmittag nach einem heftigen Schneesturm im Clissold Park einen Schneemann gebaut. Ich wusste nicht, ob es mich rühren sollte, dass er sich daran erinnerte, oder ob ich mich ärgern sollte, weil er mich jetzt damit aufzog.

Ich schob seinen Arm weg. »Mir tun nur meine Geschlechtsgenossinnen in meiner Heimat leid. Die amerikanische Regierung sollte eine nationale Warnung herausgeben, so wie bei der Vogelgrippe. Frauen sollten sich impfen lassen, um vor dir geschützt zu sein.«

Adrian setzte eine selbstgefällige Miene auf. »Ich habe einen britischen Akzent: Die Frauen in New York werden eine Willkommensparade für mich organisieren. Wie auch immer, ich muss jetzt los. Hier laufen eine Menge Zweiundzwanzigjährige herum, mit denen ich noch nicht geschlafen habe – es wäre unfair von mir, ihnen keine Chance dazu zu geben.«

»Lass dich nicht von mir davon abhalten, diese Damen zu beglücken.«

Er küsste mich auf die Wange, hielt einen Augenblick inne und beugte sich dann wieder zu mir vor. »Du siehst gut aus, wenn du ein wenig schlammverschmiert bist, Cunningham«, flüsterte er mir ins Ohr. »Ich habe schon immer gewusst, dass du ein versautes Mädchen bist. Wir sollten uns angemessen voneinander verabschieden, bevor ich abreise. Ich werde eine kleine Abschiedsparty geben – du kommst doch?«

Ich schob ihn von mir weg und versuchte, das Kribbeln zwischen meinen Schenkeln zu ignorieren. »Mal schauen«, erwiderte ich betont lässig. »Auf Wiedersehen, Adrian.«

»Auf Wiedersehen, Cunningham.« Er wandte sich an Lucy und schenkte ihr ein gewinnendes Lächeln. »Auf Wiedersehen, Lucy! Es war mir wie immer ein Vergnügen! Und pass mir gut auf dieses Mädchen auf.«

»Mit Sicherheit besser als du.« Sie warf ihm einen vernichtenden Blick zu.

Er verbeugte sich schwungvoll, drückte uns beiden einen Kuss auf den Handrücken und verschwand. Ich würde ihn sehr vermissen, aber wahrscheinlich war es ein Segen für mich, dass er sich weit weg von mir in New York City niederließ.

5. August

Da Sleepy Eyes sich nun im Land Oz befand, brauchte ich einen neuen Dating-Partner für mein 1950er-Projekt. Ich schlug noch einmal den Abschnitt über geeignete Verehrer auf.

Eins war sicher: In dem Buch wurde Homogenität durchaus befürwortet. Wenn es darum ging, ob man sich mit Menschen anderer ethnischer Herkunft, Nationalität, sozialer Schicht oder Religion verabreden sollte, lautete die Antwort der Autorin immer in etwa: Am besten ist es eigentlich, unter seinesgleichen zu bleiben.

Ich schob das starke Unbehagen, das ich bei dieser Art von Fremdenfeindlichkeit empfand, rasch beiseite. Die beste Möglichkeit, diesen Rat in die Tat umzusetzen, war wahrscheinlich, etwas zu tun, was ich lange Zeit vermieden hatte: mich mit einem Amerikaner zu verabreden.

Nicht, dass das jetzt falsch verstanden wird: Ich mag Amerikaner. Lässt man einmal die Vorliebe für Waffen und die verrückte Politik beiseite, sind Amerikaner die besten Menschen auf dieser Welt: gastfreundlich, witzig und liebenswürdig. Manchmal, wenn ich in London an der Kasse eines Supermarkts stehe und ein Teenager mich mürrisch beäugt, während er meine Eier viel zu schwungvoll in die Einkaufstüte knallt (und das ist keine Übertreibung), würde ich alles dafür geben, dass mir jemand einen schönen Tag wünscht.

Aber Dating steht auf einem ganz anderen Blatt. Wenn man sich mit einem Amerikaner trifft, gibt es so viele komplizierte, ungeschriebene Regeln zu beachten, und jeder strebt danach, sich ständig zu verbessern. Eigentlich ist es wie das Gegenstück zu *Homes Under the Hammer* im Bereich der Partnersuche. Ganz abgesehen davon, dass sich die meisten amerikanischen Männer nicht darauf verstehen, sich gut anzuziehen. Wer auch immer die Modelinie von *Dockers* erfunden hat, muss sich für einiges verantworten.

Wie auch immer, ich hatte nicht viel Erfahrung im Dating mit Amerikanern. Im College hatte ich zwar mit einigen Jungs geflirtet, aber ich würde Herumknutschen in der Besenkammer eines Studentenverbindungshauses nicht gerade als Date bezeichnen. Und dann war da natürlich Dylan, aber wir kannten uns schon seit unserer Kindheit, also haben wir diese Dating-Phase eigentlich nie durchlebt – wir sind in unserem Freundeskreis miteinander rumgehangen und haben dann irgendwann beim Nachhausefahren im Auto ein wenig gefummelt. Das alles hatte mich nicht besonders gut auf die Welt des Erwachsenen-Datings vorbereitet.

Aber allmählich begann ich, auch die Vorzüge eines Dates mit einem Landsmann zu sehen. Manchmal war es viel besser, wenn jemand mit dem Fernsehprogramm TGIF aus den Neunzigern vertraut war und eine Vorliebe für Makkaroni mit Käse von Kraft hatte, als wenn seine Hose perfekt saß und er einen charmanten Akzent hatte. Schließlich waren das meine Landsleute – es wurde allmählich Zeit, ihnen noch eine Chance zu geben.

Einen passenden Amerikaner in London zu finden war jedoch nicht so einfach. Natürlich gab es eine Menge von uns hier, aber ich kannte keinen einzigen. Wie bei so vielen anderen Dingen im Leben lag die Antwort in einer Google-Suche, und schließlich meldete ich mich bei YoDate an.

Ja, ich weiß. YoDate. Klingt nicht sehr vielversprechend, richtig? Aber es ist das weltgrößte Dating-Portal für Exil-Amerikaner, und anscheinend sind dort fast zehntausend geeignete Männer in London registriert.

Verzeihung, keine Männer: Bros. Alle männlichen Teilnehmer werden bei YoDate »Bros« genannt.

Ich richtete mein Profil in der Rubrik »Hoes« ein (hier haben die Mädels ihren Platz) und schrieb dann wie eine Wilde E-Mails an diverse Brads und Justins und Scotts.

Am nächsten Tag quoll mein Briefkasten mit Nachrichten über.

Verzeihung, keine Nachrichten: *Supdates*. So werden bei YoDate E-Mails genannt. Als ich das sah, hätte ich mich beinahe wieder abgemeldet, aber Cathryn hielt mich zurück.

»Diese Begriffe charakterisieren doch nicht die Männer, Lauren, nur die Website, auf der sie sich befinden.« Sie befüllte mit militärischer Genauigkeit den Drucker mit Papier, während sie hinzufügte: »Und du hast dich auch dort angemeldet, also solltest du sie nicht zu streng beurteilen.« Die Papierschublade rastete mit einem hörbaren Klicken ein.

Wie immer hatte sie irgendwie recht. Ich öffnete die erste E-Mail, überflog sie und löschte sie sofort, als ich »Country-Musik-Fan« las.

Auch ein paar andere Kandidaten sortierte ich rasch aus – einen wiedergeborenen Christen, einen, der Nachrichten grundsätzlich auf Fox News anschaute, einen begeisterten Anhänger der Waffenlobby –, während Cathryn mir über die Schulter schaute.

»Was um alles in der Welt stimmt denn mit dem nicht?« Sie deutete auf einen Mann mit frischem Teint, der sicher auf einer Eliteuniversität gewesen war. »Den hast du einfach übersprungen!«

»Sein Lieblingsbuch ist *Der ewige Quell*.«

»Ach ja? Ist das nicht sehr beliebt? Ich habe es erst vor Kurzem bei Daunt Books gesehen.«

»Ja, im Grunde genommen heißt das, dass er ein Faschist ist.«

»Ich glaube nicht, dass diese Buchhandlung faschistische Literatur verkauft …«

»Der Nächste!«, brüllte ich.

»Leise!«, zischte Cathryn und warf einen bedeutsamen Blick auf die Bürotür unseres Chefs.

Ich scrollte weiter, bis mein Blick auf ein verschmitztes dunkles Augenpaar fiel.

»Der da.« Ich deutete auf sein Foto.

Cathryn schaute mir über die Schulter. »Ja, der sieht recht gut aus.«

Ich betrachtete sein kurz geschnittenes Haar und den Stoppelbart. Sein Nickname war Frisco.

Ich gab Frisco einen virtuellen Stups – in der Terminologie von YoDate ist das ein »High Five« – und hoffte, dass er antworten würde.

7. August

Der Arbeitstag war fast vorbei, aber Cathryn und ich steckten immer noch bis über die Ohren in der Planung einer Sponsorenkonferenz und konzentrierten uns voll und ganz darauf. Na ja, zumindest war das bei ihr der Fall. Mir gingen noch ein paar andere Dinge durch den Kopf, vor allem, als mir ein *Ping* eine eingegangene E-Mail meldete.

»Er hat geantwortet!«

»Der Partyservice? Haben sie den Vertrag unterzeichnet?«

»Nein, Frisco! Er hat mir soeben eine Supdate geschickt!«

»Ist das der mit den hübschen Augen? Was schreibt er?«

»Er will mich zum Abendessen mit anschließenden Cocktails einladen.«

»Dinner und Cocktails? Ist das in Amerika bei einem Date so üblich? Michael hat mich in unserem ersten gemeinsamen Jahr nie zum Dinner eingeladen.«

»Ja, wir Amerikaner treffen uns gern zum Abendessen. Wahrscheinlich, weil es bei uns keine Pubs gibt.«

»Na, das klingt ja ziemlich vielversprechend.«

Ich schickte Frisco rasch eine Antwort und schlug ein paar Termine vor. Vielleicht stellte es sich doch nicht als so übel heraus, mit einem Amerikaner auszugehen.

9. August

Heute wollte ich mich mit Frisco treffen. Zur Vorbereitung googelte ich ihn während der Mittagspause.

Also bitte, soviel ich weiß, macht das doch beinahe jeder.

Und sogar das Buch rät dazu! Na ja, in gewisser Weise. Die Autorin empfiehlt, sich in der Nachbarschaft ein wenig nach seinem Ruf umzuhören, falls man von einem Fremden um eine Verabredung gebeten wird. Da es heute kaum mehr kleine Gemeinden gibt und alles auf Globalisierung ausgerichtet ist, ist der zeitgemäße Ersatz für eine Umfrage in der Nachbarschaft doch sicher eine Suche im Internet, richtig?

Sein Profil verriet mir seinen richtigen Namen und den Bundesstaat, aus dem er kam (offensichtlich Kalifornien). Ich bilde mir ein, eine ausgezeichnete Googlerin zu sein – das gehört mit Sicherheit zu meinen herausragendsten Fähigkeiten –, also hatte ich in wenigen Minuten herausgefunden, welche Highschool und welches College er besucht hatte. Außerdem erfuhr ich seine letzten drei Wohnorte und hatte Zugang zu ungefähr hundert Fotos von seiner Facebook-Seite (der Dummkopf hatte sie nicht privatisiert).

Ich blätterte zehn Minuten lang durch seine Flickr-Einträge (war die kleine Blondine eine Exfreundin? Und die Brünette? Und, du lieber Himmel, war das sein Mops?). Schließlich zwang ich mich dazu, damit aufzuhören, bevor mich vollkommen ungerechtfertigt ein Anfall von Eifersucht und/oder Begierde überfiel. Ich überflog die anderen Einträge und stieß dabei immer wieder auf den Begriff »Catify«. Ich klickte auf einen Link zum Magazin *Wired* und begann zu lesen, bis mir der Kaffee übers Kinn lief.

2011 hatte er eine App erfunden, mit der man ein süßes Katzengesicht auf jedes Foto setzen konnte. Ich erinnerte mich vage an den Wirbel, den diese App zu Beginn verursacht hatte. »Schick mir ein Kätzchen« wurde zum Slogan, und viele Promis veröffentlichten ihre mit Katzenbildern verzierten Fotos von sich auf dem roten Teppich und an Filmsets. Selbst Staatsoberhäupter machten mit und verschönerten die Aufnahmen von ihren Treffen mit der Katzen-App. Auf dem Höhepunkt des Katzenfiebers kaufte Facebook die App für 1,3 Milliarden Dollar.

EINS KOMMA DREI MILLIARDEN DOLLAR, LEUTE!

Ich klickte auf einen anderen Link: Da war Frisco bei einer TED-Konferenz über Technologie und Selbstdarstellung. Und auf einer anderen Seite ein Foto, wie er Bill Gates die Hand schüttelt.

Ich stand auf und sagte Cathryn, dass ich dringend eine rauchen müsse.

Sie musterte mich argwöhnisch. »Alles in Ordnung? Du siehst ein bisschen blass aus.«

»Mir geht's gut. Ich habe nur gerade herausgefunden, dass ich eine Verabredung mit einem Milliardär habe.«

Draußen zog ich heftig an meiner Zigarette und dachte über meine missliche Lage nach. Frisco war also Milliardär, aber ich musste bei unserem morgigen Treffen so tun, als wüsste ich das nicht. Wenn ich es erwähnte, würde er sicher erraten, dass ich bei Google geschnüffelt hatte, und das wäre nicht gut. Die erste Regel beim Googeln von Personen lautet, es auf keinen Fall zu verraten, dass man bereits alles über die gegoogelte Person weiß, selbst wenn sich inzwischen jeder bei Google über andere schlau macht.

In den Fünfzigern war einiges sicher viel einfacher gewesen. Sich in der Nachbarschaft über jemanden Klatsch anzuhören ist etwas ganz anderes, als im Internet ein Foto deines Dates mit seinem guten Kumpel Bill Gates zu entdecken.

Ich musste mein Bestes geben, um das hinzukriegen. Aber wie sollte ich mich auf ein Date mit einem so irrsinnig reichen Mann vorbereiten? Mit so etwas hatte ich keine Erfahrung. Was, wenn es bei Reichen bestimmte Umgangsformen gibt, von denen ich nichts wusste? Was, wenn sie ihr Besteck anders benützen als ich? Was, wenn er mich in ein furchteinflößendes, ausgefallenes Lokal führte, in dem die Krümel mit einem dieser silbernen Dinger vom Tisch gefegt werden?

Ich brauchte jemanden, der mich in diese exklusive

Welt einführte. Entschlossen marschierte ich in unser Büro zurück.

»Also«, begann ich und setzte mich bei Cathryn auf die Schreibtischkante. »Ich brauche deine Hilfe.«

10. August

Nun war ich gründlich vorbereitet auf mein Date mit einem Milliardär. Cathryn hatte mir alles über den richtigen Umgang mit Besteck beigebracht (man arbeitet sich offensichtlich immer von außen nach innen vor) und mir erklärt, wie man auf korrekte Weise in einem kleinen, schicken Restaurant an einem Tisch Platz nimmt (man wartet, bis der Oberkellner den Tisch zurückzieht, setzt sich dann und wartet wieder, bis er den Tisch zurück an die ursprüngliche Position schiebt. Das erschien mir wesentlich komplizierter, als einfach nur den Stuhl zurechtzurücken …).

Ich rechnete damit, von Frisco in ein überteuertes Zwei-Sterne-Restaurant geführt zu werden, in dem nur Schäume und Essenzen serviert wurden, also war ich ein wenig verwirrt, als er mir die Adresse von einem Lokal in Kentish Town schickte.

Als ich dort eintraf, entpuppte es sich zu meiner Überraschung als leicht schmuddliges äthiopisches Restaurant. Ich war noch nie zuvor äthiopisch essen gewesen, aber aus einer Folge der Kochsendung *Anthony Bourdain – eine Frage des Geschmacks* wusste ich, dass man auf dem Boden auf Kissen saß und mit den Händen aß. Sofort bedauerte ich, dass ich mir von Cathryn ein geschmackvolles Etuikleid geborgt hatte.

Frisco wartete an der Tür auf mich. Er sah genauso aus wie auf dem Foto: durchdringender Blick, tiefe Grübchen und ein so perfekter Dreitagebart, dass er aussah wie mit Photoshop bearbeitet. Anstatt eines gut geschnittenen Anzugs trug er Boardshorts und ein altes Pixies-T-Shirt.

Ich versuchte, mich so elegant wie möglich auf meinem Sitzkissen niederzulassen, aber mit ziemlicher Sicherheit hatten alle im Restaurant einen kurzen Blick auf meinen Intimbereich erhascht.

Wie von meinem Buch empfohlen, begann ich die Unterhaltung sofort mit ein paar schmeichelhaften Bemerkungen. »Wow, das ist ja ein richtiger Geheimtipp! Wie hast du dieses Schmuckstück entdeckt?«

Frisco zuckte mit den Schultern. »Ich habe vor ein paar Jahren einige Zeit in Addis Abeba verbracht, und dort hat mir ein Freund von dem Lokal seines Cousins in London erzählt. Seit ich in London bin, komme ich regelmäßig hierher.«

Also hatte er die Reservierung nicht einem seiner Mitarbeiter überlassen. Frisco bestellte für uns beide, und kurz darauf standen eine Menge köstlicher Gerichte mit unaussprechlichen Namen auf der Matte vor uns. Er zeigte mir, wie man sie am besten isst – indem man die würzigen Fleischstücke auf ein Stück Fladenbrot schaufelt –, und wirkte nicht allzu schockiert, als eine Handvoll auf meinem (glücklicherweise mit einer Serviette bedeckten) Schoß fiel.

Ich hatte ganz vergessen, wie angenehm es ist, dass man sich einem amerikanischen Landsmann mit kurzen Begriffen verständlich machen kann. Inzwischen hatte ich mich daran gewöhnt, kulturelle Anspielungen immer erklären zu müssen, weil Briten eben nicht mit Kinderserien wie *Mister Rogers' Neighborhood* aufgewachsen sind und die von der amerikanischen Milchlobby gesponserten Werbespots für Käse nicht kennen. Mir kamen vor Erleichterung beinahe die Tränen, als ich einen Witz über Bob Ross' glückliche kleine Bäume machte und er ihn verstand.

Wahrscheinlich hatte ich gar nicht gemerkt, wie sehr ich mich sonst anstrengen muss, um in London verstanden zu werden. Und diese Unterhaltung war plötzlich ... ganz einfach. Vielleicht war der Ratschlag in dem Buch, unter seinesgleichen zu bleiben, gar nicht so schlecht.

Das Fladenbrot wurde abgeräumt, und der Honigwein floss in Strömen.

»Aus deinem YoDate-Nick schließe ich, dass du aus San Francisco stammst«, sagte ich.

Er grinste. »Ich bin dort geboren und aufgewachsen, aber bevor ich hierhergezogen bin, habe ich eine Weile in Mountain View gelebt.«

Huch. Sogar ich wusste, dass Google dort sein Hauptquartier hatte. »Was hast du dort gemacht?«, erkundigte ich mich unschuldig. Wahrscheinlich hatte er eine weitere milliardenschwere App entwickelt oder vielleicht ein selbststeuerndes Luftkissenboot.

»Ach, dieses und jenes. Möchtest du eine Nachspeise?«

Nach einigen weiteren Gläsern Honigwein brachte Frisco mich zur Bushaltestelle. Es war ein toller Abend gewesen, und Frisco hatte sich wie ein perfekter Gentleman benommen. Allerdings hatte es mich überrascht, dass er nicht widersprach, als ich meinen Anteil an der Rechnung übernehmen wollte. Wahrscheinlich war er obendrein auch noch Feminist und wollte auf keinen Fall den Anschein erwecken, patriarchalische Strukturen zu unterstützen. Zum Dahinschmelzen.

»Und wie kommst du nach Hause?«, fragte ich. *Mit dem Privatjet?,* fügte ich in Gedanken hinzu. *Oder mit einem Hubschrauber?*

»Ich fahre auch mit dem Bus.«

Ich wollte nicht, dass der Abend schon endete, aber der 214 fuhr schon vor. Zum ersten Mal in meinem Leben ärgerte ich mich, dass ein Bus pünktlich war.

Er legte mir eine Hand auf die Schulter und sah mir in die Augen. »Das war ein sehr schöner Abend, Lauren«, sagte er.

»Für mich auch.« Jetzt war es so weit. Er würde mich gleich küssen. Ich erwiderte seinen Blick, fuhr mir mit der Zunge über die Lippen, senkte leicht die Lider und hoffte, verführerisch zu wirken.

Frisco umarmte mich rasch und sprang dann in den Bus. »Bis bald!«, rief er.

11. August

Als ich von meinem Date mit Frisco zurückkam, war Lucy bei Tristan gewesen, also kamen wir erst heute Abend dazu, uns ausführlich über alles zu unterhalten. Sie strickte immer noch an ihrem Ärmel, der mittlerweile ungefähr einen Meter achtzig lang war.

»Glaubst du nicht, du solltest allmählich mit dem zweiten Ärmel anfangen?«, fragte ich. »Oder mit einem anderen Teil?«

»Das würde ich gern, Schätzchen, aber ich weiß nicht, wie man abkettet, also mache ich einfach weiter, bis das Knäuel aufgebraucht ist.«

»Das wird ein Riesenteil werden.«

Lucy hörte mir gespannt zu, als ich ihr mein Date in allen Einzelheiten schilderte, und unterbrach mich nur, um um mehr Wein oder eine Zigarette zu bitten. Nach fast einer Stunde war ich an dem Punkt angelangt, an dem er mich umarmt hatte.

»Warte mal. Nur eine Umarmung?«

Ich nickte.

»Nicht mal ein Küsschen? Eine kleine Liebkosung?«

»Eine Umarmung.«

»Hast du ihm einen verführerischen Blick zugeworfen?«

»Oh ja. So gut ich nur konnte.«

»Und deine Lippen – hast du sie geschürzt?«

»Was ist das denn für ein Blödsinn?«

»Ich meine das ernst! Hast du sie nach vorne geschoben? So?« Lucy verzog ihren Mund zu einem Entenschnabel.

»Das will ich nicht hoffen«, murmelte ich.

»Lach mich ruhig aus, aber dieser Schmollmund hat bei mir noch nie versagt.«

»Tja, schön für dich. Ich schätze, ich bin wohl so was wie eine Aussätzige.«

»Schätzchen, das ist nicht wahr! Er hat doch gesagt, dass er dich wiedersehen will, also steht er auf dich.«

»Vielleicht ist er nur auf der Suche nach einem amerikanischen Kumpel.« Ich warf mich verzweifelt wieder auf das Sofa.

»Sei nicht albern.« Lucy beendete eine weitere Reihe an ihrem Riesenärmel. »Männer wollen keine Freundschaft mit Frauen.«

16. August

Am Morgen nach unserem Gespräch meldete sich Frisco wieder, und am Mittwoch trafen wir uns zum zweiten Mal. Er verhielt sich ebenso zauberhaft und keusch wie beim ersten Date.

Aber heute Morgen erhielt ich eine aufregende SMS von ihm.

Frisco: Lust, heute Abend was zu unternehmen?

Ich sprang aus dem Bett und führte einen kleinen Freudentanz auf, bevor ich antwortete.

Ich: Klar. An was hast du gedacht?

BittesagSexbittesagSexbittesagSex …

Mein Telefon piepste fröhlich.

Frisco: Komm doch zu mir. Ich mach uns Abendessen, und wir schauen uns ein paar Videos an.

Ich stieß einen Juchzer aus: Abendessen in seiner Wohnung – da war Sex praktisch vorprogrammiert.

Ich: Klingt gut. Ich bring das Bier mit.

Die nächsten zwanzig Minuten zermarterte ich mir den Kopf darüber, welche Unterwäsche ich tragen sollte. Wie immer waren meine besten Stücke gerade in der Wäsche, also musste ich mein Lieblingsset von Coco de Mer (das ich in beschwipstem Zustand nach einer Arbeitsveranstaltung zum reduzierten Preis erstanden hatte) rasch mit der Hand auswaschen. Trotz bestmöglichem Einsatz des Föns musste ich mit leicht feuchtem BH aus dem Haus gehen.

Im Büro konnte ich mich kaum konzentrieren.

»… kannst du also jetzt die Zahlen zusammenstellen? Lauren? Hallo, Lauren?« Ich schaute auf und stellte fest, dass Cathryn mich besorgt, aber auch leicht verärgert anstarrte.

»Was? Oh, tut mir leid. Ich habe nicht richtig zugehört.«

»Die Zahlen, Lauren. Für den Vertrag mit den Sponsoren.«

»Oh, ja. Natürlich. Ich schicke sie dir gleich rüber.« Ich lud die Excel-Tabellen hoch, aber bevor ich sie absenden konnte, überfiel mich ein Gedanke. »Vielleicht ist er einfach nur ein Gentleman.«

»Wer? Der Kunde? Das würde ich nicht sagen, wenn ich daran denke, wie er letzte Woche auf meinen Hintern geglotzt hat.«

»Nein, Frisco! Vielleicht ist er einfach bloß ein bisschen altmodisch, verstehst du? Er wollte mit einem Annäherungsversuch bis zum dritten Date warten. Weil er mich respektiert. Was meinst du?«

Cathryn seufzte. »Könnte sein. Ich weiß es wirklich nicht, Lauren.«

Ich nickte bestimmt. »Ich wette, das ist es.«

»Ich hoffe, du hast recht. Lange halte ich es sonst nicht mehr mit dir aus.«

Ich brauchte eine Ewigkeit nach Peckham, also war ich viel zu spät dran, als ich mit zwei Sixpacks Sierra-Nevada-Bier und einem spontan gekauften Zitronenkuchen endlich vor seiner Tür stand.

Es war mir schwerer gefallen, mich für einen gemütlichen Abend vor dem Fernseher richtig anzuziehen, als für irgendeinen anderen Anlass. Schließlich hatte ich mich für eine locker sitzende, verwaschene Jeans aus meiner Zeit in Portland und ein altes Billy-Idol-T-Shirt entschieden. Ich hoffte, damit ungezwungen sexy auszusehen und nicht wie eine Obdachlose. Im Bus war es erdrückend heiß gewesen, und meine Haut war von einem leichten Schweiß- und Schmutzfilm überzogen.

Begrüßt wurde ich von Frisco, der eine Schürze über alten Klamotten trug, einem schwanzwedelnden Mops und einem köstlichen Duft nach verschiedenen Gerichten, und das alles in rascher Folge. Es war, als würde ich einen eigens von meiner Libido kreierten Himmel betreten.

»Hey!« Frisco drückte mir rasch einen Kuss auf die Wange. »Komm rein! Oh, Sierra Nevada – gute Wahl.«

»Ich habe gehofft, dass du das magst. Und wer ist dieser kleine Kerl?« Ich bückte mich und kraulte den faltigen kleinen Kopf des Hunds. Der Mops warf sich sofort auf den Rücken und rutschte auf dem Boden hin und her. Wenn Frisco sich nur so leicht begeistern lassen würde.

»Bei Frauen zieht er immer eine Show ab, stimmt's, Billy Budd?« Frisco hob den Hund auf und nahm ihn auf den Arm. Ich war richtig neidisch und wünschte mir, auch ein Hund zu sein und auf den anderen Arm zu dürfen.

»Billy Budd?«, fragte ich. »Wie der Roman von Herman Melville?«

Frisco lachte. »Ja. Wenn er sich freut, fängt er immer ein bisschen zu schielen an und kneift die Augen zusammen. Ich finde, er sieht dann aus wie ein Seemann. Stimmt doch, oder, Budd?« Er kraulte den Mops hinter den Ohren, bis der Hund sein kleines Gesicht verzog. Ich musste zugeben, dass die Beschreibung recht treffend war.

»Also, was gibt es zu essen?« Ich folgte ihm den Gang entlang in ein großes Wohn- und Esszimmer. »Es riecht fantastisch. Eine schöne Wohnung übrigens.«

Das war nicht gelogen. Im Wohnzimmer hingen an allen Wänden Bilder – richtige, interessante Kunstwerke, nicht nur ein mit Klebestreifen befestigtes Poster von *Der Pate*. In einer Ecke lag eine zusammengerollte Yogamatte unter einem Foto von Bikram Choudhury und etlichen Mitbringseln aus der ganzen Welt. Und auf dem Fensterbrett stand eine Pflanze, die tatsächlich noch am Leben war.

Er führte mich in eine blau-weiß gekachelte Küche. Sie war blitzsauber, obwohl zwei Töpfe und eine Kasserolle auf dem Herd standen und leise blubberten.

Irgendwie fühlte ich mich wie auf dem Set einer Sitcom.

Er deutete auf den Schmortopf. »Magst du Fisch?«

»Und wie.« Das entsprach zwar nicht ganz der Wahrheit, aber das würde ich diesem Traummann mit der Schürze nicht verraten.

Er machte zwei Bier auf und reichte mir eines, und dann unterhielten wir uns, während ich ihm beim Kochen zuschaute. Ihn einen hölzernen Kochlöffel schwingen zu sehen fand ich unglaublich erregend: Es war beinahe, als würde mir eine Art privater Striptease geboten.

Billy tanzte zwischen uns beiden hin und her, erbettelte sich ein paar Happen und streckte uns seinen Bauch zum Kraulen hin. Ich war mir nicht sicher, in wen von den beiden ich mich mehr verliebt hatte.

Am Abend zuvor hatte ich noch rasch die letzte Ausgabe

von *Wired* durchgeblättert, also hoffte ich, ein paar technische Bonmots in die Unterhaltung einstreuen zu können.

»Also«, begann ich beiläufig. »Was hältst du von diesen Bitcoins?«

Frisco sah vom Herd auf. »Wie meinst du das?«

»Ist doch eine … verrückte Sache, findest du nicht?«

Er runzelte leicht die Stirn und rührte weiter im Topf. »Eigentlich nicht. Es handelt sich nur um eine andere Form der Währung. In fünf Jahren werden wir alle etwas in dieser Art verwenden. Das Konzept von individualisierten nationalen Währungen ist praktisch schon gestorben.«

Scheiße. Ich hatte keine Ahnung, wovon er redete. Es war wohl besser, schnell einen anderen Kurs einzuschlagen.

»Vor ein paar Tagen habe ich Snapchat ausprobiert«, verkündete ich. »Ich habe meiner Schwester ein paar Fotos geschickt, aber kaum hat sie sich die Aufnahmen angeschaut, waren sie schon wieder weg.«

»Das ist Sinn und Zweck der Sache«, erklärte er und warf mir über die Schulter einen Blick zu. »Sie sollen sich selbst zerstören, damit keine belastenden Beweismittel zurückbleiben. Deswegen ist das bei Teenagern auch so beliebt.«

»Oh.« Na toll, vierzig Minuten Lektüre über das digitale Zeitalter völlig umsonst. Ich gab es auf und streichelte lieber wieder den Hund.

Wir setzten uns an den Tisch, und er servierte mir eine Reihe köstlicher Gemüsebeilagen zu gedünstetem Kabeljaufilet.

Schon der erste Bissen riss mich total vom Hocker. Es war unglaublich.

»Das ist das Beste, was ich seit langer Zeit im Mund gehabt habe.« Ich zog aufreizend die Augenbrauen nach oben und wartete auf seine Reaktion auf diese Anspielung, aber er spießte ungerührt ein Stück Spargel auf. »Wo hast du gelernt, so fantastisch zu kochen?«

Er zuckte mit den Schultern und bückte sich, um Billy ein Stück Fisch zu geben. »Ich habe schon immer gern in der Küche herumgespielt.« Ich verschluckte mich beinahe an einem Stück gebratenen Blumenkohl. »Das ist auch der Grund, warum ich nach London gezogen bin.«

»Tatsächlich?«

»Das ist eine lange Geschichte. Eigentlich bin ich über Grönland hierhergekommen.«

»Grönland? Was zum Teufel hast du denn in Grönland gemacht?«

»Vor ein paar Jahren habe ich mich dort einem Umweltschutzforum angeschlossen. Wir durften Fischer, die es sich zur Lebensaufgabe gemacht haben, ökologisch nachhaltige Tiefseefischerei zu betreiben, auf einem Trawler begleiten. Diese Männer nehmen ihren Beruf wirklich ernst – sie fahren bei jedem Wetter hinaus, selbst bei Schnee und Sturm. Das ist alles sehr beeindruckend. Und der Höhepunkt war, als ich von einem Isländer auf dem Boot etwas Hákarl bekam.«

»Was ist Hákarl? Eine Psychodroge?«

Frisco lachte laut und zeigte seine Grübchen. »Nein, das ist eingelegter, fermentierter Hai.«

»Warum zum Teufel sollte jemand einen Hai einlegen wollen? Außer vielleicht ein Künstler wie Damien Hirst.«

Er runzelte die Stirn. »In Island ist das eine Delikatesse. Es war eine Ehre für mich, mitessen zu dürfen.«

»Oh. Tut mir leid.«

»Kein Problem – ich hatte das vorher auch nicht gewusst. Aber als ich ihn dann probierte, wusste ich sofort, dass Hákarl mein Leben beeinflussen würde. Ich fuhr nach Hause, verkaufte mein Geschäft und zog nach Island. Dort verbrachte ich ein Jahr damit, von einigen der größten Hákarl-Herstellern der Welt alles über diese Branche zu lernen. Jetzt bin ich ein Hákarl-Meister auf dem dritten Level.«

»Gratulation.« Ich war mir nicht sicher, ob das die richtige Antwort war. »Und wie hat dich das dann nach London gebracht? Gibt es denn hier eine große Nachfrage nach eingelegtem Hai?«

»Die Gastronomieszene in London ist fantastisch«, erklärte er. Und er hatte recht: In der Londoner Innenstadt stolperte man an jeder Ecke über jemanden, der selbstgemachte, kunstvoll verzierte Hot Dogs oder Schneckengratin direkt von der Ladefläche eines Kleinlasters verkaufte. »Es gibt keinen besseren Ort, um Hákarl einer breiten Masse zugänglich zu machen. Seit viereinhalb Monaten bereite ich meine erste Charge vor, und in zwei Wochen werde ich meinen eigenen Hákarl-Stand auf dem Broadway Market eröffnen.«

Ich nickte. Die Liebe dieses Mannes galt also in erster

Linie eingelegtem Hai. Welche Chancen konnte ich mir da noch ausrechnen?

Ich rief mir einen Ratschlag des Buchs ins Gedächtnis: Wenn du ihn nicht schlagen kannst, hol ihn ins Boot. »Kann ich etwas davon probieren?«, fragte ich. Ich konnte mir nicht vorstellen, dass mir eingelegter Hai schmecken würde, aber wenn ich ihm damit demonstrieren konnte, dass ich seine Interessen teilte, war ich bereit dazu.

Er schüttelte den Kopf. »Tut mir leid, der Hai muss noch getrocknet werden. Er ist erst genießbar, wenn der Prozess ganz abgeschlossen ist.«

»Wie schade.« Ich gab mich enttäuscht.

»Aber ich kann dir zeigen, wo ich die Fischstreifen aufgehängt habe.«

»Das wäre prima.«

Ich folgte ihm in den Keller, wo, siehe da, eine lächerliche Menge von Haiteilen hing – sie strömten alle eine Geruchsmischung aus Schimmelkäse, Schweißfüßen und Tod aus.

»Oh, mein Gott.« Ich bedauerte es bereits, ausgeatmet zu haben, denn nun blieb mir nichts anderes übrig, als Luft zu holen.

»Großartig, findest du nicht? Das ist der Duft des LEBENS!« Er atmete tief ein und grinste.

Ich nickte heftig und kämpfte tapfer gegen meinen Brechreiz an.

»Wenn ich meinen Stand am Broadway Market eröffnet habe, musst du mich unbedingt dort besuchen und ein Stück probieren.«

Ich schnappte nach Luft. »Mmm-hmm!«, japste ich.

»So, jetzt hast du mein Baby gesehen. Wie wäre es mit einer Zigarette und einer DVD?«

Ich nickte wieder, rannte hinter ihm die Treppe hinauf und schaffte es gerade noch rechtzeitig, tief einzuatmen, bevor mir schwarz vor Augen wurde.

Während drei Folgen der Krimiserie *Justified* machte Frisco weder einen Versuch, meine Hand zu halten, noch meinen Oberschenkel zu streifen, und schließlich sah ich, dass er ein Gähnen unterdrückte. Der Moment der Wahrheit war gekommen: Würde ich bleiben oder gehen?

Ich stand vom Sofa auf und streckte mich verführerisch. »Nun, ich schätze, ich sollte jetzt gehen …« Ich ließ meine Bemerkung eine Minute in der Luft hängen wie die eingelegten Haistücke.

»Ja, ich bin auch ziemlich geschafft«, erwiderte er und fuhr sich mit der Hand über das stopplige Kinn.

Meine Zuversicht sank, aber noch gab ich mich nicht geschlagen. Ich beugte mich über seinen Schoß, scheinbar um Billy zu streicheln, aber in Wahrheit, um Frisco einen Blick in meinen Ausschnitt zu ermöglichen.

Er lehnte sich zurück, damit ich Billy besser kraulen konnte – der Hund fand das toll, ich weniger. Meine Hoffnung schwand zusehends.

»Okay, vielen Dank für das Abendessen. Das nächste Mal bin ich dran.«

»Gern. Ich bring dich zur Tür.«

Ich schlurfte durch den Gang wie ein Mann im Todestrakt.

Er öffnete die Tür und drehte sich zu mir um. »Vielen Dank für deinen Besuch, Lauren. Du bist ein tolles Mädchen.«

»Und du ein prima Kerl«, erwiderte ich. Das war meine letzte Chance: Ich würde ihn zu einem Kuss nötigen. Jetzt oder nie. Ich neigte meinen Kopf und stürzte mich nach vorne auf sein Gesicht.

Frisco fing meine Lippen geschickt mit der Wange ab und umarmte mich kurz. »Pass gut auf dich auf. Gib mir Bescheid, wenn du zu Hause angekommen bist. Wir sehen uns dann in zwei Wochen auf dem Markt – du bekommst ein besonders gutes Stück Hákarl, versprochen!«, rief er mir nach, bevor er die Tür schloss.

»Wie auch immer«, murmelte ich. »Gute Nacht.«

Ich schlich mich durch die Dunkelheit davon und zog den Gestank nach eingelegtem Hai und Niederlage hinter mir her.

17. August

Lucy war übers Wochenende mit Tristan verreist, also war ich allein in der Wohnung, und nach der flüchtigen Umarmung am Abend zuvor brauchte ich dringend jemanden zum Reden. Um mich ein wenig abzulenken, ging ich eine Stunde ins Fitnessstudio (was jedoch wenig brachte, weil ich jedes Mal, wenn ich ein Gewicht in die Hand nahm oder auf ein Gerät stieg, wieder an diese Umarmung dachte und innehielt, um ein paar Kraftausdrücke auszustoßen).

Wieder zu Hause, setzte ich mich auf die Couch und starrte so lange auf die Uhr, bis ich sicher sein konnte, dass Meghan in Maine wach war. Ich ging auf den Balkon, zündete mir eine Zigarette an und wählte ihre Nummer.

»Bitte nimm ab, bitte nimm ab, bitte nimm ab«, sang ich in den Telefonhörer.

»Hallo?«

»Gott sei Dank! Ich muss unbedingt mit dir über diesen Amerikaner reden. Er hat Milliarden mit Computertechnik verdient, und ich habe mich mit gründlichen Recherchen auf das Date vorbereitet, weil in dem Buch dazu geraten wurde, aber ich begreife nicht, was es mit diesen Bitcoins auf sich hat, und ich hasse eingelegten Hai, und er ist wirklich heiß und klug, aber ich kriege einfach nicht mehr als eine flüchtige Umarmung von ihm.«

»Halt! Langsam! Hol erst mal Luft. Also – Bitcoins?«

Ich beruhigte mich so weit, dass ich Meghan die Situation mit Frisco einigermaßen verständlich erklären konnte.

»Was mache ich nur falsch? Ich befolge alle Ratschläge des Buchs, aber es klappt einfach nicht.«

Meghan seufzte. »Ich sage es dir ja nur ungern, aber … vielleicht steht er einfach nicht auf dich.«

»Woher soll ich das wissen? Das Buch mit diesem Titel habe ich noch nicht gelesen!«

»Ich meine kein Buch, Dummerchen. Ich will dir deine Illusionen nicht zerstören, aber möglicherweise ist er einfach nicht interessiert.«

Ich spürte einen Stich in der Brust und versuchte, ihn zu ignorieren. »Aber er wollte sich mehrmals mit mir treffen! Und als wir uns gestern Abend verabschiedet haben, hat er gesagt, wir würden uns bald wiedersehen!«

»Vielleicht ist er schwul.«

»Das ist wohl deine Antwort auf alles.«

»Schau, du bist eine tolle Frau. Klug und hübsch und witzig. Dieser Typ … wenn er nicht erkennt, wie großartig du bist, dann ist er nicht so perfekt, wie er dir vorkommt.«

Ich murmelte etwas Unverbindliches.

Meghan holte tief Luft. »Ich habe Dylan wieder gesehen.«

Mein Magen krampfte sich zusammen. »Ach ja? Wie geht's ihm?«

Eine Pause. »Ich muss dir etwas sagen, sonst erfährst du es bei Facebook oder sonst irgendwie.«

Mir war sofort klar, dass ich es nicht wissen wollte – egal, was es war. »Muss das sein?«

Ein Seufzer. »Ja, ich glaube schon.«

»Dann mal raus mit der Sprache.«

»Er trifft sich mit Kelly Leibler.«

»Mit *der* Kelly Leibler?«

»Ja, genau mit der.«

»Oh.« Mein Magen zog sich noch stärker zusammen, und ein wenig von meinem Morgenkaffee schwappte mir in die Kehle. Kelly hatte in der Highschool zu den beliebtesten Mädchen gehört: blond, zierlich, immer braungebrannt und hinterhältig wie eine Schlange. Ich war in meinen prägenden Jahren mit Doc Martens an den Füßen und schwarzem Eyeliner im Gesicht herumgelaufen und hatte mein Tagebuch mit Fantasiegeschichten vollgekritzelt, die den Untergang von Kelly und den anderen schicken Tussis beschrieben. Und jetzt hatte sie sich Dylan geschnappt.

»Offensichtlich leben sie zusammen. Wie ich gehört habe, ist sie vor ein paar Wochen in sein Haus gezogen.«

Ich schwieg eine Weile.

»Es tut mir leid, vielleicht hätte ich es dir nicht erzählen sollen, aber ich hielt es für besser, wenn du es von mir hörst. Sie sieht übrigens scheiße aus, falls dich das ein bisschen tröstet. Ich habe die beiden bei Sangillo's gesehen – all die Jahre auf der Sonnenbank haben gewaltige Spuren hinterlassen.«

Ich versuchte einen Moment lang, sie mir als verhutzeltes altes Weib vorzustellen, aber das Gefühl, in ein tiefes Loch zu fallen, verschwand dadurch leider nicht. Ich holte tief Luft. »Ich bin froh, dass du es mir gesagt hast. Und ich freue mich für ihn. Er hat es verdient, glücklich zu werden.«

»Komm schon, ich bin's. Diesen Schwachsinn kannst du dir sparen.«

»Aber es ist wahr! Ich freue mich wirklich für ihn. Ich hoffe, die beiden haben ein langes, glückliches Leben miteinander und sterben im Schlaf nur wenige Sekunden nacheinander wie dieses alte Ehepaar in *Wie ein einziger Tag*.«

Ich hörte ein tiefes Seufzen. »Schwesterchen …«

»Also gut. Ich finde es furchtbar, okay? Er gehört auf die

Insel der verlorenen Männer! Ich muss mich mit keuschen Umarmungen von einem verdammten Yogafan zufrieden geben, während er glücklich bis ans Ende seiner Tage mit dieser beschissenen Kelly Leibler zusammenlebt.«

»Fühlst du dich jetzt besser?«

Ich seufzte. »Ich habe kein Recht, mir irgendein Urteil über sein Leben zu erlauben. Das weißt du.«

»Ja, das weiß ich. Aber mir ist auch klar, dass es nicht leicht für dich ist zu hören, dass er mit einer anderen zusammenlebt.«

Wir verabschiedeten uns und legten auf. Ich wusste, es ging mich nichts an – schließlich hatte *ich ihn* verlassen –, aber die Vorstellung, dass jetzt eine andere Frau in dem Haus lebte, in dem wir gewohnt hatten, auf meiner Seite unseres Betts lag … das war einfach schrecklich. Außerdem hatte ich das Gefühl, dass wieder jemand den Sprung ins Erwachsenenleben geschafft hatte, während ich mich in Richtung Pubertät zurückentwickelte.

Als ich meinen Laptop zur Hand nahm, stieg in mir Selbsthass empor für das, was ich gleich tun würde.

Facebook und ich befinden uns in einer missbräuchlichen Beziehung. Egal, wie viele Urlaubs- und Babyfotos von anderen Leuten ich mir zwangsläufig anschauen muss, ich will immer noch mehr sehen. Ich logge mich ein mit der Absicht, nur rasch einen kurzen Blick hineinzuwerfen, und stelle dann fest, dass ich auf Fotos des Cousins von irgendeinem alten Schulfreund starre. *Warum? Warum schaue ich mir diese Bilder an?*, fragte ich mich immer wieder, während ich die nächste Fotostrecke hochlud.

Aber ich konnte es einfach nicht lassen. Und nun suchte ich verstohlen nach fotografischen Beweisen für Dylan und Kelly, während ich mich zunehmend unwohl dabei fühlte.

Es dauerte eine Weile, denn Dylan hatte mich nach meiner Abreise von seiner Freundesliste gestrichen, und Kelly verwendete einen Nicknamen, aber schließlich fand ich ein Foto von den beiden. Sie saßen auf meiner alten Veranda, blond und braungebrannt und lächelnd, und hielten Bierdosen vor die Kamera.

Sie wirkte trotz ihres Lächelns immer noch so gemein wie ein Skorpion, und ich stellte mit Freuden fest, dass Meghan die Wahrheit gesagt hatte: Ihr Gesicht sah von zu viel Höhensonne aus wie ein unbearbeitetes Stück Rohleder. Und trug sie etwa ein Scrunchie? Ich beugte mich vor, um besser sehen zu können. Ja, tatsächlich! Eines dieser Haarbänder aus gerüschtem Stoff. Ich musste zugeben, dass ich mich besser fühlte. Sie sah immer noch süß aus, und ich war ziemlich sicher, dass ihre Brüste noch größer geworden waren, aber … also bitte, ein Scrunchie? Wofür hielt sie sich? Für eine Cheerleaderin?

Ich klappte meinen Laptop zu und streckte mich auf dem Sofa aus, fest entschlossen, einzuschlafen und alles zu vergessen. Wenn ich ein paar Stunden geschlafen hatte und wieder zu mir kam, war es nicht mehr zu früh für einen Drink.

Ich machte es mir auf den Kissen bequem, als sich plötzlich ein scharfer Gegenstand in meinen Oberschenkel bohrte.

»Was zum …« Ich tastete nach dem Störenfried: Es war eine lange Kette mit kleinen Klemmen an beiden Seiten. Wahrscheinlich eine von Lucys Halsketten. Ich legte sie auf das Bücherregal.

Dann ließ ich mich wieder zurückfallen und döste ein, bis ich von einer Armee blonder Zombies träumte, die mich mit ihren Umarmungen ersticken wollten.

24. August

Wie am Samstag üblich, hatte ich meine Joggingrunde gedreht und verdrückte danach wie immer im Wohnzimmer ein enormes Stück Kuchen, als ich aus Lucys Zimmer ein Geräusch hörte. Wahrscheinlich war sie nach Hause gekommen, während ich unterwegs war.

Ich hatte sie schon seit Tagen nicht mehr gesehen – sie hatte pausenlos gearbeitet und die meisten Nächte bei Tristan verbracht.

»Luce?«, rief ich. »Bist du das?«

Wieder Geraschel, gefolgt von einem gequälten Aufschrei.

»Lucy? Alles in Ordnung?«

Keine Antwort. Ich stand auf und presste das Ohr gegen ihre Tür. »Lucy?«

Ein Wimmern, und dann ein Knall.

»Luce, du machst mir Angst. Kannst du bitte rauskommen?«

Nach einer kurzen Pause flog die Tür plötzlich auf, und Lucy stand vollkommen aufgelöst vor mir. In ihrem Zimmer, normalerweise ein Musterbeispiel für Ordentlichkeit in Gelb und Geblümt, herrschte Chaos. Klamotten waren auf dem Bett verstreut, hingen vom Kleiderschrank und bedeckten den Großteil des Bodens.

Aber das war noch nicht das Sonderbarste. Wirklich merkwürdig war, dass die Kleidungsstücke alle schwarz und aus Leder oder Synthetik waren. Und wenn ich mich nicht täuschte, entdeckte ich auch einige Teile aus Gummi.

»Oh, Lauren. Du musst mir helfen!«

»Was zum Teufel ist hier los? Hier sieht es aus, als wäre die Addams Family in die Luft geflogen!«

»Oh, Schätzchen, ich habe ein Problem. Ich brauche ein Outfit für die Party, zu der mich Tristan heute Abend mitnimmt, und nichts scheint zu passen!«

»Na, so schlimm hört sich das doch gar nicht an. Was ist es denn für eine Party?«

Lucy wirkte verlegen. »Eine ganz besondere.«

»Das hilft mir nicht weiter. Warte – geht es um die Party, wegen der ihr euch vor Kurzem gestritten habt?«

»Ja, und ich habe mich bereit erklärt mitzugehen. Für Tristan ist sie sehr wichtig, und wenn ich nicht die richtigen Klamotten dafür finde, ist er sicher furchtbar enttäuscht!«

»Meine Güte, entspann dich! Was soll es denn sein? Etwas Ausgefallenes? Oder eher etwas Festliches?«

»Nicht direkt. Na ja, ein wenig ausgefallen sollte es schon sein …«

Ich verdrehte die Augen. »Sag mir doch einfach, worum es geht, sonst kann ich dir nicht helfen.«

»Gut, aber du musst mir versprechen, es niemandem zu sagen. Und wenn du Tristan wieder triffst, darfst du dir nicht anmerken lassen, dass du etwas darüber weißt.«

»Okay, schon gut!«

Lucy führte mich zum Sofa und setzte sich mir gegenüber. »Tristans Geschmack ist in manchen Dingen … etwas speziell.«

Ich dachte an Frisco und seinen Hákarl. »Das ist bei reichen Leuten öfter der Fall.«

»Bei ihm ist das etwas anderes. Es geht um … den sexuellen Bereich.«

»Oh! Wie aufregend!«

»Tristan hat einen sehr einflussreichen und stressigen Job, also will er zu Hause völlig abschalten.«

»Willst du sein Profil für ein Magazin erstellen, oder sagst du mir jetzt endlich, worauf er im Bett steht?«

Lucy kniff die Augen zusammen. »Also gut. Er steht auf … Spanking«, flüsterte sie. »Peitschen und Leder und so.«

»Ist ja irre! Der alte Knabe hat's ja noch ordentlich drauf.«

»Schätzchen, das ist ernst!«

»Tut mir leid, das weiß ich doch.« Ich legte meine Hand auf ihre. »Ist es für dich in Ordnung, wenn er das mit dir macht? Wenn er dabei Grenzen überschreitet und dir weh tut, dann werde ich …«

»Nein, Lauren«, unterbrach sie mich. »Ich bin nicht diejenige, die verhauen wird.«

Es dauerte einen Moment, bis der Groschen fiel. »Willst du damit sagen, dass *du ihm* den Hintern versohlst? Darauf steht er?«

Lucy wirkte ein wenig gekränkt. »Er mag es, wenn ich die Führung übernehme. In der Arbeit ist er der Boss, also möchte er das nicht auch noch im Schlafzimmer sein. Na ja, so ähnlich.«

»Aha. Und wie sehr steht er drauf? Muss es jedes Mal so ablaufen?«

Lucy vergrub ihr Gesicht in den Händen. »Er hat dafür einen Raum.«

»Was meinst du damit?«

»Na, eben ein Zimmer! Mit Tischtennisschlägern und Peitschen und solchen Sachen. Dort steht auch eine kleine Kiste, in die er sich einschließt, wenn er glaubt, unartig gewesen zu sein. Er nennt sie ›Tante Dorothys Schrank‹.«

Ich versuchte verzweifelt, nicht loszuprusten. »Warum zum Teufel nennt er sie so?«

»Das weiß ich nicht! Es hat wohl irgendwas mit einer gemeinen alten Großtante zu tun.«

»Okay … Und was passiert in Tante Dorothys Schrank?«

»Ich sperre ihn darin ein, und er muss mich anflehen, ihn wieder rauszulassen. Zugeben, dass er ein sehr unartiger Junge war und so.«

Plötzlich hatte ich einen Geistesblitz. Ich rannte zum Bücherregal und kramte herum, bis ich die Kette fand, die ich vor einer Woche dort hingelegt hatte.

Ich drehte mich um und hob sie hoch. »Das ist keine Halskette, richtig?«

Lucy wurde knallrot. »Oh Gott.«

Es war eine Nippelklammer. Ich hatte mich versehentlich in meiner eigenen Wohnung auf eine Nippelklammer gelegt.

»Ich hab das für eine Halskette gehalten! Und mir gedacht, du würdest auf deine alten Tage noch mal zum Punk.«

Ich fing zu lachen an, und Lucy konnte sich auch nicht mehr lange beherrschen. Wir kicherten beide hysterisch los.

»Ich kann es nicht fassen, dass du ihm die ganze Zeit den Hintern versohlt und mir nichts davon erzählt hast!«, brüllte ich, während ich mich vor Lachen krümmte.

»Ich habe es einfach nicht fertiggebracht! Was hätte ich denn sagen sollen? ›Lauren, die Liebe meines Lebens hat mich in eine widerstrebende Domina verwandelt‹?«

»Oh, mein Gott, das ist es! Das wird der Titel deiner Autobiographie! *Die widerstrebende Domina – Die Geschichte von Lucy Hunter*.«

Das löste bei uns beiden den nächsten Lachanfall aus, der mindestens fünf Minuten lang anhielt.

»Aber mal im Ernst: Kommst du damit klar?«

Lucy zuckte mit den Schultern. »Ja, eigentlich schon. Es ist irgendwie erregend, die Zügel in der Hand zu haben. Und wenn er mir manchmal auf den Wecker geht, dann kann ich ihn eine Stunde oder so in Tante Dorothys Schrank sitzen lassen und fernsehen. Aber genug davon –

ich brauche immer noch deine Hilfe, um ein passendes Outfit für diese Party zu finden.«

»Wo findet sie statt?«

»Kennst du den Club ›Torture Garden‹?«

31. August

Als Gegenleistung für meine Hilfe bei Lucys Wahl des perfekten Outfits für die Party im Torture Garden (wir entschieden uns schließlich für ein klassisches schwarzes Lederkorsett, einen Bleistiftrock und hochhackige Overknee-Stiefel aus Latex, was offensichtlich genau das Richtige war) begleitete sie mich heute zu Friscos Einweihung seines Haifisch-Stands am Broadway Market.

Wir hatten in der vergangenen Woche einige SMS ausgetauscht, also wusste ich, wie aufgeregt er war. Aber ich war nicht darauf vorbereitet, was uns an seinem Verkaufsstand erwarten würde.

Tatsächlich rochen wir ihn schon, bevor wir ihn entdeckten – eine Mischung aus drei Tage alten Windeln, dem Schlafzimmer eines Teenagers und dem puren Bösen. Wir kamen uns vor wie bei einem olfaktorischen Hindernislauf.

Frisco trug einen Seemannspullover, einen Overall und eine Strickmütze (obwohl es brutheiß war) und stand vor einer Gruppe von etwa fünfzig oder sechzig Hipstern, die alle lautstark nach einem Happen von dem verfaulten Hai verlangten.

»Verdammte Scheiße«, stieß Lucy hervor. »Mit einer solchen Ansammlung habe ich nicht gerechnet.«

»Ich auch nicht.« Ich beobachtete eine schlanke Zweiundzwanzigjährige mit Rapunzelzopf und superknappen Jeansshorts bei ihrem Versuch, ein Stück Hákarl hinunterzuwürgen. Sie schluckte angestrengt, klimperte mit den Wimpern und lächelte Frisco begeistert an.

Eigentlich bestand fast die ganze Schlange vor dem Stand aus schlanken zweiundzwanzigjährigen Frauen, die versuchten, sich nicht zu übergeben, während sie auf dem eingelegten Hai herumkauten.

Frisco entdeckte uns und winkte uns zu sich.

»Hey, Kumpel, schön, dass du kommen konntest! Und du musst Lucy sein! Freut mich, dich kennenzulernen.« Er küsste uns beide auf die Wange, und ich spürte dreiundfünfzig junge Augenpaare auf uns gerichtet.

»Sieh mal an!«, sagte ich. »Ich hätte nicht gedacht, dass du gleich so großen Erfolg hast!«

»Warte nur, bis du den Hai probiert hast«, erwiderte er. »Er wird dich umhauen!«

»Wahrscheinlich im wahrsten Sinne des Wortes«, flüsterte Lucy.

»Entschuldigung! Darf ich mal?« Wir drehten uns um und sahen eine Doppelgängerin von Cara Delevingne in einem Playsuit erwartungsvoll vor dem Stand stehen.

Frisco lehnte sich über den Tresen und zeigte dabei einen beeindruckend muskulösen Bauch. »Hallo Schätzchen, was kann ich für dich tun?«

»Es tut mir leid, wenn ich unterbreche, aber ich muss

dir einfach sagen, dass das der absolut beste Hákarl ist, den ich jemals gegessen habe.«

»Du hast schon öfter welchen gegessen?«, fragte er.

Cara nickte energisch. »Ich bin für Fotoshoots schon oft in Island gewesen. Im letzten Winter für das Magazin *Wallpaper.* Einige Aufnahmen wurden auf einem Trawler gemacht, und die Fischer haben mich ständig damit gefüttert.«

»Das kann ich mir gut vorstellen«, murmelte ich.

»Aber deiner ist wirklich der allerbeste, das musste ich dir einfach sagen.«

Frisco lächelte auf eine Art, die ich noch nie zuvor bei ihm gesehen hatte, und beugte sich noch weiter zu ihr vor. »Wie nett von dir. Im Augenblick habe ich hier alle Hände voll zu tun, aber ich würde mich gern noch mit dir über Island unterhalten. Kann ich dich mal anrufen?«

Cara erwiderte sein Lächeln. »Wie wäre es, wenn ich gegen sechs Uhr zurückkomme? Wenn du für heute Schluss gemacht hast, können wir was trinken gehen.«

»Das klingt großartig. Also dann, bis später.« Frisco sah ihr mit einem schmachtenden Ausdruck in den Augen nach.

Ich zupfte ihn am Ärmel.

»Oh, tut mir leid, Lauren! Wie unhöflich von mir – jetzt bekommt Lucy und du endlich ein Stück Hákarl von mir. Geht natürlich aufs Haus.«

Ich warf einen Blick auf das Tablett mit den Haifischstücken und die Menge der jungen Frauen, die Frisco anhimmelten und ihn um eine Kostprobe anflehten. Und als ich den widerlichen, verwesten Hai noch einmal betrachtete, wurde mir klar, dass Frisco niemals mit mir Sex haben würde.

»Ich glaube, ich verzichte«, sagte ich und drückte Lucys Arm. »Ich habe schon ziemlich viel gegessen und außerdem dort drüben einen leckeren Kuchen gesehen, den ich unbedingt probieren möchte. Da sollte ich mir nicht vorher den Appetit verderben.«

Frisco wirkte einen Augenblick lang ziemlich geknickt. »Bist du sicher? Da verpasst du was!«

»Ja, bestimmt. Aber ich gratuliere dir – dein Traum wird anscheinend wahr.«

Er schaute sich um und grinste. »Schätze schon.«

Lucy und ich überließen ihn seinen bewundernden Fans und zogen los, um uns mit Backwaren vollzustopfen, bevor wir uns ausreichend Tequila gönnten.

»Gott sei Dank hast du diesen vergammelten Hai nicht gegessen«, meinte Lucy, als wir nach Hause wankten. »Er sah richtig ekelhaft aus.«

»Ja, scheiß auf diesen Hai! Und auf Frisco und seine Milliarden!« Schlagartig wurde ich nüchtern. Da hatte es sich mal wieder gezeigt: Ein Mann kann eine Milliarde Dollar haben, eine perfekte Wohnung und einen süßen Mops, aber am Ende ist er nur auf der Suche nach jemandem, der seinen eingelegten Hai zu schätzen weiß.

Mein Buch weist darauf hin, dass es viele Gründe gibt, warum ein Junge nicht an einem Date mit einem bestimmten Mädchen interessiert sein könnte. Vielleicht ist er schüchtern, oder er hat sie einfach noch nicht bemerkt.

Oder er hat andere, wichtigere Interessen (wie zum Beispiel, seine Milliarden für eingelegten Hai auszugeben).

Und laut dem Buch gibt es noch einen entscheidenden Grund für einen Mangel an Interesse: Der Junge ist zu beliebt. Wenn das der Fall ist, empfiehlt mein Ratgeber dem Mädchen, sich lieber »einen netten, schüchternen, aber an ihr interessierten Jungen zu suchen, anstatt sich sehnsüchtig nach einem unerreichbaren Partylöwen zu verzehren«.

Wahrscheinlich werde ich nie erfahren, welche Absichten Frisco bei mir hatte. Möglicherweise war er einfach nur einsam in einer fremden Stadt. Oder er brauchte Streicheleinheiten für sein Ego. Aber eins stand fest: Die Zeiten, in denen ich einem Mann hinterhergeschmachtet hatte, waren vorbei.

Ich ging nach Hause und schrieb meine Erkenntnisse auf, während ich an einem großen Glas Bourbon nippte.

Name: Frisco
Alter: 32
Beruf: Milliardär, Unternehmer in Sachen eingelegter Hai, technisches Genie, Herzensbrecher
Nationalität: Amerikaner
Beschreibung: Stoppelbart, Grübchen, perfektes Äußeres
Methode: *The Art of Dating*
Ergebnis: Nette Mädchen (die nicht aussehen wie Cara Delevingne) ziehen den Kürzeren

Schlussfolgerung zu

The Art of Dating

Es war recht angenehm, ausnahmsweise mal nett zu meinem Date sein zu dürfen, und ich war nicht so sehr von Selbsthass erfüllt wie bei den anderen Ratgebern, aber die vielen Recherchen und die ständig positive Einstellung zu seinen Interessen (ganz zu schweigen von der Zeit, die ich darauf verwendet habe, mir die Haare einzudrehen) haben sich nicht ausgezahlt. Und sie haben mich nicht weitergebracht. Schlussendlich wollen Jungs in einem Mädchen doch keinen Kumpel sehen. (Was genau sie wollen, weiß ich immer noch nicht …)

Funktioniert am besten …

… wahrscheinlich bei Typen, die nett, schüchtern und interessiert sind, also bei denjenigen, mit denen man laut Buch ausgehen soll. Auf keinen Fall bei Alpha-Männchen.

Anzuwenden von …

… Frauen, die auf der Suche nach dem Jungen von nebenan sind. Adrenalinjunkies kommen hier nicht auf ihre Kosten.

Ich war allerdings noch nicht bereit, mich mit dem netten, schüchternen Typ zufriedenzugeben. Deshalb würde ich im kommenden Monat mit dem Buch *Belle de Jour's Guide to Men* meine innere Sexgöttin entfesseln.

BUCH SECHS:

Belle de Jour's Guide to Men
oder:
Belle de Jour's Gebrauchsanleitung für Männer

1. September

Mit neu erwachter Zielstrebigkeit betrat ich den Buchladen. Schluss mit den Fünfzigern, Schluss mit den amerikanischen Milliardären, die nur Freundschaft wollen, Schluss mit dem »Ich-bin-das-nette-Mädchen-von-nebenan«-Getue. Es war September, und in diesem Monat wollte ich um jeden Preis flachgelegt werden. Und ich wusste, wer mir dabei helfen konnte.

Ich schlich mich am Buchhändler vorbei, der in eine zerfledderte Ausgabe von *Liebende Frauen* vertieft war; er hatte eine Hand um eine Teetasse gelegt, und seine Locken hingen ihm wirr über die Augen. Auf dem Dachboden grub ich aus, wonach ich gesucht hatte: *Belle de Jour's Guide to Men*. Belle hatte etliche Bestseller über ihre sexuellen Abenteuer als Edelhure bei einem Escortservice in London geschrieben. Später wurde ihre Identität als Forscherin und Wissenschaftlerin enthüllt, die sich ihr Studium als Callgirl verdient hatte. Sie war eine Expertin im sexuellen wie im wissenschaftlichen Bereich, also genau das, was ich brauchte.

Ich muss zugeben, dass ich mir niemals gewünscht habe, ein Callgirl zu sein. Eine Stripperin, ja, das schon – allerdings nur für eine Nacht –, aber nie ein Callgirl. Ich habe mir auch immer gewünscht, einmal einen Tag lang einen Zug fahren zu dürfen (oder heißt es »einen Zug führen«?)

und vierundzwanzig Stunden in einem Leuchtturm zu wohnen. Stripperin, Zugführerin und Leuchtturmwärterin – das hätte ich alles gern einmal ausprobieren wollen. Aber Prostitution hat mich nie verlockt.

Auch wenn man die moralischen und ethischen Bedenken des Sexgewerbes beiseitelässt, scheint man doch ständig unter Druck zu stehen. Sex kann ohnehin schon stressig sein, auch wenn niemand dafür sein teuer verdientes Geld auf den Tisch legt. Wie demütigend muss es wohl sein, wenn jemand sein Geld zurückfordert! Wahrscheinlich könnte ich dann meinen Zuhälter dazu bringen, dem Kerl die Kniescheiben zu zertrümmern, aber mein Selbstbewusstsein wäre trotzdem im Eimer.

Außerdem erfordert Edelprostitution eine Menge Aufwand. Ein hohes Maß an Körperpflege. Normalerweise gehe ich davon aus, dass ein Mann dankbar ist, wenn ich auftauche, mich ausziehe und Sex mit ihm habe, egal wie meine Bikinizone aussieht. Bei einer Escort-Dame ist das etwas anderes: Sie muss anscheinend gerupft sein wie eine Weihnachtsgans.

Aber verzweifelte Situationen erfordern verzweifelte Maßnahmen; es war also an der Zeit, die schweren Geschütze à la Belle aufzufahren. Wenn sie mir nicht zu gutem Sex verhelfen konnte, was blieb mir dann noch übrig?

Ich polterte mit meinem Schatz in der Hand die Treppe hinunter und schreckte dabei den Buchhändler auf. Er fuhr hoch und kippte beinahe seine Tasse um. »Oh, Sie sind es«, stellte er fest und widmete sich wieder D. H. Lawrence.

»Ich möchte das hier kaufen!«, verkündete ich und hielt ihm das Buch vor die Nase.

Er nahm es in die Hand und stieß einen tiefen Seufzer aus. »*Belle de Jour's Guide to Men?*«, las er übertrieben ungläubig vor. »Heilige Scheiße, warum kaufen Sie sich diese grauenhaften Bücher? Sie scheinen doch eigentlich ein recht vernünftiges Mädchen zu sein ...«

»Frau«, verbesserte ich ihn. »Mädchen ist diskriminierend.«

Er verdrehte die Augen. »Schon gut. Sie sind doch anscheinend eine vernünftige *Frau*. Sie verstehen ein bisschen etwas von Fußball. Und trotzdem kaufen Sie massenweise diesen alten Schwachsinn über Dating.«

In mir stieg Zorn auf. »Genau deshalb geht heutzutage kein Mensch mehr in Buchläden: weil Leute wie Sie den ganzen Tag mit ihren Tweedjacken und den alten Ausgaben von Dickens herumstehen und Menschen wie mich wegen der Auswahl ihrer Bücher verurteilen!«

»Wir Buchhändler verbringen meist ein Leben in Armut und genießen nur wenige Vorteile, die dieser Beruf mit sich bringt. Dazu gehört, dass wir neugierig sein und uns über die literarischen Vorlieben unserer wenigen Kunden ein Urteil erlauben dürfen. Also ist es mein gutes Recht, Ihnen sagen zu dürfen, dass dieses Buch ein Haufen stinkender Scheiße ist und verbrannt werden sollte.«

Ich schnaubte missbilligend – ziemlich laut! – und erwiderte: »Tja, das geht Sie zwar überhaupt nichts an, aber ich brauche dieses Buch für ein wissenschaftliches Projekt, an dem ich arbeite.«

Er zog skeptisch eine Augenbraue hoch.

Ich erklärte ihm mein Projekt, und als ich geendet hatte, klammerte er sich haltsuchend an seinen Schreibtisch, um nicht vor Lachen umzufallen. Ich bemühte mich, nicht beleidigt zu sein, aber natürlich gelang mir das nicht.

»Meine Güte«, japste er zwischen zwei Lachanfällen. »Das ist der größte Mist, den ich jemals gehört habe!«

»Freut mich, dass Sie sich darüber so amüsieren können!«, schnaubte ich. »Aber lassen Sie sich gesagt sein, dass ich bereits wichtige wissenschaftliche Erkenntnisse daraus gezogen habe!«

Er brach wieder in Gelächter aus. »Ach ja? Bitte lassen Sie mich daran teilhaben.«

Ich dachte kurz nach. »Nun, alle lieben die Jagd.«

»Du lieber Himmel! Für diese Erkenntnis haben Sie fünf Monate lang wissenschaftlich recherchiert? Dafür hätten Sie einfach nur das Gedicht von Thomas Wyatt lesen müssen. Wie geht es gleich noch? *›Wer da zu jagen wünscht, ich weiß ein Wild, Nicht mir bestimmt, ach, ich vermag's nicht mehr: Ermüdet von vergeblicher Beschwer …‹*«

»Ah«, sagte ich, »aber vergessen Sie nicht, wie es endet: *›Noli me tangere, Caesar bin ich geweiht, Die zahm erscheint, doch wild die Fessel scheut‹.*«

Ich kam mir ziemlich klug vor.

»Da haben wir's!« Er wirkte mit einem Mal wütend. »Warum holt sich eine Frau, die den verdammten Wyatt zitieren kann, Ratschläge von einem Haufen Idioten wie diesen?« Er riss mir den Ratgeber aus der Hand und fuhr mit ihm wie mit einem Schwert durch die Luft.

Ich griff nach dem Buch und holte es mir zurück. »Ich habe Ihnen doch schon gesagt, dass es im Dienst der Wissenschaft ist!«

»Ich kann mir nicht vorstellen, dass Ihr Name demnächst in *The Lancet* erscheinen wird.«

Ich zuckte mit den Schultern. »Es interessiert mich eben, okay?« Mein Versuch, nicht abwehrend zu klingen, scheiterte kläglich. »Das ist doch für die meisten Menschen der Grund, bestimmte Dinge zu tun, richtig?«

»Die meisten Menschen verkaufen ihre Seele und verhalten sich wie Vollidioten, nur weil sie an etwas Interesse haben. Das ist Selbstsabotage.« Er sah mich ruhig an, und einen Moment lang fühlte ich mich von seinen wachen grünen Augen fixiert wie eine kleine zappelnde Amöbe unter dem Mikroskop. Rasch wandte ich den Blick ab.

»Hören Sie mal zu, Sie Hobbypsychologe: Vielen Dank für Ihre Analyse, aber Sie verstehen sicher, dass ich nur ungern Ratschläge von einem misanthropischen, zerzausten, leidlich verwirrten und erfolglosen Buchhändler annehmen möchte, egal wie viele Strickjacken er auch besitzen mag. Kann ich jetzt dieses Buch bezahlen?«

Er lächelte auf eine Weise in sich hinein, die mich wieder aus der Fassung brachte. Ohne ein weiteres Wort nahm ich das Wechselgeld an mich. Als ich zur Tür hinaushastete, rief er mir nach: »Lassen Sie sich von den Idioten nicht unterkriegen! Und kaufen Sie sich um Himmels willen beim nächsten Mal ein richtiges Buch!«

»Danke für den weisen Rat, Yoda.« Ich schlug die Tür hinter mir zu.

Auf dem Heimweg murmelte ich, viel zu spät, noch einige Retourkutschen für den Buchhändler vor mich hin und machte einen kleinen Abstecher in den Schnapsladen.

Nach einem Monat Dating aus den Fünfzigern und sexueller Enthaltsamkeit stellte ich erleichtert fest, dass Sex – was eigentlich keine Überraschung war – bei Belle absoluten Vorrang hatte. Im Gegensatz zu den meisten bisherigen Ratgebern war bei ihr nicht die Rede davon, dass man dazu unbedingt verliebt sein muss: Ein ganzes Kapitel dreht sich um den nicht immer ganz einfachen Umgang mit Freunden mit gewissen Vorzügen.

Ich hoffte, dass Belle mir den Weg zu befriedigendem Gelegenheitssex zeigen konnte. Wie sich herausstellte, ist ihre Strategie verblüffend einfach: Man sollte jede Menge unverbindlichen Sex haben. Ich war entrüstet. War das nicht genau das, was ich vor all den Monaten mit Adrian praktiziert hatte? Und eigentlich schon die ganze Zeit versucht hatte? Vielen Dank für nichts, Belle.

Ich ging auf den Balkon, um eine zu rauchen und mir alles noch einmal durch den Kopf gehen zu lassen. Wahrscheinlich war die Sache mit Adrian doch nicht ganz so zwanglos gewesen. Ich dachte an die SMS, in denen ich ihn gefragt hatte, wie sein Tag gelaufen war, an die Fragen nach dem nächsten Treffen und an diese verdammten Spiegeleier … Belles erster Ratschlag in Hinsicht auf Freunde mit gewissen Vorzügen lautete, sich nicht emotional zu binden. Die Tatsache, dass ich nach Monaten immer noch an ihn dachte, zeigte mir, dass ich bereits an der ersten Hürde gescheitert war.

Seine Abschiedsparty fand am nächsten Wochenende statt: Das war meine letzte Chance, ihm zu beweisen, dass ich tatsächlich eine Sexgöttin ohne Forderungen war, ein Mädchen, mit dem man unverbindlich Spaß haben konnte. Mit Belles Hilfe würde ich es diesem Mann zeigen, und wenn es das Letzte war, was ich in meinem Leben tat.

Ich drückte die Zigarette aus und marschierte in die Wohnung zurück. Es gab einiges zu planen.

6. September

Die Party fand morgen statt, also machte ich mich an die letzten Vorbereitungen.

Während der vergangenen Tage war Belle zu meinem persönlichen Guru geworden. Ich folgte ihr bereitwillig, wohin sie mich auch führte.

Ich hatte ein komplettes Schönheitsprogramm durchgezogen: Um meinen Körper beweglicher zu machen, hatte ich jeden Morgen Bikram-Yoga gemacht, ich hatte fast jedes Härchen mit Wachs entfernt und schließlich die Peelingcreme verwendet, die Cathryn mir letztes Jahr zu Weihnachten geschenkt hatte. Dann hatte ich mit größter Sorgfalt das perfekte, von Belle befürwortete Outfit aus meinem Kleiderschrank zusammengestellt (der Rock nicht zu kurz, die Absätze nicht zu hoch). Obwohl ich in der plüschigen Umkleidekabine einen Ausschlag bekommen hatte (anscheinend bin ich allergisch gegen Velours), gab ich einen ganzen Wochenlohn für Wäsche von *Agent Provocateur* aus. Zum ersten Mal in meinem Leben ließ ich mich maniküren und pediküren und ertrug dabei den entsetzten Gesichtsausdruck des armen koreanischen Mädchens, das die Hornhaut von meinen Füßen kratzen musste.

Ich machte Belles Quiz, um herauszufinden, welcher Typ ich bei der Männerjagd war. Sieben Punkte – ich war begeistert. Das bedeutete, dass ich ein »furchtloses Luder« war. Und definitiv »nicht zur Ehe geeignet«. Ich zog tatsächlich in Erwägung, mir das irgendwohin tätowieren zu lassen. (Wahrscheinlich hätte ich es sogar getan, wenn ich nicht mein ganzes Geld für einen schwarzen Spitzentanga und einen Push-up-BH ausgegeben hätte.)

Aber eine Sache bereitete mir noch Kopfzerbrechen: Belle ist der Ansicht, dass ein furchtloses Luder selbst schuld ist, wenn es auf ihrer To-do-Liste in puncto Sex einen noch nicht abgehakten Punkt gibt.

Ich dachte an Lucy, die Tristan regelmäßig in Tante Dorothys Schrank sperrte, an meinen Schrecken, als Sleepy Eyes versucht hatte, mich … hinten zu entjungfern, an all die Partys im Torture Garden, bei denen ich nie gewesen war – und von denen ich bis vor Kurzem noch nicht mal etwas gehört hatte. Trotz meiner großen Klappe war ich im Grunde genommen ziemlich prüde.

Möglicherweise gab es eine Vielzahl von sexuellen Vorlieben, die ich in all den Jahren verpasst hatte. Verdammt, ich hatte bis zu meinem dreiundzwanzigsten Lebensjahr nicht einmal Kabelfernsehen gehabt! Plötzlich fiel mir die

Zeit an der Highschool ein, in der alle meine Freundinnen über David Duchovnys berühmt-berüchtigten Auftritt in der Erotik-Serie *Red Shoe Diaries* geredet hatten und ich fleißig genickt hatte, obwohl ich keine Ahnung hatte, worum es ging.

Oh Gott, ich war so naiv.

Aber Schluss damit! Ich musste meinen Ruf verteidigen, und ich hatte nur noch eine Gelegenheit, den Mann zu verführen, von dem ich hin und wieder träumte. Ich war ein furchtloses Luder, und niemand würde mir das ausreden können.

Ich fuhr den Laptop hoch und begann zu googeln. Hoffentlich brach meine Firewall bei den jetzt unvermeidlichen Pop-ups nicht zusammen.

Als Lucy nach Hause kam, hatte ich sechzehn Zigaretten geraucht und unfreiwillig alles über die Entwicklung der Pornographie in den letzten zwanzig Jahren gelernt. Die YouTube-Clips mit Duchovny in *Red Shoes* führten mich von Jenna Jamesons frühen Werken über Sasha Grey zu der schmutzigen Welt von YouPorn. (Amateurpornos sind genauso unsexy, wie man sie sich vorstellt. Manches sollte man wirklich lieber den Profis überlassen.) Und dann stieß ich auf Gold: die Plattform Tumblr mit Bildern im GIF-Format von jeder sexuellen Sündhaftigkeit, die man oder frau sich nur vorstellen kann. Von Fußfetischismus über Großmuttersex bis hin zu Furry-Fans, die in ihren riesigen Tierkostümen übereinander herfallen – ich schaute mir alles an. Und leider werde ich diese Bilder wohl nie mehr aus dem Kopf bekommen.

»Hast du so was schon mal gesehen?«, rief ich, als Lucy ihre Schlüssel auf den Beistelltisch legte.

»Was meinst du?«

Ich deutete auf den Monitor, wo gerade ein Riesenbaby von drei Frauen in bayerischer Tracht mit Tischtennisschlägern verhauen wurde.

»DAS!«

Lucy starrte mit zusammengekniffenen Augen auf das Bild und richtete dann ihre großen blauen Augen auf mich. »Letzte Woche habe ich auf einer Party so was Ähnliches gesehen, aber ich glaube, die Frauen waren als französische Dienstmädchen verkleidet.«

Ich heulte frustriert auf. Wie konnte es sein, dass die süße, unschuldig wirkende Lucy mehr Ahnung von Sex hatte als ich?

Sie rümpfte die Nase und sah sich das Bild genauer an. »Warum um alles in der Welt schaust du dir so was an?« Sie schnappte sich den Laptop und klickte sich durch die etwa zwanzig offenen Fenster auf dem Bildschirm. Sie wurde rot, und mit jedem Klick färbten sich ihre Wangen dunkler. »Lo, was ist das … oh, mein Gott!« Als ein besonders verstörendes Bild erschien, klappte sie meinen Laptop energisch zu. »Schätzchen, ich weiß, dass ich deine Privatsphäre respektieren sollte, aber willst du vielleicht darüber reden? Hast du möglicherweise eine psychische Krise?«

Ich nahm ihr den Laptop wieder ab. »Nein! Ich versuche nur, mich zu informieren, um auf Adrians morgige Party vorbereitet zu sein.«

»Um Himmels willen, um was für eine Party geht es

denn?« Sie nahm meine Hand und drückte sie. »Du musst nichts tun, was dir nicht angenehm ist, Lauren. Lass dich von diesen kranken Idioten nicht zu …«, sie deutete auf den Laptop, »zu weiß Gott was zwingen.«

Ich schüttelte ihre Hand ab. »Es ist eine ganz normale Party. In einem Lagerhaus irgendwo in Tottenham. Aber es ist meine letzte Chance, ihm zu beweisen, dass es idiotisch von ihm war, die Sache mit mir zu beenden. Und damit mir das gelingt, muss ich ein sexueller Überflieger sein.«

Ich erklärte ihr Belles Konzept und meine Sorge, dass ich zu prüde sein könnte. »Ich meine, schau nur mal dich an! Vertraut mit der Sadomaso-Szene und all das! Du hast sogar schon Männer gesehen, die sich als Babys verkleiden und sich verhauen lassen. Es kommt mir so vor, als hätten alle einen Fortgeschrittenenkurs in sexueller Perversion absolviert, und nur ich war an diesem Tag krank und habe ihn versäumt!«

»Du spinnst doch! Gut im Bett zu sein heißt nicht, sich in ein seltsames Latexkostüm zu zwängen oder sich wie ein Schlangenmensch zu verbiegen. Mal etwas auszuprobieren macht Spaß, und Tristan hat offensichtlich einige bestimmte Vorlieben, aber den besten Sex haben wir beide im Bett, ganz gemütlich an einem Sonntagvormittag. Und ganz normal. Das ist mein Ernst.«

Lucys Worte beruhigten mich etwas, aber nachdem sie ins Bett gegangen war, googelte ich trotzdem noch ein wenig weiter. Ich musste morgen eine sexuelle Rakete sein, und wenn es mich umbrachte. Was, wenn ich mir einige

Stellungen auf den Bildern ansah, durchaus der Fall sein konnte.

7. September

Nach meiner Joggingrunde am Morgen verbrachte ich den Tag damit, mich gedanklich in Belle hineinzuversetzen und die hin und wieder auftretenden Panikattacken und Selbstzweifel zu unterdrücken. Das gelang mir nur, indem ich im Lauf des Nachmittags mindestens achtunddreißig Zigaretten rauchte.

Am Abend machte ich dann das, was ich meistens vor einer Party tue: Ich kippte drei Wodka, während ich mich zurechtmachte, und verlief mich dann auf dem Weg dorthin. Tottenham war Neuland für mich, und während ich Straße um Straße an schäbigen Hähnchenbratereien und Fliesen-Discountläden vorbeilief, kam ich zu der Überzeugung, dass ich nichts verpasst hatte.

Drei Busfahrten und einen langen Spaziergang später fand ich endlich die Adresse, die Adrian mir per SMS geschickt hatte, aber ich war nicht ganz sicher, ob hier auch tatsächlich die Party stattfand. Ich ging zehn Minuten lang um das verschlossene Lagerhaus herum und versuchte, einen Eingang zu finden. Schließlich schickte ich Adrian nervös eine SMS und fragte ihn, ob ich hier wirklich richtig war. Die Nächte wurden allmählich kürzer, also war es um zwanzig Uhr bereits stockdunkel. Wahrscheinlich verbargen sich ringsumher überall furchteinflößende Menschen und Dinge, die ich nicht sehen konnte. Ich stand auf dem stillen Parkplatz und spürte Panik in mir aufsteigen. Um mich zu beruhigen, zündete ich mir rasch eine Zigarette an und starrte auf das abblätternde Schild einer Firma für Baubedarf.

Ich beschloss, noch fünf Minuten zu warten, dann meinen lächerlichen Verführungsplan aufzugeben und mich mit Lucy im Pub in der Old Street zu treffen. Meine Augen wurden feucht, als ich an ein warmes Plätzchen dort dachte – zurück in der Zivilisation.

Plötzlich zerriss ein lautes, mechanisches Rumpeln die Stille, und ich betrachtete erschrocken, wie sich ein großer Teil des Gebäudes scheinbar in die Luft hob, verschwand und ein riesiges schwarzes Loch hinterließ. Ich bereitete mich auf die Flucht vor und verfluchte Belle leise dafür, dass ich Schuhe mit Absätzen anstatt Sneakers tragen musste.

In dem schwarzen Loch tauchte die Silhouette eines Riesen auf.

»Cunningham! Warum stehst du da rum? Komm her und gib mir einen Kuss!«

Vor Erleichterung ging ich beinahe in die Knie, als Adrian mit einem hohen Onkel-Sam-Hut auf dem Kopf aus dem Schatten trat.

»Du hast mich beinahe zu Tode erschreckt!«

»Warum bist du denn nicht einfach reingekommen, anstatt hier draußen rumzulungern?« Adrian kam zu mir und legte seinen Arm um meine Schultern. »Hübscher Rock, übrigens. Du siehst aus wie eine sexy Immobilienmaklerin.«

Ich schob ihn weg, obwohl mein Magen bei seiner Berührung einen Purzelbaum geschlagen hatte. »Ich habe die verdammte Tür nicht gefunden! Was zum Teufel tun wir hier eigentlich?« Wir gingen durch das gähnende Loch, das sich als Garagentor entpuppte.

»Eine Freundin von mir wohnt hier. Sie hat die Lagerhalle selbst umgebaut. Warte, bis du die Innenräume siehst: Sie sind einfach irre.«

Er nahm mich an der Hand und führte mich einen dunklen Gang entlang zu einer riesengroßen Wellblechtür. »Nach dir, meine Liebe.« Adrian verbeugte sich tief.

»Pass auf deinen Hut auf.« Ich schob die Tür auf.

Irre war der richtige Ausdruck für diese Wohnung. Die Tür führte in ein höhlenartiges Wohnzimmer mit bloßen Ziegelwänden und gewölbter Decke. Der riesige Raum war durch eine Reihe Torbögen unterteilt, an denen ein paar Hipster – wahrscheinlich Künstler – lehnten und Getränke aus alten Marmeladengläsern schlürften. Die Möblierung war eher spärlich, aber der Boden war mit afghanischen Teppichen bedeckt.

»Du lieber Himmel«, murmelte ich.

»Fantastisch, findest du nicht? Den Tisch und die Stühle hat sie selbst gemacht.« Adrian deutete auf einen prächtigen Holztisch und Stühle mit lederbezogenen Rückenlehnen. »Das Sofa auch.« Er zeigte auf eine niedrige Couch aus steifem blauem Material. »Es besteht ausschließlich aus Recycling-Materialien. Den Sockel bilden alte Milchkisten, und den Bezug hat sie aus IKEA-Taschen gemacht.«

»Sie scheint eine tolle Frau zu sein.«

Er nickte versonnen. »Sie ist einfach unglaublich.«

Mein Mut sank. Wer auch immer diese Frau war, sie hatte Adrian offensichtlich schwer beeindruckt. Jetzt konnte ich nur noch hoffen, dass sie hässlich war.

»Hast du sie gefunden, Schätzchen?« Ich hörte ihre Stimme, bevor ich ihr Gesicht sah, und mir war sofort klar, dass ich keine Chance hatte: Sie war Französin. Und jede Nicht-Französin wusste, dass es beim Beziehungspoker eine Karte gibt, die alle anderen sticht: die französische Frau.

Und dann tauchte sie vor uns auf, Beine wie ein Fohlen und viel Eyeliner. Sie sah aus, als wäre sie gerade nach dem besten Sex ihres Lebens aus dem Bett gestiegen. Ich warf einen Blick auf Adrians bewundernde Miene. Vielleicht entsprach das sogar der Wahrheit.

Adrian umklammerte ihr Handgelenk, als wäre sie der letzte Rettungsring auf der Titanic. »Lauren, das ist die bezaubernde Emmanuelle.«

Er präsentierte sie mir wie ein hübsch verpacktes Geschenk. »Emmanuelle, das ist meine Freundin Lauren.«

Sie schenkte mir ein träges Lächeln. »Lauren! Die Amerikanerin! Ich habe schon so viel von dir gehört.« Sie umschlang mich mit den Ärmeln ihrer mit großen Federn besetzten Jacke.

Ich warf Adrian von der Seite einen argwöhnischen Blick zu. »Tatsächlich?«

»Natürlich! Adrian hat seit seiner Ankunft nur über dich gesprochen. Wie schön, dass du kommen konntest. Ich hol dir was zu trinken. Aperol oder lieber Campari?«

»Ähm, hast du auch Bourbon da?« Ich brauchte etwas Stärkeres, um diesen Abend zu überstehen.

»Typisch amerikanisch! Das gefällt mir. Ich werde mal nachschauen, was ich für dich auftreiben kann.« Sie schwebte in einer Wolke aus Federn und verwuscheltem Haar davon. Adrian schaute ihr hinterher, krank vor Verlangen.

Das war also meine Konkurrenz. Ich war geliefert. Um es genauer zu sagen, den Sex konnte ich mir abschminken.

Adrian begann, Loblieder auf Emmanuelle zu singen, kaum dass sie außer Sichtweite war. Ich blendete seine Stimme aus und versuchte, die Sache objektiv zu betrachten. Warum war ich so versessen darauf, von diesem Trottel begehrt zu werden? Ich musterte seine Brille und den lächerlichen Hut und versuchte, Abneigung oder zumindest Desinteresse heraufzubeschwören. Allein der treue Hundeblick, mit dem er Emmanuelle hinterherstarrte, während er mir etwas über ihr neuestes Kunstprojekt erzählte: erbärmlich! Er war einfach nur ein abgewrackter, absonderlicher Möchtegern. *Sie kann ihn haben,* dachte ich. Er war nicht mal gut im Bett.

Vor meinem geistigen Auge tauchte das Bild auf, wie er mich gegen die Wand meines Balkons geschoben hatte.

Na gut, okay. Er war gut im Bett. Aber trotzdem ein Arschloch. Ich konnte froh sein, wenn ich ihn endlich loswurde.

Emmanuelle kam mit einem Glas mit einer vielversprechenden braunen Flüssigkeit in einer Hand zurück; in der anderen balancierte sie eine grotesk lange Zigarettenspitze. Sie reichte mir das Glas, zog kräftig an ihrer Zigarette und blies den Rauch in perfekten weißen Ringen aus.

Ich dankte ihr für den Whisky und verriet ihr, dass ich noch nie einen Rauchkringel zustande gebracht hatte.

»Das ist ganz einfach. Ich zeig es dir.« Sie hielt mir die Zigarettenspitze hin und ließ mich daran ziehen. Als ich inhalierte, verschluckte ich mich beinahe – sie rauchte Marlboro Red. »Und jetzt schau auf meinen Mund. Leg die Lippen aufeinander und schieb die Zunge gegen die Zähne. Und dann stößt du den Rauch aus.«

Hustend blies ich eine Rauchfahne in die Luft, und Adrian kicherte.

»Tut mir leid, dafür fehlt mir wohl das Gefühl.«

»Unsinn. Probier's noch mal.«

Sie zog wieder an der Zigarette und reichte sie mir. Noch ein paar solcher Lektionen, und ich würde am Ende des Abends eine eiserne Lunge brauchen.

»Und jetzt blasen.« Sie formte mit den Lippen ein O und blies weitere perfekte Ringe in die Luft. »Ganz sanft.«

Ich startete einen weiteren Versuch und stieß einen Freudenschrei aus, als ein kleiner weißer Kringel aus meinem Mund kam.

»Wunderbar!« Sie legte einen Arm um meine Taille und flüsterte mir ins Ohr: »Ich habe gewusst, dass du mit diesem Mund tolle Sachen machen kannst.«

Ich schaute zu Adrian hinüber. Er sah aus, als würde er

bei unserem Anblick gleich in Flammen aufgehen. Plötzlich hörte ich Belles Stimme in meinem Kopf. *Wenn der Mann, den du haben willst, an einer anderen Frau Gefallen findet, gibt es eine einfache Lösung: Nimm sie beide mit nach Hause.*

Und so beschloss ich, es zum ersten Mal mit einem Dreier zu versuchen.

Ich entschuldigte mich und ging nach draußen, um eine zu rauchen und mir Mut zu machen. »Du kannst das«, sagte ich mir. »Du bist eine Frau von Welt! Eine total heiße Französin steht auf dich. Du kannst Sex mit ihr haben. Oder tun, was auch immer zwei Frauen miteinander im Bett tun. Du kannst auch mit Adrian Sex haben. Zur selben Zeit … irgendwie.« Ich dachte an die praktische Umsetzung und versuchte, mich an alles zu erinnern, was ich am Tag zuvor bei Tumblr gesehen hatte. Der Gedanke, dass jede Menge Leute ständig Sex zu dritt hatten und anscheinend problemlos damit klarkamen, tröstete mich. Außerdem war ich recht gut bei Tetris; wahrscheinlich würde mir ein Dreier ausgezeichnet gelingen.

Ich ging zurück und hakte mich bei Emmanuelle unter. »Würdest du mir den Rest deiner tollen Wohnung zeigen?«

»Natürlich!« Sie nahm mich an der Hand und zog mich mit sich. Adrian warf mir einen fragenden Blick zu und folgte uns.

Die Wohnung war wirklich fantastisch, das musste man ihr lassen, und sie schien ausschließlich wunderschöne fremdländische Menschen zu kennen. Wohin ich auch schaute, überall standen exotische Leute vor irgendeinem perfekt geformten Designerstück oder einer umgebauten Lampe und unterhielten sich leise über etwas, worüber ich nur spekulieren konnte. Worüber redeten so tolle ausländische Künstler? Über Monaco? Den Existenzialismus? Wie Adrian bei unserem Rundgang pausenlos hervorhob, hatte Emmanuelle fast alles von Hand gemacht. Sie wehrte seine Komplimente bescheiden ab, während sie ihre Finger leicht über meinen Rücken gleiten ließ.

In den nächsten Stunden flirteten Emmanuelle und ich miteinander und berührten uns verstohlen. Wie sich herausstellte, unterscheidet sich ein Flirt mit einer Frau kaum von dem mit einem Mann, allerdings tauscht man dabei mehr Make-up-Tipps aus. Es machte Spaß, auch wenn es ein wenig merkwürdig war.

Adrians anfängliche Begeisterung schlug in Verärgerung um: Offensichtlich fühlte er sich ausgeschlossen. Als Emmanuelle losging, um mir einen weiteren Drink zu holen, und dabei eine Spur *Le Labo Ambrette* zurückließ, nahm er mich zur Seite.

»Was ist in dich gefahren, Cunningham? Ich wusste gar nicht, dass du lesbische Neigungen hast.«

Ich versuchte, geheimnisvoll und sexy auszusehen. »Es gibt noch einiges, was du nicht über mich weißt. Ich bin eine Frau von Welt, verstehst du?«

»Nun, auf jeden Fall hat Emme Geschmack an dir gefunden. Du kannst dich glücklich schätzen, du kleines Luder.«

Ich lächelte ihn strahlend an. »Ich wollte dir deine Freundin nicht wegnehmen, A.«

Adrian sah mich verblüfft an, bevor er ein lautes Lachen ausstieß. »Sie ist nicht meine Freundin, mein liebes amerikanisches Mädchen. Vor ein paar Jahren ist sie mit einem Freund von mir gegangen, und seitdem sind wir gute Freunde geblieben. Als sie hörte, dass ich nach Amerika gehe, war sie so nett, mir ihre Wohnung für meine Abschiedsparty anzubieten.«

»Oh. Ich dachte …«

»Du kennst mich doch, Cunningham: immer frei und ungebunden! Außerdem hätte es keinen Sinn, mich fest zu binden, wo ich doch schon bald von hübschen Amerikanerinnen, die nicht genug von meinem singenden Akzent bekommen können, umringt sein werde. Von der Bettkante würde ich Emmanuelle allerdings nicht schubsen. Kein Mann kann einer heißen Französin widerstehen.«

Das war meine Chance. Jetzt würde ich ihm zeigen, dass ich ein furchtloses Luder war. Und zwar auf gute Weise, wie ich hoffte.

Ich setzte eine – hoffentlich – kokette Miene auf. »Wie wär's denn mit einer heißen Amerikanerin *und* einer heißen Französin?«

Adrian sah mich irritiert an. »Miss Cunningham, du überraschst mich. Schlägst du etwa vor, dass ich mit euch beiden tue, was die Franzosen ein kleines *rouler dans le foin* nennen?«

»Ich kann kein Französisch, aber ich glaube, ich weiß, was du meinst. Und ja, genau das ist es, was mir vorschwebt. Schockiert dich das etwa, Mr Dean?« Ich versuchte, meine innere Belle heraufzubeschwören und zum Glühen zu bringen.

Adrian grinste. »Du schockierst mich ständig, Miss Cunningham. Aber glaubst du, dass unsere französische Freundin damit einverstanden ist?«

Ich warf einen Blick zu Emmanuelle hinüber. Sie lächelte mich an, während sie sich mit einem weiteren Glas Whisky den Weg durch die Menge bahnte. »Mal schauen, was ich tun kann. Betrachte es als dein Abschiedsgeschenk.«

Emmanuelle legte mir eine Hand auf den Rücken, während sie mir den Drink reichte. »Hier, mein Schätzchen. Trink aus!«

Ich beugte mich zu ihr vor. »Sollen wir uns zurückziehen, um ein wenig ungestörter zu sein?«, flüsterte ich ihr ins Ohr, beeindruckt von meiner Dreistigkeit. Bei Frauen fiel es mir offensichtlich nicht schwer, das furchtlose Luder zu sein.

Sie lächelte mich an. »Daran denke ich schon den ganzen Abend. Komm mit.« Sie nahm meine linke Hand, und ich griff mit meiner rechten nach Adrian.

»Adrian auch?«, fragte ich zuckersüß.

Ihr Blick glitt zu Adrian hinüber, und ihr Lächeln wurde breiter. »Natürlich! Wie heißt es so schön? Je mehr, desto besser.«

Adrian sah aus wie ein Hündchen, dem man ein Sirloin-Steak vorgesetzt hatte. »Genau!«, rief er und schoss den Gang hinunter, wo, wie ich annahm, Emmanuelles Schlafzimmer lag. Sie lächelte mich wieder an, dieses Mal ein wenig schüchtern, und zog mich hinter sich her.

Ihr Schlafzimmer stand in starkem Kontrast zum Rest

der Wohnung: Statt dicken Stoffen und handgeschnitztem Holz sah man hier nur extrem Minimalistisches. Alles war in verschiedenen Grautönen gehalten, und in der Mitte des Raums stand ein riesiges Bett – ein so großes Bett hatte ich noch nie zuvor gesehen. Emmanuelle legte eine Hand auf meinen Rücken und gab mir einen sanften Schubs dorthin. Adrian hatte es sich bereits gemütlich gemacht und sich auf der Tagesdecke ausgestreckt.

Emmanuelle stellte sich hinter mich und küsste meinen Nacken, während Adrian sich hinkniete und begann, meine Bluse aufzuknöpfen. Ich erstarrte. *Oh, verdammt. Verdammt, verdammt, verdammt.*

Ich wich zurück. »Ich muss noch rasch ins Badezimmer«, stieß ich hervor. Meine Stimme klang unnatürlich hoch und erstickt. »Bin gleich wieder da!«

Adrian warf mir einen verärgerten Blick zu, als ich aus dem Zimmer schlüpfte.

Die Party war immer noch in vollem Gange, und irgendjemand hatte beschlossen, deutsche Trancemusik aufzulegen. Mein Kopf pochte, und ich begann zu schwitzen. Ich rannte ins Badezimmer, öffnete das Fenster und zündete mir eine Zigarette an.

»Reiß dich zusammen«, befahl ich mir. Plötzlich ging mir Madonnas Song »Like a Virgin« durch den Kopf. Madonna würde sich sicher nicht in einem Badezimmer verstecken, überlegte ich. Madonna passierte so etwas wahrscheinlich jeden Tag, und sie dachte sich dann nur: *Oh, ist heute Dienstag? Ah, also Dreier-Tag!* Verdammt. Wieder versuchte ich, mein inneres furchtloses Luder zu aktivieren.

Ich warf die Zigarette aus dem Fenster und starrte mein Spiegelbild an. »Du, Lauren, bist eine Rakete im Bett. Also geh jetzt da rein, und nimm dir diese sexy Französin vor.« Ich atmete tief durch und zog die Tür auf: Ich war bereit.

»Alles in Ordnung, Cunningham?« Adrian stand plötzlich vor mir. »Du machst doch keinen Rückzieher, oder?« Er zog mich dicht an sich. »Denn so hart war ich in meinem ganzen Leben noch nicht.«

»Nein!«, trällerte ich. »Wo denkst du hin? Ich musste mir nur mal… äh, die Nase pudern.« Meine Stimme wurde immer höher. Wenn das so weiterging, würden mich bald nur noch Hunde hören können.

Er beugte sich vor und biss mir ein wenig zu fest ins Schlüsselbein. »Dann kann die Party ja jetzt losgehen!« Er nahm seinen riesigen Onkel-Sam-Hut ab und schleuderte ihn durch den Gang, wo er ein brasilianisches Model und ihren zugekoksten Manager traf. »Entschuldige, Ana!«, rief er und schob mich zum Schlafzimmer.

Ich holte tief Luft, öffnete die Tür und dankte im Stillen Belle dafür, dass sie mich gezwungen hatte, mir tolle Unterwäsche zu kaufen.

8. September

»Hallo?« Meghans Stimme klang verschlafen, und einen Moment lang tat es mir leid, dass ich sie aufgeweckt hatte. Aber das war eine Ausnahmesituation, und als ich nach Hause gekommen war, war Lucy nicht da gewesen. Ich musste dringend mit jemandem reden.

»Meg? Ich bin's.«

»Schwesterchen?« Ich hörte das Bett knarren, als sie sich aufsetzte. »Alles in Ordnung?«

»Mir geht es gut! Aber ich muss dir unbedingt etwas erzählen.«

Sie stöhnte. »Es ist zwei Uhr morgens!«

»Ich weiß, ich weiß! Hoffentlich habe ich Sue nicht geweckt.«

»Nein, mach dir keine Sorgen. Sie ist nebenan.«

»Um zwei Uhr morgens?«

»Ich bin erkältet und schnarche, also schläft sie auf dem Sofa.« Ich hörte das Klicken eines Lichtschalters. »Was ist denn so dringend?«

Ich konnte kaum glauben, was ich jetzt sagte: »Ich habe einen Dreier ausprobiert.«

»WAS?« Jetzt war sie hellwach, das war sicher. »Mit einer Frau und einem Mann oder mit zwei Männern?«

»Mit einer Französin und mit Adrian.«

»Meine Güte! Ich weiß nicht so recht, ob du deiner großen Schwester so was erzählen solltest.«

»Hey, ich musste mir schließlich auch alles über dein

sexuelles Erwachen mit Lindsey Wheeler in der Highschool anhören. Jetzt bist du dran, das ist nur fair!«

»Okay, schon gut. Schieß los.«

Ich dachte an den vergangenen Abend. »Erinnerst du dich an diese alten Shows, die spät nachts im öffentlichen Fernsehen gesendet wurden? Solche Sketch-Serien wie die *Benny Hill Show*? So ähnlich war es, nur nicht so gut organisiert.« Und das stimmte tatsächlich: Es wurde ziemlich schnell zur Farce, als ich Adrian, Adrian Emmanuelle und Emmanuelle mich ums Bett jagte, bevor wir herausfanden, wie wir es angehen sollten. »Es gab mehr Wartezeiten, als ich gedacht hatte.«

»Und wie war der Sex mit der Frau? Hat es dir gefallen? Oh Gott, kannst du dir vorstellen, wie Mom reagieren würde, wenn sie jetzt zwei lesbische Töchter hätte? Sie würde überall damit herumprahlen.« Unsere Mutter war eine Feministin der zweiten Welle und eine sentimentale Liberale; in ihrem Freundeskreis war es ein Grund, stolz zu sein, wenn man einen schwulen Sohn oder eine lesbische Tochter hatte.

»Tja ... lass es mich so sagen: Ein zweites Mal muss ich das nicht unbedingt haben.« Emmanuelle zu küssen war so gewesen, als hätte ich einen kleinen Mann mit feuchtem Mund geküsst. Nicht unangenehm, aber es hatte auch keine verborgenen Sehnsüchte in mir geweckt. Der Rest war, offen gesagt, entsetzlich gewesen, und ich hatte nun großen Respekt für die Bemühungen von Männern, einen weiblichen Körper zu erforschen. Das war wirklich ein Wunderland.

»Ach, Mist! Ich habe gehofft, du wärst auf den Geschmack gekommen.« Als ich sie gähnen hörte, wurde mir bewusst, wie spät es bei ihr war.

»Ich lass dich jetzt wohl lieber weiterschnarchen.«

»Vielen Dank«, erwiderte sie. »Gute Nacht, Schwesterchen.«

Ich wollte gerade auflegen, als ich am anderen Ende noch einmal die Bettfedern quietschen hörte.

»Warte! Ich hab was vergessen!«

»Meine Neuigkeiten sind nicht zu toppen.«

»Es geht um Dylan.«

Ich stöhnte. Das Letzte, was ich jetzt hören wollte, waren irgendwelche Geschichten über meinen Ex. »Was ist mit ihm?«

»Er plant eine Radtour an der amerikanisch-kanadischen Grenze.«

Na klar. Er liebte diesen anstrengenden Ich-bin-an-der-frischen-Luft-und-eins-mit-der-Natur-Mist, den ich so verabscheute. Während unserer Beziehung hatte ich mich ständig vor seinen Plänen, den Himalaja zu besteigen oder durch Venezuela zu trampen, gedrückt. Und es ergab Sinn, dass er jetzt, wo wir nicht mehr zusammen waren, eine abenteuerliche Radtour machen wollte. Der Arsch.

»Was ist mit Kelly? Fährt sie mit?«

Ich sah es praktisch vor mir: Dylans blondes Haar, von der Sonne fast weiß gebleicht, sein Kinn vorgereckt, wild entschlossen, gegen die Elemente anzukämpfen, während sein Arsch von Tag zu Tag muskulöser wurde. Und sie würde wahrscheinlich neben ihm in die Pedale treten, in einem Einteiler aus Elasthan und mit im Wind flatterndem Pferdeschwanz (wahrscheinlich zusammengebunden mit einem Scrunchie – ha!). Oder sie würde ihm in einem alten Campingbus folgen, ihm ermutigend zuwinken und ihm hin und wieder ein Energiegetränk oder ein Gel reichen, während er sich abstrampelte. Und dabei würde sie natürlich Jeansshorts tragen, eine Auswahl an Kopftüchern und eine Vintage-Sonnenbrille. An mir sahen Kopftücher nie gut aus.

»Nein, ich glaube, sie haben sich getrennt. Ich habe sie bei Sangillo's einige Tequilas kippen sehen. Sie hing da mit ein paar Papagalli rum.«

Einen Moment lang stieg Zorn in mir auf, weil sie mir das nicht eher erzählt hatte, doch ich unterdrückte das Gefühl schnell wieder. Im Grunde genommen ging es mich gar nichts an.

»Wie auch immer, ich hab dir nur von seinen Lance-Armstrong-Ambitionen erzählt, weil er mich nach deiner Adresse gefragt hat. Anscheinend will er dir von unterwegs schreiben. Bist du damit einverstanden, wenn ich sie ihm gebe?«

Ich fragte mich zwar, was er mir wohl schreiben wollte, aber ich wollte Meghan nicht in eine unangenehme Situation bringen. Außerdem war das eigentlich keine große Sache – vielleicht war er nur auf der Suche nach Sponsorengeldern. Wahrscheinlich war er ohnehin zu erschöpft, um mir zu schreiben, und ich würde nie von ihm hören.

Ich sagte Meg, dass ich nichts dagegen hätte, und legte auf. Während ich noch über Dylans Kontaktversuch nachgrübelte, hörte ich Lucys Schlüssel im Schloss. Gott sei Dank. Ich rannte in die Küche und schaltete den Wasserkocher ein.

»Komm her und trink einen Kaffee mit mir«, rief ich. »Ich muss dir was erzählen.«

Name: Emmanuelle
Alter: Französinnen haben kein Alter
Beruf: Künstlerin und wahrscheinlich lesbisch
Beschreibung: Wunderschön und ebenso beängstigend
Methode: *Belle de Jour's Guide to Men*
Ergebnis: Ich schätze, ich habe ein paar latente Fragen geklärt

11. September

Seit ich mich in den frühen Morgenstunden des letzten Sonntags aus seinen und Emmanuelles Armen befreit hatte, hatte ich nichts mehr von Adrian gehört. Und ich rechnete auch nicht mehr damit, denn sein Flug nach Amerika ging bereits morgen. Ehrlich gesagt, gab es zwischen uns sowieso nicht mehr viel zu sagen. Wie mein alter Fußballtrainer immer von uns gefordert hatte, hatte ich bereits auf dem Feld alles gegeben.

Daher war ich vollkommen verblüfft, als während unserer Nachbesprechung eines Meetings mein Telefon plötzlich eine blecherne Version von Carly Simons Klassiker »You're So Vain« von sich gab.

Mein Chef sah sich wie üblich ein wenig verwirrt um, während Cathryn mich anstupste.

»Entschuldigen Sie mich«, sagte ich. »Das ist wahrscheinlich mein Arzt.« Ich schlich mich rasch aus dem Raum und nahm den Anruf entgegen. »Was willst du?«, flüsterte ich im Flur.

»Cunningham, du überraschst mich immer wieder, du kleines Luder. Aber warum bist du so schnell abgehauen?«

»Psst!«, zischte ich und kramte in meiner Tasche nach meinem Feuerzeug. Rasch ging ich durch den Notausgang nach draußen und zündete mir eine Zigarette an. Ich befürchtete, dass meine Kollegen irgendwie Adrians Gedanken aufschnappen könnten und ich dann gefeuert würde.

»Auf jeden Fall hast du einem dankbaren Briten zu einigen wunderbaren Erinnerungen verholfen, die ihn über das Meer begleiten werden. Kann ich mich dafür mit einer Tasse Kaffee revanchieren? Sagen wir, in etwa zehn Minuten?«

»Ich werde deine Vorstellung, dass sich diese beiden Dinge auch nur annähernd vergleichen lassen, einfach ignorieren und dein Angebot dankend ablehnen. Ich bin mitten in einem Meeting und muss gleich wieder zurück.« Ich wollte Adrians Gesicht nicht vor mir sehen. Das Bild, wie er mich, zwischen Emmanuelles Beinen liegend, angegrinst hatte, würde mich wahrscheinlich für den Rest meines Lebens verfolgen.

»Dann eben später. Komm schon, Cunningham – ich fliege morgen und will dich vorher unbedingt noch mal sehen.«

Es war verlockend, aber ich dachte an Belles Ratschlag bei aussichtslosen Sachen: Kämpfe nicht dagegen an.

»Nein, ich kann nicht. Schick mir eine Postkarte aus New York. Und schlag dir den Bauch mit Bagels voll.«

»Ah, du enttäuschst mich. Komm mich besuchen, wenn du mal wieder auf der anderen Seite des großen Teichs bist.«

»Tschüss, Adrian.«

Ich legte auf. Der Abschied von ihm machte mich traurig – trauriger, als ich erwartet hatte. Er war zwar ein Blödmann, aber in den letzten neun Monaten war er *mein* Blödmann geworden. Wenn man die schrägen sexuellen Eskapaden (vor allem die letzte) mal außer Acht ließ, war er mein Freund geworden. Und davon hatte ich in diesem Land nicht viele.

Ich drückte meine Zigarette aus und schob die schwere Metalltür auf. Jetzt war nicht der richtige Zeitpunkt, um darüber nachzugrübeln, und außerdem hatte ich Adrian schließlich das beweisen können, was ich mir vorgenommen hatte. Richtig?

14. September

Ich gönnte mir ein paar Tage, um die Ereignisse der letzten Woche zu verdauen, bevor ich mich wieder an meine Aufgabe machte: Ich musste mein inneres furchtloses Luder weiter aktivieren und mit neuen Testpersonen experimentieren. Ich nahm mir Belles Liste der Orte, an denen man Männer kennenlernen konnte, noch einmal vor und hoffte auf eine Eingebung.

Singletreffs. Sogar Belle räumt ein, dass das ein mit Männern unterbesetzter Schauplatz ist. Hier trifft man immer weitaus mehr gutaussehende Frauen als Männer. Also nur ein letzter Ausweg.

Arbeitsplatz. Überraschenderweise sind Männer in einem Museum äußerst dünn gesät (wahrscheinlich, weil Männer es bevorzugen, richtig gut zu verdienen). Meine Kollegen sind alle entweder merkwürdige Halb-Autisten oder verheiratet. Und von verheirateten Männern ließ ich lieber die Finger – trotz Belles drittem Vorschlag …

Der Mann einer anderen. Sie gibt zu, dass es sich hier um eine moralische Grauzone handelt und oft mehr Ärger bereitet, als es die Sache wert ist. Ich werde mich davon fernhalten (außer ich treffe einen extrem attraktiven Mann in einer extrem instabilen Partnerschaft).

Pubs und Clubs. Belle fasst das hervorragend zusammen: Die Chancen sind gut, aber die Auswahl ist nicht berauschend. Ich bin mir nicht sicher, ob ich im Augenblick eine nach Schweiß riechende Kellerbar in Dalston ertragen könnte. Zur Not schleppe ich vielleicht Lucy in ein Stadtviertel, wo der Haarschnitt keine große Rolle spielt, und versuche mein Glück dort in einem Pub.

An einem alltäglichen Ort. In Magazinen liest man oft, dass die Obst- und Gemüseabteilung im Supermarkt und die Schlange im Postamt ideale Orte sind, um Männer kennenzulernen. Aber wer kennt tatsächlich eine Frau, die ihrem Freund im Wartezimmer ihres Zahnarztes begegnet ist? Ich lebe in London: Hier redet man an solchen Orten nicht miteinander, und wenn man von einem Fremden dort angesprochen wird, hält man ihn für einen Verrückten. Was wahrscheinlich auch den Tatsachen entspricht.

Online. Oh Gott. Ich hatte mich immer noch nicht ganz von meinem YoDate-Experiment erholt. Sollte ich mir wirklich eine weitere Fahrt auf dem Sex-Karussell des Internets antun? Belle war der Ansicht, dass es für mich die beste Möglichkeit war. Aber kein amerikanisches YoDate und kein langweiliges Castaways mehr. Dieses Mal wollte ich mir eine Scheibe von den zwei Gruppen abschneiden, die anscheinend die meisten Treffer landeten, wenn es um Bettgeschichten ging: die Homosexuellen und die Jugendlichen. Ich würde mich bei Tinder anmelden.

Irgendwie kam es mir ein wenig komisch und, na ja, schrecklich vor, Leute nur nach ihrem Foto zu beurteilen und alle Gesichter, die einem nicht gefallen, nach links zu verschieben, auf Nimmerwiedersehen. Es fühlte sich … grausam an. Wahrscheinlich hatte sich das jemand mit Aggressionsproblemen einfallen lassen. Aber zu einem furchtlosen Luder schien es zu passen, und außerdem hatte sich eine von Lucys Freundinnen dort registriert und behauptete, mehr Typen kennenzulernen, als sie verkraften konnte. Und die Plattform ist gebührenfrei, also meldete ich mich an.

Ich nahm mir Zeit, um meine Calling Card auszusuchen (2011 nannte man das noch Profilfoto). Danach würden mich die Leute beurteilen, also musste die Aufnahme gut sein. Man konnte noch ein paar weitere Fotos einstellen, die ein Interessierter sich anschauen konnte, aber seien wir mal ehrlich: Männer haben die Aufmerksamkeitsspanne einer Fliege. Ich musste sie gleich mit dem ersten Bild an Land ziehen.

Ich fand ein hübsches Foto von mir, auf dem ich braungebrannt und vollbusig aussah, und stellte es ein. (Vorher hatte ich mich eingehend mit Cathryn beraten, die mit jeder Dating-Idee, mit der ich sie nervte, immer dankbarer wurde, bereits verlobt zu sein.) Nun konnte es losgehen.

In der Welt von Tinder bedeutet links »schlecht« und rechts »gut«. Meine ersten Versuche waren nicht von Erfolg gekrönt. Ich hatte schon seit jeher eine Rechts-links-Schwäche, also schob ich in den ersten fünf Minuten einige Spinner auf meine Ja-Seite und schickte einen vielversprechend aussehenden Mann versehentlich auf Nimmerwiedersehen in den Äther.

Aber dann hatte ich den Bogen bald raus und schob mich wie wild durch die Fotos. »Nein, nein, ja!«, sang ich vor mich hin, während ich fröhlich Bilder nach links und nach rechts wischte (hauptsächlich nach links). »Nein.

Vielleicht ein Ja? Meine Güte, wie sieht der denn aus?« Es machte fast süchtig, Leute so schnell abzuurteilen. »Nein! Nein!« Unglaublich, wie viele merkwürdige Typen es dort draußen gab!

Nach einer Stunde hatte ich mir mindestens die Hälfte aller Männer in London angeschaut und nur eine Handvoll auf die rechte Seite geschoben. Ich brauchte eine Zigarettenpause, um mich dann auf den Rest zu stürzen.

Als ich mein Telefon wieder in die Hand nahm, sah ich, dass einer meiner Auserwählten mich ebenfalls nach rechts geschoben hatte. Ich hatte ein Match! Wie aufregend!

Ich klickte seine anderen Fotos an. Er hatte strohblondes Haar, ein Kindergesicht und war wahrscheinlich hyperaktiv: Jedes Bild zeigte ihn in einer ungewöhnlichen Pose auf einem Fahrrad, einem Skateboard oder sogar einem dieser Kite-Boards. Ich bewunderte gerade seine Bauchmuskeln auf einem Foto (wo er anscheinend mit dem Skateboard einen Vulkan hinunterfuhr), als ich plötzlich eine Nachricht bekam.

Hey

Das war er! Über der SMS zeigte ein Foto den grinsenden Blondschopf. Einen Augenblick lang hatte ich das Gefühl, er könne mich sehen. Was, wenn die Tinder-Leute gemeinerweise ihre App mit FaceTime verknüpft hatten? Aber dann wurde mir klar, dass niemand mehr Sex haben würde, wenn das so wäre, also hörte ich auf, mir hektisch die Keksbrösel von der Brust zu wischen.

Ich überlegte, was ich antworten sollte. Aus »Hey« ließ sich nicht so viel machen. Ich beschloss, Feuer mit Feuer zu bekämpfen. »Hey«, tippte ich zurück, höchst zufrieden mit meiner klugen Wahl.

Er: Nettes Foto. Wollen wir uns treffen?

Verdammt! War das die übliche Geschwindigkeit in Tinderland? Kein Wunder, dass die Kids heutzutage alle schon so früh Sex haben und Schwule so auf Grindr stehen. Das ist die Zukunft.

Ich überlegte, was ich über ihn wusste: Er sah gut aus (ein Plus). Er war offensichtlich fit (auch ein Plus, außer wenn er seine Kraft dazu nutzte, mich zu ermorden, dann hatte ich Pech). Er wohnte in der Nähe (wieder ein Plus).

Und was wusste ich über mich? Ich hatte aus meinem Liebesleben ein soziologisches Experiment gemacht; ich hatte im Augenblick keine Aussicht auf Sex; meine persönliche Sicherheit und mein seelisches Wohlbefinden waren mir nicht besonders wichtig; ich befolgte im Moment die Ratschläge einer berühmten Edelnutte.

Mein nächster Schritt stand fest.

Ich: Klar. Wo und wann?

18. September

Heute fand das erste Date mit dem Blonden von Tinder statt. Da ich davon ausging, dass sich das Gespräch mit ihm zu fünfundachtzig Prozent über Radfahren drehen würde, nannte ich ihn den Biker.

Ich hatte Belles Anweisungen haargenau befolgt und trug wieder einen Bleistiftrock und Schuhe mit mittlerem Absatz. Mein Kontostand gestattet es nicht, mir schon wieder teure Unterwäsche zu kaufen, also kam das Set aus Spitze, das ich mir für Adrians Abschiedsparty besorgt hatte, noch einmal zum Einsatz. Schon beim Anziehen hatte es mir ein schmutziges Gefühl vermittelt – auf eine gute Weise –, und ich war in bester Stimmung, als ich aufbrach.

Auf dem Weg sah ich mir sein Foto noch ein paarmal an und las den kurzen Text in seinem Profil. Ein wenig nervös machte mich, dass er sich selbst als »abenteuerlustig« bezeichnete – wenn ich Belle glauben durfte, bedeutete das, dass er mich auffordern würde, während des Sex auf seine Brust zu scheißen. Obwohl ich in diesem Monat meinen sexuellen Horizont erweitern wollte, würde mir das doch ein wenig zu weit gehen.

Wir trafen uns in einem Pub in Clapton, rappelvoll mit verschwitzten Fahrradkurieren und anderen Fahrradverrückten. Der Biker wartete bereits mit einem Bier in der Hand auf mich. Als ich zur Tür hereinkam, entdeckte ich sofort seinen blonden Haarschopf und zwängte mich durch eine Gruppe von Männern in abgewetzten Cargo-Shorts und italienischen Rennfahrerhemden. Ich fühlte mich eindeutig overdressed. In Londons sozialer Hierarchie sind nur Barkeeper in Peckham cooler als Fahrradkuriere, und ich kam mir vor wie ein Niemand.

In echt sah er noch besser aus als auf dem Foto – sein Haar war heller, fast weiß, und durch das T-Shirt zeichneten sich seine Rückenmuskeln ab. Das gefiel mir. »Hey, da bist du ja!«, rief er, nachdem ich ihm auf die Schulter getippt hatte. Er deutete auf die Bar. »Such dir was aus!«

»Woher kommst du?«, fragte ich, während mein Bier eingeschenkt wurde. Sein Akzent klang australisch, aber irgendwie gedehnter und mit mehr »iii« drin.

»Ich bin ein Kiwi!« Er grinste breit. »Und du? Ein Inselaffe bist du nicht, das höre ich – eher ein Yankee oder ein Canuck?«

»Ein Yankee!«, erklärte ich stolz.

»Prima! Amerika ist klasse!« Er grinste und nickte wie eine dieser Wackelkopffiguren am Armaturenbrett eines Pick-ups, aber nach Monaten mit trockenem britischem Humor war es eine Erleichterung, jemanden so … unbeschwert reden zu hören.

Nachdem wir unsere Herkunft geklärt hatten, redeten wir über Fahrräder. Wie sich herausstellte, besaß der Biker eine Fahrradwerkstatt in Clapton. Er hatte bereits eine erfolgreiche Karriere im Marketing hinter sich. Einer Eingebung folgend, hatte er vor ein paar Jahren alles aufgegeben, um für den Rest seines Lebens Fahrräder zu reparieren.

»Du hast einfach gekündigt?«, fragte ich gespannt. Es beeindruckt mich immer, wenn jemand ohne zu zögern ein neues Leben beginnt. Ich war zwar auch um die halbe Welt gereist, aber das war verhältnismäßig einfach gewesen. Nach dem zweiundzwanzigsten Lebensjahr beruflich neu anzufangen ist dagegen in meinen Augen eine Heldentat. Außerdem faszinieren mich Leute, die nicht in einem Büro beschäftigt sind – diejenigen, die sich an Wochentagen frei bewegen können, ohne sich an eine geregelte Arbeitszeit halten zu müssen.

Immer wenn ich mich krankschreiben ließ, holte ich mir im Laden um die Ecke eine Suppe und wurde dabei beinahe von Freiberuflern über den Haufen gerannt, die unbekümmert ihren Nachmittag genossen. Sie waren überall zu finden: in Cafés, wo sie Kaffee aus nachhaltigem Anbau tranken und auf ihren Macbook Airs herumtippten, oder in teuren Secondhandläden beim Stöbern nach Klamotten. Ich musste jedes Mal das Bedürfnis unterdrücken, sie anzusprechen und zu fragen, womit sie ihren Lebensunterhalt verdienten, und wie ich da mitmischen könnte.

»Ja, genau!« Der Biker hörte sich an wie ein Neuseeländer mit kalifornischem Einschlag. Ich konnte nicht feststellen, ob das gekünstelt war, aber es klang irgendwie sexy. »Ich hatte einfach die Schnauze voll, also habe ich gekündigt.«

»Haben dich da nicht alle für komplett verrückt gehalten?«

»Ja, meine Freunde haben geglaubt, bei mir wäre plötzlich eine Schraube locker. Und meine Frau war nicht gerade begeistert!« Er trank einen Schluck von seinem Bier, und ich hatte Mühe, meins nicht über den Tisch zu prusten.

»Deine Frau?« Ich versuchte, meine Stimme nicht allzu ungläubig klingen zu lassen. Die ganze Sache bei Tinder war ziemlich oberflächlich, das war mir klar. Und nun hatte ich ungewollt ein Date mit einem verheirateten Mann. Na großartig.

»Mittlerweile Exfrau.« Er grinste immer noch fröhlich.

»Nimm es mir bitte nicht übel, aber du siehst nicht alt genug aus, um schon verheiratet gewesen zu sein, geschweige denn geschieden.« Das entsprach der Wahrheit: In seinem alten Clash-T-Shirt und der tiefhängenden, engen Jeans sah er nicht älter aus als fünfundzwanzig. Tatsächlich hatte ich mir schon Sorgen gemacht, dass ich viel zu alt für ihn sein könnte.

»Ah, danke! Ich muss mir oft anhören, dass ich ein Kindergesicht habe. Meine Ex und ich haben uns vor ein paar Jahren getrennt. Sie wollte ein Haus und ein Kind und bla, bla, bla. Du weißt schon, all den typischen Kram, den Frauen haben wollen, wenn sie Mitte dreißig sind.«

Ich betrachtete sein Gesicht genauer. Es gab ein paar Fältchen, allerdings nicht mehr, als jeder Mensch hatte, der sich oft im Freien aufhielt. Ich schätzte ihn immer noch auf höchstens achtundzwanzig.

»Aber das war einfach nicht mein Ding, verstehst du? Ich brauchte meine Energie für den Fahrradladen, und die Vorstellung, ein Haus und ein Kind zu haben … Uff! Das war einfach … zu heftig, Mann.«

»Klar.« Ich nippte erleichtert an meinem Bier. Zumindest musste ich mir keine Sorgen machen, dass dieser Mann sich fest binden wollen würde.

»Wir sind aber immer noch Freunde. Sie ist eine tolle Frau. Hat jetzt einen neuen Typen – einen Buchhalter oder so –, und sie wollen ein Kind. Also alles okay.«

Ich verhielt mich wie ein Hund mit einem alten Knochen: Ich konnte einfach nicht loslassen. »Nur aus Neugier – und du musst es mir nicht sagen, wenn du nicht willst: Wie alt bist du?«

»Einundvierzig!« Er brüllte es beinahe heraus. »Verrückt, oder? Ich kann es immer noch nicht glauben, dass ich ein verdammter Erwachsener bin.«

Einundvierzig? Damit war er mit Abstand der älteste Mann, mit dem ich mich jemals verabredet hatte. *Und* er war verheiratet gewesen. Worauf ließ ich mich da ein? Andererseits sah er wirklich gut aus und war richtig nett, wenn auch ein bisschen bekloppt. Ich dachte an Belle und daran, dass ich meinen Horizont erweitern wollte.

»Noch eins?«, fragte ich und deutete auf sein Bierglas.

Ein wenig beschwipst, machte ich mir später Notizen.

Name: Der Biker
Alter: körperlich 41, geistig 23
Beruf: Fahrradmechaniker und lässiger Typ
Nationalität: Neuseeländer
Beschreibung: blond, schlank und für immer jung
Methode: *Belle de Jour's Guide to Men*

24. September

»Also könnten wir ja zu viert ausgehen.« Lucy warf mir einen hoffnungsvollen Blick aus ihren großen blauen Augen zu.

»Ich glaube nicht«, erwiderte ich. »Ich halte nicht viel von Doppeldates.«

»Aber er ist praktisch in Tristans Alter! Ich bin sicher, dass sie einiges gemeinsam haben.« Vor meinem geistigen Auge sah ich den Biker vor mir, wie er von den Vorzügen eines bestimmten Stahlpleuels schwärmte, während Tristan den Stiel seines geeisten Martiniglases umklammerte.

»Netter Versuch, aber er ist nicht in Tristans Alter. Und ich glaube auch nicht, dass die beiden viel gemeinsam haben.«

Sie ließ die Wäsche liegen, die sie gerade faltete, und setzte sich neben mich auf die Couch. »Ist es etwas Ernstes? Stehst du auf ihn?«

Ich warf ihr von der Seite einen Blick zu und schob mir eine Handvoll M&Ms in den Mund. »Das waren zwei verschiedene Fragen«, erwiderte ich und versuchte, die Schokolinsen dabei im Mund zu behalten.

Sie verdrehte die Augen und verpasste mir einen Schubs.

»Ich finde ihn auf jeden Fall sexy. Irgendwie ist er süß – so unverbraucht. Aber etwas Ernstes ist es nicht. Ich hatte erst zwei Dates mit ihm!«

Wir hatten eine Radtour in Hackney gemacht (ich weiß, das wollte ich eigentlich nie wieder machen, aber er sah auf dem Rad so süß aus). Irgendwie war es mir gelungen, das Pub unverletzt zu erreichen – in erster Linie hatte ich das wohl dem Biker zu verdanken, der mich umsichtig durch die Straßen lotste und jeden Auto-, Rad- oder Taxifahrer anbrüllte, der uns zu nahe kam. Wir tranken eine Menge Cider, und der Biker unterhielt mich mit Geschichten über eine Reise nach Schweden, bei der er versehentlich mit drei Blondinen und einem Zwerg in einer finnischen Sauna gelandet war.

Er war wirklich charmant. Und sehr süß. Einen Großteil des Abends verbrachte ich damit, mir vorzustellen, wie ich ihm die Kleider vom Leib riss, und nach dem dritten Cider war ich bereit, es tatsächlich zu tun. Als ich jedoch nicht gerade subtil vorschlug, zu mir zu gehen, lehnte er ab, mit der Begründung, er habe am nächsten Morgen einen Kundentermin.

Am nächsten Vormittag schickte er mir eine SMS und lud mich fürs Wochenende zum Dinner ein, also keimte in mir die Hoffnung, dass ich schon bald einen weiteren Punkt auf meiner Liste der sexuellen Abenteuer abhaken konnte: einen älteren Mann.

Lucy zog eine Augenbraue hoch. »Ah, er lädt dich also am Samstag zum Abendessen ein! Das bedeutet Liebe.«

»Nein.« Ich warf ihr eine Schokolinse an den Kopf. »Aber hoffentlich bedeutet es Sex.« Der Monat neigte sich schließlich bereits dem Ende zu.

28. September

Nach einer ewig langen Fahrt nach Stoke Newington (mit Sicherheit der am schwersten zu erreichende Ort der Welt, aber andererseits die begehrteste Gegend hier) erreichte ich die Adresse, die der Biker mir geschrieben hatte.

Ich war beeindruckt: Es war eines dieser dreistöckigen viktorianischen Häuser, sogar mit einer kleinen weißen Katze auf dem Fensterbrett. Entweder boomte die Fahrradindustrie, oder er hatte ein Vermögen im Marketingbereich gemacht, bevor er alles hingeschmissen hatte. Einen Moment lang fragte ich mich, warum die Exfrau aus einem solchen Haus in dieser Gegend ausgezogen war. Ihr Wunsch nach einem Baby musste überwältigend gewesen sein.

Ich klingelte und lockte die Katze mit leisen Küsschengeräuschen, während ich wartete. (Sie ignorierte mich natürlich – eben eine typisch hochnäsige Katze aus Stoke.) Plötzlich riss eine Frau mittleren Alters die Tür auf; sie wirkte ein wenig derangiert, hatte aber ein freundliches Gesicht.

»Sie müssen Lauren sein! Kommen Sie herein, bitte! Ich habe schon so viel von Ihnen gehört!« Sie zog mich in den Flur. Ich war so verwirrt, dass ich kein Wort hervorbrachte. War das seine Exfrau? Vielleicht waren sie noch gar nicht geschieden … Möglicherweise waren sie Swinger und lockten ihre Eroberungen hierher. *Tja,* dachte ich, *falls die glauben, dass ich mich in diesem Monat noch einmal zu einem Dreier überreden lasse, dann haben sie sich gründlich geirrt.*

Im Hintergrund hörte ich den Ton eines Zeichentrickfilms, und ein kleines Kind sang leise vor sich hin. Ich brach in Panik aus. Verdammte Scheiße, hatte er etwa ein Kind mit ihr? Wo war ich da hineingeraten?

»Das ist nur Poppy«, erklärte die Frau mittleren Alters. »Lassen Sie sich von ihr nicht stören. Ich bin übrigens Jane, aber das wissen Sie wahrscheinlich schon. Ich laufe schnell nach oben und hole ihn.« Ich hoffte verzweifelt, dass sie damit den Biker meinte und nicht ein zweites lästiges Kind.

Ich versuchte, mich zu beruhigen. Sicher gab es für all das eine vernünftige Erklärung. Gerade hatte ich es geschafft, wieder einigermaßen normal zu atmen, als mir jemand auf die Schulter tippte. Ich drehte mich um und wollte dem Biker ein paar wichtige Fragen stellen, doch vor mir stand eine weitere Person mittleren Alters, ebenfalls offensichtlich erschöpft, aber mit freundlicher Miene. Diesmal handelte es sich um einen Mann.

»Lauren!« Er umarmte mich ungeschickt. »Wir haben uns schon so darauf gefreut, Sie kennenzulernen! Ich bin Oliver. Sicher wissen Sie schon alles über mich – wahrscheinlich mehr, als mir lieb ist! Wir haben damals schon einiges angestellt. Er wird gleich unten sein. Möchten Sie eine Tasse Tee? Ich habe aber auch gerade eine gute Flasche Rioja aufgemacht, falls Ihnen etwas Stärkeres lieber ist…?« Oliver sah mich hoffnungsvoll an.

»Nein, danke«, brachte ich stotternd hervor. Was zum Teufel ging hier vor? Ein VIERER? Ich hatte wirklich nichts dagegen, meinen Horizont zu erweitern, aber das ging zu weit.

Ich hörte Schritte auf der Treppe und betete leise, dass es sich nicht um einen fünften Akteur in diesem bizarren Stück handelte.

»Hey, Babe!« Ich fiel vor Erleichterung beinahe in Ohnmacht, als das strahlende Gesicht des Bikers auftauchte. »Wie ich sehe, hast du schon die ganze Bande kennengelernt. Gehen wir nach oben?«

Damit fiel er zwar gleich mit der Tür ins Haus, aber ich wünschte mir nur, so schnell wie möglich aus dieser Situation entfliehen zu können, also nickte ich stumm. Und hoffte, dass Oliver und Jane uns nicht folgen würden.

»Kommen Sie doch später auf ein Glas Wein runter, wenn Sie möchten!«, rief Oliver uns nach, als wir die Treppe hinaufstiegen.

Ich hörte Jane flüstern: »Lass sie doch in Ruhe!«, und dann kicherten beide. Seltsam. Zumindest waren wir jetzt allein.

Oben auf der Treppe zog der Biker an einem Seil, das von der Decke baumelte, und eine Metallleiter fiel herunter.

»Pass auf deinen Kopf auf!«, warnte er mich, bevor er die Leiter hinaufkletterte. »Dort oben wird es ein bisschen eng.«

Ich fragte mich, warum ich in einen Abstellraum unter dem Dach kriechen musste, aber ich war immer noch so verwirrt, dass ich das nicht weiter ergründen wollte. Am einfachsten schien es mir, ihm wortlos zu folgen.

Als er oben auf der Leiter angekommen war, sprang er auf den Dachboden, drehte sich um und streckte mir eine Hand entgegen. »Rauf mit dir!«

Er zog mich nach oben und half mir auf die Beine.

»Sind wir auf dem Dachboden?«, fragte ich und spähte in die Dunkelheit.

»Eigentlich ist es ein Loft – hier wohne ich.« Er knipste das Licht an. »Nette Bude, oder?«

Bude war der richtige Ausdruck. Man konnte nur in der Mitte des Raums aufrecht stehen – auf beiden Seiten verliefen schräge Wände bis zum Boden. In einer Ecke befand sich eine winzige Küche – na ja, ein Spülbecken, ein Kühlschrank und eine Mikrowelle –, und unter die gegenüberliegende Dachschräge war ein Bett gequetscht. Eine nackte Glühbirne baumelte über einem orangefarbenen Veloursofa, und auf der restlichen verfügbaren Bodenfläche waren überall Fahrradteile gestapelt. Über dem Bett hing ein eselsohriges Filmplakat von *Reservoir Dogs*.

»Sehr … nett«, erwiderte ich und duckte mich auf dem Weg zur Küche, um mir den Kopf nicht anzustoßen. Ich zog die Flasche Rotwein hervor, die ich auf dem Weg gekauft hatte. »Das habe ich uns zum Abendessen mitgebracht.«

Er nahm mir die Flasche aus der Hand und drückte mir einen Kuss auf die Wange. »Du bist ein Schatz. Ich hab doch gewusst, dass ich etwas vergessen habe.« Panik überfiel mich. War das etwa die einzige Flasche hier oben? Wir würden uns wohl irgendwann nach unten schleichen müssen, denn ich konnte mir nicht vorstellen, das alles nüchtern zu ertragen.

»Sie scheinen sehr nett zu sein.« Ich spielte mit meinen Haaren, während ich mich an den Kühlschrank lehnte. Die ganze Situation war mir extrem peinlich.

Der Biker schenkte Wein in zwei Blechbecher und reichte mir einen davon. »Ollie und Janey? Ja, sie sind spitze.«

»Wird deine Wohnung gerade renoviert?«, erkundigte ich mich. Er zog fragend die Augenbrauen hoch. »Ich meine, bleibst du länger hier?«

Er zuckte mit den Schultern. »Keine Ahnung. Ich wohne jetzt seit ein paar Jahren hier – seit Beth und ich uns getrennt haben –, und ich habe nicht vor, in nächster Zeit auszuziehen. Ich meine ...« Er fuhr mit der Hand durch die Luft. »Warum sollte ich? Ich habe hier alles, was ich brauche, und meine besten Freunde wohnen unter mir. Und die kleine Poppy – sie ist ein richtiger Schatz.«

Ich nickte. Klar, es war seltsam, aber sein Enthusiasmus war irgendwie süß. Wer war ich schon, dass ich über ihn urteilen durfte? Ich lebte in einer ehemaligen Sozialwohnung, und meine Mitbewohnerin stand auf Sadomaso.

»So, ich werde mich mal ums Abendessen kümmern. Setz dich aufs Sofa, und mach's dir bequem. Stell den Fernseher an, wenn du magst. Ich hänge an Ollies Satellitenschüssel, also hast du eine riesige Auswahl.« Er kramte in seiner Kuriertasche und drehte sich dann mit einem gewinnenden Lächeln zu mir um. »Lamm Bhuna oder Hühnchen Kiew?«, fragte er und hielt zwei Fertiggerichte in die Luft.

Nach dem Abendessen (einschließlich einer Nachspeise, die sich Eisrolle nannte und überraschenderweise viel besser schmeckte, als sie aussah) räumte der Biker das Geschirr ab und holte dann unter dem Sofa eine Plastiktüte mit einer erstaunlichen Menge Gras hervor. Er grinste mich an und drehte einen der perfektesten Joints, die ich jemals gesehen hatte. Der Mann war Profi.

Er zündete den Joint an und zog kräftig daran, bevor er ihn mir mit einem Nicken reichte. Ich nahm ihn in die Hand und betrachtete ihn nachdenklich. Ich mache mir nichts aus illegalen Substanzen, egal welcher Art, aber vielleicht sollte ich mal eine Ausnahme machen.

Ich versuchte, mir Belles Einstellung zu Drogen ins Gedächtnis zu rufen – ich glaubte mich vage daran zu erinnern, dass sie bei den ersten Dates davor warnte, da Drogen das Urteilsvermögen beeinträchtigen. (Offensichtlich funktionierte es bei mir schon in nüchternem Zustand nicht sehr gut, sonst würde ich jetzt nicht mit einem Mann, der zwar sehr attraktiv, aber eigentlich ein zu groß geratener Teenager war, bei fremden Leuten auf dem Dachboden sitzen.) Einen Moment lang dachte ich an meine früheren Ängste, in kleine Teile zerhackt in einem Kühlraum zu landen, und beschloss, meine fünf Sinne lieber beisammenzuhalten. Ich reichte ihm den Joint mit einem »Nein, danke« zurück. Er zuckte mit den Schultern und nahm den nächsten Zug.

Der Biker neigte anscheinend zum Philosophieren,

wenn er bekifft war. Wir führten eine lange, sinnlose Diskussion darüber, wie das Leben wohl wäre, wenn noch niemand das Rad erfunden hätte.

»Das wäre spitze!«, schwärmte er. »Niemand würde arbeiten müssen. Es gäbe keinen Kapitalismus, keine Globalisierung, kein beschissenes CO_2, das die Ozonschicht kaputtmacht. Alle würden nur zu Hause sitzen und mit sich und der Welt zufrieden sein. Einfach leben.«

Ich erklärte ihm, dass die Menschen schon vor der Erfindung des Rads hatten arbeiten müssen – meistens waren sie eine Ewigkeit hinter wilden Tieren hergerannt, um sie zu erlegen und etwas zu essen zu haben –, aber davon wollte er nichts hören.

Ich leerte die Weinflasche und durchsuchte dann seine Küchenschränke in der Hoffnung, Whisky zu finden, musste mich aber mit einer halbleeren Flasche nach Essig schmeckendem Sherry zufriedengeben. Der Biker drehte sich einen zweiten Joint, und ich zündete mir noch eine Zigarette an.

Irgendwann rannte er in dem Raum herum und suchte seine LP von *The Stone Roses*. Der miefige Rauch, das Einatmen der grasgeschwängerten Luft und der billige Sherry benebelten mich, und ich fühlte mich in meine Collegezeit zurückversetzt und bildete mir ein, auf einer Party im Keller einer Studentenverbindung zu sein.

Aber dann hörte ich unter uns etwas. »Schreit das Baby?«, fragte ich den Biker.

Er lauschte einen Moment und nickte. »Ja, das ist die kleine Poppy. Keine Sorge, sie beruhigt sich gleich wieder.« Er drehte die Musik lauter, zog sein T-Shirt aus und führte mich zum Bett hinüber.

29. September

Ich hatte mich ja schon oft beschämt davonschleichen müssen, aber dieser Morgen übertraf alles bisher Dagewesene. Gleich nachdem ich aufgewacht war, schälte ich mich vorsichtig aus den zerwühlten Laken, ohne den Biker aufzuwecken, zog mich so leise wie möglich an und schrieb ihm eine Nachricht, bevor ich zur Tür hinausschlüpfte. Es war erst sieben Uhr, also hoffte ich, mich aus dem Haus schleichen zu können, bevor die anderen aufwachten, aber natürlich lief ich auf der Treppe Oliver in die Arme.

»Guten Morgen!«, rief er. »Möchten Sie Kaffee? Ich habe gerade die Maschine angestellt.«

»Nein, danke«, stammelte ich. Ich spähte an ihm vorbei in die Küche und sah, wie Jane Poppy mit Haferbrei fütterte. Sie lächelte mich an und winkte mir fröhlich zu.

»Haben Sie gut geschlafen?«, fragte sie. »Poppy hatte heute Nacht schlechte Laune – ich hoffe, sie hat Sie nicht aufgeweckt.«

»Ich habe geschlafen wie ein Murmeltier«, log ich. Tatsächlich hatte mich Poppys Geheul jede Stunde aus dem Schlaf gerissen. »Jetzt muss ich aber los. Hat mich gefreut, Sie beide kennenzulernen! Also, ähm … Schönen Sonntag!«

Ich flitzte zur Tür hinaus, bevor sie mich einladen konnten, mit ihnen Zeitung zu lesen und Brötchen zu essen. Sie waren ein nettes Pärchen, aber ihr häusliches Glück machte mir erst recht bewusst, dass ich nach Gras und nach Sex roch.

Als ich nach Hause kam, zog ich sofort meine Laufklamotten an: Eine kurze Runde würde mir sicher helfen, wieder einen klaren Kopf zu bekommen. Ich versuchte immer noch, die vergangene Nacht zu verarbeiten.

Es hatte sich herausgestellt, dass sich Sex mit einem Einundvierzigjährigen nicht viel von dem mit einem Vierundzwanzigjährigen unterscheidet, vor allem nicht, wenn der Einundvierzigjährige so fit ist wie der Biker. Er hatte die schlanke Figur eines Schwimmers und offensichtlich ein paar gute Tipps von seiner Exfrau bekommen, denn er kannte sich recht gut mit der weiblichen Anatomie aus. Aber seine Lebenssituation war wirklich schräg. Falls wir uns noch einmal treffen sollten, dann auf meinem Terrain. Schließlich wollte ich keinen schlechten Einfluss auf die arme kleine Poppy ausüben.

Ich holte meinen iPod und wollte gerade loslaufen, als ich im Briefschlitz an der Wohnungstür ein an mich adressiertes Briefkuvert entdeckte. Als ich Dylans Handschrift erkannte, krampfte sich mein Magen zusammen. Ich steckte das Kuvert unter einen Zeitungsstapel auf dem Couchtisch. Damit würde ich mich später befassen.

30. September

Nun, mein Monat als ehrenamtliches Callgirl war vorbei. Es wurde zwar keine Geschichte à la *Pretty Woman* daraus, aber auch kein *Requiem for a Dream,* also kann ich das Experiment wohl als Erfolg verbuchen.

Schlussfolgerung zu

Belle de Jour's Guide to Men

Belles Einstellung zu Sex habe ich als sehr befreiend empfunden: Sie ist der Ansicht, dass Frauen Sex genauso wollen wie Männer, und sie sieht keine Schande darin, sich mit jemandem rein aus Gründen der Fleischeslust einzulassen. Die Offenheit, zu der sie ermutigt, hat mich dazu gebracht, Dinge zu tun, die ich normalerweise nie ausprobiert hätte, und obwohl ich mit Sicherheit noch lange Zeit beim Anblick eines Onkel-Sam-Huts Scham empfinden werde, bin ich der Meinung, dass die Sache im Großen und Ganzen gut für mich war. Habe ich schon erwähnt, dass ich flachgelegt wurde?

Funktioniert am besten bei …

… jedem Mann mit einem Ständer, obwohl man nicht zwangsläufig am nächsten Tag mit einem Anruf von ihm rechnen sollte. Jeder Mann, der bei sexuell offensiven Frauen nervös wird, sucht wahrscheinlich schleunigst das Weite. Aber mit Sicherheit bekommt man so einen Mann, wenn auch nur für einen begrenzten Zeitraum.

Anzuwenden von …

… Frauen, die ihren Horizont erweitern wollen, auf sexuellem oder einem anderen Gebiet … Und die nicht zur Eifersucht neigen.

BUCH SIEBEN:

Manners for Women
oder:
Mrs Humphreys Handbuch der feinen Sitte für junge Frauen

1. Oktober

»Wird auch Zeit, dass Sie sich das zu Gemüte führen«, brummte der Buchhändler mit einem Blick auf den Einband meines neuen Buchs.

Er hatte gerade in Leder gebundene Werke von Charles Dickens aufgestapelt, als ich ihn unterbrach. Unter seinem aufgerollten Ärmel erspähte ich einen überraschend muskulösen Unterarm: Offensichtlich saß er doch nicht nur am Schreibtisch und gab höhnische Bemerkungen von sich. Obwohl das eindeutig seine Hauptbeschäftigung zu sein schien.

Ich lächelte süßlich und schob ihm zehn Pfund zu. »Der Kundendienst in diesem Laden ist ausgezeichnet wie immer.«

»Ich gebe mir Mühe.« Er verbeugte sich spöttisch.

»Allerdings vergeblich«, entgegnete ich.

Er behielt mein Wechselgeld einen Augenblick in der Hand, als wollte er es abwiegen. »Es tut mir leid, wenn ich bei Ihrem letzten Besuch meine Meinung ein wenig ... zu direkt geäußert habe«, sagte er schließlich und fuhr sich mit der Hand durch das zerzauste Haar.

»Das war ziemlich unhöflich«, murmelte ich. »Aber schon gut. Ich weiß, dass Sie dumm finden, was ich tue, und es ist Ihr gutes Recht, eine eigene Meinung zu haben. Selbst wenn sie falsch und engstirnig ist.« Ich reckte das

Kinn auf eine, wie ich hoffte, erhabene und überlegene Weise in die Luft.

»Ich habe mich gehen lassen, aber diese blödsinnigen sexuellen Spielchen gehen mir gewaltig auf die Nerven. Warum können sich Frauen nicht einfach wie normale Menschen benehmen und diesen ganzen Mist bleiben lassen? Sie wissen schon: Mann mag Frau, Frau mag Mann, sie versuchen es miteinander … eben ganz *normal*.«

Ich verdrehte die Augen. »Das funktioniert nicht. Lassen Sie sich das von einer Expertin sagen: Niemand wird flachgelegt, nur weil er normal ist.«

Er zog bedeutungsvoll eine Augenbraue nach oben. »Vielleicht täuschen Sie sich da.«

»Ha! Also bitte, Sie sind ja selbst nicht mal in der Lage, sich normal zu benehmen.«

Eine ältere Dame, die in den Erotika stöberte, warf mir einen bewundernden Blick zu. »Ganz richtig, meine Liebe. Ich habe ihm erst vor ein paar Tagen gesagt, dass …«

»Halt dich da raus, Doris!«, bellte der Buchhändler. Die alte Dame trippelte rasch zur Tür hinaus. Er wandte sich wieder mir zu. »Männer sind einfache Geschöpfe. Frauen müssen keine solch ausgeklügelten Pläne schmieden oder vorgeben, irgendetwas zu sein, was sie nicht sind. Wir sind schon glücklich, wenn eine Frau nicht vor Entsetzen zurückschreckt, wenn wir auftauchen.« Ich musterte seine schmale, gerade Nase und seine ausgeprägten Wangenknochen und verdrehte wieder die Augen: Ich konnte mir nicht vorstellen, dass es viele Frauen gab, die sein Anblick abschrecken würde. Aber wenn man ihm zuhörte …

»Ha!«, spottete ich. »Einfache Geschöpfe? Sollte ich jemals einen Mann treffen, der tatsächlich sagt, was er fühlt, und tut, was er angekündigt hat, werde ich es Sie wissen lassen. Allerdings werden wir dann alle im Eis festsitzen, weil die Hölle zugefroren ist. Bis dahin werde ich mit meiner Forschung fortfahren.« Ich streckte meine Hand nach dem Wechselgeld aus.

Er ließ die Münzen auf meine Handfläche fallen. »Was für ein unglaublicher Mist«, murmelte er kopfschüttelnd.

»Vielen Dank für Ihr Interesse«, sagte ich mit möglichst schneidender Stimme, »aber ich komme sehr gut ohne Ihre Hilfe oder Ihre Ratschläge zurecht. Ich habe alles unter Kontrolle!«

Er öffnete den Mund und setzte zu einer Entgegnung an, schloss ihn dann jedoch wieder.

Ich riss ihm Mrs Humphreys Buch aus der Hand und drehte mich auf dem Absatz um. »Und noch etwas«, rief ich über meine Schulter. »Entschuldigung nicht angenommen!« Ich schlug die Tür hinter mir so fest zu, dass in mir das Klingeln der Glocke nachhallte.

Ein toller Start in den nächsten Monat. Jetzt wollte ich mich aber ohne weiteres Trara ins viktorianische Zeitalter begeben.

Manners for Women wurde 1897 von einer Mrs Humphrey oder »Madge of Truth«, wie sie anscheinend gern genannt wurde, verfasst. Es ist ein Ratgeber für alle Fragen der Etikette und war damals unverzichtbar für junge Damen des Bürgertums, die den Zugang zur aristokratischen Gesellschaft suchten.

Die Vorstellung, mich an einem viktorianischen Dating-Ratgeber orientieren zu müssen, war zuerst ein wenig beängstigend. Mal ehrlich, die Viktorianer waren bekanntermaßen nicht gerade Partylöwen. Ich nahm an, dass es in dem Buch hauptsächlich darum gehen würde, wie man jeglichen Flirt oder sexuellen Kontakt mit dem anderen Geschlecht vermeiden konnte.

Aber Mrs Humphrey liegt mehr daran, dass eine junge Dame sich zu einer vielseitigen und gesellschaftlich anerkannten Person entwickelt, als dass sie möglichst schnell einen Ehemann findet. Natürlich geht es auch ein bisschen darum, aber in erster Linie ist es ihr wichtig, dass eine Frau sich nicht blamiert, indem sie ihr Familienwappen auf ihr Briefpapier setzt oder beim Abendessen zu viel Schulter zeigt.

Im Gegensatz zu einigen Autoren, mit denen ich mich bisher befasst habe, legt sie eine sehr wohlwollende Einstellung zu Frauen an den Tag. »Kann es etwas Schöneres geben als ein nettes Mädchen?«, fragt sie in ihrer ersten Zeile. Als ich das las, befürchtete ich, mich auf weitere Besänftigungsfloskeln im Stil der 1950er Jahre gefasst machen zu müssen, doch der Rest des Absatzes beruhigte mich: »Sie ist voller Widersprüche und zeigt oft Stacheln des Eigensinns, aber wo bliebe ihr Charme, wenn jeder sie gleich durchschauen könnte?«

Also schien es ihr nicht darum zu gehen, aus allen richtig nette Durchschnittsfrauen machen zu wollen. Tatsächlich befürwortet Mrs Humphrey ein freies Leben mit körperlichen Aktivitäten, beruflichen Ambitionen und gesellschaftlichen Ereignissen. Es gibt sogar ein ganzes Kapitel über das Fahrradfahren! Das würde zumindest dem Biker gut gefallen …

Beruhigt durch den Gedanken, dass ich weiterhin ein normales Leben führen konnte, samt Stacheln und Eigensinn, ging ich ins Büro zurück und suchte mir bei Google Anzeigen für Visitenkarten heraus. Denn eine viktorianische Frau ist nichts ohne ihr Briefpapier.

3. Oktober

Die Visitenkarten sind eingetroffen! Ich hatte sie online am Dienstag bestellt und sie per Express liefern lassen. Das moderne Zeitalter macht den viktorianischen Lebensstil erstaunlich einfach.

Mrs Humphrey stellt bestimmte Anforderungen an eine gute Visitenkarte. Sie muss aus einfachem weißem Karton und genau 89x63,5 mm groß sein. Der Name muss in der Mitte in Kursivschrift und im Kupferdruck angebracht sein. Und das war's auch schon – keine Postadresse, keine Telefonnummer, keine E-Mail-Adresse (na gut, wir schrieben ja auch das Jahr 1897).

»Tata!«, sang ich, als ich die Schachtel mit hundert Karten öffnete. (Vielleicht hatte ich es mit meiner Bestellung ein wenig übertrieben.) Ich schob eine über den Schreibtisch zu Cathryn hinüber. »Was hältst du davon?«

Cathryn betrachtete sie mit kritischem Blick und nickte

dann zustimmend. »Meine Großmutter hatte ganz ähnliche Karten.«

Ich glühte vor Stolz. Mein Weg ins gesellschaftliche Nirwana war vorbereitet, aber es gab noch einiges zu tun.

5. Oktober

Lucy und ich faulenzten den ganzen Vormittag auf der Couch. Tristan war für zehn Tage geschäftlich in Hongkong, was bedeutete, dass sie ausnahmsweise wieder tatsächlich hier wohnte. Ich freute mich darüber: Es hatte zwar seine Vorteile, die Wohnung für sich zu haben, aber ich vermisste dann ihre Gesellschaft.

Wir besprachen, was ich mit dem Biker an seinem Geburtstag unternehmen könnte. Er hatte das Datum bei unserem Treffen in der Woche zuvor erwähnt, und obwohl zweiundvierzig kein denkwürdiger Geburtstag war, wollte ich ihm doch eine kleine Freude bereiten.

Ich las die Liste der passablen Orte für Festlichkeiten in *Manners for Women* vor. »Die Pferderennbahn in Ascot, das Kricketstadion *Lord's Cricket Ground*, ein Ballsaal – du meine Güte, wo gibt es denn so etwas noch? Akzeptabel sind auch eine formelle Dinnerparty, ein Bootsausflug ...«

»Oh, ein Bootsausflug! Das klingt romantisch«, schnurrte Lucy.

Ich dachte kurz darüber nach. Bei Bootsfahrten stellte ich mich üblicherweise nicht sehr geschickt an – beim letzten Mal hatte ich auf dem immer noch verschmutzten Charles River in Boston ein kleines Segelboot zum Kentern gebracht –, aber ich war gern an der Themse, und die Vorstellung, in einem kleinen Boot übers Wasser zu gleiten, gefiel mir sehr.

Ich googelte nach Bootsverleihern in London und stellte rasch fest, dass ich mir nicht einmal ein Schlauchboot leisten konnte.

»Tja, diese Idee kann ich wohl streichen«, meinte ich und drückte meine Zigarette aus.

Plötzlich leuchteten Lucys Augen auf. »Warte mal! Mein Cousin hat ein Boot!«

»Ich habe gar nicht gewusst, dass du einen reichen Cousin hast.«

»Na ja, es ist nicht gerade eine Yacht ...«

»Oh. Eher eine Art Schnellboot?« Ich sah mich bereits unter der Westminster Bridge entlangrasen; mein Haar wehte im Wind, während wir Big Ben zuwinkten.

»Es ist eher ein ... Kanu. Auf die Themse darfst du damit allerdings nicht. Nur auf den Regent's Canal.«

Ich bezweifelte, dass eine Kanufahrt das war, was Mrs Humphrey befürworten würde, und der Regent's Canal war dafür bekannt, dass darin ein Haufen Unrat und hin und wieder auch eine Leiche trieb, aber ich musste nehmen, was ich bekam.

»Glaubst du, er würde es mir leihen?«

6. Oktober

Das Boot war mir sicher, also konnte ich jetzt den Biker zu einer Geburtstagsparty für zwei einladen. Normalerweise hätte ich ihm eine SMS geschickt, die in etwa »Hey, du und ich und ein Kanu nächsten Samstag« gelautet hätte, aber meine neu entdeckten Manieren schrieben mir etwas Förmlicheres vor.

Die Anweisungen waren eindeutig: Die Einladung musste auf einer einfachen weißen oder cremefarbenen Karte in Prägedruck erfolgen. Eine weitere Bestellung in der Druckerei konnte ich mir nicht leisten, also tippte ich die Einladung auf dem Computer, druckte sie aus und klebte sie mithilfe eines Klebestifts aus unserer Kramschublade auf einen Karton. Das Ergebnis konnte sich, wie ich fand, durchaus sehen lassen.

> Miss Lauren Cunningham würde sich freuen, Biker am 12. Oktober zu einer Bootsfahrt auf dem Regent's Canal begrüßen zu dürfen.
> Um Antwort wird gebeten.

Ich schob die Einladung in das edelste Kuvert, das ich hatte finden können, steckte es in meine Tasche, um es am nächsten Tag in den Briefkasten zu werfen, und schenkte mir ein riesiges Glas Rotwein ein.

Ich spähte ins Wohnzimmer, wo Lucy sich *The Real Housewives of Beverly Hills* anschaute und sich die Fußnägel lackierte. »Willst du ein Glas Wein?«

»Oh, ja bitte!« Sie starrte fasziniert auf den Bildschirm, wo gerade eine erschreckend dünne Blondine eine groteske Version von Demi Moore anschrie. »Oh Gott, Kyle ist so eine dumme Kuh!«

Ich schenkte ihr ein Glas Wein ein und reichte es ihr.

»Danke, Schätzchen. Oh, Scheiße! Das habe ich ganz vergessen: Ich habe vor ein paar Tagen beim Aufräumen etwas für dich gefunden.« Sie wühlte unter den Sofakissen herum. (Lucy hatte eine interessante Art aufzuräumen.) »Da ist es!«

Ich erschrak, als ich sah, was es war. Dylans Brief. Ich hatte ihn nicht vergessen, aber gehofft, dass ich seine Existenz so lange verdrängen konnte, bis er sich schließlich in dem Stapel von Magazinen einfach auflösen würde. Aber da lag er, unübersehbar, mit meiner Adresse in Dylans kräftiger, eckiger Schrift darauf. »Verdammt«, fluchte ich.

»Von wem ist er?« Lucy riss neugierig die Augen auf. »Von einem tollen Typen?«

»Nein, so würde ich es nicht sagen«, erwiderte ich. »Er ist von meinem Ex.«

»Ooooh. Noch besser! Wie konntest du den nur vergessen? Ich hätte ihn sofort aufgerissen, wenn er von *meinem* Ex wäre.« Sie ließ sich auf die Couch zurückfallen. »Wahrscheinlich schreibt er dir, dass er dich immer noch über alles liebt, dass er sich wie ein Trottel benommen hat und ohne dich nicht schlafen kann.«

»Das bezweifle ich.«

»Los, mach schon auf! Ich bin so neugierig!«

Ich schlich in mein Zimmer und legte mich aufs Bett. Mit der einen Hand hielt ich das Glas Rotwein auf meinem Bauch fest und mit der anderen Dylans Brief. Ich hatte es nicht fertiggebracht, ihn unter Lucys wachsamen Augen zu lesen, aber sie hatte mich schwören lassen, ihr später alle pikanten (oder schmutzigen) Details zu erzählen.

Lauren,

ich mache gerade eine Radtour an der Staatsgrenze entlang. (Wahrscheinlich hat dir Meg davon erzählt.)

Es ist sehr seltsam hier draußen – die vielen Kilometer, der Asphalt, all die kleinen Dörfer mitten im Nirgendwo, an denen ich vorbeikomme. Das könnte eine Form des Himmels sein oder vielleicht auch der Hölle.

Meistens übernachte ich unter freiem Himmel. Ich liege unter den Sternen, denke an dich und sage mir:

»Denk dran, dass sie dich verlassen hat. Denk dran, wie ihre Miene war, als sie dir gesagt hat, dass sie es nicht noch einmal versuchen will. Denk dran, wie sie zur Tür hinausgegangen ist und sich nicht einmal mehr umgedreht hat. Denk dran, dass sie dir das Herz gebrochen hat.«

Aber in Wahrheit erinnere ich mich dann an unseren ersten Kuss, im Regen auf der Veranda des grässlichen Hauses in Breckenridge. Ich erinnere mich daran, wie sich die Regentropfen in unseren Wimpern verfingen.

Ich erinnere mich daran, wie mir klar wurde, dass ich in

dich verliebt war, bei unserem dritten Date, als du mir einen Thunfischauflauf, mein Lieblingsessen, machen wolltest. Er war grauenhaft, aber du hast gelacht, als du ihn in den Müll geworfen hast.
Ich versuche mir vorzustellen, wie dein Gesicht aussah, als du mir gesagt hast, dass du mich nicht mehr liebst, aber stattdessen sehe ich unsere Hochzeit vor mir. Und ich höre, wie du diesen Auszug aus Das Samtkaninchen vorgetragen hast, in dem es darum geht, wie wir durch Liebe zum Leben erweckt werden.
Du hast mich zum Leben erweckt, Lauren. Und ich habe mich mit der Wahrheit abgefunden: Ich will mich nicht daran erinnern, dass du mich verlassen hast.
Alles ist verziehen.
Ich werde dich immer lieben.
Dylan

Ich ließ den Brief aufs Bett fallen und setzte mich auf. Jetzt brauchte ich eine Zigarette.

8. Oktober

An diesem Morgen fand ich eine Postkarte, die unter die Fußmatte gerutscht war. Auf der Vorderseite war eine Gruppe von barbusigen New Yorker Feuerwehrfrauen auf dem Times Square abgebildet. Ich drehte die Karte um und las den Text:

Cunningham!
Ich habe in den letzten Wochen vor Ort einige Recherchen angestellt und kann bestätigen, dass du für mich die geilste Amerikanerin bist und bleibst. Auf jeden Fall die verdorbenste.
Adrian xxxxx

Ein Unglück kommt selten allein … Ich steckte die Karte an den Kühlschrank unter den Magneten in Form eines Sombreros, den Lucy letztes Jahr aus Mexiko mitgebracht hatte. Ich war mir nicht sicher, was schlimmer war – Adrians unverschämte Karte oder Dylans sentimentaler Brief. Beides hatte mich ziemlich aus der Fassung gebracht.

Und nein, ich hatte mir noch nicht überlegt, wie ich auf Dylans Brief reagieren sollte. Darüber kann ich im Moment einfach nicht nachdenken. Es geht nicht.

Also beschäftigte ich mich lieber wieder damit, was ich dem Biker zum Geburtstag schenken könnte. Wir kannten uns noch nicht so lange, also wollte ich es nicht übertreiben, aber vor ein paar Tagen hatte ich von ihm ein altes Fahrrad aus seinem Laden bekommen – so auf Hochglanz gebracht, dass es aussah wie neu –, also wollte ich mich für seine Mühe irgendwie revanchieren.

Für Männer Geschenke zu kaufen ist immer schwierig. Jeder Mann auf dieser Welt behauptet zwar, dass es ganz einfach sei (»Du kannst für mich kaufen, was du willst, es wird mir auf jeden Fall gefallen!«), aber wir alle wissen, dass das gelogen ist. Für Männer findet man nie das Passende: Kauft man ihnen etwas zum Anziehen, gefällt es ihnen nicht, oder das gute Stück ist sofort fleckig oder zerrissen; schenkt man ihnen ein Buch, dann lesen sie es nicht; bekommen sie irgendein technisches Gerät, ist es immer das falsche; und wenn man ihnen irgendetwas für die Körperpflege besorgt, sind sie beleidigt. Es ist wirklich nervtötend.

Für Frauen Geschenke zu besorgen ist dagegen unglaublich einfach: Frau geht einfach in die nächste Drogerie, wirft in der Kosmetikabteilung irgendeine gut riechende Körper- oder Gesichtslotion in den Einkaufskorb, legt noch einen Luffaschwamm dazu und geht damit zur Kasse. Einfacher kann es gar nicht sein.

Aber das Geschenk für den Biker bereitete mir Probleme, also suchte ich in meinem Buch nach Ratschlägen. Glücklicherweise fand ich ein ganzes Kapitel darüber, in dem Mrs Humphrey mit mir übereinstimmte, dass es einer Sisyphusarbeit gleichkommt, ein Geschenk für einen Mann aussuchen zu müssen. »Männer zu beschenken ist sehr schwierig«, heißt es da. »Oft weiß man nicht, was man ihnen schenken soll, vor allem, wenn sie nicht rauchen.«

Glücklicherweise war der Biker definitiv Raucher, wenn auch nicht von der Art, auf die Mrs Humphrey sich bezog. Ihre Vorschläge lauteten wie folgt: ein individuell gefertigter Rauchertisch (der würde wohl nicht in seinen Speicher passen), eine Zigarrenkiste aus edlem Metall (nicht ganz meine Preisklasse), ein Zigarettenetui mit einem Monogramm aus Edelsteinen (er sollte seine Joints besser nicht mit sich herumtragen) oder ein Streichholzbehältnis.

Bingo! Ich entdeckte bei eBay ein süßes viktorianisches Streichholzschächtelchen und konnte es in der letzten Minute ersteigern. Es war aus dunklem Holz und zeigte auf der Rückseite ein kleines Fries aus in Elfenbein eingearbeiteten Waldnymphen. Auf der Vorderseite befand sich in Kupferdruck das Bildnis einer Frau in einer Seemannsuniform mit einer kleinen Kappe auf dem Kopf. Das passte sogar richtig gut für unsere kleine Bootsfahrt.

Der Biker hatte auf meine Einladung mit einer SMS geantwortet, was nicht der formellen Ebene entsprach, die ich mir gewünscht hätte, aber zumindest wusste ich nun, dass er auftauchen würde. Er hatte erwähnt, dass er eigentlich Angst vor Wasser hatte, aber ich war sicher, dass das kein großes Problem darstellen würde – schließlich würden wir uns *auf* und nicht *im* Wasser befinden.

So, meine Einladung war angenommen worden, und das Geschenk hatte ich auch besorgt. Jetzt musste ich mich nur noch um das Essen kümmern. In dem Buch wird ein sehr spezielles (und für meine Kochkünste ziemlich anspruchsvolles) Drei-Gänge-Menü vorgeschlagen, die alle aus furchterregend klingenden französischen Gerichten bestehen. Wenn ich mit meiner Übersetzung nicht danebenlag, setzten sie sich alle hauptsächlich aus Sahne und Eiscreme in verschiedenen Varianten zusammen. (Die Viktorianerinnen mussten links, rechts und in der Mitte aus ihren Korsetts geplatzt sein, wenn sie dieses Zeug gegessen haben.) Ich musste vor Samstag wohl Diät halten. Und eine Kühlbox besorgen.

10. Oktober

Ich habe Lucy endlich von dem Brief erzählt. Nachdem sie mich auf dem Balkon in die Zange genommen und mich nicht mehr in die Wohnung gelassen hatte, hatte ich mich schließlich breitschlagen lassen.

»Du warst *verheiratet?*« Sie sah aus, als würde ihr gleich der Kopf davonfliegen und über die Brüstung fallen.

»Na ja, genau genommen bin ich immer noch verheiratet, aber wir haben uns getrennt. Offensichtlich.«

»Warte mal, wann zum Teufel hast du geheiratet? Wie alt warst du – zehn? Ich habe schon davon gehört, dass es im Süden so etwas gibt, aber in Maine hatte ich das nicht erwartet. Das liegt doch in der Nähe von New York!«

Ich ignorierte Lucys schwammige Geographiekenntnisse für den Moment. »Wir waren dreiundzwanzig, erst seit ein paar Jahren aus dem College. Eigentlich noch Kinder. Wir hatten uns in der Highschool kennengelernt, waren dann eine Zeitlang getrennt und kamen wieder zusammen, als wir nach Portland zurückzogen.«

»Eine Highschool-Liebe! Das klingt so romantisch! Wie hat er dir den Heiratsantrag gemacht?«

Ich wollte eigentlich nicht darüber reden, aber ich schuldete Lucy eine Erklärung – schließlich hatte ich sie ein Jahr lang beschwindelt. »Er hatte den Antrag in einem Doughnut versteckt.«

Lucy rümpfte die Nase. »In einem Doughnut? Meine

Güte, ich habe schon seit den Neunzigern keinen Doughnut mehr gegessen.«

»Ja, bei uns war es Tradition, samstagmorgens erst zu joggen und dann bei dieser wunderbaren kleinen Bäckerei am Ufer Doughnuts zu kaufen. Eines Morgens hatte er den Ring in einem der Doughnuts versteckt. Ich hätte ihn beinahe verschluckt, aber mein Würgereflex hat mich glücklicherweise davor bewahrt.«

»Das klingt nicht ganz so romantisch, wie ich mir das vorgestellt habe, aber süß ist es trotzdem.« Lucy schwieg einen Augenblick, und ich spürte, dass sie noch einmal gründlich darüber nachdachte. »Verdammt, ich kann mir einfach nicht vorstellen, wie du in einem Brautkleid aussiehst.«

»Tja, ich habe tatsächlich geheiratet, und irgendwo im Wohnzimmer meiner Eltern gibt es Fotos, die das beweisen.«

»Lo, das ist echt krass! Ich kann es nicht fassen, dass du mir das nicht erzählt hast! Und ich habe immer gedacht, du bist meine beste Freundin.«

»Es tut mir wirklich leid, dass ich dir das bisher verschwiegen habe – ich wollte mich damit einfach nicht beschäftigen. Und es fällt mir auch jetzt noch schwer, glaub mir.«

»Was ist denn zwischen euch abgelaufen? Dem Brief nach scheint er der perfekte Partner für dich gewesen zu sein.«

Ich zuckte mit den Schultern. »Es hat einfach nicht geklappt.« Ich spürte, dass mir Tränen in die Augen stiegen, und drückte mir die Fingernägel in die Handflächen, um nicht loszuheulen. »Können wir bitte das Thema wechseln?«

Lucy reichte mir eine Zigarette und drückte mich kurz an sich. »Natürlich, Schätzchen. Tut mir leid. Ich hol dir einen Whisky.«

Tja, nun ist die Katze offiziell aus dem Sack. Ich schätze, dass ich mich nun dem Problem stellen muss: Ich werde ihm eine Antwort schreiben müssen, einen Anwalt aufsuchen, das volle Programm durchziehen. Aber nicht sofort. Allein der Gedanke daran erschöpfte mich.

Ich nahm meinen Whisky mit ins Bett, schaute mir ein paar Wiederholungen von *Gilmore Girls* an und wünschte mir, ich wäre sicher und beschützt irgendwo in Stars Hollow.

12. Oktober

Heute fand Bikers Geburtstagsparty statt! Und sie verlief einigermaßen nach Plan.

Ich hatte gestern das Kanu aus der Garage von Lucys Cousin in Walthamstow geholt, es auf das Dach eines Mietwagens gehievt, war damit – sehr ängstlich – durch den Osten Londons gefahren und hatte es dann neben mein neues Fahrrad auf den Balkon gestellt.

Die folgenden fünf Stunden verbrachte ich damit, diverse Gerichte zu kochen, die ich zu unserer Bootstour mitbringen wollte.

Wie bereits erwähnt, umfasste Mrs Humphreys Menü

eine unglaubliche Menge an Essen für nur einen Tag auf einem Boot. Allein für das Mittagessen waren Hummer mit Mayonnaise, Lachs mit Remouladensoße, mit Trüffeln gefüllte Wachteln, Brathähnchen (Plural!), Rinderzunge, Lamm und Erdbeeren mit Schlagsahne vorgesehen. Wer waren diese Viktorianer, und wie konnten sie sich Hummer, Lachs und Trüffel für nur eine Mahlzeit leisten? Und wie zum Teufel vertrugen sie das alles? Vor allem auf einem Boot! Mit Seekrankheit hatten sie offensichtlich kein Problem gehabt.

Wie auch immer, meine bescheidene Speisekarte sah nun aus wie folgt:

Mittagessen um 13.00 Uhr

Brathähnchen (ein ganzes, leicht verkohlt)
Erdbeeren mit Schlagsahne

Tee um 16.00 Uhr

Kuchen und Gebäck (na ja, eigentlich waren es ein paar Schokokekse mit Orangenfüllung, die beide Kategorien abdecken sollten)
Tee
Eiskaffee

Abendessen um 20.00 Uhr

Boeuf épicé
(das heißt: scharf gewürztes Rindfleisch – im Grunde genommen habe ich ein Steak gebraten und großzügig Sriracha-Sauce drübergekippt)

Salade Française
(ein paar Salatblätter in einer Tüte)
Gelées aux fruits
(Wackelpudding mit Früchten aus der Dose)

Mrs Humphrey erwähnt keinerlei Alkoholika in ihrem Menü (sicher ein Versehen), also packte ich ein paar Sixpacks Bier und eine Flasche günstigen Sekt ein.

Der Biker tauchte bei mir auf, als ich gerade versuchte, das Kanu wieder auf den Mietwagen zu hieven.

»Hallo!«, begrüßte er mich und stellte sein Fahrrad ab. »Warte, ich helfe dir.«

»Dieses verdammte Ding – so ein Mist!«, fluchte ich, während wir das Boot auf das Dach hoben. Ich befestigte es rasch mit einem Gummiseil, das ich im Flurschrank gefunden hatte. »Alles Gute zum Geburtstag!« Ich schlang meine Arme um ihn.

»Ach du Scheiße!« Er betrachtete das Kanu, das in gefährlicher Schieflage auf dem Dach des kleinen Wagens hing. »Du hast das mit der Bootsparty wirklich ernst gemeint, richtig?«

Ich drückte ihm rasch einen Kuss auf die Lippen. »Würde ich über so etwas Wichtiges Witze machen? Komm, wir lassen jetzt dieses Bötchen am Kanal zu Wasser, damit wir rechtzeitig mittagessen können.«

Ich reichte ihm die Wagenschlüssel und schob mich auf den Beifahrersitz; nach meiner lebensgefährlichen Fahrt am Tag zuvor (ich hatte drei Seitenspiegel abgerissen und beinahe einen Radfahrer umgefahren) wollte ich das Fahren lieber ihm überlassen. Viktorianische Frauen durften nicht einmal wählen – ich war mir also ziemlich sicher, dass sie auch nicht Auto fahren sollten.

Wir rasten durch die Stadt, die Commercial Street entlang nach Limehouse. Am Hafenbecken stellten wir den Wagen ab und zogen das Kanu vom Dach.

»Hilfst du mir bitte mit den Tüten?« Ich schob den Beifahrersitz nach vorn und kletterte auf die Rückbank.

Der Biker spähte in den Wagen und entdeckte die beiden vollgestopften Einkaufstüten. »Wie zum Teufel sollen wir das ganze Zeug auf dem Boot unterbringen? Wir werden kentern!«

Jetzt kamen mir auch Bedenken. Ich hatte mir die Umsetzung des Unternehmens nicht gründlich genug überlegt, aber dafür war es jetzt zu spät, und ich hatte nicht vor, auch nur einen meiner Leckerbissen wegzuwerfen. Schließlich hatte ich stundenlang für dieses Menü geschuftet, also würden wir verdammt noch mal auch alles aufessen.

»Das geht schon!«, behauptete ich, zerrte die Taschen aus dem Wagen und drückte sie ihm in die Hand. »Das Bier können wir neben dem Boot herziehen. Außerdem sind wir beide schlank – wir haben genug Platz da drin.«

Wir schleppten das Kanu und die Einkaufstüten zum Ufer und stellten alles auf den Boden.

Ich betrachtete das Kanu skeptisch. Tatsächlich hatte ich noch nie in einem solchen Ding gesessen, also hatte ich keine Ahnung, wie wir damit in See stechen sollten. Stieg man ein, während das Boot noch am Ufer im Sand lag?

Oder musste man – ach du meine Güte – etwa hineinspringen, sobald es auf dem Wasser trieb?

Der Biker war ein Naturbursche, also würde er es sicher wissen. Ich schaute ihn erwartungsvoll an, doch dann fiel mir ein, dass er Angst vor Wasser hatte und daher vielleicht doch nicht so erfahren war, wie ich gehofft hatte.

»Wie zum Teufel sollen wir in das Ding steigen?«, fragte er und schubste das Kanu mit dem Fuß an.

Verdammter Mist! Tja, nun musste ich wohl so tun, als hätte ich Ahnung davon. Ich räusperte mich und bemühte mich, einen entschlossenen Ton anzuschlagen. »Zuerst müssen wir die Sachen so im Boot verstauen, dass das Gewicht gleichmäßig verteilt ist.«

Wir packten das Essen aus, verteilten die Tupperdosen auf alle verfügbaren Ecken und stopften das in Alufolie gewickelte Brathähnchen in den Bug. Die beiden Sixpacks befestigten wir mit einer Schnur am Boot, sodass sie gut gekühlt im Wasser treiben konnten, während wir davonruderten. Für den Sekt fand ich keinen Platz, also machte ich die Flasche auf, trank einen Schluck und reichte sie dann dem Biker. »Prost!«

Wir tranken die halbe Flasche aus, während wir um das Kanu herumgingen und über die Auftriebskraft eines solchen Boots diskutierten, bis ich, durch den Sekt mutig geworden, das Kanu mit einem Schubs ins Wasser beförderte und hineinsprang. Leider prallte ich dabei mit dem Schambein gegen eine Querstrebe. »Verdammter Mist!«, fluchte ich laut und quetschte mich mit den Füßen neben dem Hähnchen in den Bug. Der Biker rannte in Panik am Ufer entlang und versuchte verzweifelt, mit dem rasch Fahrt aufnehmenden Boot Schritt zu halten. Ich griff nach den Paddeln und ruderte hektisch zum Ufer zurück. »Spring rein!«, brüllte ich, als ich fast neben ihm war.

»Aber wie?«, schrie er.

»Nimm Anlauf und spring!«

Er trat ein paar Schritte zurück und rannte los. Im nächsten Moment segelte er auf mich zu und landete mit dem Oberkörper quer über dem Boot, während seine Beine ins Wasser hingen. Er klammerte sich am Bootsrand fest und strampelte wild mit den Füßen.

»Aaah!«, brüllte er. »Hilf mir! Ich ertrinke!«

Ich warf einen Blick ins Wasser und sah Schlamm. »Hier ist es ganz flach. Steh einfach auf!«

»Oh.« Er gehorchte und richtete sich auf; das Wasser ging ihm tatsächlich nur bis zu den Knien. »Igitt, hier sind überall Algen!«

»Und ich habe dich für einen Naturburschen gehalten!« Ich reichte ihm die Hand und zog ihn ins Boot, wo wir uns beide lachend auf den Boden fallen ließen.

Der Biker zog seine klatschnassen Schuhe aus und legte sie zum Trocknen in die Sonne. »Mann, so eine Aufregung! Jetzt brauch ich was zu trinken.«

Ich schaute bedauernd auf die halbvolle Flasche Sekt am Ufer. »Dann machen wir uns ein Bier auf!« Ich zog zwei Dosen aus dem Fluss und reichte ihm eine davon. Wir stießen an. »Auf die Seefahrt!«

Wir ruderten gemächlich in Richtung Shoreditch und räumten dabei mit den Paddeln vorbeitreibenden Müll und die eine oder andere Dose mit gebackenen Bohnen beiseite. Jetzt, wo wir auf dem Weg waren, nahm ich mir eine Minute Zeit, um die Umgebung zu betrachten. Es war ein wunderschöner Tag, sonnig, aber bereits mit einem Anflug von herbstlicher Frische in der Luft.

Als wir das Towpath Café erreichten, war es dreizehn Uhr: Zeit fürs Mittagessen. Der Biker schielte auf die Menütafel des Lokals, aber ich war fest entschlossen, ihm mein viktorianisches Festmahl zu servieren. Ich griff nach unten und zog das Brathähnchen zwischen meinen Füßen hervor. »Hast du Hunger?« Ich wickelte das Hähnchen aus der Folie und hielt es ihm hin.

Zuerst wirkte er ein wenig verwirrt – wahrscheinlich bekam er zum ersten Mal in seinem Leben ein ganzes Hähnchen in einem Kanu angeboten –, doch nach einer kurzen Pause zog er ein Stück von der Haut ab und schob es sich grinsend in den Mund.

Ich hatte kein Besteck eingepackt (wusste ich's doch, dass ich irgendetwas vergessen hatte), also aßen wir mit den Fingern, was im wahrsten Sinne des Wortes tierisch Spaß machte. Für einen Moment hatte ich das Gefühl, in einer dieser Survival-Shows mitzuspielen. Ich sah bereits den Titel vor mir: *Verschollen auf See mit einem Hähnchen.*

Die Anstrengungen des Vormittags hatten offensichtlich ihren Tribut gefordert – innerhalb von wenigen Sekunden war das Hähnchen vernichtet. Ich beäugte das abgenagte, schlaffe Gerippe auf der Alufolie. »Kann ich das einfach über Bord werfen?«

Der Biker hatte die Ruder längst aus der Hand gelegt

und streckte sein Gesicht in die Sonne. »Warum nicht? Du kannst die Enten damit füttern.«

»Kommt das nicht Kannibalismus gleich? Wenn Enten Hähnchen fressen?«

Er dachte kurz darüber nach und schüttelte dann den Kopf. »Nein, das sind verschiedene Arten.«

»Meinst du?« Ich betrachtete die Hähnchenreste und schaute dann zu einer Schar von Enten hinüber, die friedlich auf dem Wasser schaukelten. »Mir kommt das trotzdem irgendwie ekelhaft vor. So als würde ein Mensch einen Affen verspeisen; da isst man doch praktisch ein Familienmitglied auf.«

Der Biker setzte sich auf und begann, sich einen Joint zu drehen, wobei er das Gras sorgfältig mit der Hand schützte, damit der Wind es nicht davonblies. »Schweine sind uns Menschen biologisch ähnlicher als Affen, und wir essen sie ständig.«

»Das ist doch alles Mist!« Ich kippte die Hühnerknochen in den Fluss, knüllte die Alufolie zusammen und warf sie in den Bug.

Wir ließen uns von der Strömung weitertreiben. Vorbei an Islington nach King's Cross, wo wir den Gästen vor einem Restaurant zuwinkten. Der Biker rauchte seinen ersten Joint zu Ende und drehte sich den nächsten, während ich mein viertes Bier trank. Wir aßen ein paar Erdbeeren (die Sahne war in der Sonne geronnen), und hin und wieder tauchte einer von uns ein Paddel ins Wasser und machte einen halbherzigen Versuch, das Boot in eine Richtung zu steuern, aber die meiste Zeit dümpelten wir einfach so dahin.

Der Biker war ganz in seinem Element. Sein Gesicht färbte sich in der Sonne pink, sein blondes Haar war vom Wind zerzaust, und seine Lachfältchen schienen sich im Licht zu vertiefen. Als wir Camden erreichten, war ich angeheitert und glücklich und beugte mich vor, um ihn zu küssen. Dabei hätte ich beinahe das Boot zum Kentern gebracht.

Zur Teestunde befanden wir uns im Regent's Park. Ich kramte die Thermoskanne unter der Tüte mit den Salatblättern hervor und schenkte uns zwei Tassen Tee ein. Die Kekse verfütterten wir fast alle an die Enten, die sich träge neben unserem Boot treiben ließen.

Kurz gesagt, es war ein wunderbarer Tag. Und beinahe wäre es auch so geblieben.

»Denkst du manchmal noch an deine Exfrau?«, fragte ich und leckte den Schokoladenüberzug von einem Keks ab. Ich hatte mittlerweile sechs Bier intus, hatte mich auf dem Rücken ausgestreckt und starrte auf die vorüberziehenden Wolken.

Der Biker hob leicht den Kopf und warf mir einen Blick zu. »Na ja, ab und zu schon. Aber nicht oft. Ich weiß, dass sie gut versorgt ist, und das ist das Wichtigste. Sie hat einen neuen Mann und ein Haus und so weiter. Ist jetzt rundherum glücklicher als vorher, schätze ich.« Er ließ sich wieder zurücksinken und zog kräftig an seinem Joint.

Ich setzte mich auf, holte mir noch eine Bierdose aus dem Wasser und zündete mir eine Zigarette an. »Ich bin verheiratet.«

Er schoss hoch. »Wie bitte?«

»Mein Mann und ich haben uns getrennt.«

»Ah. Verstehe.« Der Biker entspannte sich wieder. Er schwieg eine Weile und überlegte offensichtlich, ob er mich jetzt danach fragen musste. Da er ein anständiger Kerl war, rang er sich schließlich dazu durch. »Möchtest du darüber reden?«

»Eigentlich nicht.«

»Cool. Diese Wolke sieht aus wie ein Tintenfisch.«

Ich starrte auf die breit gefächerte Wolke. Zwei Dinge standen fest: Die Wolke sah tatsächlich aus wie ein Tintenfisch, und ich wollte wirklich nicht über meinen Ex reden. Auf keinen Fall. Aber mit Dylans Brief war irgendetwas in mir aufgegangen. So wie beim ersten Mal Pinkeln nach dem Genuss von Fassbier – eine Schleuse hatte sich geöffnet. Ich wollte zwar nicht drüber reden, aber plötzlich war es mir wichtig, es einzugestehen. Und alle anderen sollten es zur Kenntnis nehmen. »Ich habe geheiratet«, wollte ich herausschreien. »Ich habe ein verdammtes Gelübde abgelegt.«

Stattdessen trank ich einen Schluck Bier, legte mich wieder hin und sah zu, wie meine Zigarette langsam herunterbrannte und sich eine makellose Aschesäule bildete. Ich starrte zum Himmel hinauf und dachte daran, dass Dylan unter demselben Himmel schlief. Der Song aus *Feivel, der Mauswanderer*, den die Maus auf dem Hausdach singt, wollte mir plötzlich nicht mehr aus dem Kopf. Und dann spürte ich entsetzt eine Träne aus dem Augenwinkel rollen und in mein Ohr tropfen. »Verdammt«, stieß ich leise hervor.

»Geht's dir gut?« Der Biker stützte sich auf seinen Ellbogen und sah mich besorgt an.

Ich wischte mir mit der Hand über die Wange und lächelte. »Mir ist nur ein bisschen Asche ins Auge gefallen. Lass uns das Boot ans Ufer bringen und in ein Pub gehen.« Wir hatten mittlerweile Little Venice erreicht, wo ein einladendes Lokal mit dem Namen *Summerhouse* vor uns auftauchte. »Wir können unser Abendessen zu einem der Picknicktische mitnehmen.«

Der Biker warf einen Blick auf das graue Steak, das in der Plastikdose vor sich hin gammelte, und verzog das Gesicht. »Ich mach dir einen Vorschlag: Ich lade dich zum Dinner ein.«

Wir ruderten ans Ufer und zogen das Boot auf die Böschung. Ich fühlte mich klebrig und dehydriert von dem vielen Alkohol, den ich getrunken hatte, und meine Klamotten waren mit Keksbröseln und Zigarettenasche übersät. Der Biker sah auch nicht mehr so gut aus: Das Gras zeigte seine Wirkung, und sein Gesicht, das in der Sonne noch rosig geschimmert hatte, wirkte im Schatten der Bäume erschreckend gelb.

Wir sahen uns kurz an und schienen, ohne es auszusprechen, zum gleichen Schluss zu kommen: *Wir lassen das Pub sausen und machen uns auf den Heimweg.* Mit einem übereinstimmenden Kopfnicken war die Entscheidung getroffen.

»Okay, und wie kommen wir nun zurück?«, fragte er und schaute sich um, als hätte ich irgendwo im Gebüsch ein Auto oder einen Raketenrucksack versteckt.

Mir wurde flau im Magen. Bei all der hektischen Vorbereitung des Menüs hatte ich völlig vergessen, mir Gedanken über den Heimweg zu machen.

Der Biker sah mir wohl an, was mir durch den Kopf ging. »Vergiss das Kanu – ich kauf dem Typen ein neues.« Er griff nach meiner Hand und zog mich die Uferböschung hinauf. »Wir suchen uns jetzt ein Taxi und fahren nach Hause.«

Eines musste ich ihm lassen: Für einen Kiffer hatte er manchmal einen erstaunlich guten Durchblick.

13. Oktober

Als ich zu mir kam, war meine Haut sandig, ich hatte einen grässlichen Kater, und mir wurde plötzlich bewusst, dass wir das Kanu von Lucys Cousin in Paddington Basin zurückgelassen hatten. Wahrscheinlich war es mittlerweile schon von einer Gruppe Berber in Beschlag genommen worden.

Ich drückte mein Gesicht in das Kopfkissen und schielte dann zum Biker hinüber, der mit ausgestreckten Armen und Beinen den Großteil des Betts in Beschlag nahm. Als ich mich weiter umschaute, sah ich einen mit Zigarettenkippen und halb gerauchten Joints überquellenden Aschenbecher und eine Flasche Jack Daniel's, die an einem gerahmten Foto von dem Biker mit der kleinen Poppy auf seinen Schultern lehnte.

Das war ganz bestimmt nicht nach Mrs Humphreys Geschmack.

Ich zog meine immer noch feuchten Klamotten an und schlich mich aus dem Haus. Glücklicherweise schliefen Poppy und ihre Eltern noch. Ich schlüpfte zur Vordertür hinaus, zog sie leise hinter mir ins Schloss und hastete die Straße hinunter zur nächsten Bushaltestelle.

Es war schon merkwürdig: Ich traf mich mit jemandem, der über zehn Jahre älter war als ich, aber ein Leben wie ein Teenager führte. Zwar hatte ich viel Spaß mit dem Biker, aber ich war mir nicht sicher, wie lange meine Leber das noch durchhalten würde. Außerdem wollte ich mich nicht noch einmal an der glücklichen kleinen Mittelklassefamilie vorbeischleichen müssen.

Um halb acht war ich zu Hause und legte mich sofort ins Bett. Ich kam wieder zu mir, als Lucy die Wohnung verließ und die Tür hinter sich zuzog, und seufzte erleichtert. Zumindest gab mir das noch Zeit, um die Sache mit dem Kanu zu beichten.

Ich warf einen Blick auf mein Telefon – 11.34 Uhr – und sah, dass ich sechs Anrufe erhalten hatte. Alle von Meghan. Rasch setzte ich mich auf und drückte die Wahlwiederholung. In Maine war es noch sehr früh, also musste es sich um einen Notfall handeln.

Sie hob sofort ab. »Schwesterchen? Bist du das?« Ihre Stimme klang erstickt.

»Was ist los? Alles in Ordnung bei dir?«

»Es geht um Sue. Sie ist nicht mehr da.«

Mir rutschte das Herz in die Hose. »Was meinst du damit?« Vor mir tauchte das Bild eines verunglückten Autos auf.

»Ich meine, dass sie *gegangen* ist.« Sie unterdrückte ein Schluchzen. »Sie ist weg.« Erleichterung durchflutete mich – zumindest war sie nicht tot. »Wir haben uns furchtbar gestritten, und sie hat ihre Sachen gepackt und ist gegangen.« Meghan begann leise zu weinen. »Was soll ich denn jetzt machen, Schwesterchen?«

»Oh, Meg. Mach dir keine Sorgen, sie kommt bestimmt wieder zurück! Wahrscheinlich braucht sie einfach nur ein wenig Zeit, um sich zu beruhigen. Ihr beide habt doch eine stabile Beziehung!«

Das Geräusch, das Meghan von sich gab, erinnerte mich an ein verwundetes Tier. »So stabil ist sie gar nicht. Sues Schichten im Krankenhaus sind so lang, dass wir uns kaum noch sehen, und wenn, dann streiten wir nur noch miteinander. Und gestern Abend habe ich eine Menge SMS zwischen ihr und irgendeiner Krankenschwester gefunden, und als ich sie darauf angesprochen habe, hat sie mir irgendeinen Mist erzählt, von wegen, das sei nur ein kleiner Flirt gewesen. Sie hat mir geschworen, es sei nichts passiert, aber wie soll ich ihr das glauben, wenn sie nie zu Hause ist? Der Streit ist eskaliert, und wir haben uns schreckliche Sachen an den Kopf geworfen. Und jetzt ist sie *weg*.« Es klang, als würde sie gleich anfangen zu hyperventilieren.

»Meg, bitte beruhige dich. Atme tief durch. Alles wird wieder gut, das verspreche ich dir.«

Sie weinte, und ich fühlte mich so hilflos wie noch nie zuvor. Was zum Teufel machte ich hier, in dieser beschissenen Wohnung in dieser gottverlassenen, verregneten Stadt, während meiner Schwester das Herz brach? Warum war ich nicht bei ihr, um sie in den Arm zu nehmen? Hier nützte ich ihr gar nichts: Ich war nur eine körperlose Stimme, die Plattitüden in ein Stück Plastik murmelte. Mein Entschluss fiel sofort.

»Ich komme nach Hause. Am Montag gebe ich in der Arbeit Bescheid, und dann buche ich den nächstmöglichen Flug. Ich habe in diesem Jahr noch keinen Urlaub genommen, also kann sich niemand darüber aufregen.«

»Das musst du nicht tun, Schwesterchen. Ich komm schon klar.«

»Nein. Ich möchte kommen. Wir haben uns schon viel zu lange nicht mehr gesehen, und ich vermisse dich, Meghan.«

Sie schniefte und atmete tief durch. »Tatsächlich?«

»Ja. Und jetzt geh ins Bett – bei euch ist es noch viel zu früh. Und wenn du aufwachst, duschst du heiß und läufst eine Runde. Und ruf mich an. Wann immer du willst, und so oft du willst. Alles wird gut, das verspreche ich dir.«

Ich legte auf und hoffte, dass ich recht behalten würde.

Zu Hause warteten einige Schwierigkeiten auf mich, und ich war mir nicht sicher, ob ich bereit war, damit fertigzuwerden. Aber dort wartete auch meine Schwester, und daher konnte mich nichts aufhalten.

25. Oktober

Gepackt hatte ich bereits am Morgen. Mein Flug ging erst am späten Nachmittag, also joggte ich noch um die Häuser, wanderte in der leeren Wohnung umher, trank zu viel Kaffee, rauchte zu viele Zigaretten und überprüfte mehrmals, ob ich meinen Reisepass bei mir hatte, bevor ich mich endlich auf den Weg machte.

Mein Rückflug war für zwei Wochen später gebucht, aber irgendwie hatte ich das dumpfe Gefühl, dass ich ihn vielleicht würde verschieben müssen. Möglicherweise sogar mehrmals. Und das machte mir Angst.

Ich hatte jeden Abend mit Meghan telefoniert, sie meist nur weinen lassen und ein paar tröstende Worte gemurmelt. Sie hatte immer noch nichts von Sue gehört. Der kleine Keim des Hasses, der sich in dem Augenblick, in dem Meghan mir von der Trennung erzählte, in mir festgesetzt hatte, war inzwischen zu einer großen Baumschule herangewachsen. Sue war jetzt mein Staatsfeind Nummer eins.

In der Arbeit hatte es keine Probleme gegeben. Cathryn hatte mich umarmt (zum ersten Mal) und mich praktisch zur Tür hinausgeschoben, während sie erklärt hatte, wie blass und erschöpft ich aussah und wie sehr ich eine Pause nötig hätte. Unter diesen Umständen war ich ohnehin zu nichts zu gebrauchen. Am Tag zuvor hatte ich eine Gruppe von vierundzwanzig Vierzehnjährigen, die für eine Tour im Modell des Teilchenbeschleunigers *Large Hadron Collider* angemeldet waren, total vergessen. Also musste Cathryn sie herumführen, und anscheinend ertappte sie zwei der Jugendlichen in einer der Detektorenkammern beim wüsten Herumknutschen. Ich kaufte ihr eine Flasche Wein, um mich zu bedanken, aber ich glaube, der Vorfall saß ihr immer noch in den Knochen.

Lucy hatte sich ebenfalls verständnisvoll gezeigt. Nachdem sie Dylans Brief gelesen hatte, schien sie davon überzeugt zu sein, dass das Schicksal mich wieder mit ihm zusammenführen wollte. Als ich ihr verkündete, dass ich für zwei Wochen nach Hause fliegen würde, konnte sie ihre Begeisterung kaum verbergen. Am Morgen fand ich beim Milchholen einen Zettel von ihr am Kühlschrank: VIEL GLÜCK stand darauf, verziert mit kleinen Herzchen. Ich riss ihn ab und steckte ihn in meine Brieftasche – ich konnte alles Glück dieser Welt gebrauchen.

Der Biker und ich hatten uns am Abend zuvor ein letztes Mal getroffen und nach einer langen Radtour am Regent's Canal entlang ein Bier in einem Lokal im Victoria Park getrunken. Ich erzählte ihm von meinem Flug nach Hause, und als ich ein Treffen nach meiner Rückkehr vorschlug, verschleierte sich plötzlich sein Blick, und er reagierte ausweichend.

»Keine Versprechungen«, wehrte er ab. »Zwei Wochen sind eine lange Zeit.«

Ich verdrehte die Augen und versicherte ihm, dass ich keinesfalls an eine Verlobung, sondern lediglich an ein oder zwei Bier nach meiner Rückkehr gedacht hatte, aber es war zu spät: Er hatte sich bereits mit der Krankheit namens Angst infiziert.

»Du bist wirklich eine tolle Frau«, erklärte er. »Aber ich bin nicht auf der Suche nach einer festen Beziehung.«

Keine meiner viktorianischen Methoden hatte ihn abgeschreckt, aber eine lockere Verabredung zwei Wochen im Voraus trieb ihn sofort in die Flucht. Damit war für mich die Sache beendet, aber das hielt mich nicht davon ab, ihn zum Abschied mit zu mir zu nehmen. Allerdings verbrachte er nicht die ganze Nacht bei mir. Nach dem Sex erklärte ich ihm, dass ich noch packen müsse (was sogar der Wahrheit entsprach), aber im Grunde genommen wollte ich mein Bett für mich allein haben.

In South Kensington stieg ich aus der U-Bahn, um mir noch rasch in meinem Buchladen Lektüre für den Flug zu besorgen.

Als ich die Wohnung verlassen hatte, war es sonnig gewesen, doch kaum war ich am Onslow Square angekommen, zogen dunkle Wolken auf, und dicke Regentropfen fielen auf die Erde. Ich rannte in den Buchladen und konnte gerade noch die Tür hinter mir zumachen, bevor es zu hageln begann.

Der junge Buchhändler saß wie immer an seinem kleinen Schreibtisch im hinteren Teil des Ladens und war in ein altes, zerfleddertes Taschenbuch vertieft. Er trug eine weite graue Strickjacke und eine ausgebeulte rötliche Cordhose, und auf seiner Nase balancierte eine Schildpattbrille. Ich blieb an der Tür stehen und beobachtete, wie er sich die Haare aus dem Gesicht strich. Wenn man ihn so betrachtete, konnte man ihm beinahe seine vernichtenden Bemerkungen und sein mürrisches Verhalten verzeihen. Tatsächlich sah er sogar irgendwie ... liebenswert aus. Meine Gedanken begannen zu wandern. Ohne diese Brille und vielleicht mit ... Ich lehnte mich gegen einen Stapel Taschenbücher und brachte ihn zum Einsturz. Er schreckte hoch und schaute mich finster an. Der Bann war sofort gebrochen, und ich spürte, dass ich knallrot wurde.

»Sie tropfen meinen Boden nass!«

Ich schaute auf meine durchnässte Jacke. »Dagegen kann ich im Augenblick wenig tun.«

Er schnalzte missbilligend mit der Zunge und stand auf. »Ich hole Ihnen ein Handtuch. Aber bleiben Sie stehen, wo Sie sind, und rühren Sie nichts an! Sie machen sonst alles nass.«

Ich folgte gehorsam und drehte mich nur ganz leicht nach links, sodass ich die Erstausgabe von *Black Beauty* in der Glasvitrine sehen konnte. *Eines Tages wirst du mir gehören,* dachte ich. *Und wenn ich dich stehlen muss.*

Der Buchhändler kam mit einem überraschend flauschigen Handtuch zurück. »Hier, trocknen Sie sich ab.«

»Danke.«

»Also, welcher Wälzer aus dem Kanon der Literatur darf es denn heute sein? *Mistkerle und die Frauen, die sie lieben?* Barbara Cartlands *Zwanzig Regeln für die Liebe?*«

»Eigentlich suche ich nach einem Roman aus dem Jahr 1897.«

»Oh?« Seine Stimme wurde ein wenig weicher. »Können Sie sich an den Titel erinnern? Von welchem Autor ist das Buch?«

»Oh, nein. Es ist mir egal, was oder von wem – ich

möchte irgendeinen Roman, der im Jahr 1897 geschrieben wurde.« Mir war klar, dass ich mich in Maine wahrscheinlich nicht an Mrs Humphreys Ratschläge würde halten können, daher wollte ich zumindest mit dem richtigen Lesestoff den viktorianischen Geist noch ein wenig aufrechterhalten.

Er runzelte die Stirn. »Das ist ja eine sehr präzise Angabe. Dann will ich mal schauen, was ich für Sie habe.« Er ging in die Abteilung mit den Klassikern, fuhr sich mit der Hand durch sein wirres Haar und schnalzte wieder mit der Zunge. »Also gut, da hätten wir das … und das … und das.« Er zog drei Bücher aus dem Regal und schob sie mir hin. »*Der Unsichtbare* ist recht gut, obwohl H. G. Wells für meinen Geschmack manchmal ein bisschen zu viel Fantasie entwickelt. Bei *Dracula* bedarf es keiner weiteren Erklärung. Und hier meine Empfehlung: *Maisie.* Henry James ist Experte für gestörte Beziehungen, und die Eltern der armen kleinen Maisie sind wirklich abscheulich. Ein wahres Lesevergnügen.«

»Ich bin beeindruckt – Sie können aus dem Stegreif drei Bücher nennen, die 1897 geschrieben wurden.«

»Mir gehört dieser Laden. Ich bin nicht gerade ein Kunstbanause.«

Ich befolgte seinen Rat und entschied mich für Henry James. Während ich in meiner Tasche nach der Geldbörse suchte, fiel sein Blick auf meinen Koffer.

»Wollen Sie verreisen?«

Ich nickte. »Ich fliege heim. Nach Maine.« Das Wort »heim« blieb mir fast im Hals stecken.

Er sah mich aufmerksam an. »Für immer?«

»Ich glaube nicht. Meine Schwester ist…« Zu meinem Entsetzen stiegen mir Tränen in die Augen. »Meine Schwester ist…«, begann ich noch einmal, aber meine Kehle war wie zugeschnürt. Die letzten Tage waren schrecklich gewesen. Es war beinahe unmöglich gewesen, so kurzfristig einen Flug zu bekommen, und die wenigen verfügbaren Plätze waren unbezahlbar gewesen. Schließlich ergatterte ich ein Ticket bei Delta Airlines nach einer Stornierung in letzter Minute, aber die Warterei hatte an meinen Nerven gezerrt. Jeden Abend hatte ich Meg am Telefon weinen gehört und gewusst, dass es noch Tage dauern würde, bis ich bei ihr sein konnte. Ich hatte mich noch nie im Leben so hilflos gefühlt. Und nun schien sich der Stress der letzten eineinhalb Wochen genau an diesem dafür denkbar ungeeigneten Ort zu entladen. Eine Träne rollte mir über die Wange, und meine Schultern begannen zu beben.

»Oh Gott. Ach du meine Güte.« Der Buchhändler schaute mich an, als befürchtete er, ich könnte jeden Moment explodieren. Wahrscheinlich dachte er bereits daran, ein Bombenentschärfungskommando zu alarmieren.

»Es tut mir leid, es ist nur…« Ich versuchte mich zusammenzureißen, aber in mir hatte sich etwas gelöst und ließ sich nicht so leicht wieder zurückdrängen. Diese dummen, verräterischen Tränen flossen einfach weiter. Wie peinlich.

Der Buchhändler blieb eine Weile stocksteif stehen und sah aus, als hätte er einen leichten Stromschlag erhalten.

Schließlich griff er nach meinem Ellbogen und führte mich zu einem Stuhl. »Ich hole Ihnen eine Tasse Tee«, verkündete er und hastete nach hinten. Kurz darauf kam er mit einem angeschlagenen Emaillebecher und ein paar Papiertaschentüchern zurück.

»Hier, bitte.« Er reichte mir vorsichtig die Teetasse und klopfte mir ungeschickt auf die Schulter, als mein Schluchzen lauter wurde. Es war schwer zu sagen, wem von uns beiden die Situation unangenehmer war.

Er kniete sich vor meinen Stuhl. »Was ist mit Ihrer Schwester? Sie ist doch nicht krank, oder?« Seine Miene wirkte ernsthaft besorgt, was mich noch heftiger schluchzen ließ.

Nach einigen qualvollen Minuten atmete ich tief durch und riss mich zusammen. »Ihre Frau hat sie verlassen«, erklärte ich. »Und ich war nicht dort, um für sie da zu sein, und es hat ewig gedauert, ein Flugticket zu bekommen, und sie war die ganze Zeit allein. Und jetzt fliege ich nach Hause, wo mich alle hassen, und dann werde ich mich wahrscheinlich mit meinem Exmann treffen müssen, der mich von allen bestimmt am meisten hasst, aber trotzdem total nett zu mir ist. Und das macht alles noch viel schlimmer. Und meine Eltern … meine Eltern …« Ich fing wieder zu heulen an, und der Buchhändler reichte mir ein Taschentuch.

Schließlich gelang es mir, mich zu beruhigen. »Tut mir leid, das fällt nun wirklich nicht in Ihren Aufgabenbereich.« Ich lächelte schwach.

»Unsinn. Jeder gute Buchhändler hält immer Tee und

Taschentücher bereit. Unsere Läden bieten einen idealen Nährboden für Gefühlsausbrüche«, meinte er mit einem schiefen Grinsen.

Ich lachte. »Vielen Dank. Und entschuldigen Sie, dass ich mich so aufgeführt habe.«

Er schüttelte den Kopf. »Kein Wunder, dass Sie ein bisschen überfordert sind. Sicher kommt alles wieder in Ordnung. Und ich kann mir nicht vorstellen, dass jemand Sie tatsächlich hasst.« Er legte seine Hand leicht auf meine Schulter. Unsere Blicke trafen sich, und mich durchfuhr ein Blitz. An seinen Augen sah ich, dass es ihm genauso ging. Er zog seine Hand zurück und sprang auf. »Sie sollten sich auf den Weg machen«, sagte er und starrte auf den Boden. »Sonst verpassen Sie noch Ihren Flug.«

Ich wischte mir die verlaufene Wimperntusche unter den Augen weg und stand auf. »Natürlich. Es tut mir leid, ich hätte Sie nicht so lange aufhalten dürfen.«

Er schüttelte wieder den Kopf. »Kein Problem. Das Laub soll um diese Jahreszeit wunderschön sein.«

»Das stimmt.« Ich hatte beinahe vergessen, wie herrlich sich die Blätter im Herbst verfärben, und verspürte plötzlich das Verlangen, im Garten meiner Eltern unter den bunten Ahornbäumen zu sitzen. »Nun, noch einmal vielen Dank für … alles.«

Jetzt war uns beiden die Situation wieder peinlich. Wir wichen langsam voneinander zurück, nickten und grinsten uns an wie zwei Wackelkopffiguren.

Ich war schon beinahe zur Tür hinaus, als ich seine

Stimme hörte. »Warten Sie!«, rief er mir nach. »Eine Sekunde!« Ich drehte mich um, und er drückte mir ein Buch in die Hand. »Das könnte Ihnen gefallen.«

Ich starrte stumm auf den Einband; meine Füße schienen am Boden festzukleben. *Zeit der Unschuld* von Edith Wharton.

Als er meinen verdutzten Blick sah, scheuchte er mich zur Tür hinaus. »Los, los!«, rief er und fuhr bekräftigend mit den Händen durch die Luft.

Ich schleppte meinen Koffer die Treppe zur U-Bahn hinunter und dachte über unsere Unterhaltung nach. Ich hatte keinen blassen Schimmer, was zum Teufel in dem Laden passiert war, aber ich wusste, dass die zwei megastarken Schlaftabletten in meiner Tasche dafür sorgen würden, dass ich mir darüber erst wieder den Kopf zerbrechen konnte, wenn ich bereits weit, weit weg war.

Eine einstündige U-Bahn-Fahrt, einen Sieben-Stunden-Flug und eine fünfundvierzigminütige Wartezeit beim Zoll später stürmte ich in der Ankunftshalle auf die winkende Meghan zu. Ich sprang über einen Kofferkuli und schlang meine Arme um sie.

»Es tut mir so leid, dass es so lang gedauert hat, bis ich kommen konnte.« Ich drückte sie an mich. »Aber jetzt wird alles wieder gut. Ich weiß, es tut noch sehr weh, aber eines Tages wirst du zurückblicken und froh sein, dass sie gegangen ist. Ich konnte Sue ohnehin nie leiden – ständig dieses Gelaber über das Retten von Leben, und dann hat sie uns alle ständig damit gelangweilt, wenn sie …«

»Hör auf damit, Lauren.« Meghan machte sich von mir los, und ich bemerkte, dass sie nicht so blass oder verheult aussah, wie ich erwartet hatte. Eigentlich wirkte sie beinahe … glücklich. »In den letzten neun Stunden ist viel passiert«, erklärte sie.

»Wie meinst du das?«

»Na ja … Sue ist heute Vormittag zurückgekommen.«

Ich war entrüstet. »Wie bitte? Soll das heißen, dass ich gerade fünfeinhalbtausend Kilometer in meine emotional belastete Vergangenheit zurückgeflogen bin, und ihr beide seid inzwischen wieder ein Herz und eine Seele? Und was ist mit eurem Riesenkrach? Glaubt sie tatsächlich, sie kann einfach für *fast zwei Wochen* verschwinden und dann wieder antanzen, als sei nichts geschehen?«

»Sie ist nicht einfach wieder angetanzt!« Meghan legte den Arm um meine Schultern und schob mich in Richtung Parkplatz. »Ich erkläre dich alles auf dem Heimweg.«

Ich schüttelte ihren Arm ab. »Das war nicht vielleicht ein ausgeklügelter Plan, um mich nach Hause zu locken?«

Meghan verdrehte die Augen. »Nein, du Narzisstin. Ich schwöre dir, dass ich tatsächlich fix und fertig war.« Sie zog mich an sich. »Ich bin so froh, dass du hier bist – ich kann dir gar nicht sagen, wie viel mir das bedeutet.« Sie begann zu lachen. »Nur dein Timing ist ein wenig daneben.«

Ich versuchte, wütend zu bleiben, aber der Klang von Meghans Gelächter war eine so große Erleichterung, dass mein Zorn verflog.

»Die Wahl des richtigen Zeitpunkts war noch nie meine

Stärke«, gab ich zu. »Aber ich bin trotzdem sauer auf Sue. Nur damit das klar ist.«

»Ist angekommen. Und jetzt fahren wir heim.« Sie nahm mir den Koffer ab und griff nach meiner Hand.

26. Oktober

Als ich aufwachte, fiel mein Blick auf das Beatles-Poster an der Wand neben meinem Bett. Der Wecker in Form eines Comic-Hasen auf dem Nachtkästchen zeigte 6.56 Uhr.

Ich hörte meine Eltern im Erdgeschoss miteinander reden. Je älter sie wurden, umso mehr verhielten sie sich wie Wombats: Am Tag hielten sie hin und wieder ein Nickerchen, und morgens standen sie sehr früh auf, normalerweise noch bevor es hell wurde. Aus jahrelanger Erfahrung wusste ich, dass jeglicher Versuch weiterzuschlafen zwecklos war. Wenn sie einmal wach waren, war die Sache gelaufen, also konnte man genauso gleich nach unten gehen und Kaffee trinken.

Ich zog eine Trainingshose und ein T-Shirt aus meinen Fußballtagen in der Highschool an und tapste die Treppe hinunter.

Mein Dad entdeckte mich zuerst. »Guten Morgen, Liebling. Wann bist du gestern gekommen? Wir haben versucht, auf dich zu warten, sind aber beide eingeschlafen.«

Ich drückte ihm einen Kuss auf die Wange. »Es war schon halb zwei Uhr morgens. Ich wollte euch nicht wecken, also habe ich mich leise hereingeschlichen und bin gleich ins Bett gegangen. Hi, Mom.«

Meine Mutter stand vom Küchentisch auf und nahm mich in die Arme. Ich ließ mich gegen ihren vertrauten, warmen Körper fallen und erkannte plötzlich, wie sehr ich die beiden vermisst hatte.

»Lulu! Ich bin so froh, dass du nach Hause gekommen bist. Schau dich nur an, du bist so dünn geworden! Bekommst du in England nichts zu essen? Ich dachte, da gäbe es ständig Fish and Chips und diesen Pudding mit dem komischen Namen – *Spotted Dick*, gesprenkeltes Dingsda, oder so.«

»Du übertreibst, Mom. Und ich habe kein gesprenkeltes Dingsda gegessen, falls dich das tröstet.«

Mein Dad unterdrückte mühsam ein Lachen, und meine Mom schlug mit einem Geschirrtuch nach ihm.

»Ich mach dir Frühstück. Was möchtest du haben? Ich habe Pfannkuchen, Eier, Toast, englische Muffins ... Und dein Vater war schon einkaufen und hat ein halbes Dutzend Doughnuts besorgt.«

Ich schenkte mir eine Tasse Kaffee ein und warf einen Blick auf die Uhr an der Mikrowelle: 7.13 Uhr. »Welcher Laden hat denn so verdammt früh schon geöffnet?«

»Achte auf deine Ausdrucksweise, Lulu! Natürlich einer dieser Stände im Market Basket, die rund um die Uhr geöffnet haben.«

Market Basket. Ich hatte mir fest vorgenommen, bei meinem Besuch in einen dieser amerikanischen Supermärkte zu gehen. Reihe um Reihe ein Paradies aus Knabbergebäck, haufenweise gewachstes und poliertes Obst und Gemüse – das gelobte Land für Konsumenten und ganz anders als die drei verwelkten Salatblätter und der halbe Laib dünn geschnittenes Weißbrot in meinem örtlichen Londoner Supermarkt.

Ich setzte mich mit meiner Kaffeetasse an den Tisch, gegenüber von meinen Eltern. Zwischen uns lag die aufgeschlagene *Portland Daily Sun*. Mein Dad legte seine Hand auf meine und lächelte traurig.

»Du hast uns sehr gefehlt.«

»Ihr beide habt mir auch gefehlt. Es tut mir leid, dass ich so lang weg war.«

Mein Vater schüttelte den Kopf. »Du brauchst uns das nicht zu erklären, Schatz.«

»Hat Meghan euch von Sue erzählt?«

Er nickte. »Sie waren gestern hier. Und Sue sah sehr schlecht aus.«

»Gut, das ist auch richtig so, nach dem, was sie Meghan angetan hat.« Meine Schwester und ich hatten uns auf der Heimfahrt lange unterhalten. Meghan war fest entschlossen, Sue wieder aufzunehmen und an ihrer Ehe zu arbeiten, aber ich brachte es noch nicht fertig, Sue zu vergeben. Bei mir war sie unten durch.

Mein Dad zuckte mit den Schultern. »Eine Ehe kann manchmal sehr schwierig sein, Lu. Wir wissen nie, was hinter verschlossenen Türen abläuft. Und deine Schwester … na ja, sie ist oft stur wie ein alter Esel.«

»Wie kannst du so etwas sagen? Schließlich war Sue diejenige, die einfach gegangen ist!«

»Dein Vater hat recht, Lauren«, warf meine Mutter ein. »Es geht dich nichts an, was zwischen den beiden vorgefallen ist. Ich war auch wütend, als ich erfahren habe, dass Sue gegangen ist, und die arme Meggy war wirklich am Boden zerstört, aber wenn sie es noch einmal mit Sue versuchen will, dann ist das allein ihre Sache.«

»Ich finde Sue trotzdem zum Kotzen«, erklärte ich trotzig. Erst sieben Stunden zu Hause, und ich benahm mich schon wieder wie ein Teenager.

Dad tätschelte mir die Hand. »Du wirst dich zusammenreißen müssen, du kleiner Hitzkopf, denn die beiden kommen heute zum Abendessen zu uns.«

Den Rest des Tages verbrachte ich damit, meine Sachen auszupacken, meine Wäsche zu waschen und meinen Nachholbedarf an amerikanischem Fernsehen zu decken. Meine Mutter und ich vertieften uns in eine Marathonsendung von *House Hunters – Die Immobilienjäger*, und bevor wir's uns versahen, fuhr Meghan in die Auffahrt. Auf dem Beifahrersitz saß eine sehr blass wirkende Sue.

»Ach du meine Güte!« Meine Mutter sprang von der Couch auf und rannte in die Küche. »Ich habe vergessen, das Hähnchen aufzutauen!«

Dad öffnete die Tür und umarmte die beiden herzlich. »Komm her, Lu!«, rief er. »Ich möchte alle meine Mädchen im Arm halten!«

Ich schlich hinüber und ließ mich widerstrebend umarmen. Nachdem wir uns aus Dads schraubstockartigem Griff befreit hatten, schob Meghan mich zu Sue hinüber, die entsprechend nervös wirkte. »Sag Hallo zu Sue.«

»Hey«, murmelte ich.

»Hi, Lauren! Schön, dich zu sehen!« Sie versuchte, mich an sich zu ziehen, aber ich hielt meine Arme fest an mich gedrückt. Meghan stach mir einen Finger in den Rücken.

Mom kam leicht gestresst aus der Küche und begrüßte Meghan und Sue mit einer Umarmung. »Hallo, Mädchen. Was wollt ihr trinken? Das Hähnchen ist noch gefroren, es kann also noch eine Weile dauern, bis es etwas zu essen gibt.«

Dad schlurfte in Richtung Küche. »Ich hol die Speisekarte vom Asia-Lieferservice«, verkündete er.

Die Atmosphäre während des Abendessens war gespannt. Ich hatte mich so weit weg wie möglich von Sue niedergelassen. Jedes Mal, wenn sie nach einer Frühlingsrolle griff, stürzte ich mich quer über den Tisch und riss sie an mich, bevor Sue sie mit ihrer Gabel erreichen konnte. Ich stopfte mir die gesamte Portion Hühnchen Kung Pao in den Mund, weil ich wusste, dass das ihr Lieblingsgericht war. Meghan trat mich wiederholt unter dem Tisch, und Mom erinnerte mich leise zischend an meine Manieren, aber ich war von heiligem Zorn erfüllt. Es war mir egal, wenn diese Idioten einfach nur dasaßen und so taten, als sei nichts geschehen. Für mich war der Krieg ausgebrochen. Und am Ende würde ich der Sieger sein, wenn auch aufgedunsen von Unmengen Natriumglutamat.

Ich verputzte gerade den Rest der mit Krabben gefüllten Teigtaschen, als Sue mich am Ellbogen hochzog und mich zum Arbeitszimmer schob. »Kann ich dich einen Moment sprechen?«, fragte sie. »Unter vier Augen?«

Ich schaute sie zum ersten Mal an diesem Abend richtig an und stellte erfreut fest, dass Dad recht hatte: Sie sah tatsächlich furchtbar aus.

Ich zuckte mit den Schultern. »Schätze schon.« Aus den Augenwinkeln sah ich, dass Meg mich anstarrte und mit den Lippen »Sei nett zu ihr!« formte. Ich streckte ihr die Zunge heraus und folgte Sue zögernd ins Arbeitszimmer.

Sue schloss die Tür hinter uns. »Hör zu. Ich weiß, dass du sauer auf mich bist, aber ich liebe deine Schwester.«

Ich stieß einen lauten Zischlaut aus, der uns beide erschreckte. »Ich weiß alles über deinen kleinen *Flirt*«, fauchte ich. »Wie kannst du das Liebe nennen? Du verschwindest für eineinhalb Wochen ohne ein einziges Wort und erwartest jetzt, dass du einfach wieder in ihr Leben zurückkommen und so tun kannst, als sei nichts geschehen? Hast du eine Ahnung, wie verletzt sie war? Und wie verzweifelt?«

»Lauren, ich weiß, dass ich mich beschissen verhalten habe. Ich habe mich tausendmal dafür entschuldigt und werde es noch etliche Male tun, bis ich alles wieder in Ordnung gebracht habe, aber … meine Güte, gerade du solltest wissen, wie schwierig eine Ehe manchmal sein kann.«

»Wage es ja nicht, meine Probleme ins Spiel zu bringen«, zischte ich.

Sie hob die Hände. »Ich versuche nicht, uns miteinander zu vergleichen. Ich sage ja nur, dass … manchmal etwas schiefgeht, aber wieder in Ordnung gebracht werden kann. Und ich werde diese Sache wieder in Ordnung bringen, das verspreche ich dir.«

Ich musterte sie eine Weile. Ihre Augen war rot und verschwollen, ihr blondes Haar von weißen Strähnen durchzogen, und um ihren Mund hatten sich Fältchen gebildet. Sie sah um zehn Jahre gealtert aus. Dieser Anblick war mir nicht fremd. Und ich verstand, woher er kam.

Ich stand auf und umarmte sie. »Okay, schon gut. Ich glaube dir.« Ich wich zurück und sah ihr in die Augen. »Aber eins garantiere ich dir: Wenn du ihr noch einmal wehtust, dann bekommst du es mit mir zu tun. Das meine ich ernst. Dann werde ich zu Schwarzenegger, und es setzt eine ordentliche Tracht Prügel.«

Sie lächelte und wirkte erleichtert. »Abgemacht.«

»Und die letzte Frühlingsrolle gehört mir. Du bist noch nicht aus dem Schneider.«

29. Oktober

In den nächsten Tagen pendelte ich zwischen Meghans und Sues Haus und dem meiner Eltern hin und her, ernährte mich von einer erfindungsreichen Mischung aus Süßigkeiten und Knabbergebäck (»Du willst wirklich Schokolinsen *und* Salzbrezeln haben?«) und schaute Kabelfernsehen und *US Weekly*.

Es gefiel mir, wieder im gemütlichen Schoß meiner Familie zu sein. Mom wuselte ständig um mich herum, versorgte mich mit gegrilltem Käse und Erdbeermilch und warf mir immer wieder lange, nachdenkliche Blicke zu.

Ich wusste, was sie mich gern gefragt hätte – *Was ist denn nun mit Dylan?* –, aber sie verkniff es sich, und dafür war ich ihr sehr dankbar.

An einigen Abenden, wenn Sue im Krankenhaus Spätschicht hatte, kam Meg zum Abendessen herüber, Dad unterbrach seine Gartenarbeit, brachte uns schweigend zwei Bier und nickte uns zu, bevor er sich in seinen Hobbyraum zurückzog, um sich ein Spiel der Red Sox anzuschauen. Nach dem Essen betrachteten Meghan und ich Fotos von ehemaligen Mitschülern auf Facebook, um zu sehen, wer fett geworden war, wer Kinder hatte und wer im Knast gesessen hatte.

Gestern, nachdem wir uns über die grässliche Haarfarbe der Exballkönigin unserer Highschool aufgeregt hatten, zeigte ich Meg meine viktorianischen Visitenkarten. Ich dachte darüber nach, sie wegzuwerfen, denn meine Tage mit Mrs Humphrey waren gezählt, und es sah nicht so aus, als könnte ich meine viktorianischen Tricks hier noch ausprobieren. Das Projekt war wie eine erfolglose Sitcom vorläufig auf Eis gelegt.

»Die sind klasse!« Meg hielt eine der Karten ans Licht, sodass die geprägten Goldbuchstaben glitzerten. »Wirf die bloß nicht weg; eines Tages kannst du sie sicher noch gut brauchen!«

»Was soll ich denn mit hundert Karten anfangen, auf denen nur mein Name steht?«

Sie zuckte mit den Schultern. »Wer weiß.« Ein schelmisches Lächeln huschte über ihr Gesicht. »Du solltest eine bei Dylan in den Briefkasten werfen.«

Ich schubste sie weg. »Bist du verrückt geworden?«

»Komm schon, du kannst dich nicht ewig vor ihm verstecken! Wann triffst du dich endlich mit ihm?«

Ich warf mit einem Tortilla-Chip nach ihr. »Gar nicht, wenn es nach mir geht. Außerdem macht er doch diese Fahrradtour.«

Meghan besaß den Anstand, verlegen dreinzuschauen. »Ich glaube, er ist schon wieder zurück.«

»Was?!« Ich sprang auf und schleuderte dabei die Chipstüte in die Luft. »Hast du ihn gesehen? Weiß er, dass ich hier bin?«

»Komm wieder runter! Ich habe ihn nicht gesehen, aber ich bin vor ein paar Tagen seinem Cousin über den Weg gelaufen, und er hat mir erzählt, dass Dylan gerade zurückgekommen ist.«

»Und wann wolltest du dieses kleine Geheimnis lüften? Also wirklich, Meg.«

»Äh, hast du vergessen, dass ich mich vor Kurzem in einer seelischen Krise befunden habe? Tut mir leid, wenn mich meine eigenen Probleme ein wenig von deinen abgelenkt haben.« Sie zog mich am Arm, und ich setzte mich wieder neben sie. »Wenn du dich nicht mit ihm treffen willst, ist das in Ordnung. Es gibt kein Gesetz, das dir vorschreibt, dich zu melden, wenn du in Neuengland bist, und da du bisher den Großteil deiner Zeit auf dieser oder auf meiner Couch verbracht hast, bist du wohl in Sicherheit.« Sie drehte sich so, dass sie mir ins Gesicht schauen konnte. »Aber ich bin der Meinung, dass du dich mit ihm treffen solltest. Es wäre gut für dich. Er ist kein Arschloch und wird dir sicher keine große Szene machen. Aber ihr solltet euch aussprechen.«

»Er hat mir einen Brief geschrieben.«

»Das habe ich mir fast gedacht. Was hat er geschrieben?«

»*Alles ist verziehen*«, sagte ich mit gespielt bedrohlicher Stimme.

»Glaubst du ihm das?«

Ich zuckte mit den Schultern. »Wie sollte ich?« Ich konnte mir selbst kaum verzeihen.

Der Gedanke, ihn wiederzusehen und all die alten Geschichten auszugraben und durchzukauen …

Meghan sah mich stirnrunzelnd an. »Er hat zumindest einen Anruf verdient.«

Sie hatte recht, das wusste ich. Ich hatte ihn sehr verletzt und sollte ihm wenigstens die Gelegenheit geben, mir das zu sagen. Aber ich konnte mir einfach nicht vorstellen, ihm gegenüberzutreten.

Meghan schien meine Gedanken lesen zu können. »Ich sage ja nicht, dass du im Büßerhemd durch die Stadt laufen und um Verzeihung flehen sollst, aber immerhin hast du diesen Mann geheiratet. Und ich bin der Meinung, dass es dir guttun würde, die Sache zu einem Abschluss zu bringen.«

Ich legte meinen Kopf an ihre Schulter. »Ich werde darüber nachdenken.«

»Ich stehe hinter dir, wie auch immer du dich entscheidest. Hast du schon gesehen, wie fett Greg Bellows jetzt ist? Also ehrlich, er sieht aus, als hätte er einen Ballon verschluckt.«

31. Oktober

Als ich aufwachte, stellte ich fest, dass ich meine Periode bekommen hatte.

Ohne zu duschen und mit Socken, die nicht zusammenpassten, sprang ich in Moms Wagen und fuhr auf direktem Weg zum Drogeriemarkt. Ich kämpfte mich durch eine Horde gestresster Mütter, die in letzter Minute Tüten mit Süßigkeiten und Skelette aus Krepppapier besorgten. Rasch zog ich eine Großpackung Schokoriegel aus einem Regal, scheinbar für die Halloween-Kinder, in Wahrheit aber für meinen Heimweg.

Und dann stand ich in meiner Jogginghose, blutarm und elend, im Gang mit den Hygieneartikeln und hielt eine Packung Tampons wie eine absolut nutzlose Waffe vor meinen Körper, als ich eine Stimme hörte.

»Lauren?«

Ich wusste sofort, dass er es war. Er kam leise und vorsichtig auf mich zu, als könnte ich mich in Luft auflösen, wenn er sich zu schnell bewegte. Was gar nicht so abwegig war. Er sah gut aus. Braungebrannt und blond wie eine GI-Joe-Actionfigur. Er trug eine abgewetzte graue Hose und das marineblaue Sweatshirt mit dem Schriftzug von der Universität Maine, das ich ihm früher ständig geklaut und dann an den Wochenendnachmittagen am Hafen angehabt hatte. Mir wurde übel.

»Dylan!«, trällerte ich, als wäre sein Anblick eine freudige Überraschung. »Ich habe gedacht, du strampelst durch Wyoming!« Meine Stimme war eine ganze Oktave höher als üblich. »Was machst du denn hier?«

»Das sollte ich eigentlich dich fragen.« Sein Tonfall war schneidend, obwohl er sich offensichtlich bemühte, locker zu klingen.

»Meghan und Sue haben sich getrennt.«

»Scheiße.« Um seine Augen bildeten sich kleine Fältchen, die seine Betroffenheit zeigten. Mir wurde bewusst, wie sehr mir das früher gefallen hatte, und schon überschwemmte mich wieder eine Welle der Übelkeit. »Arme Meg. Wie geht es ihr?«

»Gut. Sie haben sich wieder versöhnt, während ich im Flugzeug saß.«

Er lachte. »Dein Timing ist anscheinend immer noch nicht besser geworden. Also ist alles wieder in Ordnung bei den beiden?«

»Ja, ich glaube schon. Ihre Beziehung ist sehr stabil.«

Zwischen uns entstand ein langes Schweigen. Wir waren beide sowohl das Reh als auch das Scheinwerferlicht.

Er knickte zuerst ein. »Wie lange bist du schon hier?«

»Seit ungefähr einer Woche.«

»Hättest du mich angerufen?«, fragte er leise. Er klang verletzt und – oh, mein Gott – vielleicht ein wenig hoffnungsvoll.

Zuerst wollte ich ihn anlügen, aber dann wurde mir klar, dass er mich durchschauen würde. »Nein.«

»Oh.« Wieder eine endlos lange Pause.

»Hör zu, Dylan: Ich weiß, dass ich dir eine Erklärung schuldig …«

»Lo, bitte nicht hier.« Er fuhr mit der Hand durch die Luft. »Was immer du mir sagen willst – ich möchte es nicht vor einem Regal mit verdammten Tampons und Erwachsenenwindeln hören. Lass uns vor deiner Abreise etwas trinken gehen. Und über alles reden.«

»Ich … ich halte das für keine gute Idee.«

Dylan sah mir fest in die Augen. »Komm schon, Lauren. Ein Drink. Eine Stunde.«

Ich erwiderte seinen Blick. »Okay, aber nicht bei Sangillo's.« Die Vorstellung, in unserer alten Stammkneipe zu sitzen und den ganzen Mist noch einmal durchzukauen, während am Tisch neben uns ein paar Betrunkene Jägermeister kippten, war unerträglich.

»Abgemacht. Soll ich dich bei deinen Eltern anrufen?«

»Nein!«, schrie ich. Der Gedanke, dass er dann möglicherweise ein langes, emotionales und für mich nicht sehr schmeichelhaftes Gespräch mit meiner Mutter führen könnte, erfüllte mich mit Entsetzen. »Ich … ich geb dir die Nummer von meinem Mobiltelefon. Die internationalen Gebühren für SMS sind erträglich.«

Er zog eine Augenbraue nach oben. »Mobiltelefon? So nennst du das gute alte Handy jetzt?«

»Tut mir leid, Macht der Gewohnheit.« Ich kramte in meiner Tasche und fand nur einen Eyeliner und eine meiner viktorianischen Visitenkarten. Ich kritzelte meine Nummer auf die Rückseite und reichte sie ihm. »Vorsicht, das ist Kajal. Könnte leicht verwischen.«

Er warf einen Blick auf die Telefonnummer, drehte dann

die Karte um und starrte auf die goldenen Buchstaben. »Scheiße, machst du jetzt auf vornehm?«

»Die sind für die Arbeit.« Ich deutete rasch auf die Karte in seinen Händen. »Ich bin kein Stück vornehmer als früher.«

»Da bin ich mir nicht so sicher«, erwiderte er mit einem verhaltenen Lächeln. »Ich habe mich gefreut, dich zu sehen, Lauren.« Er deutete mit einer Kopfbewegung auf die Tamponschachtel und grinste breiter. »Gut, dass du, ähm, nicht vorbereitet warst.«

Ich versetzte ihm einen leichten Schlag auf den Arm. »Es könnte gefährlich werden, eine Frau in diesem Zustand zu ärgern.«

Wir sahen uns an, und für den Bruchteil einer Sekunde war plötzlich alles wieder da. *Wir* waren wieder da. Und dann tippte mir jemand auf die Schulter.

»Entschuldigen Sie.« Ich drehte mich um und sah eine winzige ältere Frau vor mir. Sie umklammerte ihre Handtasche und bedeutete mir mit einer Geste, näher zu kommen. »Würden Sie mir bitte eines dieser Päckchen herunterholen?«, flüsterte sie und deutete verstohlen auf den großen, gefährlich hoch aufgetürmten Stapel mit Erwachsenenwindeln auf dem obersten Regal. Als sie Dylan hinter mir entdeckte, legte sie einen Finger auf ihre Lippen. »Psst!«, zischte sie mit einem Nicken in seine Richtung.

Ich hörte Dylan hinter mir leise lachend davongehen. »Bis dann«, rief er mir über die Schulter zu. »Grüß deine Eltern von mir. Ich rufe dich in den nächsten Tagen an!«

Ich reichte der alten Dame ihr Windelpaket und rannte

in die Kosmetikabteilung. Rasch warf ich eine Gesichtsmaske, Heizlockenwickler, eine Bodylotion, einen Epilierer, einen Luffaschwamm, ein Körperpeeling und einen Volumen-Schaumfestiger zu den Tampons in meinen Einkaufskorb. Wenn ich ihn schon wiedersehen musste, dann würde ich dafür sorgen, dass ich bei unserem nächsten Treffen richtig gut aussah.

Und deshalb sitze ich jetzt im Badezimmer meiner Eltern und lasse die Enthaarungscreme einwirken.

Da ich noch ein wenig Zeit habe und es außerdem der letzte Tag des Monats ist, möchte ich meinen Versuch mit *Manners for Women* zusammenfassen. Obwohl ich das Experiment verkürzen musste, habe ich doch einiges hineingequetscht: ein Kanu, bedruckte Visitenkarten, ein ganzes Brathähnchen …

Schlussfolgerung zu

Manners for Women

Mrs Humphrey machte mir bei Weitem nicht so viele Vorschriften, wie ich erwartet hatte. Im Grunde genommen schien es ihr gleichgültig zu sein, was ich vorhatte, solange ich dabei ausgezeichnete Manieren an den Tag legte. Und ich bin der Meinung, dass mir die richtigen Umgangsformen im gesellschaftlichen Leben bereits in die Wiege gelegt wurden.

Funktioniert am besten bei …

Den Biker schienen meine viktorianischen Methoden wenig beeindruckt zu haben, was allerdings auch an den vielen Joints gelegen haben mag. Wahrscheinlich hätte ich mich ihm auch als ein seine Gestalt verändernder Drache oder als Republikanerin präsentieren können, ohne dass er mit der Wimper gezuckt hätte. Bei eher schreckhaften Männern hätte das Konzept sicher mehr Wirkung gezeigt. Adrian wäre sicher schnellstens getürmt, wenn ich ihm eine förmliche Einladung für eine Bootsfahrt geschickt hätte. Trotzdem hatten die erzwungene Schicklichkeit und das Gefühl, in den Augen der Gesellschaft – wenn es auch um eine veraltete Form davon ging – alles richtig zu machen auf merkwürdige Weise beruhigend auf mich gewirkt. Und darüber hinaus besaß ich nun schöne Visitenkarten.

Anzuwenden von …

… Frauen, die individuell angefertigte Visitenkarten mögen.

BUCH ACHT:

Zur Hölle mit all den Büchern

1. November

Den Vormittag verbrachte ich in meinem Lieblingsladen für Secondhand-Bücher in Portland, in der Hoffnung, einen Ratgeber für diesen Monat zu finden. Ich war fest entschlossen, das Projekt wegen meines kurzen Abenteuers in Amerika nicht sterben zu lassen; im Augenblick war es das Einzige, was mich davon abhielt, komplett durchzudrehen.

Nachdem ich unzählige Nachahmungen von *The Rules* und einige merkwürdige Werke über kosmische Bestellungen aussortiert hatte, fand ich es schließlich: *Männerbeschaffungsmarketing. Mit der Harvard-Methode den Richtigen finden. Für Frauen ab 35*. Von Rachel Greenwald, MBA. Dieses Buch musste ich einfach ausprobieren.

Ich kaufte es sofort, sprang in Moms Wagen, fuhr nach Hause und schloss mich mit dem Buch und einer großen Packung Pfefferminzschokolinsen im Arbeitszimmer ein. In der Einleitung las ich, dass mich ein Programm erwartete, eine »Art Mischung aus Jobsuche und Diät: Es setzt persönlichen Einsatz voraus, verlangt Ihnen gewisse Opfer ab und hat seine Regeln, die befolgt werden wollen«. Ich stöhnte. Schon jetzt vermisste ich die Viktorianerinnen.

Je mehr ich las, umso grauenhafter wurde die Aussicht auf ein Singledasein mit sechsunddreißig. Selbst wenn man äußerst erfolgreich und attraktiv ist und ein erfülltes gesellschaftliches Leben hat, ist die Party offensichtlich mit sechsunddreißig offiziell vorbei.

Ab da sind Frauen nämlich zum Ladenhüter geworden. Liegen weit oben auf einem staubigen Regal, das man nur mithilfe eines dieser wackligen kleinen Tritthocker erreicht. Die große Mehrheit der Männer wurde bereits aus der See gefischt, und diejenigen, die noch unbeirrt herumschwimmen, lassen sich nur von sehr cleveren Frauen fangen, von Frauen, deren höchste Priorität es ist, einen Ehemann zu finden. Haben Sie einen erfüllenden Job? Wenn es an Ihrem Arbeitsplatz nicht genügend Männer gibt, sollten Sie wahrscheinlich kündigen. Besitzen Sie ein Eigenheim? Wenn es in Ihrer Nachbarschaft nicht von geeigneten Junggesellen wimmelt, sollten Sie Ihr Haus verkaufen und umziehen!

Mit anderen Worten: Sie haben die Arschkarte gezogen! Zumindest sagt Rachel Greenwald, MBA, das in etwa so.

Ich beschloss, eine kleine Pause zu machen und mir eine Cola light zu gönnen. Meine Eltern waren in der Küche und kicherten wie zwei Teenager, die gerade Klebstoff geschnüffelt hatten. Ich blieb eine Weile an der Türschwelle stehen und beobachtete, wie er sie in den Hintern zwickte, sie ihm auf die Finger schlug und dann wieder in Gelächter ausbrach. *Wie nett,* dachte ich. *Eine Ehe ist etwas Schönes, Stabilität und ein Heim sind wunderbare Dinge.*

Ich würde bald neunundzwanzig werden. Die meisten meiner früheren Mitschüler aus der Highschool hatten mittlerweile ihr erstes Kind, wurden häuslich und waren zufrieden damit.

Auch ich hatte diesen Traum gehabt – den Traum von einem attraktiven, netten Ehemann und einem kleinen, mit Schindeln verkleideten Haus. Laut Rachel Greenwald hatte ich das ultimative Ziel erreicht. Wenn man ihrem Buch glauben durfte, gab es viele Frauen, die damals nur allzu gern mit mir getauscht hätten. Sie waren bereit, sich einen anderen Job zu suchen und in eine andere Stadt zu ziehen, in der Hoffnung, dort eine feste, stabile Beziehung zu finden. Sie wollten genau das, was ich weggeworfen hatte.

Seit ich hier war, dachte ich immer öfter darüber nach, warum ich eigentlich aus Portland weggegangen war und alles zurückgelassen hatte. Es war eine nette kleine Stadt, in der man sich wohlfühlen konnte. Und hier wohnten viele Menschen, die ich mochte und die mich mochten. Was war daran so verkehrt? Vielleicht waren London, Adrian und dieses ganze lächerliche Dating-Projekt nur ein Fiebertraum, aus dem ich bald aufwachen würde.

Als ich an diesem Abend ins Bett gehen wollte, bekam ich eine SMS vom Biker.

Hab ich dir eigentlich schon gesagt, dass du super bläst?

Ich schleuderte das Telefon quer durchs Zimmer. Natürlich war das, wenn auch auf eine recht schräge Weise, schmeichelhaft für mich, aber es erzeugte auch Abscheu in mir. Was machte ich mit meinem Leben, dass ein zweiundvierziger Mann ohne richtige eigene Bleibe mir eine SMS über meine Fähigkeiten beim Blasen schrieb, während ich in meinem alten Kinderzimmer saß und mir überlegte, was ich beim nächsten Treffen mit meinem Exmann sagen sollte?

Ich nahm das Buch in die Hand und betrachtete den Einband. Vielleicht war die Idee, sich einen Ehemann zu suchen, doch nicht so übel. Vor allem, da ich bereits einen sehr guten hier auf Lager hatte.

2. November

Nach einem etwas steifen Frühstück mit meiner Mutter, der ich einerseits unbedingt erzählen wollte, dass ich Dylan getroffen hatte, es andererseits aber für mich behalten musste, um keine Flut von hoffnungsvollen Fragen auszulösen, zog ich meine Laufklamotten an und rannte zu Meg und Sue hinüber. Ich ging ins Haus und nahm mir eine Banane aus der Obstschale. Harold schnüffelte geräuschvoll an meinen Schienbeinen und ließ sich begeistert hinter den Ohren kraulen.

Ich hörte Meghans Schritte im oberen Stockwerk. »Bist du das, Schwesterchen? Bin gleich unten!«, rief sie. »Muss nur noch meine Joggingsachen anziehen.«

Kurz darauf rannte sie mit ihren Schuhen in der einen Hand und Harolds Leine in der anderen die Treppe herunter.

»Fertig?«, fragte sie und schlüpfte in ihre Sneaker.

Mit dem kläffenden Harold auf den Fersen liefen wir

los, und ich erzählte Meghan von der Begegnung beim Tamponkaufen. Es war ein wunderschöner Tag; blauer Himmel, herbstlich frische und für die Jahreszeit erstaunlich warme Luft. Wir liefen den Eastern Parkway entlang und machten am Back Cove Halt. Meg ließ den Hund von der Leine, und wir streckten uns unter den Bäumen mit dem herrlichen rot-gelben Blattwerk aus und sahen zu, wie er eine Schar Möwen jagte.

Ich legte mich auf den Rücken und starrte durch die Baumkronen in den Himmel hinauf.

»Was hast du wegen Dylan vor?«, fragte Meghan.

»Ich weiß es nicht.« Ich zupfte nervös an einem Grasklumpen herum. »Allmählich glaube ich, dass ich einen Fehler gemacht habe.«

»Wie meinst du das?« Sie wandte sich mir zu und stützte sich auf ihre Ellbogen.

»Ich frage mich, ob ich nicht … ob wir wieder zusammenkommen sollten.«

Meghan setzte sich auf und starrte mich an, als sei ich verrückt geworden. »Warum um alles in der Welt solltest du das tun wollen?«

»Na ja, ich habe das Gefühl, dass ich genau das hatte, was sich alle wünschen, und dann einfach davor davongelaufen bin. Was ist nur los mit mir, dass ich nicht will, was alle anderen wollen?«

»Die viel wichtigere Frage ist: Warum glaubst du, dass du dir wünschen solltest, was alle anderen sich wünschen?«

»Keine Ahnung. Ich lese gerade diesen neuen Ratgeber,

in dem es darum geht, dass man mit über sechsunddreißig kaum noch einen Ehemann finden kann, und …«

»Tut mir leid, aber da muss ich dich unterbrechen. Warum nimmst du diese Ratgeber so ernst? Du weißt ebenso gut wie ich, dass das alles Blödsinn ist. Also, worum geht es wirklich?«

Ich zuckte mit den Schultern. Meine Kehle zog sich zusammen, und ich drängte die aufsteigenden Tränen zurück. »Ich habe das Gefühl, alle im Stich gelassen zu haben, indem ich einfach davongelaufen bin. Ich bin so ein verdammter Feigling.«

Meg legte eine Hand unter mein Kinn. »Hey, schau mich an. Du bist der mutigste Mensch, den ich kenne. Du warst unglücklich, also hast du alles hinter dir gelassen und ganz allein ein völlig neues Leben angefangen. Ist dir nicht bewusst, wie bewundernswert das ist?«

»Für mich klingt das nach Feigheit.«

»Nein, das stimmt nicht. So viele Menschen in deiner Situation wären einfach geblieben und hätten sich mit ihrem Unglück abgefunden. Aber du hast den Mut gehabt, dich zu befreien.«

»Aber schau dich und Sue an! Ihr seid in eine Krise geraten, aber ihr arbeitet daran. Vielleicht bin ich zu früh gegangen. Vielleicht hätte ich mich mehr bemühen müssen.«

Meghan strich mir übers Haar. »Du warst nicht bereit, es noch länger auszuhalten. Glaubst du nicht, dass das ein Beweis dafür ist, dass es zwischen dir und Dylan einfach nicht gestimmt hat?« Sie setzte sich auf und schaute mir in die Augen. »Sue und ich sind bereit, an uns zu arbeiten, weil wir den Rest unseres Lebens miteinander verbringen wollen. Kannst du ernsthaft sagen, dass du bei Dylan auch so empfunden hast?«

Ich dachte eine Weile darüber nach und rief mir Dylans freundliche Augen und die Art, wie er mich jeden Abend vor dem Schlafengehen auf die Nasenspitze geküsst hatte, ins Gedächtnis zurück. »Ich habe ihn geliebt, Meg.«

»Das weiß ich, Schwesterchen. Aber ich glaube, dass du ihn nicht von ganzem Herzen geliebt hast. Das ist keine Kritik, nur eine Tatsache. Es war der richtige Entschluss, ihn zu verlassen. Nur weil du etwas hast, was andere Leute sich wünschen, muss dich das nicht glücklich machen. Du musst dir dein eigenes Glück schaffen.«

Ich nickte. Mir war bewusst, dass sie recht hatte, aber trotzdem quälte mich die Angst, die sich seit meiner Ankunft in mir ausgebreitet hatte. »Aber … was, wenn ich für immer allein bleibe?«

Sie legte ihren Arm um mich und drückte mich an sich. »Es gibt Schlimmeres, als allein zu sein.«

Ich dachte an die letzten Wochen mit Dylan, an die steifen Abendessen, die endlosen Zankereien, den brodelnden Groll, die eisige Kälte im Schlafzimmer … Meg hatte nicht ganz unrecht.

»Also, was wirst du ihm sagen?«

»Wenn ich das nur wüsste.« Ich riss ein paar Grashalme aus und warf sie in die Luft. »Wir werden uns auf einen Drink treffen, er wird mir eine Stunde lang erzählen, was für ein Arschloch ich bin, ich werde zu dir kommen und mich betrinken. So stelle ich mir das zumindest im Moment vor.«

»Er wird dir nicht sagen, dass du ein Arschloch bist, Schwesterchen. Jedenfalls nicht eine Stunde lang. Er ist ein netter Kerl. Und er will einfach nur wissen, was zum Teufel passiert ist.«

Noch an diesem Nachmittag meldete sich Dylan bei mir: *Treffen am Dienstag im Old Trawlerman um 19.00 Uhr.*

3. November

Ich schlenderte durch die Gänge des nächsten rund um die Uhr geöffneten Supermarkts, warf zerstreut eine Packung Erdnussbutterkekse in meinen Einkaufswagen und dachte immer noch über die Unterhaltung mit Meghan nach, als mein Telefon klingelte. Es war Lucy. Kaum hatte ich abgehoben, sprudelte sie los. »Lo, ich habe schockierende Neuigkeiten.« Ihre Stimme klang hoch und gepresst, als hätte sie gerade eine Panikattacke hinter sich.

»Sind wir ausgeraubt worden?«, fragte ich. Seit ich in die Wohnung gezogen war, wartete ich praktisch darauf, dass jemand bei uns einbrach. Das Gebäude zählte nicht gerade zu den vornehmsten der Gegend.

»Nein!«, rief sie. »Nichts dergleichen. Es ist… na ja… oh, mein Gott, ich kann es selbst noch kaum fassen, aber…« Ihre Stimme wurde immer schriller.

»Lucy, um Himmels willen, spuck's endlich aus.«

»Lo, ich werde heiraten!«

»Was? Scheiße!«, brüllte ich. Eine Frau mit zwei kleinen Kindern, die in ihrem Einkaufswagen hockten, blieb stehen und warf mir einen bösen Blick zu.

»Was soll das heißen, du wirst heiraten?«, zischte ich.

»Tristan hat mir gestern Abend einen Antrag gemacht. Oh, Lo, es war fantastisch! Er ist mit mir auf das Hochhaus The Shard gefahren, und es hat Champagner und Rosen gegeben, und er hat gesagt ›Schau mal über den Fluss‹, und als ich das gemacht habe, da war dieses komische Gebäude, wie heißt das gleich noch …«

»Die Gurke«, half ich ihr.

»Nein, das andere. Du weißt schon, dieses dreieckige Haus, das Autos zum Schmelzen gebracht hat.«

»Die Käsereibe?«

»Ja! Die Käsereibe war hell erleuchtet, und zwar so, dass die Lichter hinter den Fenstern den Satz ›Heirate mich, Lucy‹ bildeten! Kannst du dir das vorstellen? Mir sind die Knie weich geworden, und als ich mich umgedreht habe, ist Tristan vor mir gekniet und hat mir den größten Diamanten hingehalten, den du jemals gesehen hast! Ich schick dir gleich ein Foto – es ist auf meinem Instagram. Ist das nicht unglaublich?«

Das war es tatsächlich. Ich freute mich für Lucy, ganz ehrlich, aber es war schon ein wenig deprimierend, von der spektakulären Verlobung seiner Freundin zu erfahren, wenn man selbst gerade beim Tamponkaufen seinem Exmann in die Arme gelaufen war. Es nimmt dem eigenen

Leben den Glanz, vor allem, wenn man gerade über eine möglicherweise einsame und verzweifelte Zukunft nachgegrübelt hatte.

Aber ich riss mich rasch zusammen. Es war nicht Lucys Schuld, dass Dylan mich vor dem Tamponregal in der Drogerie entdeckt hatte, und Tristan war ein toller Mann und würde sie sicher gut behandeln (vor allem, wenn sie ihn regelmäßig in Tante Dorothys Schrank sperrte). Sie würden miteinander glücklich werden, und nur das zählte.

»Ich freue mich riesig für dich, Luce. Und ich kann es kaum erwarten, ein Foto von dem Ring zu sehen.«

»Warte, bis du ihn in echt siehst – das ist ein richtiger Klunker! Wann kommst du übrigens nach Hause, Schätzchen? Du fehlst mir! Am sechzehnten veranstalten wir eine kleine Verlobungsfeier, da musst du auf jeden Fall wieder hier sein.«

»Das werde ich auf keinen Fall verpassen.«

Lucy heiratete also einen stinkreichen Mann und würde schon bald aus unserer kleinen Wohnung in ein riesiges Penthouse in West London ziehen, wo sie ihn, glücklich bis ans Ende ihrer Tage, auspeitschen würde.

Und ich stand hier im alten Jogginganzug meines Vaters, starrte auf eine Tüte mit Schokogebäck und bereitete mich geistig auf das Treffen mit meinem Exmann vor.

5. November

Ich versuchte, mich unbemerkt aus dem Haus zu schleichen, aber Mom hörte, wie ich in ihrer Handtasche nach den Autoschlüsseln kramte.

»Fährst du zu Meg und Sue?«, fragte sie und eilte in die Küche.

Ich drückte ihr einen Kuss auf die Wange. »Nein.«

»Geht ihr zum Essen aus? Zu Sangillo's? Trefft ihr euch dort mit jemandem?« Ihre Stimme klang arglos, aber sie beobachtete mich scharf. Das Spiel war aus.

Ich seufzte. »Ich treffe mich auf einen Drink mit Dylan, Mom.« Ihr entfuhr ein spitzer Schrei. »Ich bin ihm vor ein paar Tagen zufällig in der Drogerie begegnet, und wir haben vereinbart, uns zu treffen. Ich habe es dir nicht eher erzählt, weil ich nicht wollte, dass du dich aufregst.«

»Ich sag doch gar nichts!«, entgegnete sie, aber in ihren Augen blitzte ein Hoffnungsschimmer auf. Sie drückte meinen Arm. »Sag ihm einen schönen Gruß von uns – er ist hier immer willkommen.«

Ich verdrehte die Augen. »Ich bin nicht sicher, ob das hilfreich ist.«

Ich fuhr zum Hafen hinunter, parkte hinter dem Eisenbahnmuseum und ging zum Old Trawlerman hinüber. Seit der Highschool war ich nicht mehr dort gewesen – damals war es die einzige Kneipe in der Stadt, wo man seinen Ausweis nicht vorzeigen musste –, aber der Laden hatte sich überhaupt nicht verändert. An der Bar saßen immer noch die gleichen Einheimischen mit den wettergegerbten Gesichtern. Es war nicht das Sangillo's, aber auch hier lauerten einige Gespenster aus der Vergangenheit. Ich suchte den Raum nach Dylan ab, und als ich ihn nicht entdeckte, holte ich mir eine Flasche Bier und setzte mich an einen Tisch in der Ecke. Als Dylan hereinkam, hatte ich bereits drei Viertel des Etiketts von der Flasche abgezogen.

Er sah gut aus. Besser als in der Drogerie. Er trug ein dünnes graues T-Shirt und eine weite Levi's und hatte sich offensichtlich Mühe gegeben, seine blonde Lockenmähne zu zähmen. Unwillkürlich überkam mich ein Gefühl der Vertrautheit, und plötzlich ging mir der Gedanke durch den Kopf, ob es nicht vielleicht doch möglich war. Ich winkte, aber anstatt zu mir herüberzukommen nickte er mir nur zu, begrüßte den Barkeeper mit Handschlag und begann eine angeregte Unterhaltung mit ihm.

Also so sollte das ablaufen.

Nach geschlagenen sechs Minuten an der Bar, einem langen Händeschütteln und einer offensichtlich kostenlosen Flasche Bier setzte Dylan sich mir gegenüber an den Tisch. Sein Gesicht war ausdruckslos – er musste sich seit unserer Begegnung in der Drogerie auf dieses Treffen vorbereitet haben.

Er trank einen Schluck Bier und sah mich schließlich an. »Wie geht es deiner Familie?«

»Gut. Mom leitet irgendeine Kampagne zur Rettung der Heuschrecken-Ammer, und Dad arbeitet den ganzen Tag im Garten. Das Übliche, du weißt schon.«

»Freut mich.« Er nahm noch einen Schluck und schaute

mir direkt in die Augen. »Ich nehme an, du wirst in ein paar Tagen wieder nach London zurückfliegen?«

Ich hatte einen Flug für Freitag gebucht, aber ich konnte mir noch nicht so recht vorstellen, tatsächlich an Bord zu gehen. »Schätze schon«, erwiderte ich und zuckte mit den Schultern.

Wir schwiegen einen Moment lang. Ich zupfte an meinem Haar und fragte mich, ob mein Eyeliner verwischt war. So nervös war ich in Dylans Gegenwart noch nie gewesen – nicht einmal an dem Tag, an dem ich ihm in der 11. Klasse der Highschool einen Zettel zugesteckt hatte. Ich setzte die Flasche an die Lippen und schüttete dabei einen großen Schluck Bier auf mein T-Shirt. Wir prusteten beide los.

»Sehr geschickt!« Lachend reichte er mir ein paar Servietten aus dem Plastikständer auf dem Tisch. »Und ich habe geglaubt, eine vornehme Europäerin vor mir zu haben.«

Ich kicherte. »Mit meinem Sprachtraining läuft es aber sehr gut. Kann ich eine rauchen?«

Wir gingen hinaus, lehnten uns gegen die Ziegelmauer des Old Trawlerman, schützten mit den Händen unsere Zigaretten vor der Seebrise und redeten über alte Zeiten. Der Barkeeper kam hin und wieder auf die Terrasse und stellte uns schweigend Biernachschub auf den Tisch. Als die Sonne unterging, holte Dylan zwei Sweatshirts aus seinem Wagen – eins für sich und eins für mich. Ich zog es an und atmete tief ein: Es roch wie unser altes Haus. Nach Daheim.

Nachdem wir alle unsere Zigaretten geraucht hatten und der Barkeeper die leeren Flaschen vor unseren Füßen weggeräumt hatte, griff Dylan nach meiner Hand und zog mich an sich.

»Wohin bist du gegangen, Lauren? Wohin?«

Tatsächlich wusste ich das immer noch nicht. Wir waren glücklich gewesen. Wir hatten uns in der Highschool ineinander verliebt, in verschiedenen Städten das College besucht und uns dabei die Hörner abgestoßen und waren dann in Portland wieder zusammengekommen. Als er mir einen Antrag machte, schien es die natürlichste Sache der Welt zu sein, ihn zu heiraten. Selbst meinem Dad stiegen Glückstränen in die Augen, als wir ihm von unserer Verlobung erzählten. Die Hochzeit war eine von uns selbst ausgerichtete, feuchtfröhliche Feier in einer alten Scheune vor der Stadt: Kerzen in Marmeladengläsern, überall Luftschlangen, ich in einem weißen Trägerkleid, das ich bei eBay für 14 Dollar ersteigert hatte. Dylan hatte sogar unsere Eheringe in seiner Werkstatt selbst gemacht. Wäre es nicht meine eigene Hochzeit gewesen, dann wäre mir von so viel do it yourself schlecht geworden. Aber es war meine Feier, und ich genoss jede Minute davon.

Wir zogen in unser kleines Häuschen und fingen unser gemeinsames Leben an, und am Anfang war alles großartig. Wir waren glücklich, fühlten uns wohl. Aber nach ein paar Jahren fühlte ich mich plötzlich eingeengt. Jeden Morgen die gleichen routinemäßigen Abläufe, der gleiche Abschiedskuss, die gleichen Drinks in der gleichen Bar mit den gleichen Leuten am gleichen Ende eines Tages. Ich war bald neunundzwanzig und konnte den Verlauf jeden Tages, der vor mir lag, genau vorhersagen. Das machte mir Angst.

Eines Morgens nach einem weiteren Abend bei Sangillo's wachte ich auf und begriff, dass ich Dylan bald hassen würde, wenn ich nichts unternahm. Als mir dann ein ehemaliger Professor von einer freien Stelle im Wissenschaftsmuseum in London erzählte, sah ich darin einen Fluchtweg. London würde mich retten. Bevor ich mich's versah, saß ich in einem Flugzeug und ließ mein Leben hinter mir. Es ging alles so schnell, dass es beinahe einem Gewaltakt gleichkam. Und die ganze Zeit hindurch hatte Dylan mich schweigend gewähren lassen und zugesehen, wie ich mit militärischer Präzision unser gemeinsames Leben demontierte.

Schließlich war es so weit. Ich hatte alle meine Sachen gepackt und wartete auf meinen Dad, der mit einem Laster die Umzugskisten – und mich – abholen würde. Das kleine Haus wirkte ohne meine Habseligkeiten sehr leer. Dylan saß in der Mitte des Zimmers, umgeben von einem Meer aus Kartons und Klebebändern, und hob langsam den Blick, um mir in die Augen zu schauen.

»Kommst du zurück?«, hatte er mit leiser, rauer Stimme gefragt.

»Ich glaube nicht«, hatte ich geantwortet und mich verzweifelt an die Vorstellung eines neuen Lebens geklammert, das ich mir so lebhaft ausgemalt hatte. »Ich glaube, ich gehe für immer.«

Jetzt schaute ich Dylan an, spürte seine schwielige Hand sicher in meiner und wünschte mir mit jeder Faser meines Körpers, loslassen zu können. In seine Arme zu fallen und ihn zu bitten, das letzte Jahr einfach zu vergessen. Zum Teufel mit London. Zum Teufel mit dem Singledasein. Zum Teufel mit dem Projekt, dem Job, der Unabhängigkeit. Lass uns einfach nach Hause gehen.

Aber anstatt mich fallen zu lassen blieb ich fest auf beiden Beinen stehen. Es gab einen Grund dafür, dass ich gegangen war, und ich konnte jetzt nicht wieder umkehren. Wenn ich es täte, würde ich unser beider Leben zerstören.

Ich atmete tief durch. »Dylan, ich habe dich wirklich geliebt – das weißt du –, und du wirst mir immer wichtig sein. Aber ich musste von hier weg. Wir waren zu jung für all das – wir waren wie zwei Kinder, die Ehepaar spielten! Wir waren Anfang zwanzig und hätten ausgehen, uns betrinken und in der Kneipe jemanden anmachen sollen, anstatt Möbel auszusuchen und uns Gedanken über ein neues Hausdach zu machen. Es war zu viel.«

Er drückte meine Hand ein wenig fester. »Aber was ist mit mir? Ich wollte mein Leben mit dir verbringen.«

Ich wich ein Stück zurück. »Das weiß ich, und ich habe geglaubt, das auch zu wollen. Aber wir haben es versucht, und es hat nicht gereicht. Ich liebe dich, aber das ist nicht genug.«

Er ließ meine Hand wie ein heruntergebranntes Streichholz fallen und wurde plötzlich wütend. »Nichts hat dir jemals gereicht. Verdammt, ich habe mich so sehr bemüht, dich glücklich zu machen, für uns beide ein schönes Leben zu schaffen, aber es war nie genug.«

»Dylan, das hat nichts mit dir zu tun …«

»Hör mit diesem Mist auf. Natürlich hat es etwas mit mir zu tun. Ich habe dir nicht gereicht. Unser Leben hat dir nicht gereicht. Schon als wir geheiratet haben, bist du bereits mit einem Fuß vor der Tür gestanden. Was glaubst du denn, warum ich nicht dagegen angekämpft habe, als du mir gesagt hast, dass du gehen willst?«

»Ich weiß es nicht«, erwiderte ich leise. Darüber hatte ich im vergangenen Jahr oft nachgedacht. Für jemanden, der mich angeblich so sehr liebte, hatte er es mir tatsächlich sehr einfach gemacht, ihn zu verlassen.

Er lächelte traurig. »Weil ich damit gerechnet hatte, dass du gehst.«

Ich sah Dylan in die Augen und wusste, dass ich nie wieder würde gutmachen können, was ich ihm angetan hatte. Aber ich wusste auch, dass mir keine andere Wahl geblieben war und dass es jetzt kein Zurück mehr gab.

Ich nahm seine Hand in meine. »Es tut mir leid. So leid. Du bist ein toller Mann und hast es nicht verdient, wie ich dich behandelt habe. Ich hoffe, du findest eine Frau, die dich richtig glücklich macht. Und ich hoffe, sie ist blond und ihre Brüste sind doppelt so groß wie meine.« Ich dachte kurz nach. »Aber nicht Kelly Leibler. Jede andere vollbusige Blondine, aber nicht sie.«

»Nicht Kelly Leibler«, wiederholte er. »Verstanden.« Er umarmte mich. »Und ich hoffe, dass du eines Tages findest, wonach du suchst«, flüsterte er in mein Haar.

Dann ließ er mich los und ging davon, ohne sich noch einmal umzuschauen.

6. November

Als ich zum Frühstück herunterkam, war Dad bereits in seiner Werkstatt, und Mom räumte den Tisch ab. Sie sah von der Arbeitsplatte hoch, als ich hereinkam.

»Guten Morgen, Lu. Es ist noch Kaffee da, wenn du möchtest.«

»Danke.« Ich schenkte mir eine Tasse ein, setzte mich an den Küchentisch und beobachtete die Vögel, die draußen geschäftig um das Futterhäuschen herumschwirrten.

Mom ließ sich mir gegenüber nieder. »Also«, begann sie, »wie war es gestern Abend?«

Ich musste den Abend selbst erst noch verarbeiten. »Okay«, erwiderte ich zurückhaltend und wandte mich wieder den Vögeln zu.

»Wie geht es Dylan?«

»Gut, schätze ich.«

Sie seufzte. »Lauren, hilf mir doch ein wenig. Bitte.«

Ich schaute sie an. Sie sah älter aus als vor einem Jahr. Irgendwie schmaler. Mir fuhr ein Stich durchs Herz, und ich legte meine Hand auf ihre. »Tut mir leid, Mom.«

»Ich wünschte, du würdest mir erzählen, was passiert ist.«

»Ich weiß nicht, was ich dir sagen soll. Wir haben uns getroffen und etwas getrunken, und er hat mir gesagt, dass ich eine schreckliche, selbstsüchtige Person sei. Ist es das, was du hören wolltest?«

»Du bist keine schreckliche, selbstsüchtige Person.«

»Da bin ich nicht so sicher.« Ich spürte, wie sich in mir ein Abgrund auftat.

»Lu, es wäre gelogen, wenn ich behauptete, dass ich alle deine Entscheidungen in den vergangenen Jahren verstanden hätte. Manchmal glaube ich, dass ich irgendetwas falsch gemacht haben muss, um dich so weit von dieser Familie wegzutreiben. Aber eine schreckliche Person bist du ganz sicher nicht.«

»Mom, du hast nichts falsch gemacht! Dass ich weggegangen bin, hatte nichts mit dir zu tun.« Ich konnte den Gedanken nicht ertragen, dass sie sich in irgendeiner Weise verantwortlich fühlte. »Ich bin gegangen, weil ich wissen wollte, was es dort draußen noch für mich gibt.«

»Ich weiß, dass du uns für zwei alte Langweiler hältst, aber dein Vater und ich haben einander in all den Jahren sehr glücklich gemacht. Und Meg und Sue … Ich möchte doch nur, dass du auch so glücklich wirst. Und Dylan ist so ein netter Kerl.«

»Du hast recht, er ist großartig. Aber ich habe ihn nicht geliebt. Nicht wirklich. Und ich habe ihn unglücklich gemacht.«

»Das ist sicher nicht wahr«, widersprach sie. »Du könntest niemals jemanden unglücklich machen.«

»Doch.«

In der langen Pause, die folgte, sah ich Dylans wütendes Gesicht wieder vor mir. Ich schaute rasch zu den Vögeln hinaus und versuchte verzweifelt, nicht zu weinen.

Sie rückte ihren Stuhl neben meinen und legte ihren Arm um mich. »Ich will nur, dass du glücklich bist, Liebling.«

»Ich weiß, Mom. Ich bin glücklich. Auf meine Weise.«

Sie lächelte traurig. »Du warst schon immer abenteuerlustig. Weißt du noch, wie du deinen Finger in die Steckdose gesteckt hast?«

Ich lachte bei der Erinnerung daran. »Da war ich ungefähr zwei.«

»Du bist quer durch den Raum geflogen. Bis dein Vater und ich bei dir waren, hattest du dich schon wieder aufgerappelt und warst auf dem Weg zurück zur Steckdose, um es gleich noch mal zu versuchen.«

Ich schüttelte den Kopf. »Ich bin wohl schon immer eine dickköpfige Nervensäge gewesen.«

Sie zog mich an sich und drückte mir einen Kuss auf den Scheitel. »Ich möchte dich nicht anders haben.«

»Ich habe dich vermisst«, flüsterte ich.

»Ich dich auch, Lu. Jeden Tag. Aber dass du weit weg bist, heißt ja nicht, dass wir einander weniger lieben, richtig?«

Ich schmiegte mich lächelnd an sie. »Richtig.«

»Tu, was du tun musst. Wir werden immer für dich da sein.«

»Danke, Mom.« Ich spürte, wie das Loch in mir ein Stückchen kleiner wurde.

8. November

Heute Morgen war ich zu einer sehr unchristlichen Stunde abgereist.

Gestern hatte ich mich bereits am Vormittag von meinen Eltern verabschiedet, um die letzte Nacht in Portland bei Meghan zu verbringen. Ich hatte ihnen versprochen, öfter anzurufen und in zwei Monaten über Weihnachten wieder nach Hause zu kommen, aber als ich meinen Koffer die Treppe hinunterschleifte, sahen sie trotzdem unsagbar traurig und verloren aus.

Sue ging nach einer langen Schicht früh ins Bett, und Meghan und ich blieben viel zu lange auf und betranken uns furchtbar mit Rotwein aus Kartons. Als Letztes erinnere ich mich daran, dass wir uns über eine Musicalaufführung in der Highschool, bei der Meg durch die Bühne gekracht war, halb totlachten. Als ich wieder zu mir kam, schob Sue mir einen Müsliriegel und eine Thermoskanne mit schwarzem Kaffee in die Hand. Harold rannte hysterisch bellend ständig im Kreis um uns herum, und Meg, zerzaust und mit blutunterlaufenen Augen, reichte mir meine Tasche.

»Glaubst du, das heißt, dass ich ihm fehlen werde?«, fragte ich, gerührt von Harolds Überschwänglichkeit.

»Nein, er hat nur Angst vor Männern.« Meghan deutete mit einer Kopfbewegung auf den Taxifahrer, der in der Auffahrt wartete. »Aber mir wirst du fehlen.«

Ich umarmte sie und drückte sie an mich. »Und du mir. Ich liebe dich.«

»Ich liebe dich auch.« Sie wich ein Stück zurück und sah mir in die Augen. »Du kannst jederzeit nach Hause kommen, vergiss das nicht; du musst dir das Leben nicht unnötig schwer machen.«

»Das weiß ich, aber ich möchte es so haben«, erwiderte ich mit größerer Zuversicht, als ich im Augenblick empfand. »Ich will in London leben.« Sobald ich es ausgesprochen hatte, wurde mir klar, dass es stimmte. London war jetzt mein neues Zuhause.

»Du bist ein schwieriger Dickkopf.« Sie schüttelte lächelnd den Kopf.

»Du kennst mich zu gut.« Ich drehte mich zu Sue um. »Pass gut auf sie auf.«

»Ich werde mich bemühen.« Sie legte ihren Arm um Meghans Schulter. »Versprochen.«

»Das möchte ich dir auch raten«, erwiderte ich. »Das mit Schwarzenegger war kein Scherz.«

Der Taxifahrer hupte. Ich umarmte Meg und Sue noch einmal und strich Harold über den Kopf. Dann sah ich mich rasch nach Maud um, aber sie hatte sich in irgendeine entlegene Ecke des Hauses verkrochen; diese Aufregung am frühen Morgen war ihr zu viel.

Ich stieg in das Taxi und winkte allen zum Abschied. Nach einer kurzen Taxi- und anschließender Greyhound-Busfahrt, dem Flug und ein paar Stationen mit der U-Bahn schloss ich am Abend die Wohnungstür in der Old Street auf. Ich stellte mein Gepäck ab, knallte die Tür hinter mir zu und rannte sofort auf den Balkon.

Während ich rauchte, betrachtete ich zuerst den Hinterhof unter mir und dann die Londoner Skyline. Ich beugte mich weit über die Brüstung und verrenkte mir den Hals, um die Lichter des Riesenrads London Eye zu sehen, das sich in der Ferne drehte. Ich zog kräftig an meiner Zigarette und blies den Rauch aus: Ich war zu Hause. Und dieses Mal war ich mir da ganz sicher.

9. November

Um sechs Uhr wachte ich mit einem ausgewachsenen Jetlag auf, aber ich zwang mich dazu, aus dem Bett zu kriechen und mir eine Tasse Espresso zu machen, bevor ich meine Sneaker anzog und losrannte. Ich hatte bereits ein Drittel des Monats mit Rachel Greenwald, MBA, vertrödelt und musste unbedingt schnellstens wieder fit werden, um mein Programm in den verbleibenden Wochen durchzuziehen.

Nachdem ich mich durch fast neun Kilometer gequält hatte, duschte ich erfrischend kalt (die Londoner Sanitäranlagen gehören zu den Dingen, die ich nicht vermisst hatte) und ließ mich dann mit meinem Notizbuch auf dem Sofa nieder. Plötzlich war ich wieder energiegeladen. Ich war dort, wo ich hingehörte, und tat das, was mich glücklich machte.

Der erste Punkt der Tagesordnung war, mein »persönliches Logo« zu entwerfen. Ich teilte ein Blatt in drei Spalten ein und betitelte sie mit den Überschriften »Äußeres«,

»Charakter« und »Weitere Eigenschaften«, so wie Rachel Greenwald es empfahl. In jede Spalte trug ich Adjektive und sonstige Beschreibungen ein, die meiner Meinung nach auf mich zutrafen.

Ich lehnte mich zurück und betrachtete meine Aufstellung. Mann, ich war eine verdammt gute Partie.

Beim nächsten Schritt ging es darum, aus jeder Spalte einen Begriff auszusuchen, um daraus mein persönliches Logo zu kreieren. Damit würde ich bei jedem, mit dem ich hoffte einmal ein Date zu haben, für mich werben.

Ich probierte ein paar Kombinationen aus. »Verträgt viel Alkohol«, »aufgeschlossen« und »bläst anscheinend gut« klang so, als würde ich mich ständig in Underground-Sex-Clubs herumtreiben, während »leicht ungepflegt«, »sarkastisch« und »mag Käse« vielleicht ein zu realistisches Bild von mir boten. Schließlich entschied ich mich für »langbeinig«, »unabhängig« und »Amerikanerin«. Ich fand, da dachte man an eine sexy Flugbegleiterin aus den Siebzigern, und damit sollte eine maximale Bandbreite an möglichen Verehrern abgedeckt sein.

Nachdem mein persönliches Logo feststand, schlurfte ich in die Küche und stöberte nach etwas Essbarem zum Frühstück. Ich hatte gerade einen Rest Erdnussbutter und ein Stück altes Malzbrot gefunden, als mein Blick auf einen Zettel an der Schranktür fiel.

> Willkommen zu Hause, Schätzchen! Ich hoffe, du hattest eine tolle Zeit in Amerika! Tristan lernt heute meine Eltern kennen (Hilfe!), also verbringen wir das

Wochenende in Surrey. Hab dir Milch und ein paar Schokokekse dagelassen. Bis bald!
Lucy xxxxxx
PS: Das ist für dich gekommen – was für ein Spinner! Xx

An der Rückseite ihrer Notiz klebte eine Postkarte, auf der ein fast nackter Mann mit einem Cowboyhut mitten auf dem Times Square stand. Ich drehte sie um, obwohl ich bereits wusste, von wem sie war.

Meine liebste, versauteste Amerikanerin (und ich habe inzwischen einen großen Erfahrungsschatz),
ich genieße immer noch die hellen Lichter dieser Großstadt, obwohl ich mein schmutziges London und meine schmutzige kleine Cunningham vermisse. Ich hoffe, du machst dir, wie immer, ein paar schmutzige Gedanken, wenn du an mich denkst.
Adrian xxxx

Ich steckte die Postkarte neben die New Yorker Feuerwehrfrauen an den Kühlschrank und tapste mit Lucys Keksen ins Wohnzimmer zurück. Kaum hatte ich mich auf dem Sofa zusammengerollt, schlief ich ein.

11. November

An meinem ersten Arbeitstag war ich damit beschäftigt, so viele E-Mails wie möglich aus meinem Postfach zu löschen, aufgeregt über Lucys und Tristans Verlobung zu reden und Cathryns Fragen über Dylan auszuweichen.

Ich hatte ihr vor meiner Abreise von meiner missglückten Ehe erzählt, und ebenso wie Lucy hatte sie sich anscheinend eingebildet, dass mein Ausflug in die Heimat mit einer Versöhnung enden würde – und nicht damit gerechnet, dass ich, leicht verstört, schon bald wieder hier sein würde. Verständlicherweise war sie enttäuscht, aber ich hatte keine Zeit, um ihr meine Herzensangelegenheit genauer zu erklären. Eine Menge E-Mails hatten sich angestaut, und ich musste eine Gruppe Neunjähriger durch die Ausstellung über das Humangenom-Projekt führen. Bevor ich mich's versah, war es 19.00 Uhr. Nur Cathryn und ich waren noch im Büro, also nützte ich die Gelegenheit, um sie nach ihrer Meinung zu den Grußkarten zu befragen, die ich mir bestellt hatte.

Rachel Greenwald, MBA, die ja angeblich Marketingexpertin ist, hält Direktwerbung für die beste Methode, um sich einen Mann zu angeln. Sie empfiehlt, sich eine Anzahl von Grußkarten drucken zu lassen, auf denen man bekannt gibt, dass man auf der Suche nach einem Mann ist, und diese dann an alle seine Bekannten zu schicken. Ich hatte mich für Karten zum Thanksgiving Day entschieden. Zugegebenermaßen kein traditioneller Anlass in Großbritannien, um Grußkarten zu verschicken, aber Halloween und den Tag des Baumes hatte ich bereits verpasst.

Ich bat Cathryn, an meinen Schreibtisch zu kommen, und zeigte ihr eine der Karten, auf denen ein Porträtfoto von mir auf das Bild eines Truthahns aufmontiert war. Darüber stand: »Miam! Schmatz!« Unter das vorgedruckte »Happy Thanksgiving!« auf der Innenseite hatte ich meine persönliche Nachricht geschrieben:

In diesem Jahr möchte ich einen geeigneten Sexpartner finden, und dazu brauche ich deine/Ihre Hilfe. Wenn du/Sie einen geeigneten Mann kennst/kennen, dann füll/füllen Sie bitte die beigelegte Karte aus und schick/schicken Sie sie mir zurück. Vielen Dank!
Lauren xx

Cathryn starrte auf die Karte. »In diesem Jahr möchte ich einen geeigneten Sexpartner finden«, las sie vor und schaute mich entsetzt an. »Bist du jetzt komplett verrückt geworden?«

»Na ja, laut dem Buch soll ich schreiben, dass ich einen Ehemann finden will, aber da ich bereits einen habe, den ich nicht mehr brauche, wollte ich mich etwas präziser ausdrücken.«

»Das kannst du unmöglich verschicken.«

»Na klar! Komm schon, denk doch mal an *Marketing 101*. Das ist Direktwerbung per Post! Die effektivste Form der Werbung, die es gibt.«

Sie verdrehte die Augen. »Das mag 1983 so gewesen

sein, aber heute doch nicht mehr. Außerdem wirst du damit eine Menge Verrückter anlocken!«

»Das Problem habe ich ohnehin schon. Und damit erledigen zumindest andere die Vorarbeiten für mich.«

Am nächsten Tag unterschrieb ich in der Mittagspause die Karten und adressierte sie an alle Leute, die ich in London kannte – dazu gehörten natürlich Lucy und Cathryn, aber auch unser Vermieter, die Putzfrau, der Verkäufer im Schnapsladen und alle, mit denen ich bisher ein Date gehabt hatte. Selbst der missmutige Buchhändler bekam eine, und ich stellte mir voll Freude sein angewidertes Gesicht vor, wenn er sie las. Einen Moment lang überlegte ich sogar, ob ich meinem Boss eine schicken sollte, aber das redete Cathryn mir aus.

Ich legte ein paar übrig gebliebene Exemplare für alle Fälle in meine Schreibtischschublade und warf den Rest auf meinem Heimweg in den Briefkasten. Während sie durch den Schlitz fielen, wünschte ich mir, dass sie mir Glück bringen würden: Irgendjemand kannte doch sicher einen geeigneten Mann, mit dem ich ins Bett gehen konnte.

15. November

Lucy und ich nahmen uns den Tag frei, um durch einen schicken Stadtteil von London zu bummeln und fremdes Geld auszugeben. Es war einfach großartig. Wer behauptet, Geld zu haben sei eine schreckliche Bürde, lügt wie gedruckt. Es ist toll und macht das Leben extrem einfach. Reiche Leute tun nur so, als sei Geld eine Last, weil sie vermeiden wollen, dass arme Menschen über ihre Situation nachdenken und eine bolschewistische Revolution anzetteln könnten.

Tristan hatte Lucy eine Menge Geld mitgegeben, damit sie sich ein schickes Kleid für die Verlobungsparty am Samstag kaufen konnte, aber der Gedanke, allein in einen dieser angsteinflößenden Designerläden gehen zu müssen, hatte sie so fertiggemacht, dass sie es bis zur letzten Minute hinausgeschoben hatte.

Als sie mir unter Tränen gestand, immer noch kein Kleid zu haben und – was noch viel schlimmer war – auf einem Bündel Geld zu sitzen, schleifte ich sie zur U-Bahn und brachte sie zur Bond Street.

Allerdings hatte ich keinerlei Erfahrung mit diesen furchteinflößenden Designershops. Meine Mom hatte alle unsere Klamotten in einem Laden mit dem Namen »Kleine Fehler« gekauft, und Meghan und ich waren in unserer Jugend mit »GAK«-Sweatshirts und »Lewi«-Jeans herumgelaufen. Jedes Kleidungsstück, das mehr als zwanzig Dollar kostete, wurde als dekadent angesehen, und diese Einstellung hatte ich als Erwachsene übernommen. Wenn Leute mir Komplimente über ein Kleidungsstück machen, habe ich kein Problem damit zu erwidern: »Danke, das hat nur drei Pfund gekostet« oder »Danke, das habe ich in einem Altkleidercontainer gefunden.«

Trotzdem war ich fest entschlossen, mich von diesen hochnäsigen Verkäuferinnen nicht einschüchtern zu lassen.

Aber um ganz sicherzugehen, beschloss ich, mich für jemand anderen auszugeben.

»Also gut«, sagte ich zu Lucy, während ich sie zu Balmain zerrte. »Folgender Plan: Wir werden so tun, als wären wir reich, also müssten wir eine Rolle spielen. Ich werde Lucia sein, die argentinische Erbin eines Sojabohnen-Imperiums mit einer bunt schillernden Vergangenheit. Wer willst du sein?«

Sie sah mich skeptisch an. »Kannst du einen argentinischen Akzent imitieren?«

»*Sí*, natürlich!« Ich rollte hingebungsvoll das »r«. »Komm schon, wer willst du sein? Vielleicht eine französische Gräfin? Oder die Tochter eines neapolitanischen Mafioso?«

»Lauren, das ist doch bescheuert! Ich kann nicht so tun, als wäre ich eine reiche Ausländerin!«

»Okay, wie wäre es mit einer vornehmen Britin? Ich meine eine Aristokratin oder jemand, der so reich ist wie Ecclestone. Ehrlich, Luce, das wird ein Riesenspaß und hilft uns dabei, uns nicht einschüchtern zu lassen.«

Lucy verdrehte die Augen, aber ich sah, dass sie Gefallen an der Idee fand. »Also gut«, sagte sie schließlich. »Ich bin Tara Palmer-Tomkinsons Nichte Clara.«

»Klingt gut. Erzähl mir mehr.«

»Äh …«

»Gut, ich mach für dich weiter. Du bist mit Anfang zwanzig schon mal für den *Tatler* fotografiert worden, dann aber in Ungnade gefallen, weil du an der Channing School Diätpillen verkauft hast.«

»Das gefällt mir.«

»Und jetzt wirst du einen Scheich heiraten und nach Dubai ziehen.«

»Ja!« Ihre Augen leuchteten auf.

»Und du wirst in einer genauen Nachbildung von Versailles wohnen. Wir sind so weit!«

Wir segelten in den Laden und nickten der Verkäuferin kühl zu.

Ich stürzte mich sofort auf die Cocktailkleider und zog ein kleines Schwarzes heraus. »*Ay! Dios mío!* Clara, in diesem Kleid wirrst du wuuuunderrvoll aussehen!«

Lucy nahm mir das Kleid aus der Hand und betrachtete es mit einer beeindruckenden Geringschätzung. »Schätzchen«, flötete sie. »Das ist viel zu *gauche* für den Scheich! Er ist ein sehr eleganter Mann, wie du weißt.« Ihr Akzent klang nach Patsy Kensit bei einer Audienz bei der Queen – sie bewegte nicht einmal ihre Lippen –, aber es schien zu funktionieren. Ich sah, wie die Verkäuferin ihre sorgfältig gezupften Augenbrauen leicht nach oben zog.

Ich hängte das Kleid an die Stange zurück. »Ay, natürlich! Er ist ein sehr – wie sagt man – anspruchsvoller Mann. Und reich! Sehrrr reich!«

Plötzlich stand die Verkäuferin neben uns und wedelte mit den schlanken Armen in ihrer perfekt geschneiderten Bluse. »Kann ich den Damen behilflich sein?«

»*Ay! Sì, por favor!* Meine Freundin heiratet einen sehrrr wichtigen Mann und braucht ein Kleid für die – wie sagt man? – Verlobungsfeier.«

»Wie schön.« Ihre Augen glitzerten. »Ich werde Ihnen

gern ein paar Kleider zeigen. Bitte folgen Sie mir in den Ankleidebereich. Darf ich Ihnen ein Glas Champagner anbieten, während Sie warten?«

»Das wäre zauberhaft«, erwiderte Lucy kühl.

Drei Stunden, fünf Läden und sechs kostenlose Gläser Champagner später besaß Lucy ein fantastisches neues Kleid von Yves Saint Laurent, ein paar High Heels von Nicholas Kirkwood und eine Handtasche von Prada, die jede erwachsene Frau zum Weinen bringen würde. Wir waren siegestrunken (und ziemlich beschwipst), also fuhren wir nach Hause und bestellten uns zur Feier des Tages ein Curry. Während wir es uns schmecken ließen, schauten wir uns *Ich bin ein Star – Holt mich hier raus!* an und beschimpften dabei lautstark die Teilnehmer in Lucias und Claras Akzent.

Und wir ließen uns auch die Laune nicht verderben, als schließlich unser Nachbar von unten mit dem Besenstiel gegen die Decke klopfte.

17. November

Gestern Abend fand Lucys Verlobungsparty statt, und es war *absolut gigantisch.* Kleine Zusammenfassung: Ich schreibe das am Morgen danach in meinem Bett, mein Alkoholpegel von viel zu viel teurem Champagner ist sicher noch ziemlich hoch, ich bin von oben bis unten mit Glitter bedeckt, und ich presse gerade eine Packung gefrorener Erbsen auf die Beule an meinem Hintern, die davon herrührt, dass mich ein Mann mit einer Gummimaske mit einem lederbezogenen Tischtennisschläger vermöbelt hat.

Aber der Abend fing ganz anders an.

Die Party begann pünktlich um sieben, als die Reichen und Mächtigen von Englands Elite durch die vergoldeten Türen des Garrick Clubs strömten. Es war ein tolles Fest: Canapés im Überfluss, Kellner im Frack, die immer zur Stelle waren, um schweigend die Gläser der Gäste mit Châteauneuf-du-Pape und Champagner von Krug nachzufüllen, und höfliche Konversation zwischen den Mitgliedern des Landadels. Glücklicherweise waren Cathryn und Michael da, und ich verbrachte den größten Teil des Abends in ihrer Nähe, fragte Cathryn nach den anderen Gästen aus und entzog mich den Annäherungsversuchen etlicher vornehmer Gentlemen. Ich war überrascht, wie viele dieser alten Aristokraten ihre Hände nicht bei sich behalten konnten.

Ich hatte noch eine Menge Visitenkarten von meiner viktorianischen Phase übrig. Um sie für mein derzeitiges Programm verwenden zu können, schrieb ich meine Telefonnummer und mein persönliches Logo auf die Rückseite. (Rachel Greenwald, MBA, geht viel direkter vor als Mrs Humphrey.) Ich hoffte, einige davon bei der Party loszuwerden und damit passende Kandidaten zu finden. Tatsächlich brachte ich recht schnell ein paar Karten unters Volk, vor allem bei den jüngeren Partnern in Tristans Unternehmen. Auch ein paar alte Schachteln, die mich wahrscheinlich mit ihren Enkeln verkuppeln wollten, griffen zu. (Sicher glaubten sie, ich käme von der Upper East Side, und nicht aus einem Vorort von Portland.)

Tristan hielt eine richtig süße Rede, in der er davon sprach, dass Lucy die Liebe seines Lebens sei und ihn jung erhalte, und ich sah nur einige hochgezogene Augenbrauen und hörte nur das eine oder andere missbilligende Zungenschnalzen unter den alten Glucken.

Um Punkt elf Uhr wurden die Wagen vorgefahren, und etliche reiche Witwen und ähnlich vornehme alte Leute segelten hinaus und hinterließen eine Duftspur aus Penhaligon's und Lachspastetchen. Tristan kletterte auf einen Tisch. »Und nun, Ladys und Gentlemen«, rief er den wenigen verbliebenen Gästen zu, »kann unser Abend beginnen! Wenn ihr mir bitte folgen wollt. Draußen stehen Taxis für die Fahrt nach Vauxhall bereit!«

Jubel brach aus, und ich war ein wenig beunruhigt. Rasch hielt ich Lucy am Ellbogen fest, als sie an mir vorbeistolperte.

»Was bedeutet das?«

»Wir fahren ins Toppers!« Sie strahlte mich an.

»Was zum Teufel ist das?«

»Äh, das Toppers ist Londons angesagtester BDSM-Club! Tristan hat den ganzen Laden für die Nacht gemietet.« Sie sah meine entsetzte Miene. »Ich weiß genau, dass du dich geziert hättest, wenn ich es dir vorher gesagt hätte. Mach dir keine Sorgen, Schätzchen: Ich habe ein Outfit für dich mitgebracht.« Sie hielt eine Umhängetasche aus Stoff in die Höhe, aus der schwarze Gummiklamotten quollen, nahm mich an der Hand und zog mich zum Ausgang. »Komm schon, es wird dir gefallen.«

Und damit begann die zweite Party. Lucy und ich zogen uns im Taxi um und schirmten uns dabei gegenseitig vor den neugierigen Blicken des Fahrers ab. (Mir ist allerdings bis heute noch nicht klar, warum wir uns so zierten, wenn man bedenkt, wohin wir unterwegs waren.) Zuerst zog sich Lucy ihr unverschämt teures Kleid über den Kopf und enthüllte das Korsett, in das wir vorher mit vereinten Kräften ihre Brüste gezwängt hatten. Dann schlüpfte sie in ein Paar schwarze, maßgefertigte Lacklederstiefel zum Schnüren, die bis zum Oberschenkel reichten. Allein der Anblick ließ mich zusammenzucken.

»Willst du unten herum sonst nichts anziehen?«, fragte ich und starrte auf ihren Hintern, der jetzt nur noch von einem Höschen bedeckt war.

»Nein«, erwiderte sie. »Und bei dir wird es ähnlich aussehen.« Sie zog ein schwarzes Playsuit aus ihrer Tasche, das bis auf einige undurchsichtige Flicken an strategischen Stellen nur aus Netzstoff bestand. Dazu gehörten knallrote Stiefeletten mit Pfennigabsätzen.

»Bist du verrückt geworden?« Entsetzt versuchte ich, die einzelnen Stofffetzen zu entwirren, um mir das Teil probeweise an den Körper zu halten. Schließlich gab ich auf und warf ihr das Ding an den Kopf. »Das ziehe ich auf keinen Fall an! Das fällt doch auseinander!«

Lucy zog sich das Playsuit vom Kopf und breitete es so auf ihrem Schoß aus, dass es tatsächlich einem richtigen Kleidungsstück ähnelte. Aber anziehen – oh nein.

Sie sah mich mit ihren großen blauen Augen an. »Aber Schätzchen, das ist mein Abend! Und das ist mein schönstes Outfit – natürlich außer dem, das ich gerade anhabe –, und es wird dir großartig stehen!« Sie schob mir das Teil entgegen. »Komm schon! Bitte. Tu's für mich.«

Ich gab mich geschlagen. »Also gut. Aber ich behalte mir das Recht vor, den ganzen Abend meinen Mantel anzubehalten, wenn mir danach ist.«

»Abgemacht.« Sie beugte sich schützend vor mich, während ich mich aus meinem Kleid schälte und mich schnaufend und fluchend in das Playsuit zwängte. Nach einer Panikattacke, während der ich glaubte, mich verfangen zu haben, hatte ich es geschafft. Glücklicherweise gab es in dem Wagen keinen Ganzkörperspiegel, also wusste ich nicht, wie ich in dem Ding aussah, aber ein Blick nach unten verriet mir, dass ich sehr viel von meinem Körper zur Schau stellte.

»Du siehst fantastisch aus!«, schwärmte Lucy und musterte meine in den Netzstoff gepresste Gestalt.

»Nach heute Abend will ich nie wieder ein Wort darüber hören.« Ich zog mir die Stiefeletten an und hüllte mich rasch in meinen Mantel wie ein misslungenes Weihnachtsgeschenk.

Das Taxi hielt vor einem alten Eisenbahnbogen, und Lucy stieß einen Freudenschrei aus, als sie mich aus dem Wagen zerrte. »Wir sind da! Komm, wir gehen rein und zeigen dich vor! Die Männer werden dich zum Anbeißen finden.«

»Das befürchte ich«, murmelte ich, zog den Mantel

enger um mich und versuchte, auf dem Kopfsteinpflaster nicht umzuknicken.

Die Türsteher begrüßten Lucy mit ihrem Namen und sagten ihr, dass »Mr. T« bereits eingetroffen sei.

»›Mr. T‹?« Ich bekam einen Lachanfall. »Wurde bei euch nie *Das A-Team* ausgestrahlt?«

Lucy verdrehte die Augen und schob mich durch die schweren roten Samtvorhänge. Wir betraten einen riesigen, höhlenartigen Raum, der von einigen roten Glühbirnen in Dämmerlicht getaucht war. Aus den Lautsprechern dröhnte House-Musik. Im Halbdunkel sah ich schemenhafte Gestalten in verschiedenen merkwürdigen und teilweise kompliziert anmutenden Stellungen. In der Mitte des Raums war ein Mann an einen Sockel angekettet, umgeben von drei fast nackten Frauen, die ihn mit besenähnlichen Gegenständen traktierten. Ein Mann führte einen anderen an einer Leine an uns vorbei und blieb kurz stehen, um Lucy ein Küsschen auf die Wange zu drücken.

Tristan wartete in einem Nebenraum auf uns. Er trug ein Hundehalsband und etwas, das aussah wie eine Windel aus schwarzem Leder. »Willkommen die Damen. Ich lebe, um euch zu dienen.« Er deutete auf eine Flasche Dom Pérignon in einem Eiskübel und zwei Champagnerflöten und begab sich dann vor uns auf alle viere. Lucy füllte die beiden Gläser, stellte den Eiskübel mit der Flasche auf Tristans nackten Rücken und drückte seinen Kopf mit ihrem Fuß in dem hochhackigen Stiefel nach unten.

»Danke«, murmelte er, während sie ihm mit dem Absatz einen kleinen Stoß versetzte.

»Nicht sprechen!«, befahl sie ihm und wandte sich an mich. »Showtime!«, jubelte sie und versuchte, mir den Mantel auszuziehen.

Ich wehrte mich. »Lass mich in Ruhe! Ich will nicht mit einem Besen verprügelt werden!« Aber Lucy war stärker, als sie aussah, und kurz darauf stand ich in meinem Netzkostüm in der Mitte des Raums und wünschte, ich könnte im Erdboden versinken.

»Baby, du siehst heiß aus! Sieht sie nicht heiß aus, Mr. T?«

Von ganz unten erklang eine leise Stimme. »Habe ich die Erlaubnis zu sprechen?«

»Erlaubnis erteilt.«

Tristan drehte den Kopf und sah zu mir auf. »Du siehst großartig aus! Wie Diana Rigg!«

»Das reicht, Tristan«, bellte Lucy. Ihre Overknees blitzten im Licht gefährlich auf, als sie sich zu mir umdrehte. »Komm mit!« Sie packte mich an der Hand und zerrte mich zurück in den Hauptraum. Hier war sie eindeutig in ihrem Element; sie schien sofort den gesamten Raum zu beherrschen, als sie eintrat. Ich war beeindruckt, aber auch ein wenig traurig: Offensichtlich hatte sie sich weit von unserem alten Leben entfernt.

Zuerst war ich schockiert. Ich hielt mich selbst bislang nicht gerade für prüde (schließlich hatte ich mich auch schon an einen Dreier gewagt), aber die Vorstellung, mich, nur mit einem winzigen Etwas bekleidet, vor einer Horde sexuell Andersartiger zur Schau zu stellen, überstieg meine Grenzen. Die Phase, in der ich mich an die

Ratschläge einer Prostituierten gehalten hatte, lag hinter mir – ich sollte mich jetzt verhalten wie eine Harvard-Absolventin!

Nach ein paar Minuten entspannte ich mich einigermaßen. *Am Strand trage ich noch weniger,* redete ich mir ein. *Und das grelle Sonnenlicht ist wesentlich grausamer als ein paar rote Glühbirnen.* Außerdem merkte ich schnell, dass hier alle etwas Besseres zu tun hatten, als mich anzustarren oder über mich herzufallen. Es war wie eine verrückte Karnevalsfeier, bei der sich die Leute gegenseitig mit irgendwelchen Gegenständen verprügelten, sich heiße Flüssigkeiten auf empfindliche Körperteile gossen und sich an verschiedene Objekte fesseln ließen. Ich hatte noch nie so viel Latex auf einmal gesehen.

Als eine langbeinige Amazone mit einem spitzen roten BH und einem Cape auf mich zukam, bekam ich es mit der Angst zu tun. Sie sah aus wie Elizabeth Hurley in *Teuflisch,* und ich nahm mir vor, den Film auf meine Netflix-Liste zu setzen, während ich versuchte, mich unversehrt davonzuschleichen.

Aber anstatt mich mit einem ihrer Stilettos zu piken deutete sie nur auf meine Schuhe. »Nette Stiefel, Schätzchen.«

»Danke«, erwiderte ich. »Sie gehören ihr.« Ich deutete mit dem Daumen auf Lucy.

»Das hätte ich mir denken können.« Sie kniff Lucy spielerisch in den Hintern. »Raus mit der Sprache, wo hast du sie gekauft? Die muss ich unbedingt auch haben.«

Wie sich herausstellte, waren alle in diesem Laden völlig normal, abgesehen von ihren sexuellen Vorlieben. Gut, zwei Männer versuchten, mich irgendwo festzubinden, und eine Frau tröpfelte versehentlich heißes Wachs auf meine Haare, aber im Großen und Ganzen war es eine Party wie jede andere auch. Ich lernte ein Pärchen kennen, beide Steuerberater, die mir alles über ihren Urlaub auf den Malediven erzählten, während sie sich gegenseitig mit dem Steuergesetzbuch den Hintern versohlten; einen überarbeiteten Rechtsanwalt mit Gummimaske, der mir gestand, dass er ein großer Fan vom FC Chelsea sei; eine als Stripperin verkleidete Maskenbildnerin in einem Catsuit aus Schlangenleder, die mir ein paar Tipps gab, wie ich meine Wangenknochen besser betonen konnte, und zwei total süße Schwule, die sich gegenseitig Klammern an die Nippel steckten, während sie mir von den Renovierungsarbeiten an ihrem Haus in Frankreich erzählten.

Am Ende des Abends hatte ich fast alle meine Karten verteilt. Die Leute auf der Party waren alle so nett und aufgeschlossen – ich war sicher, dass ich durch sie einen passenden Partner finden würde. Vorsichtshalber hatte ich allerdings auf alle Karten »Keine schrägen Sachen« geschrieben.

Als Braut und Bräutigam in spe schließlich unter dem Jubel der Menge in die an der Decke befestigte Sexschaukel kletterten, verließ ich die Party.

Es gibt gewisse Dinge, die man von seiner Mitbewohnerin nicht so genau wissen möchte.

19. November

Es ist etwas passiert: Ich bin plötzlich total angesagt.

Seit zwei Tagen klingelt mein Telefon pausenlos, wobei etliche unbekannte Nummern auf dem Display aufleuchten. Achtzehn der Anrufer haben eine Nachricht hinterlassen, und sechs davon bestanden aus mehr als nur heftigem Keuchen. Bis jetzt sind acht Antwortkarten bei mir eingetroffen, mit der Mitteilung, dass sich der perfekte Partner für mich gefunden hätte. Außerdem wurden drei Zettel mit merkwürdigem Gekritzel unter meiner Tür durchgeschoben. Jedes Mal, wenn ich den Laden um die Ecke betrete, versucht der Verkäufer, mir seinen Schwager in Malawi schmackhaft zu machen, der seiner Meinung nach mein Seelenverwandter ist. Der Klempner, der unsere Toilette reparierte, blieb eineinhalb Stunden in der Wohnung und nippte eine Ewigkeit an seinem mit Sicherheit bereits eiskalten Tee, bis ich ihm schließlich einen Termin vorschwindelte, um ihn endlich loszuwerden. Als ich danach Zigaretten holen ging, quatschte mich der Ladenbesitzer wieder an und holte ein Foto von einem dünnen, melancholisch wirkenden Mann vor einem Stapel Kalebassen hervor.

Anscheinend kannte jeder jemanden, der mit mir Sex haben wollte.

In gewisser Weise war das ermutigend – eisiges Schweigen wäre als Reaktion auf meine Direktwerbung viel schlimmer gewesen. Aber irgendwie beängstigte mich diese

Entwicklung auch. Wie zum Teufel sollte ich nun eine Wahl treffen? Ich kannte keinen dieser Männer, und im Gegensatz zum Online-Dating konnte ich mir nicht einmal ein Foto anschauen und beurteilen, ob der Kandidat einigermaßen lesen und schreiben kann. Jetzt war ich einzig und allein darauf angewiesen, wie ein entfernter Bekannter meinen Geschmack und meine sexuellen Vorlieben einschätzte. Hilfe.

Ich setzte mich hin und betrachtete meine Tabelle mit dem erweiterten Spektrum, die ich Anfang der Woche erstellt hatte. Rachel Greenwald, MBA, hält mich für zu wählerisch. Sie rät mir zu vergessen, dass ich jemals einen bestimmten Typ bevorzugt habe, und mich stattdessen auf jemanden einzulassen, der nur eine Handvoll der gewünschten Merkmale besitzt. Diese Merkmale sollten von ganz allgemeiner Natur sein. Zum Beispiel: Atmet er noch? Treffer! Heiraten Sie diesen Mann, Sie alte verzweifelte Jungfer! Um sich dem »weitesten Spektrum« zu öffnen, müssen Sie erst festlegen, was Sie an einem Mann attraktiv finden, und dann diese Einstellung erweitern, um eine größere Bandbreite zu erhalten. Im Idealfall kommen dann alle auf dieser Erde lebenden Single-Männer in Frage.

Wie auch immer, ich erstellte meine Tabelle mit dem weitesten Spektrum (oder die Tabelle der gestorbenen Träume, wie ich sie nenne) am Sonntag, während ich mich von Lucys Verlobungsfeier erholte. Natürlich hat jede Frau eine Vorstellung von ihrem Mr Right, aber vielleicht sollten wir stattdessen eher nach einem Mr Akzeptabel Ausschau halten. Mein Traummann ist zum Beispiel schlank und muskulös, der etwas weniger perfekte Mann dürfte schon ein wenig aus der Form geraten sein, und Mr Akzeptabel würde gerade noch in Hosen passen, die man nicht in einem Spezialgeschäft kaufen muss. Also genau das, wovon kleine Mädchen träumen.

Wenn ich das alles berücksichtigte, würde eigentlich keiner meiner potenziellen Verehrer durchs Raster fallen, solange er zur Gruppe der männlichen Wirbeltiere gehörte. Um mich wirklich an dieses Programm zu halten, sollte ich mich eigentlich mit allen treffen. Und um den Arbeitseifer in Harvard nachzuempfinden und weil mir in diesem Monat die Zeit knapp wurde, beschloss ich, alle am selben Tag zu daten.

Die unheimlichen Stöhner schloss ich aus (sie hatten ohnehin keine Telefonnummern hinterlassen), und auch ein paar Absender der Antwortkarten kamen nicht infrage, weil ich wusste, dass sie verheiratete Swinger waren.

Schließlich blieben vierzehn Männer übrig, die ich alle anrief. Wer sich sofort meldete, bekam ein Date (ein sehr kurzes, aber immerhin ein Date). Nach eineinhalb Stunden höchst peinlicher Telefonate hatte ich für den nächsten Samstag zehn Dates innerhalb von zehn Stunden vereinbart.

Na, dann mal los.

20. November

Und dann nahm meine Popularität groteske Züge an.

»Für dich.« Cathryn deutete auf das Telefon. »Ich stell den Anruf durch.«

Ich hob den Hörer ab, in der Meinung, es handle sich um einen der Caterer für eine bevorstehende Sponsorengala. »Lauren Cunningham.«

»Hallo, Lauren«, meldete sich eine tiefe Männerstimme. »Ich freue mich sehr, Sie endlich zu erreichen.«

»Ganz meinerseits.« Es war nicht ungewöhnlich, dass mich im Büro jemand anrief, mit dem ich zuvor noch nicht gesprochen hatte – das ist dem E-Mail-Zeitalter zu verdanken. Ich hielt ihn für einen der Genetiker, die ich wegen unserer geplanten Ausstellung »Für immer jung« angeschrieben hatte. »Wie geht es Ihnen?«, trällerte ich mit meiner fröhlichsten Telefonstimme.

»Schon sehr viel besser, jetzt, wo ich mit Ihnen spreche.« Er lachte. »Also, wann darf ich Sie auf einen Drink einladen? Oder sollen wir die Förmlichkeiten beiseitelassen und direkt in ein Hotel gehen?«

Das hörte sich ganz und gar nicht nach einem Genetiker an. »Wie bitte? Wer spricht denn dort?«, fragte ich.

»Spiel nicht die Schüchterne, du kleines Luder. Ich weiß doch, dass du mich willst.«

Kleines Luder? Es gab nur wenig Leute, die mich so nennen durften, und keiner davon hatte beruflich mit mir zu tun. »Wer sind Sie?« Ich bemühte mich, ruhig zu bleiben.

»Du weißt genau, wer dran ist. Ich muss schon sagen, ich war ein bisschen überrascht, denn so habe ich dich nicht eingeschätzt. Aber ich bin begeistert. Also, wann wollen wir uns treffen, ohne dass der Boss davon Wind bekommt? Wir wollen schließlich nicht gefeuert werden, nur weil wir beide es uns ein bisschen gemütlich machen, wenn du verstehst, was ich meine.«

Der Boss? Oh Gott. Ich geriet in Panik und beschwor rasch meine innere Cathryn herauf. »Bitte nennen Sie mir Ihren Namen«, sagte ich bemüht höflich. »Ich weiß nicht, wovon Sie sprechen, aber ich kann Ihnen versichern, dass es sich wohl um einen Irrtum handelt.« Cathryn sah mich besorgt an und zog ihre Augenbrauen nach oben, aber ich winkte ab.

Am anderen Ende der Leitung wurde es still. »Hier spricht Charles. Charles Eastwood«, sagte er schließlich zögernd. »Der Leiter des Rechnungswesens von *Grange Petroleum*. Wir haben uns auf dem Sommerfest des Museums kennengelernt.«

Ich erinnerte mich vage an einen großen Mann mit Glatze und Bauch. Warum er mich »kleines Luder« nannte, war mir immer noch nicht klar, aber ich wusste, dass die Firma, in der er eine Führungsposition hatte, einer unserer wichtigen Sponsoren war. »Oh«, stieß ich hervor. »Ja, natürlich. Aber ich …« Wieder entstand eine Pause.

»Sie haben mir doch diese Karte geschickt, oder? Ich meine, da stand Ihr Name drauf, und sie kam mit der Einladung zu der Konferenz, also dachte ich …«

Oh nein. Ich zog meine Schreibtischschublade auf und

warf einen Blick auf den Stapel mit den Thanksgiving-Karten. Ich musste versehentlich eine davon mit losgeschickt haben, als ich in der Woche zuvor die Konferenzeinladungen in die Kuverts gesteckt hatte. (Lieber Gott, lass es nur die eine gewesen sein!) Und zwar an diesen armen Mann.

»Es tut mir leid«, flüsterte ich und hoffte, dass Cathryn mich nicht hörte. »Ich glaube, da ist mir ein schrecklicher Fehler unterlaufen. Diese Karte … war nicht für Sie bestimmt.«

»Ach du lieber Himmel.« Er klang erschüttert. »Meine Güte, man wird mich feuern. Bitte verklagen Sie mich nicht.«

»Ich bin diejenige, die sich entschuldigen muss! Ich mache ein Experiment mit diesem blöden Dating-Ratgeber, und deshalb … Ach, vergessen Sie es einfach. Ich versichere Ihnen, dass es mir fernliegt, jemanden zu verklagen. Ich hoffe, wir können diese Sache … diskret behandeln.«

»Schon vergessen«, erwiderte er.

Eine Welle der Erleichterung überrollte mich. »Vielen Dank!«

»Aber falls Sie jemals Ihre Meinung ändern sollten … wir könnten trotzdem diskret vorgehen. Und ich mag Ihren amerikanischen Akzent.«

Ich stieß ein hohes, nervöses Lachen aus, und Cathryn schaute alarmiert auf. »Nein!«, sagte ich rasch. »Ist schon in Ordnung! Ich glaube, wir haben uns verstanden.«

Er seufzte leise. »Einen Versuch war es wert.«

Ich legte auf und stützte den Kopf in die Hände.

»Alles okay?«, fragte Cathryn mit besorgter Miene. »Ich hoffe, das waren keine schlechten Neuigkeiten.«

Ich schüttelte den Kopf. »Nur ein kleines Missverständnis. Kein Grund zur Sorge.«

Aber ich war beunruhigt. Klar, Rachel Greenwald, MBA, würde vorschlagen, für das Projekt meinen Job zu opfern, aber ich war nicht scharf darauf, gefeuert zu werden.

21. November

Adrian ist wieder da.

Als ich nach der Arbeit das Museum verließ, stand er mit einem Windrädchen in der Hand auf dem Gehsteig. Ich sah ihn zuerst und hatte daher Zeit, mich zu sammeln. Ich zündete mir eine Zigarette an und gab mich ganz cool.

»Adrian?«, rief ich. »Bist du das?«

Er drehte sich um und lächelte mich strahlend an. Sein dunkles Brillengestell glitzerte in der Sonne. Er trug ein weißes Button-down-Hemd mit einer marineblauen Strickkrawatte und dazu eine bis zu den Knöcheln hochgekrempelte Hose, die den Blick auf gelbe Socken und glänzende braune Lederhalbschuhe freigab. Er sah aus wie dem Lifestyle-Magazin *Vice* entsprungen. »Richtig erkannt, Cunningham!« Er verbeugte sich tief und streckte mir das Windrädchen entgegen. »Für meine Lieblingsamerikanerin.«

Ich stieß das Windrädchen an und gab ihm einen Kuss auf die Wange. »Was zum Teufel tust du hier?«

»Ich bin wieder da!«, verkündete er. »Ich habe New York am Dienstag verlassen – für immer. Eine wunderbare Stadt, aber vollkommen überbewertet. Dieses hektische Treiben und das Machogehabe … Und alle reden ständig davon, wie toll die Stadt ist! Als wäre sie der absolute Mittelpunkt des Universums!«

»Na ja, New York gehört zu den bedeutendsten Großstädten der Welt …«

»Ich musste einfach weg von dort, Cunningham. New York hat mich erstickt. Es tut gut, wieder in Großbritannien zu sein, tröstlich geborgen in Londons Schoß. Und jetzt kannst du mir bei einem Drink erzählen, wie schmerzlich du mich vermisst hast.«

Wir gingen zu Hoop & Toy, holten uns ein Bier und setzten uns im hinteren Bereich an einen Tisch.

Ich riss eine Tüte Chips auf und musterte ihn gründlich. Er war noch ganz der Alte, aber trotzdem wirkte er irgendwie verändert. Vielleicht ein wenig kleiner. Ein bisschen eingefallen. »Okay, raus mit der Sprache«, forderte ich ihn auf und schob ihm die Chipstüte hin. »Was ist wirklich in New York passiert?«

Er winkte ab. »Ich sag dir, New York ist tot! Ein Anachronismus! Eine Utopie!«

Ich verschränkte die Arme vor der Brust und kniff die Augen zusammen.

»Okay, schon gut. Meine Güte, du bist ja wie der verdammte KGB! Da war diese Sache mit der Praktikantin …«

Ich verdrehte die Augen. »Wusste ich es doch!«

»Es war nur ein Flirt, aber du weißt ja, wie verklemmt die Amis sind. Sie verstehen überhaupt keinen Spaß. Ich hatte ein Techtelmechtel mit der Praktikantin – na und? Es war keine große Sache, und sie hatte ihren Spaß dabei, das kannst du mir glauben. Aber dann hat mich irgendein Arschkriecher beim Chef verpfiffen, und plötzlich war die Rede von ›Fehlverhalten am Arbeitsplatz‹ und ›außerordentlicher Kündigung‹.« Er zuckte mit den Schultern. »Anscheinend war es ein Problem, dass sie erst achtzehn war. Genau genommen volljährig, also verstehe ich den ganzen Wirbel nicht.« Er nahm einen Bierdeckel und schnalzte ihn über den Tisch. »Schnee von gestern. Lass uns lieber über wichtigere Dinge reden wie zum Beispiel, welche Farbe deine Unterwäsche heute hat.«

Ich schob seine wandernde Hand zur Seite. »Was willst du jetzt in London machen?«

Er zuckte wieder mit den Schultern und trank einen großen Schluck von seinem Bier. »Irgendetwas wird sich schon ergeben. Vielleicht schreibe ich endlich das Drehbuch, das mir schon seit einer Weile vorschwebt. Ein Freund von mir hat ein Pub in Peckham, da kann ich sicher hin und wieder aushelfen. Du kennst mich doch, Cunningham: Ich komme immer wieder auf die Füße.«

Ich nickte, aber im Grunde tat er mir leid. »Wo wohnst du denn jetzt?«

Adrian ließ sich auf dem Stuhl zurückfallen und schnippte einen weiteren Untersetzer mit Daumen und Zeigefinger über den Tisch. »Ich bin vorübergehend im

Haus meiner Eltern in Wandsworth abgestiegen. Mein Freund hat eine Wohnung in Brixton – wahrscheinlich werde ich eine Weile bei ihm wohnen.« Der nächste Bierdeckel landete am Boden. »Irgendetwas wird sich schon ergeben.« Einen Moment lang sah er aus wie ein kleiner verlorener Junge, doch dann setzte er schnell wieder sein charmantestes Lächeln auf. »Schluss mit dem Gerede über Wohnung und Geld, Cunningham. Erzähl mir lieber in allen Details den letzten schmutzigen Traum, den du von mir hattest.«

Ich verdrehte die Augen. Normalerweise hätte mich bei einem solchen Gespräch meine aufgestaute sexuelle Energie so sehr übermannt, dass ich fast ohnmächtig geworden wäre, aber im Augenblick war davon nicht das Geringste zu spüren. »Ab einem gewissen Punkt sind sie alle gleich.«

»Da bin ich sicher, du kleines Luder. Was hast du morgen vor?«

»Arbeiten«, antwortete ich leicht gereizt. »Ich habe einen Job, schon vergessen?«

»Aber morgen machst du blau. Wir werden den Tag zusammen verbringen. Ich denk mir etwas Schönes aus – überlass das einfach mir.« Er streckte eine Hand aus und drückte mein Knie. »Das wird der Hammer.«

Ich dachte einen Moment darüber nach. Im Büro war im Augenblick nicht allzu viel zu tun, und der Irrtum mit der Karte vor ein paar Tagen zeigte deutlich, dass ich mit den Gedanken nicht bei der Sache war. Ein freier Tag konnte mir sicher nicht schaden. Aber war ein ganzer Tag in Adrians Gesellschaft tatsächlich die Erholungspause, die ich brauchte?

Adrian bemerkte mein Zögern und zog meine Hand an seine Lippen. »Komm schon, Cunningham. Sei kein Spielverderber. Du hast mir wirklich gefehlt.«

In diesem Moment wirkte er so ernst, dass ich ihn beinahe nicht wiedererkannte. Ich nickte. »Also gut. Aber wir müssen uns von South Kensington fernhalten – ich will nicht erwischt werden.«

Er drückte mir noch einen Kuss auf die Hand, und ich spürte, wie sich mein Magen leicht zusammenzog. Vielleicht ließ mich das alles doch nicht so kalt, wie ich gedacht hatte.

22. November

Nachdem ich die nötige E-Mail ans Büro geschickt hatte (ich hätte Migräne, hätte kaum geschlafen und würde mich später um meine E-Mails kümmern, wenn ich dazu in der Lage war), kam Lucy herein, sprang auf meinem Bett auf und ab und gab dabei pauschales Blabla über wahre Liebe von sich. Offensichtlich hatte ich ihr bereits von Adrians Rückkehr erzählt.

»Oh, Lo, das ist wunderbar! Er ist zurückgekommen, weil er begriffen hat, dass ihr füreinander bestimmt seid!« Sie ließ sich mit einem Seufzer auf mein Bett fallen. »Das ist so romantisch.«

Ich warf ihr ein Paar zusammengerollte Socken an den Kopf. »Nein, das stimmt nicht. Außerdem habe ich gedacht, du hasst Adrian! Und noch vor Kurzem hast du Dylan für mein Schicksal gehalten.«

Sie winkte ab. »Nein, nein, da habe ich mich geirrt. Okay, eine Zeitlang hielt ich Adrian für einen Idioten, aber nur, weil er dich immer wieder enttäuscht hat! Aber jetzt ist er den weiten Weg aus Amerika zurückgekommen, nur um dir zu gestehen, wie dumm er sich verhalten hat und dass er dich über alles liebt und den Rest seines Lebens mit dir verbringen will!« Sie setzte sich auf und starrte mich plötzlich aus großen Augen an. »Wir könnten eine Doppelhochzeit feiern!« Sie legte sich wieder hin, drehte sich auf den Bauch und stützte sich auf die Ellbogen. »Nein, ich will meinen Hochzeitstag für mich haben. Tut mir leid, Schätzchen. Aber du kannst direkt nach mir heiraten.«

Ich stieg aus dem Bett und zog meinen gelben Bademantel über mein übergroßes Schlafshirt. »Komm wieder runter, Lucy. Er ist nicht zurückgekommen, weil er begriffen hat, dass er mich liebt, sondern weil er eine minderjährige Praktikantin gevögelt hat und gefeuert worden ist.«

Sie verdrehte die Augen. »Alles geschieht aus einem bestimmten Grund. Auf jeden Fall ist er wieder hier, und er ist sofort zu dir gekommen und will gleich den ganzen Tag mit dir verbringen! Wenn das keine Liebe ist, dann weiß ich es auch nicht. Und du kannst jetzt endlich aufhören, dich mit diesen blöden Ratgebern zu beschäftigen, und einfach nur mit ihm zusammen sein!«

Ich warf noch ein Paar Socken nach ihr und ging unter die Dusche.

Während ich einen Conditioner auf meine Haare gab, meine überwucherte Bikinizone rasierte (für ein Waxing hatte ich keine Zeit) und meinen ganzen Körper mit einem teuren Salzpeeling abrieb, dachte ich darüber nach, was Lucy gesagt hatte. Es war schon ein wenig seltsam, dass er so unvermittelt bei mir aufgetaucht war. Wenn ihn der Aufenthalt in New York tatsächlich verändert hatte? Wenn er wirklich erkannt hatte, dass er …

Nein, das war doch lächerlich. Ich trocknete mich ab und schlüpfte in die schicke Unterwäsche aus meiner Zeit mit Belle de Jour. Als Lucy beim Weggehen in mein Schlafzimmer schaute, grübelte ich gerade darüber nach, was ich anziehen sollte.

»Siehst du?«, rief sie, während sie zur Tür hinauslief. »Du glaubst auch, dass er dich liebt!«

»Hau endlich ab!«, brüllte ich ihr nach. Die Tür fiel ins Schloss, und ich drehte mich wieder zum Kleiderschrank um. Es konnte ja nicht schaden, auf alles vorbereitet zu sein.

Adrian tauchte fünfundzwanzig Minuten nach elf bei mir auf, eine geschlagene Stunde vor der vereinbarten Zeit. Ich war immer noch damit beschäftigt, mich zurechtzumachen, und meine Haare waren noch feucht. Ich nahm die grellgrüne Nelke entgegen, die er mir mitgebracht hatte, und bot ihm einen Platz auf dem Sofa an, während ich meine Haare trocknete.

»Weißt du was, Cunningham?«, rief er mir aus dem Wohnzimmer zu. »Diese Wohnung ist gar nicht so übel.«

Adrian hatte sich immer über unser Zuhause in der Old Street lustig gemacht (und es sogar öfter als billige Absteige bezeichnet, wenn ich mich recht erinnerte), daher überraschte mich sein Kommentar: »Hier könnte ich es gut ein paar Wochen aushalten.«

Ich streckte meinen Kopf ins Wohnzimmer. Er hatte sich auf der Couch ausgestreckt und zappte durch die Fernsehkanäle. »Äh, da hätte Lucy wohl etwas dagegen.« Ich schlüpfte in meinen Mantel und nahm meine Tasche in die Hand. »Komm, lass uns gehen.«

Er rührte sich nicht vom Fleck. »Können wir nicht ein bisschen fernsehen?«

Ich warf einen Blick auf den Bildschirm. Der Moderator David Dickinson versuchte gerade in seiner Antiquitätenshow, irgendein Teil an den Mann zu bringen. »Willst du dir das wirklich anschauen?«

Er zuckte mit den Schultern. »Keine Ahnung. Ist doch nett, hier ein bisschen zu relaxen.«

»Na gut.« Ich setzte mich ein wenig verschnupft neben ihn. Die Vorstellung, meinen freien Tag damit zu verbringen, mir das grauenhafte Tagesprogramm anzuschauen, begeisterte mich nicht gerade. Aber immerhin saß Adrian neben mir – wahrscheinlich würde es nicht lange dauern, bis er mir die Kleider vom Leib riss.

»Eine Tasse Tee wäre jetzt toll.« Er sah mich erwartungsvoll an.

Ich verdrehte die Augen und stand auf. »Dann mache ich mal Wasser heiß. Kann ich dir sonst noch etwas bringen, wenn ich schon unterwegs bin?«

»Hast du vielleicht ein paar Kekse?« Er streckte die Beine von sich. »Das wäre super.«

Und so verbrachten wir die nächsten sieben Stunden auf dem Sofa und schauten uns Immobilienshows und Wiederholungen von *Nash Bridges* an. Irgendwann bestellte Adrian ein Curry, das ich bezahlen musste. (»Tut mir leid, Cunningham, ich bin im Moment ein bisschen knapp bei Kasse.«)

Gegen sechs Uhr schlug ich vor, in ein Pub zu gehen, aber er zögerte.

»Können wir nicht einfach hierbleiben?«, fragte er und hielt mir seine Tasse hin, damit ich ihm nachschenken konnte.

»Ich habe nichts zu trinken hier«, wandte ich ein.

Er kramte ein paar Münzen aus der Hosentasche und legte sie auf den Tisch. »Ich könnte ja was besorgen«, meinte er, machte jedoch keine Anstalten aufzustehen.

Ich brauchte allmählich ohnehin dringend frische Luft, also ergriff ich die Gelegenheit beim Schopf. »Ich geh schon«, erklärte ich und griff nach meinem Mantel. »Was willst du haben?«

»Eine Flasche Weißwein wär prima.« Er schaltete zu *WipeOut – Heul nicht, lauf!* um. »Und vielleicht etwas zum Knabbern?«

Um Viertel vor zwölf ging er endlich. Ich hatte vorher noch Spaghetti gekocht, die wir, die Teller auf unseren Knien balancierend, verspeisten, während ein paar Filme von Nick Cassavetes liefen. Wir tranken die zwei Flaschen Sancerre, die ich für viel Geld beim Weinladen um die Ecke besorgt hatte, und irgendwann während *Alles aus Liebe* schlief Adrian ein und fing an zu schnarchen. Als ich ihn aufweckte und ihm verkündete, dass ich jetzt ins Bett ginge, fummelte er kurz an meinem BH-Verschluss herum.

Ich schob ihn weg und war plötzlich stinksauer. »Glaubst du wirklich, dass ich es dir so leicht mache? Du tauchst hier auf, lässt dich von vorn bis hinten von mir bedienen, tust überhaupt nichts, was mich irgendwie antörnen könnte, und erwartest dann, dass ich mit dir schlafe? Bin ich etwa deine feste Freundin? Oder deine Mutter? Oder deine kleine Schlampe?«

Er wich zurück, als hätte er eine Ohrfeige bekommen, setzte aber gleich wieder den Gesichtsausdruck auf, den er offensichtlich für unwiderstehlich hielt. »Schätzchen.« Er griff nach meiner Hand. »Unsere Beziehung kann man in keine Schublade stecken.«

Ich entzog ihm meine Hand. »Weißt du was, Adrian? Verpiss dich.« Ich stand auf und reichte ihm seinen Mantel. »Aus irgendeinem Grund habe ich mir eingebildet, du würdest dich dieses Mal tatsächlich um mich bemühen. Warum hast du mir diese Postkarten geschrieben? Und warum bist du an meinem Arbeitsplatz aufgetaucht?«

»Weil du meine versaute kleine Cunningham bist«, erwiderte er. »Und weil ich gedacht habe, wir würden uns verstehen.«

»Nein, das tun wir nicht. Und mir ist jetzt klar, dass das auch noch nie der Fall war.«

Er streckte seine Arme aus und versuchte, mich an sich zu ziehen. »Komm schon, lass uns nicht streiten.«

Ich schob ihn weg. »Leb wohl, Adrian.«

»Sei doch kein Spielverderber.« Er griff wieder nach mir.

Ich öffnete die Tür und fuhr mit der Hand durch die Luft. »Verschwinde.«

Er warf mir einen vernichtenden Blick zu. »Und ich habe dich für cool gehalten, Cunningham«, sagte er kopfschüttelnd.

»Raus!«

Nachdem er verschwunden war, ging ich auf den Balkon, um zu rauchen.

Ich war mir nicht sicher, was sich in meiner Beziehung zu Adrian geändert hatte und warum er mich dieses Mal so zur Weißglut gebracht hatte. Irgendwie fühlte ich mich an den Mann hinter dem Vorhang bei *Der Zauberer von Oz* erinnert: Hinter all dem Rauch und den Spiegeln verbarg sich nur ein armer, verlorener Kerl mit dem Wunsch nach jemandem, der ihm Tee kochte und hinter ihm herräumte. Ein Dienstmädchen, das er hin und wieder vögeln konnte. Ich war fast ein Jahr lang hinter einer Illusion hergelaufen, und jetzt, wo diese Illusion zur Realität geworden war, hatte sie ihren Zauber verloren.

Ich schüttelte den Kopf und zog noch einmal an meiner Zigarette. Und das war noch nicht alles. Eigentlich hatte ich gar nicht gewollt, dass Adrian mir seine unsterbliche Liebe gestand, denn ich wollte gar nicht mit ihm zusammen sein. Nicht wirklich. Tief in meinem Innersten hatte ich immer gewusst, dass Adrian die Mühe nicht wert war: Er war selbstsüchtig, unzuverlässig, unreif… Natürlich war er auch charmant, aber kein Mensch, für den man verantwortlich sein wollte.

Plötzlich wurde mir ganz deutlich bewusst, dass ich dem uralten Prinzip der Dating-Ratgeber zum Opfer gefallen war: Es geht immer nur um die Jagd. Adrian hatte, ohne sich dessen bewusst zu sein (das nahm ich zumindest an), bei mir *The Rules* angewendet. Und *The Rules of the Game*. Und den Ratgeber aus den 1920ern. Verdammt, eigentlich alle dieser Bücher. Und ich war voll drauf reingefallen. Und die grundlegende Theorie hatte sich bewahrheitet: Je schwerer jemand zu haben war, umso attraktiver wurde er … Vor allem, wenn dieser Jemand dich nicht an diesen ruhigen, liebenswerten Mann in Portland erinnert, dessen Herz du gebrochen hast.

Ich hörte Lucys Schlüssel im Schloss und rief ihr zu, dass ich auf dem Balkon sei. Kurz darauf kam sie mit einer Zigarette in der Hand zu mir.

»Und?«, fragte sie erwartungsvoll. »Wie ist es gelaufen? Ist es die wahre Liebe?«

»Er hat mich angewidert«, erklärte ich. »Wir hatten einen Riesenstreit, und ich hab ihn vor die Tür gesetzt.« Während wir rauchten, berichtete ich ihr in allen Einzelheiten von dem Tag.

»Oje, das hört sich schlimm an.« Sie drückte ihre Zigarette in einem leeren Blumentopf aus. »Klingt nach Loser. Und niemand will mit einem Loser ins Bett gehen.«

Da hatte sie ein wahres Wort gesprochen.

Ich konzentrierte mich ganz auf den kommenden Samstag. Unter den zehn Kandidaten musste doch wenigstens *ein* brauchbarer Mann sein. Zumindest hoffte ich das, denn ich begann schon wieder den Glauben an mein Projekt zu verlieren und brauchte dringend ein Erfolgserlebnis.

28. November

Adrian hat mir heute drei Nachrichten auf dem Handy hinterlassen; eine, um zu fragen, ob ich seine Socke gefunden hätte, eine, um zu fragen, ob er sich nächste Woche bei mir ein Fußballspiel anschauen könne, weil seine Mutter es ihm nicht erlaubte, und eine weitere, um zu fragen, ob ich nach der Arbeit mit ihm etwas trinken gehen wolle. Ich löschte alle drei.

Nun war also Thanksgiving. Das war mein Lieblingsfeiertag – wir aßen immer unglaublich viel und schliefen dann vor dem Fernseher ein –, und obwohl ich erst vor Kurzem zu Hause gewesen war, war ich deprimiert, nicht dabei sein zu können.

Ich rief Meghan um 15.30 Uhr ihrer Ortszeit an, um sie nach dem großen Essen und vor dem Anstoß des Spiels der Patriots zu erwischen. Sie klang schläfrig und ein wenig betrunken, als sie sich meldete – die typischen Komasymptome nach einem Truthahnessen. Ich war unglaublich neidisch.

»Läuft alles gut?«, erkundigte ich mich. »Hat es Streit um den Kartoffelbrei gegeben?«

»Harold hat sich auf den Truthahn gestürzt – in diesem

Jahr übrigens nach Cajun-Art –, aber Dad ist es gelungen, ihm den Vogel zu entreißen. Wir haben nur eine Unterkeule eingebüßt.«

»Die mag ohnehin niemand. Und wie hat der Cajun-Truthahn geschmeckt?«

»Sehr gut, wie du dir sicher vorstellen kannst.«

»Und was war sonst noch los?«

»Mom und Sue haben sich in eine langwierige Debatte über die Vorteile der zweiten gegen die dritte Welle des Feminismus verstrickt und konnten sich am Schluss nicht einig werden, wer in einer Auseinandersetzung als Siegerin hervorgehen würde: Betty Friedan oder Naomi Wolf.«

»Oh, natürlich Friedan. Sie fackelt nicht lange.«

»Das hab ich auch gesagt! Und was gibt's bei dir Neues?«

»Adrian ist Geschichte.«

»Bin ich froh, dass das vorbei ist – deinen Erzählungen nach habe ich ihn schon immer für ein Arschloch gehalten. Denk an die weisen Worte von TLC in ihrem Song ›No scrubs‹. Mit einem Loser willst du nichts zu tun haben.«

»Amen, Schwester.«

30. November

Heute lernte ich eine Zufallsauswahl der männlichen Weltbevölkerung kennen, und um ehrlich zu sein: Die Ergebnisse warfen kein sehr gutes Licht auf diese Spezies. Ich gab mir Mühe, TLCs Rat zu befolgen, aber es erwies sich als sehr schwierig, Losern aus dem Weg zu gehen. Sie schienen überall zu sein.

Ich hatte meine zehn Dates mit militärischer Präzision geplant. Genau zu jeder vollen Stunde musste ich mich an einen anderen Ort zu einem anderen Mann begeben. Das bedeutete einen Brunch, ein Mittagessen, dreimal Kaffeetrinken, zwei Abendessen und drei Treffen auf ein paar Drinks. Es war eine Herkulesaufgabe, und am Ende des Abends war ich betrunken, zittrig von dem vielen Kaffee, überfressen und verzweifelt. Ich bringe es nicht über mich, alle Dates im Detail zu beschreiben, denn jedes war noch ermüdender und bizarrer als das vorhergehende, also berichte ich nur von dem Moment, in dem mir jeweils klar wurde, dass das nicht funktionieren würde.

Brunch mit einem Toxikologen mittleren Alters: »Es ist erstaunlich, wie leicht man jemanden unbemerkt vergiften kann. Es wundert mich, dass nicht viel mehr Menschen ihrem Ehepartner ein bisschen Strychnin in den Morgenkaffee kippen.«

Mittagessen mit einem Systemberater: »Als ich Sie gesehen habe, hielt ich Sie zuerst für meine Mutter. Eine nette Überraschung.«

Kaffee mit einem Kameramann: »Auch wenn Sie mich jetzt für altmodisch halten – ich finde, dass man einer Lady immer sagen sollte, wie schön sie ist. Und eine Weise, das auszudrücken, lautet: ›Zeig mir deine Titten.‹«

Kaffee mit einem verschwitzten Mann in einem viel zu engen Dungeons&Dragons-T-Shirt: »Mir klebt gerade die Zunge am Gaumen.«

Kaffee mit einem sehr gepflegt wirkenden Programmierer: »Wann haben Sie sich zum letzten Mal die Hände gewaschen?« (Die Frage stellte er mir, bevor er bei der Begrüßung meine ausgestreckte Hand nahm.)

Abendessen mit einem außerordentlich gut gekleideten Geschäftsmann: »Meinem jüdischen Kollegen sage ich immer, dass man vom Holocaust halten mag, was man will – immerhin sind die Juden dadurch auf die eine oder andere Weise in das Gelobte Land gekommen, richtig?«

Zweites Abendessen mit einem Elektroingenieur: »Also, ein Ingenieur und ein Mathematiker sind einen Tag lang in einen Raum gesperrt. Sie haben eine Dose mit Essen, aber keinen Dosenöffner. Am Ende des Tages sitzt der Ingenieur auf dem Boden und schaufelt das Essen aus der Dose – er hat sie gegen die Wand geworfen, bis sie aufplatzte. In dem anderen Zimmer ist die Dose immer noch verschlossen, und der Mathematiker ist verschwunden. Aus dem Inneren der Dose dringen merkwürdige Geräusche … Als man sie öffnet, kriecht der Mathematiker heraus und sagt: ›Verdammt, ich muss ein Vorzeichen verwechselt haben …‹« Nach einer Weile: »Kapiert?«

Ein Drink mit einem unterernährten Milchwagenfahrer, der eine Tasche auf den Tisch stellte und darauf deutete, während er sich setzte: »Sorry, das sind nur ein paar gefrorene Ratten für meine Schlange.«

Ein Drink mit einem Werbemanager mit einer Melone auf dem Kopf: »Ich meine, Kultur sollte genau das sein, META eben, verstehen Sie? Die noch existierenden Archetypen gehören alle zerstört! Einfach so, bumm!

Verstehen Sie? Verdammt, worüber haben wir gerade gesprochen?«

Ein Drink mit einem Aromatherapeuten mit Pferdeschwanz, der mir sein iPhone mit einer Menge Fotos von Japan-Bondage über den Tisch schob: »Ich glaube, ich könnte Ihnen helfen, Ihre sinnlichen Grenzen zu erforschen.«

Gütiger Himmel. Was für ein bunt gemischter Haufen von Spinnern und Widerlingen. Was hielten denn die Leute von mir, die mir diese Menschen geschickt hatten? Glaubten sie tatsächlich, dass ich so verzweifelt war? Oder zählten sie mich etwa auch zu diesen Spinnern und Widerlingen? Verdammt, war ich etwa eine Spinnerin oder eine widerliche Person? Wenn ich wählen müsste, würde ich lieber einen Spinner nehmen, aber beide Kategorien gefielen mir nicht besonders. Da zog ich lieber die dritte Möglichkeit vor: einen ruhigen Abend zu Hause mit einem Vibrator.

Zu allem Unglück klingelte mein Telefon pausenlos, und auf meiner Mailbox landeten unzählige Nachrichten von irgendwelchen Typen, die mir stöhnend ihre kranken Sexfantasien schilderten. Offensichtlich war ich von etlichen perversen Typen umgeben. Glücklicherweise rief mich im Büro niemand mehr an, aber vielleicht war das nur eine Frage der Zeit. Ich dachte allmählich darüber nach, mir eine andere Telefonnummer zuzulegen.

Sobald ich zu Hause angekommen war, stieg ich mit einem Glas Whisky ins Bett und beschloss, die Erinnerungen an diesen Tag rasch im Schlaf zu vergessen.

1. Dezember

Dem Himmel sei Dank, der November war endlich vorbei. Ich verbrachte den Tag damit, mein Trauma und meinen Kater zu überwinden und fühlte mich erst nach einem langen Lauf und einer heißen Dusche wieder wie ein Mensch. Uff.

Schlussfolgerung zu

Männerbeschaffungsmarketing. Mit der Harvardmethode den Richtigen finden. Für Frauen ab 35
(Find A Husband After 35)

Das gesamte Buch hat mich verdammt deprimiert: Es geht nur darum, seine Anforderungen herunterzuschrauben, seinen Stolz hinunterzuschlucken und sein ganzes Leben komplett umzugestalten, in der Hoffnung, sich dann einen Mann angeln zu können. Das fühlte sich alles sehr gezwungen an und war definitiv kein Spaß. Es gab zwar genügend mögliche Partner, aber wenn man sich so verzweifelt verhält, reagieren darauf wirklich nur Spinner und Widerlinge. Wenn das nötig ist, um ab einem bestimmten Alter noch einen Partner zu finden, dann werde ich lieber zu einer alten Jungfer.

Funktioniert am besten bei …

… Spinnern und Widerlingen. Im Ernst, wer seine Würde wahren möchte, sollte die Finger von diesem Buch lassen. Wer sich dem Risiko aussetzen möchte, sich einen unheimlichen Spinner einzuhandeln – nur zu.

Anzuwenden von …

Ich wünsche das niemandem, aber wenn man eher nach Quantität statt nach Qualität sucht (und dabei keinen großen Wert auf seine Würde legt), könnte dieses Buch das richtige sein.

Ich schloss mein Notebook und zündete mir eine Zigarette an. Ich war erschöpft. Total ausgepowert. Was tat ich mir eigentlich an? Was versuchte ich zu erreichen, indem ich mein Sexleben wie ein Opfer an einem Altar von Gurus, Frauenhassern und Verrückten darbot?

Ich wollte durch dieses Projekt neue, interessante und normale Menschen für regelmäßigen Sex kennenlernen – das war der Zweck der Übung gewesen, aber mein Plan war nicht aufgegangen. Sicher, ich hatte ein paar nette Jungs getroffen, aber die männliche Psyche war immer noch ein Buch mit sieben Siegeln für mich. Und viel Sex hatte ich auch nicht gehabt.

Ich konnte keinen einzigen weiteren dieser lächerlichen Ratschläge mehr ertragen, kein peinliches Dinner und keine Enttäuschung am Ende eines Abends mehr. Ich wollte keine Achterbahn der Gefühle mehr erleben: die Vorfreude auf dem Weg nach oben, die Hoffnung und Aufregung während der Fahrt und dann der unvermeidliche Fall zurück auf die Erde. Was hatte das alles denn für einen Sinn, wenn diese Dates und das Befolgen dieser verrückten Ratschläge keinen Spaß mehr machten?

Eigentlich hatte ich das Projekt begonnen, weil ich mich für eine Niete bei der Partnersuche hielt. Acht Monate später wusste ich nicht viel mehr über Männer, aber ich hatte es satt, mich ständig anzupassen und in einen anderen Menschen verwandeln zu müssen, der bei anderen Gefallen finden könnte. Jetzt war ich wieder frei und ungebunden, und es wurde Zeit, dass ich in meiner eigenen Realität lebte, auch wenn mich diese Vorstellung noch ängstigte. Ich brauchte keine Krücken mehr – ich musste endlich auf meinen eigenen Beinen stehen.

Ich drückte die Zigarette aus. Meine Entscheidung war gefallen. Ab morgen keine Dating-Ratgeber mehr. Und auch keine Dates. Stattdessen würde ich all die Dinge tun, die ich während der mit diesen schrecklichen Dates vergeudeten Zeit eigentlich hatte tun wollen – und auch besser hätte tun sollen. Ich würde ausgiebig joggen, mir abends etwas Gutes kochen, Bücher lesen, die mich wirklich interessierten, mich auf meine Karriere konzentrieren, die Abende mit einer Flasche Wein und einer Schachtel Marlboro Light in der Badewanne verbringen – einfach alles tun, worauf ich wirklich Lust hatte.

Zum Teufel mit dem ganzen Mist. Ich würde für eine Weile nur noch Dates mit mir selbst haben.

2. Dezember

Voll Tatendrang wachte ich auf. Es war an der Zeit, gründlich aufzuräumen.

Bevor ich ins Büro fuhr, packte ich alle meine Dating-Ratgeber zusammen und stapelte sie draußen auf dem Gehsteig, in der Hoffnung, dass sie noch irgendeinem Obdachlosen als Klopapier dienen konnten.

Lucy würde in einem Monat bei Tristan einziehen, also musste ich mir überlegen, wie es mit der Wohnung weitergehen sollte. Zuerst hatte ich daran gedacht, mir eine andere Mitbewohnerin zu suchen, aber seit ich ein neues Gefühl der Unabhängigkeit in mir spürte, tendierte ich eher zu einer Einzimmerwohnung. Ich hatte noch nie allein gelebt und war der Ansicht, dass jetzt die Zeit reif dafür war. Ich rechnete alles durch: Wenn ich mittags nicht mehr zum Essen ging, immer mit dem Fahrrad fuhr und nie wieder bei Zara einkaufte, würde ich mir mit Müh und Not ein winziges Appartement in South Tottenham leisten können. In der Mittagspause schrieb ich einige Immobilienmakler an und freute mich darauf, schon bald mein eigenes heruntergekommenes Schlupfloch zu haben.

Ich blieb länger im Büro, um den Rückstand der letzten chaotischen Wochen aufzuarbeiten. Als ich Cathryn von meiner Entscheidung erzählte, das Projekt zu beenden, sah sie mich mit einer Mischung aus Stolz und Erleichterung an. Dieser Blick allein war fast schon Bestätigung genug für meinen Entschluss.

Als ich dann endlich vor dem Buchladen stand, waren die Jalousien heruntergezogen und die Tür verschlossen. Ich warf einen Blick auf die Armbanduhr: drei Minuten nach Ladenschluss. »Verflixt«, stieß ich leise hervor. Es hatte zu nieseln begonnen, und ich kramte in der Tasche nach meinem Regenschirm, als plötzlich die Jalousie nach oben gezogen wurde und das Gesicht des Buchhändlers am Fenster erschien.

»Himmel!« Ich sprang überrascht einen Schritt zurück. Er schaute mich eine Weile an, hob dann einen Finger und machte sich am Türschloss zu schaffen. Die Tür ging auf, und er bat mich herein.

Ich war verblüfft – und ein wenig eingeschüchtert – von dieser freundlichen Geste und fing sofort an, mich übermäßig zu entschuldigen.

»Sorry! Tut mir leid! Ich weiß, ich komme immer kurz vor Ladenschluss, und das ist wirklich nervtötend für Sie, das verstehe ich. Aber es dauert ganz sicher nicht lang, das schwöre ich. Ich werd mich beeilen, versprochen!«

Der Ladenbesitzer stand immer noch an der Tür und starrte mich an, als wäre ich ein Geist. »Sie sind zurückgekommen«, sagte er. Er trug ein weißes Button-down-Hemd und eine auf den ersten Blick vollkommen unbeschädigte Strickjacke. Ich hatte ganz vergessen, wie gut er aussah, wenn er ausnahmsweise nicht die Stirn runzelte.

»Ja, bin ich!« Ich rannte an ihm vorbei in die Literaturabteilung.

»Das hätte ich nicht gedacht«, murmelte er.

Ich konnte nicht deuten, ob das seine Hoffnung oder seine Befürchtung gewesen war – schließlich hatte ich ihm mit dem Kauf meiner Ratgeber einigen Umsatz beschert, obwohl ich damit offensichtlich seinen feinen Literaturgeschmack beleidigt und außerdem hin und wieder mitten in seinem Laden einen emotionalen Zusammenbruch erlitten hatte.

»Ich wette, Sie haben mich schrecklich vermisst, richtig?« Ich stöberte in den Regalen, und als ich mich umdrehte, war sein Gesicht leicht gerötet. Sein Haar war in der Zwischenzeit gewachsen und lockte sich in alle Richtungen. Irgendwie sah er anders aus. Vielleicht glücklicher.

»Wie war Ihre Reise in die Heimat? Konnten Sie alles in Ordnung bringen?«

»Ja, danke, alles geklärt. Und vielen Dank, dass Sie sich ... äh ... um mich gekümmert haben. Es tut mir leid.«

»War mir ein Vergnügen«, erwiderte er. Ich erwartete einen Ausdruck des Spotts oder Sarkasmus auf seinem Gesicht, konnte aber nichts dergleichen sehen. Das verunsicherte mich ein wenig.

»Ich habe Ihre Karte bekommen.« Er grinste. »Auch Ihnen nachträglich ein schönes Thanksgiving. Ich hätte gern geantwortet, aber mein Klempner ist ein fetter alter Kerl, der Ihnen sicher nicht gefallen würde.« Ah, der Spott war wieder da!

Ich fuhr mit der Hand durch die Luft. Die Sache war

mir peinlich, und ich versuchte rasch, sie herunterzuspielen. »Ach, du meine Güte, *das*. Ja, tut mir leid. Ich habe mich an diesen verrückten Ratgeber nach der Harvard-Methode gehalten, und die Autorin hat so etwas von mir verlangt. Wie auch immer, das ist jetzt vorbei, also vergessen Sie es. Tatsächlich ist das ganze Projekt gestorben.«

Er zog die Augenbrauen nach oben. »Aber was ist aus Ihrem ausgeprägten Interesse an der Wissenschaft geworden?«

»Ich habe beschlossen, mich mehr um mich selbst zu kümmern, also tue ich jetzt nur noch, was ich wirklich will. Da wir gerade davon reden: Ich habe hier eine Liste. Können Sie mir damit helfen?«

Ich streckte ihm einen Zettel aus meinem Notizbuch entgegen.

»*Überredung, Lady Chatterley, Moll Flanders* ...« Auf seinem Gesicht breitete sich ein Lächeln aus, als er die Titel las. »Ausgezeichnete Wahl.« Er schoss zwischen den Regalen hin und her, zog Bücher aus den verschiedenen Fächern und balancierte sie auf den Armen. Als er fertig war, platzierte er den hohen Stapel auf seinem Schreibtisch und deutete mit einer Kopfbewegung darauf. »Das ist alles.«

Seine Hilfsbereitschaft verblüffte mich, aber ich verkniff mir einen Kommentar dazu. Stattdessen ging ich zu der Glasvitrine hinüber und deutete auf *Black Beauty*. »Würden Sie mir dieses Buch auch überlassen?« Da ich jetzt eine Menge Geld für Essen und Drinks in Lokalen, für Enthaarungsmittel und dergleichen sparte, durfte ich mir etwas leisten.

Er warf einen Blick auf die Vitrine und schüttelte den Kopf. »Nein, tut mir leid.«

»Schon gut«, erwiderte ich. »Einen Versuch war es wert. Ich bezahle die anderen Bücher und falle Ihnen dann nicht länger auf die Nerven. Übrigens habe ich Ihr Buch gelesen. *Zeit der Unschuld*.«

Er sah nicht auf, während er meine Einkäufe in braunes Packpapier wickelte. »Ach ja? Und wie hat es Ihnen gefallen?«

»Es ist toll. Ellen ist eine wunderbare Figur – so dynamisch und lebenssprühend.«

»Das finde ich auch«, murmelte er. »Eine großartige Frau.« Er sah mir einen Moment in die Augen, bevor wir beide, plötzlich peinlich berührt, den Blick senkten.

»Tja, ich muss los. Danke noch mal!« Ich zog das Päckchen vom Tresen, hastete zur Tür und hoffte, dass er nicht bemerkte, wie tief ich jetzt errötet war.

»Ich bin froh, dass Sie zurückgekommen sind«, sagte er leise und folgte mir zur Tür. Er hatte sie schon beinahe hinter mir geschlossen, als er sie noch einmal aufzog und seinen Kopf nach draußen streckte. »Lassen Sie bis zum nächsten Mal nicht so viel Zeit verstreichen.«

Ich lächelte. »Sicher nicht. Ich habe jetzt sehr viel Zeit.«

Ich ging zur U-Bahn, mein Päckchen fest an die Brust gepresst, und fühlte mich so frei wie ein kleiner Vogel. Heute Abend hatte ich eine leere Wohnung zur Verfügung, einige DVDs und eine Menge neuer Bücher – und Schokopudding und Gin im Kühlschrank. Ungebunden zu sein hat eindeutig gewisse Vorteile.

7. Dezember

Ah, mein erster Samstag ohne Date. Ich lief eine lange Runde und gönnte mir dann in den Ironmonger Row Baths ein Dampfbad und eine Sauna. Nachdem mich eine kräftige Türkin eine Dreiviertelstunde lang durchgeknetet hatte, lief ich nach Hause, trank eine Tasse Kaffee und aß ein Stück Kuchen und machte es mir dann mit meinen Büchern und Magazinen auf dem Sofa bequem. Aus den Lautsprechern ertönte Ani DiFranco. Bisher war das Alleinsein ein voller Erfolg.

Ich wollte mir gerade eine zweite Tasse Kaffee machen, als es klingelte. Ein Fahrradkurier überreichte mir ein in braunes Papier gewickeltes, an mich adressiertes Päckchen. Ich nahm es mit zum Sofa und öffnete es. Eine Erstausgabe von *Black Beauty*. Ich ließ meine Finger über die violetten Buchstaben gleiten und bewunderte das weiche braune Leder des Einbands. Zwischen den Seiten steckte eine meiner Antwortkarten aus meinem Projekt, mit einer handschriftlichen Notiz auf der Rückseite:

Noch etwas für Ihren Bücherstapel. xx

Irgendetwas in mir klickte. Am liebsten wäre ich losgelaufen, hätte ein Taxi angehalten, wäre zu ihm gefahren und hätte mich in seine Arme geworfen. Aber eines hatte ich im Lauf des letzten Jahres gelernt: Man darf nichts übereilen. Die wirklich schönen Dinge im Leben kommen zustande, wenn man die kleinen Zwischenmomente auskostet, die Vorfreude, die Unsicherheit und die Spannung.

Die wichtigen Dinge konnten warten. Dieser Moment gehörte allein mir.

Ich zog mich wieder auf meine gemütliche Couch zurück und las das Buch von der ersten bis zur letzten Seite. Ich genoss jedes Wort und legte nur Pausen ein, um mir frischen Kaffee zu kochen oder hin und wieder eine zu rauchen. Das Buch war so gut wie in meiner Erinnerung.

Als ich fertig war, war es bereits dunkel. Ich schob das Buch in meine Tasche und machte mich auf den Weg.

Die Tür des Buchladens war verschlossen, aber aus dem Hinterzimmer drang schwaches Licht. Ich klopfte leise und spürte, wie meine Nerven zu flattern begannen.

Keine Antwort.

Ich klopfte noch einmal, dieses Mal lauter. Natürlich konnte ich auch am nächsten Tag wiederkommen, aber ich war beherrscht von dem Gefühl, ihn sofort sehen zu müssen.

Nach dem dritten Klopfen hörte ich Schritte, und dann tauchte das Gesicht des Buchhändlers am Fenster auf. Wir lächelten uns schüchtern durch die Glasscheibe an, und er öffnete die Tür.

»Hallo«, begrüßte ich ihn.

»Hallo.«

Einen Augenblick lang standen wir an der Türschwelle und wussten nicht, wie wir beginnen sollten.

»Ich … ich wollte mich für das Buch bedanken«, sagte

ich schließlich. »Es bedeutet mir sehr viel. Und ich weiß, wie sehr Sie daran hingen.«

Er schüttelte den Kopf. »Es sollte nicht hinter Glas aufbewahrt werden, sondern jemandem Freude bereiten. Es gehört zu Ihnen.«

»Ich verspreche, es in Ehren zu halten und es gut zu behandeln. Und Sie haben ein Besuchsrecht dafür – wir könnten uns das Sorgerecht teilen.«

»Das klingt gut.« Er lächelte und schwieg dann eine Weile, als würde er nach den richtigen Worten suchen. »Ich … ich weiß, dass sich das wahrscheinlich ein bisschen verrückt anhört, aber … er erinnert mich an Sie.«

Ich sah ihn erstaunt an. »Er? Wer?«

»Ich meine das Pferd«, erwiderte er. »Black Beauty.«

»Ich erinnere Sie an ein *Pferd?*«, fragte ich ungläubig. Das lief nicht ganz so, wie ich es mir vorgestellt hatte.

»Tut mir leid, das hört sich bescheuert und vielleicht unverständlich an, aber … ja. Nicht an irgendein Pferd. An *dieses bestimmte* Pferd.«

»Na, danke«, brachte ich hervor. »Ich glaube, ich sollte jetzt gehen …«

»Nein, warten Sie!« Er hielt mich zurück. »Black Beauty ist so lebensfroh, so tapfer und so … furchtlos. Deshalb liebe ich dieses Buch so sehr – es stellt alles dar, was ich bewundere. Und du …« Er legte sanft die Hände auf meine Arme. »Du bist all das. Du bist furchtlos.«

»Da bin ich mir nicht so sicher«, erwiderte ich und lachte verlegen. »Ich habe in meinem Leben schon ein paar ziemlich feige Sachen gemacht.«

Als er mir in die Augen schaute, blieb mir für einen Moment die Luft weg. »Ich halte dich für einen außergewöhnlichen Menschen«, sagte er und fasste mich um die Taille. Mir lief ein Schauer über den Rücken. »Was hältst du von einem lebenslangen Vorrat an kostenlosen Büchern?«, fragte er und hob vielsagend die Augenbrauen.

»Na ja, wenn du mich so fragst …« Ich legte meine Arme um ihn.

Und als er mich inmitten der Stapel alter staubiger Bücher küsste, schien die Welt um uns herum zu versinken.

Drei Monate später
(Keine Buchführung wegen sexueller Glückseligkeit)

Name: Callum (sprich: der zornige Buchhändler)
Alter: 32
Beruf: Siehe oben
Nationalität: Schotte
Beschreibung: rotbraunes Haar, grüne Augen, trägt Strickjacken, ist sehr attraktiv, wenn er lächelt
Methode: Missmut, Sarkasmus und Launenhaftigkeit
Ergebnis: Erfolg auf der ganzen Linie

Anmerkung der Autorin

Liebe Leserin, lieber Leser (und an alle, die erst auf die letzte Seite blättern, bevor sie das Buch lesen – in diesem Fall ein Hallo an alle Gleichgesinnten!),

weit zurück in unserer Geschichte (2009) beschloss ich, aus meinem Liebesleben ein soziologisches Experiment zu machen. Ich kann mich nicht mehr daran erinnern, woher ich diese Idee hatte; ich wachte eines Morgens auf, und da lag sie, voll ausformuliert, neben mir auf dem Kissen und wartete auf mich. Wie Lauren hatte ich die Nase voll von Männern, die annahmen, dass ich verzweifelt eine feste Bindung mit ihnen eingehen und Kinder von ihnen haben wollte, nur weil ich ein paar Nächte in ihrer Gesellschaft verbracht hatte. Das war mit Sicherheit einer der Gründe, warum ich dieses Projekt ins Leben rief. Ich hatte so viel Zeit in London damit verbracht, lauthals zu verkünden, dass ich mich nicht binden wolle, dass das allmählich schon zu einer … Verpflichtung wurde. Als mir dann der Gedanke kam, mir beim Daten professionelle Hilfe zu suchen, hielt ich das auch für eine gute Möglichkeit, um herauszufinden, ob die Männer nur vor mir oder auch wegen meiner Annäherungsmethode flüchteten. Um die Sache interessanter zu gestalten (und vielleicht auch, um etwas zu legitimieren, was man sonst vielleicht als Zeichen geistiger Umnachtung hätte deuten können), beschloss ich, nebenher auch noch ein Blog darüber zu schreiben. Am nächsten Tag marschierte ich los und kaufte mir meinen ersten Dating-Ratgeber (*The Rules*).

Vier Monate später hatte ich vier Bücher gewälzt, zweiundvierzig Posts geschrieben, dreiundzwanzig Dates gehabt, unzählige Drinks gekippt und ungefähr die Hälfte der männlichen Londoner Bevölkerung verschreckt. Ich hatte mich auf zwei verschiedenen Dating-Websites angemeldet – *Match* und *My Single Friend*, die Inspiration für die fiktiven Portale *Castaways* und *YoDate* – und etliche Blind Dates oder Treffen mit mir fast Unbekannten durchgezogen. Irgendwie hatte ich es dabei auch geschafft, der Liebe meines Lebens zu begegnen. Alles in allem keine schlechte Art, den Sommer zu verbringen.

Dass ich die Liebe meines Lebens dabei kennengelernt habe, ist zwar sehr schön, gehört aber eigentlich nicht zum Thema. Das eigentliche Ziel meines Dating-Projekts – und ich hoffe dieses Buchs – bestand darin zu zeigen, dass Dating wirklich großen Spaß machen kann. Natürlich gibt es die Küsse von Männern, die nach Knoblauch stinken, und die Augenblicke an den Morgen danach, an denen man sich fast zu Tode schämt, aber auch diese Momente können auf eine gewisse Art lustig sein, wenn man sich später kichernd darüber unterhält. Dating gehört ohne Zweifel zu den merkwürdigsten menschlichen Verhaltensweisen – zwei sich relativ fremde Personen verbringen ein paar Stunden miteinander, um festzustellen, ob sie sich gegenseitig nackt sehen wollen –, also sollten wir dabei auch ein wenig Spaß haben.

Wie auch immer: Das ist eine recht umständliche Art zu sagen, dass ich hoffe, dass Ihnen dieses Buch gefallen hat. Und dass es Sie dazu inspiriert hat, mutig in diese große böse Welt des Datings hinauszuziehen. Und ich wünsche mir, ebenso wie ich es für mich und Lauren getan habe, dass Sie dabei jede Menge Sex mit attraktiven und nicht soziopathisch veranlagten Menschen haben. Sollten Sie dabei der Liebe Ihres Lebens begegnen, umso besser.

Melissa x

Danksagung

Ich hätte mich niemals an den Versuch gewagt, ein Buch zu schreiben, wenn Hana Osman, meine Lektorin bei Penguin UK, nicht so viel Geduld mit mir gehabt und mich immer wieder ermutigt hätte, also gilt mein größter Dank ihr – Hana, ich kann dir nicht genug dafür danken, dass du mich vor all diesen Jahren auf ein Glas Bier eingeladen hast. Es tut mir leid, dass es so lange gedauert hat. Ein großes Dankeschön auch an die unglaubliche Felicity Blunt, die ich seit Langem voll Stolz meine Freundin und nun auch meine Agentin nennen darf, und an meine wunderbare Lektorin Tara Singh Carlson in den USA, die erstaunliche Einsicht und Energie an den Tag gelegt hat. Danke an alle bei Penguin (auf beiden Seiten des Atlantiks), ganz besonders an das Team unter der Leitung von Chantal Noel, das für die Übersetzungsrechte zuständig ist: Ihr seid großartig. Vielen Dank an meine Lektoren im Ausland, vor allem an Andrea Best vom Goldmann Verlag und Quezia Ceto von Companhia das Letras.

Unendlichen Dank schulde ich auch Katie Cunningham, die zahllose, in Panik geschriebene E-Mails beantworten und etliche halb ausformulierte Sätze lesen musste und dabei nicht ein Mal die Geduld verloren hat (oder es zumindest gut verbergen konnte) und die außerdem seit zweiundzwanzig Jahren die beste Freundin ist, die man sich nur vorstellen kann: Ohne dich wäre ich verloren. Unendlichen Dank an Simon Robertson, der so oft im Pub meine gerunzelte Stirn und an den Wochenenden meinen starr auf den Computer oder in die Ferne gerichteten Blick ertragen musste: Du machst mich jeden Tag aufs Neue glücklich, und ich liebe dich unermesslich. Danke auch dir, Carly Peters, meiner Komplizin und Sparringspartnerin, die mich und meine verrückten Ideen von Anfang an ermöglicht und unterstützt hat. Danke an alle bei Curtis Brown, einem wunderbaren Arbeitsplatz und einer Agentur, von der man sich gern vertreten fühlt; ein besonderes Dankeschön an meine Bürokollegin Helen Manders, die viele hypothetische Fragen über ein Buch, das sie nicht gelesen hat, beantwortete und immer großartige Ratschläge gab, und an Emma Herdman für ihre Hilfe und ihre gute Laune.

Mom und Dad, ich weiß, dass euch dieses Buch wahrscheinlich ein wenig peinlich ist (tut mir leid), aber eure beständige Liebe und Unterstützung hat mich zu dem gemacht, was ich bin, und dafür kann ich euch nicht genug danken. Chad und Meighan, ich liebe euch beide und vertraue darauf, dass ihr, meine beiden Lieblingsmädchen, dieses Buch niemals lesen lassen werdet – zumindest nicht vor meinem Tod. Ein Dankeschön an den wunderbaren Robertson-Clan – ihr seid die zweitbeste Familie, die ich mir jemals vorstellen konnte. Und sowohl an die Pimentels wie auch die Robertsons: Vergesst nicht, dies ist eine erfundene Geschichte.

Zur Autorin

Melissa wuchs in einer Kleinstadt in Massachusetts in einem Haus ohne Kabelanschluss auf und verbrachte daher einen Großteil ihrer Kindheit damit, sich britische Comedy-Serien aus den 1970ern auf öffentlichen Fernsehsendern anzuschauen. Mit zweiundzwanzig zog sie nach London und fühlt sich dort seit zehn Jahren sehr wohl. Nur *Monty Pythons Ministry of Silly Walks* – das Ministerium für alberne Gänge – hat sie bisher leider noch nicht gefunden. Bevor sie ihren Verlobten kennenlernte, verbrachte sie viel Zeit in der Londoner Dating-Szene auf der Suche nach sauberen, nicht soziopathisch veranlagten Sexualpartnern. Ihr Blog darüber inspirierte sie zu ihrem ersten Roman. Jetzt verbringt sie einen Großteil ihrer Zeit mit einem Buch in der Hand in einem der vielen Pubs in Stoke Newington und trägt zu Hause eine anhaltende emotionale Fehde mit ihrer missmutigen Katze Welles aus. Sie arbeitet im Verlagswesen.

Bibliographie/Quellenangaben

Buch eins:

Ellen Fein, Sherrie Schneider: *Die Kunst, den Mann fürs Leben zu finden.* Piper Verlag, München, 1996.
(Original: *The Rules. Time-tested Secrets for Capturing the Heart of Mr Right.* Grand Central Publishing, New York, 1995.)

Buch zwei (deutsche Übersetzung vergriffen):

Doris Langley Moore: *Die Kunst der Verführung. Charmante Spielregeln für die Frau von Welt.* Europa Verlag, 2004.
(Original: *The Technique of the Love Affair.* By a Gentlewoman. Rich & Cowan, London, 1928.)

Buch drei:

Kate Taylor: *Die Sex-Diät: Not Tonight, Mr. Right.* Seeliger Verlag, Wolfenbüttel, 2007.
(Original: *Not Tonight, Mr Right.* Da Capo Press, Boston, 2007.)

Buch vier:

Neil Strauss: *Der Aufreißer. So kriegt man(n) jede Frau rum.* Ullstein Verlag, Berlin, 2009.
(Original: *The Rules of the Game.* Canongate, Edinburgh, 2006.)

Buch fünf:

Evelyn Millis Duval: *The Art of Dating.* Associated Press, New York, 1958.
(Keine deutsche Ausgabe erschienen.)

Buch sechs:

Belle de Jour: *Belle de Jour's Guide to Men.* Orion, London, 2009.
(Keine deutsche Ausgabe erschienen.)

Buch sieben:

Mrs Humphrey: *Manners for Women.* James Bowden, London, 1897.
(Keine deutsche Ausgabe erschienen. Im vorliegenden Roman als »Mrs Humphreys Handbuch der feinen Sitte für junge Frauen« übersetzt.)

Buch acht:

Rachel Greenwald: *Männerbeschaffungsmarketing. Mit der Harvard-Methode den Richtigen finden. Für Frauen ab 35.* Goldmann Verlag, München, 2004.
(Original: *Find a Husband After 35. Using what I Learned at Harvard Business School.* Ballantine Books, New York, 2003.)